L'OMBRE DES DISPARUS

JOHN VEHER

ROMAN

DU MÊME AUTEUR

Axis, 2021

Entre voisins, 2021

L'espoir est un mensonge magnifique et il faut du talent pour
le donner aux autres.

— Karen Maitland

1

MARIE

MARIE ÉTAIT en train de sortir les filets de truite de leur emballage de papier quand l'odeur fraiche du poisson lui arracha soudain un haut-le-cœur. Elle s'immobilisa quelques secondes pour respirer lentement par le nez. Un léger tremblement s'emparait à présent de ses mains, se glissait vers ses bras, ses jambes. Elle dut s'appuyer un instant contre la table devant elle pour éviter de flancher. Elle ne voulait pas qu'on puisse remarquer son malaise.

Il faudrait expliquer, s'excuser, rassurer.

Des souvenirs dansaient dans ses pensées. Quand elle était encore la petite Marie et que son père l'avait emmenée un matin tôt sur le port de Caraquet au Nouveau-Brunswick, pour regarder les premiers départs des bateaux chargés des casiers à homard qu'ils allaient déposer en mer, dans la lumière irréelle du soleil levant. Tandis qu'ils s'éloignaient de la côte, célébrés par les hourras des proches restés à quai, elle se souvenait de la présence rassurante de ce papa aux allures de géant, de sa main chaude dans la sienne, qu'elle serrait au fur et à mesure que les effluves iodés emplissaient ses narines.

Un souvenir aussitôt chassé par un autre, des années plus tard, lié lui aussi au clapot des vagues et aux senteurs marines. Les flots agités de la rivière Saguenay dont elle avait parcouru les berges pendant des heures, seule d'abord puis avec des policiers, pour essayer de retrouver Tim, criant son nom du haut des falaises pour se persuader qu'il n'avait pas pu tomber dans l'eau, emporté par un courant qui ne lui aurait laissé aucune chance.

— Ça va Marie, tu rêves ?

Marie se redressa. Antoine s'éloignait déjà en rigolant, transportant un carton de conserves. Depuis qu'elle s'était engagée dans l'association pour aider les bénévoles à distribuer deux fois par semaine des paniers de nourriture à ceux qui galéraient, elle se sentait plus légère. Aider les autres était une bonne idée pour soulager le poids de ses propres tourments. Pour essayer de penser un peu moins à Tim, aussi.

Aujourd'hui, samedi, c'était jour de barbecue sur le parking du local. Poissons grillés, saucisses, côtes de bœuf et légumes braisés. Les bénévoles s'activaient, déballant la viande, coupant les tomates et les poivrons, soufflant sur les braises pour démarrer les feux, tandis qu'une file d'hommes, de femmes et d'enfants excités grossissait à vue d'œil.

Marie aimait bien Antoine. Il était gentil avec elle, parfois un peu taquin, et leur complicité récente avait ouvert une toute petite brèche dans la carapace de solitude dans laquelle elle s'était enfermée depuis quatorze ans. Elle apporta les poissons près des barbecues fumants puis alla s'adosser un instant contre un mur. C'était incroyable comme une simple odeur pouvait soudain réactiver des zones du cerveau et vous propulser loin dans le temps, dans un décor chargé d'émotions, heureuses ou terribles.

Antoine passa de nouveau devant elle avec un large plat de légumes découpés prêts à frétiller sur le grill.

— On a de la chance avec le temps, pas vrai ? Quand j'ai regardé la météo en début de semaine, c'était pas gagné !

Antoine la gratifia d'un sourire qui ouvrit ses lèvres sur des dents blanches, cernées d'une barbe broussailleuse de baroudeur. Marie lui rendit son sourire en se forçant un peu. Est-ce qu'il avait perçu son trouble ? Peut-être ne se connaissaient-ils pas depuis assez longtemps pour qu'il puisse lire en elle aussi facilement. Avec ses mèches qui commençaient çà et là à grisonner et les pattes d'oie qui s'étaient accentuées autour de ses yeux sombres, elle avait perdu l'habitude qu'on puisse la considérer comme une femme séduisante, même si elle n'avait que quarante-deux ans. Sa sexualité n'était plus qu'un souvenir, émaillée de rencontres rares et superficielles qui lui laissaient chaque fois un sentiment de dégoût ou d'ennui. La souffrance noire qu'elle trimballait depuis tant d'années avait fini par ronger la joie de vivre qui l'avait toujours animée, jusqu'à la disparition de son fils. Elle parvenait encore à donner le change à l'hôpital, parce que les patients qui venaient s'y faire opérer avaient surtout besoin d'être rassurés, de savoir que l'anesthésiste qui allait les endormir connaissait son métier et avait assez de chaleur humaine pour les persuader que, dans une heure ou deux, ils allaient se réveiller comme une fleur. Ses collègues, qui l'avaient dans un premier temps considérée avec un mélange de pitié et de gêne, s'étaient au fil des ans habitués à sa façon de suivre les conversations sans vraiment y participer, à son regard discret qui semblait toujours appréhender la réalité à travers un rideau de souvenirs.

L'après-midi s'écoula rapidement sur le parking de l'association, et l'air réjoui des gens à qui elle tendait des assiettes remplies de grillades lui permit de retrouver une certaine insouciance. Faire du bien aux autres pour se faire du bien à soi. Ce n'était pas un objectif en soi, juste une conséquence positive.

Vers 18 heures, alors que les gens du quartier avaient tous regagné leur chez-soi — s'ils en avaient un —, et que les bénévoles eurent fini de ranger le local, Antoine s'approcha de Marie avec un regard doux.

— Je te ramène chez toi ?

Marie replaça une mèche au-dessus de son oreille. Elle sentait maintenant la fatigue dans ses jambes, après toutes ces heures à piétiner entre les barbecues surchauffés.

— Ça va te faire un détour, fit-elle, je peux aussi bien prendre le bus. Ou même marcher.

Elle avait essayé de dire ça le plus gentiment possible. Antoine leva les yeux au-dessus des grands arbres qui encadraient le parking vers l'ouest. Une bordée de nuages sombres commençait à recouvrir le ciel et l'orage prévu semblait à présent décidé à éclater.

— Je crois que cette fois on va y avoir droit. Pas question que je te laisse rentrer comme ça.

Elle hocha la tête et après avoir salué les derniers bénévoles qui regagnaient leur voiture, ils grimpèrent dans le pick-up d'Antoine. Marie sentit son corps se détendre au contact du siège en cuir. Elle ferma les yeux tandis que le véhicule démarrait et se laissa balloter au gré des cahots de la route qui les ramenaient vers Québec. À côté d'elle, Antoine conduisait en silence. Dans une autre vie, il aurait pu être son mari. Elle aurait pu se blottir contre lui, appuyer sa tête contre son épaule. Ils auraient pu parler du dimanche à venir, de cette excursion qu'ils s'étaient promis de faire à Charlevoix. Est-ce qu'il restait du beurre et du jambon dans le frigo pour leurs sandwichs, ou devaient-ils s'arrêter chez Provigo pour acheter le nécessaire ? Sans compter les canettes de bières qu'il serait si agréable de boire à l'issue de la randonnée, assis sur un rocher surplombant Baie-Saint-Paul. Est-ce qu'ils auraient eu des enfants ? Elle pensait à ce couple d'amis qui ne pouvaient pas en avoir, malgré les nombreuses tentatives de fécondation in vitro. Quand on ne peut pas en avoir, la vie doit sembler comme un gouffre qui se creuse un peu plus chaque jour. Quand on en a, on ne peut s'empêcher d'avoir peur pour eux. Et quand on n'en a plus…

Antoine fit un brusque écart, forçant Marie à ouvrir les yeux en se redressant.

— Désolé, je l'ai vue au dernier moment. Une jolie marmotte qui a bien failli finir en pancake !

Marie se recala dans son siège. Est-ce qu'elle était prête à se lancer dans cette liaison ? Est-ce qu'elle n'avait pas déjà passé assez de temps seule, à ruminer sa peine, à essayer d'oublier sans pouvoir y parvenir ? Antoine avait toutes les qualités pour se laisser tenter. Elle savait qu'elle pourrait compter sur lui. C'était un type simple, mais solide. Sa femme l'avait quitté deux ans auparavant pour un avocat de Toronto rencontré dans un séminaire, et il vivait seul à Bourg-Royal, tout près de la scierie où il travaillait dur.

Alors que les nuages avaient recouvert la totalité du ciel, plongeant la ville dans une obscurité d'été, Antoine gara son pick-up devant la petite maison qu'habitait Marie. Elle était reconnaissable avec sa palissade peinte en bleu et son portail de travers. Il faudrait qu'elle songe à le faire réparer un jour. Antoine s'était déjà proposé pour le faire, mais elle avait refusé. Peut-être avait-elle eu peur, sans vouloir se l'avouer, de lui être redevable.

Il tourna la tête vers elle et la dévisagea avec de la tendresse plein les yeux.

— Tu sais, si c'est trop fatigant à l'association, tu n'es pas obligée de venir à chaque fois.

Marie comprit que bien qu'elle eût tenté de camoufler le malaise qui l'avait saisie, Antoine s'en était rendu compte. Par respect pour elle, ou simplement par pudeur, il avait préféré ne rien dire sur le moment. C'était sans doute à ce genre de détail qu'on pouvait mesurer l'attention qu'un homme vous portait.

— Ça ne me fatigue pas. J'aime bien faire ça. Il faisait juste un peu chaud aujourd'hui. (Elle mit sa main sur la poignée de la portière puis se tourna vers lui, sans oser le regarder.) Tu... tu veux venir boire un verre avant de rentrer ?

Il la dévisagea en s'efforçant de paraitre naturel. Il savait que cette invitation, à ce moment précis, avec le ton fragile qu'elle avait employé, ouvrait la porte à l'émotion. Il sentit son cœur battre un peu plus fort, un cœur soudain rajeuni.

— D'accord, dit-il simplement.

Ils descendirent de la voiture et Marie poussa le portail bleu qui grinça.

— Il faut vraiment qu'un jour je fasse quelque chose pour lui, plaisanta Antoine.

Marie se contenta de sourire sans répondre. Elle sortit ses clés de sa poche et se baissa pour ramasser un colis que le facteur avait laissé sur le paillasson. Elle jeta un œil à l'étiquette, sur laquelle figurait son nom, mais pas celui de l'expéditeur. Puis elle fit jouer la clé dans la serrure et ils pénétrèrent dans le salon.

Une pièce décorée avec simplicité, sans bibelots ou tableaux superflus. Des rideaux de dentelle blanche aux fenêtres, une table en bois brut, quatre chaises, un canapé deux places en face d'un mur dépourvu de télé. Presque une cellule de moine. Sur un meuble peint en blanc, un bouquet de fleurs servait d'appui à un petit cadre à l'abri duquel Marie, jeune, souriait tête contre tête avec un garçonnet au regard bleu et à la chevelure ensoleillée.

Elle posa le colis sur la table et se tourna vers Antoine qui continuait d'examiner la pièce dans laquelle il entrait pour la première fois.

— Qu'est-ce que tu souhaites boire ? Le choix est assez limité…

Le regard d'Antoine s'alluma.

— Oh, j'allais oublier que j'ai une excellente bouteille de merlot dans la voiture ! Je l'ai achetée l'autre jour en me disant que je trouverais bien une bonne occasion pour l'ouvrir. J'espère qu'elle n'a pas trop chauffé ! Je vais la chercher.

Marie regarda sa silhouette carrée franchir la porte. Elle ne savait pas très bien ce qu'elle était en train de faire. Est-ce qu'elle allait coucher avec cet homme ce soir ? Est-ce qu'elle en avait envie ? Est-ce que lui en avait envie ? Est-ce que c'était raisonnable de l'entraîner dans une relation avec une femme qui ne savait plus vraiment faire ça, partager des moments d'intimité, se laisser aller, profiter de la vie, faire des activités comme tant d'autres couples qui vivaient sans se poser de questions ?

Elle s'approcha du colis sur la table et entreprit de déchirer le carton d'emballage qui s'ouvrit facilement. À l'intérieur elle trouva un sac de plastique blanc fermé par une ficelle. Elle n'avait rien commandé sur Internet ces derniers jours et commençait à se dire qu'il s'agissait d'une erreur. Elle vérifia de nouveau l'adresse. C'était bien la sienne. Elle défit le nœud et plongea la main dans le sac.

Ce qu'elle en sortit la figea sur place.

Le cerveau blanc, elle n'arrivait plus à penser, comme si le temps et l'espace s'étaient dilatés tout autour d'elle. Le malaise qui l'avait saisie dans l'après-midi, pendant le barbecue, n'était rien à côté de l'émotion qui la dévorait soudain.

Les pas d'Antoine résonnèrent derrière elle.

— Voilà, je l'ai trouvée ! Il suffit de la mettre quelques minutes au frigo et on va pouvoir la déguster. La cuisine est par là ?

Il s'immobilisa en voyant le visage livide de Marie. Il s'approcha d'elle, inquiet.

— Marie… ? Est-ce que ça va ?

Elle déglutit avec peine puis leva un regard troublé vers lui.

— Je suis… désolée… Je… Je ne vais pas pouvoir…

Antoine hocha la tête.

— C'est trop tôt… Je comprends… Je ne veux pas précipiter les choses… On… on peut en reparler demain, ou plus tard… Quand tu veux en fait…

— Je suis désolée, répéta Marie comme un automate.

Antoine comprit qu'il devait partir. Il secoua de nouveau la tête. La bouteille de vin paraissait un poids mort dans sa main.

— Pas de problème… Pas de problème. Si tu as besoin…

Il ne savait pas comment terminer sa phrase tant Marie semblait à des kilomètres de lui. Il recula maladroitement jusqu'à la porte, puis après un temps d'hésitation se retourna et sortit de la maison. Marie referma lentement la porte derrière lui puis s'appuya contre le chambranle.

Dans sa main, elle tenait encore l'objet qu'elle avait retiré du sac blanc.

Une casquette des Capitales, le club de baseball de Québec.

Elle était sale et râpée par endroits, mais l'emblème du club restait bien visible sur le devant, une balle de baseball marquée d'un lys et prisonnière d'un « Q » jaune stylisé.

La casquette que portait Tim lorsqu'il avait disparu quatorze ans plus tôt.

À l'intérieur, un mot écrit à la main.

« *Si tu veux connaître la vérité : Montréal, belvédère du Mont-Royal. 21 juin. 14 heures* »…

2

RENÉ

LA FILLE avec le gros tatouage en forme de croix gothique sur le bras gauche et les mèches roses exaspérait René depuis qu'il avait pris place dans la salle d'attente. Non seulement elle semblait trouver capital de faire profiter l'assemblée de sa conversation téléphonique, mais elle prenait bien soin de se tenir droite sur sa chaise pour faire ressortir son opulente poitrine dont elle donnait généreusement à voir un aperçu à travers le tissu bariolé d'un T-shirt trois fois trop petit pour elle.

— … Tu sais ce que je lui ai dit ? Je lui ai dit que s'il était pas capable de comprendre une femme libre, alors il avait plus qu'à s'endormir sur la béquille. Ouais… Absolument. Non mais tu te rends compte ? On n'est plus au dix-neuvième siècle quand même ! Même plus au vingtième !

Elle partit d'un rire gras qui fit lâcher un soupir à René. Dans le combiné on entendait glousser son interlocutrice. Il n'y a pas de siècle pour la vulgarité, pensa-t-il, et on pouvait toujours le traiter de vieux con ou pire, de « boomer » comme disaient les jeunes maintenant, il n'en démordrait pas. Il y avait les gens éduqués, et il y avait ceux qui s'imaginaient que leur existence dissolue intéressait la planète entière, les représentants incontestables d'un nouveau mode de vie fait de prétentions et d'arrogance assumées.

Il avait aimé la vie — oh ça oui, il l'avait aimée ! —, mais à son époque on savait se tenir, on connaissait les règles de bienséance, on n'étalait pas sa sexualité sur le carrelage d'une salle d'attente. Il se souvenait de la cour qu'il avait faite pendant des mois à cette jeune fille dont il était tombé amoureux, en 1965. Rimbaud disait qu'on n'est pas sérieux quand on a dix-sept ans, mais lui, il avait prouvé le contraire ! Son enthousiasme pour la jeune fille ne l'avait pas empêché de suivre toutes les étapes de la séduction en respectant les règles. Pas seulement parce qu'il ne voulait pas la décevoir ou l'effaroucher, pas plus à cause de la sévérité de leurs parents respectifs, mais bien parce que les valeurs ancrées en lui le gouvernaient, en quelque sorte par essence. Dommage qu'il ait dû précipitamment déménager au moment même où il allait franchir un palier décisif, lui proposer d'aller boire une limonade au café du village. Il n'avait jamais su pourquoi ses parents avaient soudain décidé de quitter la ville. Est-ce que son père avait trouvé un nouveau travail ailleurs, mieux rémunéré ? De toute façon, il savait que cette relation, même si elle avait abouti, n'aurait probablement pas tenu très longtemps. La jeune fille aurait eu du mal, au bout d'un temps, à trouver sa place entre René et sa sœur jumelle, Susan. Le moins qu'on puisse dire, c'est que ces deux-là étaient fusionnels. Ce qu'on raconte sur les jumeaux est tout à fait vrai, et ils en avaient été la parfaite illustration. Il lui semblait même que Susan et lui avaient déjà commencé à jouer ensemble dans le ventre de leur mère. Bien à l'abri dans la chaleur de leur complicité, ils avaient surement échangé des sourires, des craintes et des joies, au gré des mouvements de ce ventre rond et des sons étranges qui provenaient de l'extérieur. Ensuite, après la naissance, ce fut à nouveau l'osmose et la connivence qui guidèrent leurs premiers pas. Comme ils se ressemblaient pratiquement trait pour trait — bien que conçus dans des poches différentes —, leur mère eut l'idée très originale de les

habiller exactement de la même façon — du moins jusqu'à l'âge où
René fut en mesure de réaliser que des habits de fille sur un corps de
garçon ne lui paraissait pas tout à fait naturel. Les quelques photos
noir et blanc qui témoignaient de cette enfance heureuse montraient
deux frimousses dont le large sourire semblait ne dessiner qu'un trait
d'une oreille à l'autre. Puis l'adolescence, dont les soubresauts furent
amortis par la solidité de leur intelligence collective, l'âge adulte, la
vie professionnelle… Ils avaient été ingénieurs tous les deux, l'un en
génie civil, l'autre dans l'étude des matériaux, et leurs conversations
finissaient par exaspérer leurs amis, tant une bulle paraissait se
resserrer autour d'eux au fur et à mesure de leur discussion. Oui, à
l'instar de son premier béguin, les jeunes femmes qui eurent l'audace de vouloir partager sa vie finirent toutes par se sentir à l'étroit
entre les deux inséparables, comme certains les appelaient. René
n'en avait pas souffert. Personne en fait n'aurait pu rivaliser avec
Susan. Ce n'était pas quelque chose qu'ils imposaient aux autres.
C'était quelque chose qui s'imposait à eux.

— Ah ah ah ! … T'aurais dû voir la tête qu'il faisait ! Ah ah !

La gourgandine poursuivait son petit théâtre de vulgarité. Elle
aurait sans doute aimé que la salle d'attente fût remplie pour qu'un
auditoire plus large puisse profiter de sa performance et des détails
croustillants de sa vie privée, mais René était l'unique spectateur
captif. Une idée, désagréable, lui traversa soudain l'esprit. Peut-être
qu'en fait c'était tout l'inverse. Peut-être qu'elle s'autorisait cette
désinhibition parce qu'elle avait l'impression d'être seule dans la
pièce. Elle ne voyait pas René. Il ne comptait pas, il n'était pas là. À
partir de quand devenait-on invisible aux yeux d'une jeune femme ?
Est-ce que ses soixante-quatorze ans constituaient le début de la
date de péremption, ou bien son apparence physique s'était-elle déjà
évaporée depuis longtemps sans qu'il s'en soit rendu compte ? Il
regarda ses mains. De nouvelles taches brunes étaient apparues
récemment, dessinant un tableau à la Pollock sur le parchemin de sa
peau veinée. Le visage qu'il voyait dans la glace chaque matin
évoluait lui aussi, mais lentement lui semblait-il, en tout cas pas
assez vite pour qu'il sursaute en allumant la lumière de la salle de
bain, et il restait persuadé qu'il avait encore figure humaine. Certes

ses joues s'étaient un peu creusées et son teint avait légèrement jauni, mais ses cheveux ne pouvaient pas être plus blancs qu'ils ne l'étaient déjà. Surtout, son regard, bien que légèrement vitreux à présent, reflétait toujours parfaitement l'esprit d'un homme qui a encore toute sa tête.

Il se demandait si Susan avait vieilli de la même façon, avec des rides aux mêmes endroits du visage, si ses soixante-quatorze ans étaient en tous points semblables à ses soixante-quatorze ans à lui. Si sa silhouette s'était affaissée comme la sienne. Si on aurait encore pu les prendre pour des jumeaux. S'il la reconnaitrait en la croisant dans la rue. Mais Susan s'était évaporée dans la nature voilà plus de quatorze ans maintenant, et il y avait bien peu de chances qu'elle fût encore de ce monde.

La porte en face de lui s'ouvrit brusquement, laissant apparaître le Dr Cooper. Un homme à la cinquantaine élégante, grand, le visage bronzé de ceux qui ont les moyens de jouer les « snowbirds » en hiver pour aller se faire dorer la peau sous le soleil de Floride. Il gratifia René d'un sourire et lui fit signe d'entrer dans son cabinet.

René se leva de son siège et passa sans un regard devant la fille à la tignasse rose qui gloussait toujours dans le combiné de son téléphone « intelligent ». Surement plus intelligent qu'elle.

La pièce était plus chaleureuse que chez beaucoup de médecins, car la particularité du Dr Cooper était d'être un passionné de courses automobiles. Les murs de son cabinet étaient recouverts de photos de voitures de sports, de Formule 1 et autres coupés aérodynamiques aux couleurs vives. L'impression de vitesse donnée par la façon dont les clichés avaient été pris inspirait un sentiment d'optimisme et de force, en parfait accord avec la silhouette élancée et la personnalité enjouée du médecin. Cela faisait maintenant dix-huit ans que ce dernier s'occupait de la santé de René, et il avait toute confiance en lui. Il avait également été le médecin de Susan avant qu'elle ne disparaisse du jour au lendemain, et cet événement l'avait profondément marqué.

— Je lisais ce matin dans la presse qu'on prévoit des records de chaleur pour le 1er juillet, avec une grosse humidité. Les Québécois vont souffrir pour leurs déménagements !

René sourit.

— Ne vous inquiétez pas pour moi, ça fait cinquante-deux ans que je n'ai pas déménagé, et ce ne sera pas encore pour cette année…

— Je me doute bien. En tout cas, pensez à vous hydrater, même si vous restez tranquillement dans votre appartement. Comment vous vous sentez ces jours-ci ?

René souleva les épaules.

— Comme un vieux bonhomme de soixante-quatorze ans, c'est-à-dire pas si mal.

Le Dr Cooper hocha la tête avec sympathie.

— Pas de douleur particulière ? Les intestins ? Le dos ?

— Oh ça peut arriver parfois, mais bon, s'il fallait passer son temps à se plaindre…

— Mon père était pareil. Même quand j'avais une angine, il m'envoyait à l'école par moins 20 degrés. Tant qu'on peut marcher, on peut travailler il disait !

Les deux hommes sourirent, unis dans la complicité de ceux qui ont connu les « temps anciens ».

Le Dr Cooper attrapa un crayon sur son bureau, mais ce n'était pas pour écrire. Juste pour se donner une contenance.

— J'ai reçu vos radios.

Le ton de sa voix était soudain un peu plus mécanique, comme un acteur saisi par le trac avant de monter sur scène.

— C'est pas bon, hein, c'est ça ?

René avait compris avant même que le médecin ne finisse sa phrase. Le Dr Cooper lâcha un imperceptible soupir.

— Je pourrais faire des phrases et essayer d'enjoliver tout ça, mais on se connait depuis trop longtemps vous et moi, et je sais que vous n'aimeriez pas ça. Pas vrai ?

— Affirmatif, lança René, comme pour faire venir le courage.

— Ok, alors voilà la situation. Sur les clichés il y a une petite tache au niveau du pancréas.

René s'attendait à quelque chose comme ça, pourtant il se surprit à prendre l'information de plein fouet. Il laissa passer quelques secondes puis inspira profondément.

— Combien de temps ?

— C'est toujours difficile à dire, mais avec de la chimio et…

— Combien ?

Le Dr Cooper fixa René, comme s'il cherchait une vérité qu'il ne pouvait pas trouver.

— Il n'y a jamais de certitudes, ça dépend de beaucoup de facteurs. Ça peut être entre… trois mois et cinq ans.

René laissa échapper un sourire. Trois mois. Et dire que cinq minutes auparavant, il se préoccupait de son apparence physique, de savoir s'il existait encore aux yeux des autres. Comme tout ça était soudain dérisoire !

— Je suis vraiment désolé, reprit le médecin, c'est un des cancers les plus sournois. Il s'installe sans faire de bruit et quand les symptômes arrivent…

— …Je comprends. Vous n'y êtes pour rien, vous savez.

— Il ne faut pas baisser les bras, il y a des patients qui répondent bien aux traitements.

— Donc sans traitement, ça se terminera très vite, c'est ça ?

Le médecin acquiesça. René fit une moue amusée.

— Vous me prenez pour un combattant pas vrai ?

— Je « sais » que vous êtes un combattant. On peut commencer dès demain, je vous réserverai une place à l'hôpital.

René hocha la tête. Son esprit confus aurait voulu trouver les mots pour le remercier de sa compassion, mais rien ne venait qu'une grande fatigue.

— En attendant, poursuivit le Dr Cooper, rentrez chez vous, reposez-vous, mangez léger, et demain on démarre d'accord ?

René acquiesça et se leva dans une sorte de brume.

Quand il se retrouva dans la rue ensoleillée et chaude de Baie-Saint-Paul, il se souvenait à peine d'avoir serré la main du Dr Cooper en partant. Les gens passaient autour de lui, et il lui semblait qu'il était encore plus transparent qu'auparavant. Est-ce que mourir d'un cancer c'était ça, s'effacer petit à petit comme sous les frottements d'une gomme ? Il pensa à Susan, qui elle avait disparu d'un seul coup, mais dont le souvenir ne s'était jamais effacé au fil du temps. Et lui, est-ce qu'il laisserait une trace ? Mais pour qui ? Il n'avait pas d'enfant, il n'avait plus de famille, il s'était peu à peu retiré du monde après la mort de son meilleur ami quelques années plus tôt. Bientôt il irait rejoindre Susan et ils reprendraient leur conversation où ils l'avaient abandonnée. Peut-être que, finalement, la vie était encore plus intense quand on connaissait la date de fin. Le Dr Cooper avait parlé de cinq ans, après tout pourquoi ne pas y croire ? Et même si c'était un peu moins, il avait bien l'intention d'en profiter. Un dernier feu d'artifice, un bouquet final.

Il marcha jusqu'à chez lui, avec une attention inhabituelle pour les visages qu'il croisait, les devantures des magasins, la couleur des voitures qui passaient dans la rue… L'étrange sensation de se dire que c'était peut-être une des dernières fois qu'il voyait tous ces morceaux de vie. Des choses banales jusqu'à présent, qui prenaient soudain une importance démesurée.

Il fit un détour par le centre éducatif et s'assit sur un banc pour observer les enfants courir entre les jeux d'eau, en une farandole bruyante et vive. Oui, il irait faire cette chimio, et chaque jour gagné sur la maladie lui permettrait de profiter encore un peu de ces rires, de ces cris, de ces mouvements, de ces vibrations. De ces instants de rien. Ces instants de tout.

En rentrant chez lui, il fut content de retrouver la fraicheur de son salon, dont il avait pris soin de tirer les rideaux pour empêcher la chaleur d'y pénétrer. Il alla dans la cuisine se servir un grand verre d'eau et le but lentement en fermant les yeux. Il se sentait vivant et plein d'énergie. Est-ce que le Dr Cooper ne s'était pas trompé dans son diagnostic ? Est-ce qu'il n'avait pas regardé les radios d'un autre patient ? Et si c'était déjà une réaction de son corps contre la maladie ? Le médecin le connaissait bien, il savait qu'il allait se battre comme un lion. En tout cas, personne ne pourrait l'en empêcher.

La sonnette de la porte d'entrée résonna dans toute la maison. Il jeta un regard sur la pendule qui indiquait 12 h 35. L'heure du facteur. S'il avait sonné, c'est parce qu'il avait sans doute un colis pour lui. Pourtant il n'attendait rien de particulier. Une surprise ? Il avait eu assez de surprises pour aujourd'hui.

Il ouvrit la porte et le jeune facteur de CanadaPost, toutes dents dehors, lui tendit un paquet.

— Pour vous ! lança-t-il gaiement.

René s'empara du colis qui ne pesait pas bien lourd.

— Quelque chose à signer ?

— Nope. Bonne journée !

René hocha la tête tandis que le garçon s'éloignait déjà vers sa camionnette blanche siglée de bleu et de rouge. Il referma la porte et se rendit à la cuisine pour y chercher une paire de ciseaux. Il vérifia l'adresse de l'expéditeur, mais c'était un acronyme qui lui était inconnu. Méticuleusement, il entreprit de découper les arêtes supérieures du carton, puis extirpa de la boite un sac de plastique blanc. Il en retira un foulard de soie aux motifs géométriques, ce qui lui fit aussitôt penser qu'il s'agissait certainement d'une erreur. Aucun homme ne portait ce genre de foulard, et il ne voyait pas bien ce qu'il pourrait en faire. Il ne connaissait même aucune femme à qui il aurait pu l'offrir. Machinalement, il porta le foulard à son nez pour en respirer l'étoffe. Immédiatement une faille s'ouvrit en lui, comme si son cœur cédait sous le tranchant d'un scalpel.

Ce parfum…

C'était impossible… impossible.

Il dut s'asseoir dans un fauteuil du salon pour reprendre ses esprits. Il connaissait ce tissu, c'était un carré Hermès, une marque qu'appréciait tout particulièrement Susan. Il leva la tête vers le cadre posé sur la cheminée. Une photo prise en avril 2008, quelques mois avant sa disparition. Sur le cliché, sa jumelle arborait son plus joli sourire. Mais surtout, elle portait autour du cou le foulard qu'il tenait entre les mains.

Ce n'est qu'après plusieurs minutes en apnée qu'il réalisa qu'il avait fait tomber une feuille de papier en sortant le foulard du sac. Il se baissa pour la ramasser et ce qu'il lut acheva de le sonner.

« *Si tu veux connaitre la vérité : Montréal. Belvédère du Mont-Royal. 21 juin. 14 heures* ».

3

SARAH

— Si t'es venue aussi vite, c'est que c'est pas fini.

Le jeune homme à la chevelure noire dont s'échappaient quelques épis indisciplinés s'efforçait de paraître sûr de lui. Sarah le fixait d'un visage neutre, peu disposée à se laisser impressionner par son attitude de macho en herbe. Quand elle avait reçu son message qui lui donnait rendez-vous sur la Prom », elle s'était d'abord dit qu'elle ne viendrait pas. Inutile de lui donner de faux espoirs. Et puis en y réfléchissant, elle avait compris que si elle ne mettait pas les points sur les « I » en face à face, Jérémy ne lui lâcherait jamais la grappe.

— Qu'est-ce que t'as pas compris dans mon message ?

Elle n'avait pas voulu être agressive, elle attendait juste une réponse.

Le garçon se fendit d'un sourire qui se voulait provocateur.

— T'appelles ça un message ? Moi j'appelle ça un appel au secours.

L'adolescente soupira. Le vent chaud qui venait de la baie des Anges jouait avec ses mèches bouclées, comme répondant au mouvement des branches de palmiers qui s'agitaient au-dessus d'eux. Elle regrettait déjà d'être venue.

Jérémy enchaina.

— Ça fait six mois bébé, ça peut pas s'arrêter comme ça. Qu'est-ce que j'ai fait ?

— Déjà si t'arrêtais de m'appeler « Bébé », ce serait un bon début.

— Ah, si c'est un début, c'est que c'est pas la fin…

Il voulait jouer au plus malin. Qu'est-ce qu'elle lui avait trouvé ? Ok, il était mignon, avec ses yeux en amandes et ses sourcils bien dessinés, et puis avec sa taille et ses épaules carrées il faisait plus que ses dix-sept ans. C'est là qu'elle s'était fait avoir. Elle détestait les garçons de son âge, qui pensaient plus avec leur queue qu'avec la noisette qui leur tenait lieu de cervelle. Mais lui, il avait su être patient, lui faire croire qu'il était capable de la respecter, de laisser les choses venir. Mais visiblement, six mois c'était le maximum qu'il pouvait endurer, et c'est bien parce qu'elle l'avait ressenti qu'elle avait voulu mettre un terme à leur « histoire ».

— Ça peut pas marcher entre nous, c'est tout. Je vais pas te faire un exposé, ok ? J'ai essayé de te le dire mais t'écoutes pas.

Elle tourna la tête vers le bleu azur de la mer. Quelques personnes étaient descendues flâner sur la plage de galets. Elle avait soudain une envie dingue d'aller se baigner.

— Ça peut pas marcher parce qu'on est ensemble depuis six mois et on a rien *fait*. C'est pas ça un couple.

Voilà, on y était. Un couple, ça baisait. Dès le premier soir tant qu'à faire. Elle allait répondre mais il la coupa.

— Je sais ce que tu penses, que je suis comme tous les autres. Mais moi, en vrai, c'est pas ça que je veux. Enfin pas que ça. Moi je veux aller loin avec toi, je veux t'aimer, je veux te faire des enfants, je veux t'emmener à l'église, t'attendre devant le prêtre pendant que t'avanceras dans l'allée au bras de…

Il s'arrêta, conscient qu'il avait fait une boulette.

— Au bras de mon père ? Pas de bol, tu sais que c'est impossible.

Tu vois, c'est ça qui va pas avec toi, tu veux jouer les romantiques, et franchement c'est touchant, mais le problème c'est que tu réfléchis pas assez à ce que tu dis.

L'adolescent avait perdu de sa superbe. Il regardait ses pieds, comme cherchant l'argument ultime pour la convaincre de ne pas tout foutre en l'air.

Il la fixa à nouveau.

— Une fille, ça a besoin d'un homme à ses côtés. Encore plus si elle a plus son père. Regarde ta mère, elle…

Sarah se raidit.

— Quoi ma mère ?

— Calme-toi, je dis rien de mal. Je dis juste qu'elle a du mal à s'en sortir. Ok, elle t'a bien élevée et tout ça, mais tu crois pas qu'elle aurait été mieux avec un homme pour l'accompagner ? Pour le fric, pour les moments difficiles, pour tout, quoi.

— Mon père il s'est barré quand j'avais trois ans, et tu vois, j'ai survécu, je te remercie.

— Le prends pas comme ça…

— Je le prends comme je veux. Ma mère elle a galéré pour que je manque de rien, et même si elle a fait des erreurs, je lui en veux pas, ok ? Maintenant, je suis désolée, mais c'est pas avec moi que t'iras dans une église, d'abord parce que je crois pas qu'il y a un vieux mec avec une barbiche blanche qui nous regarde de là-haut ou alors c'est un sacré pervers, et ensuite parce que je vais pas me marier à dix-sept ans, ni à trente ni à soixante, t'as pigé ?

Un couple de vieux Niçois passa à côté d'eux en leur lançant des regards offensés. Sarah respira un grand coup. Cette conversation ne menait à rien. Le pire, c'est qu'elle comprenait parfaitement la position de Jérémy. À sa place, elle aurait sans doute fait la même chose.

— Je suis désolée, dit-elle sur un ton plus calme. Mais tu vois bien que si on se dispute, c'est peut-être pas une bonne idée d'aller plus loin. En tout cas, je suis claire avec toi. J'ai pas envie de ça.

Il hocha la tête et elle avait l'impression de l'avoir convaincu. Mais il fit soudain un pas en avant pour se coller à elle. Front contre front. Surprise, elle ne bougea pas.

— C'est ce que tu penses maintenant, fit-il dans une sorte de colère froide, mais je sais que tu changeras d'avis. Peut-être pas demain, peut-être pas dans un mois, mais un jour, tu m'appelleras, parce que tu seras prête.

Elle fit un mouvement pour se dégager, mal à l'aise. Elle l'avait vexé, c'était clair, mais pourquoi fallait-il toujours que les mecs se mettent à parler comme Batman pour montrer qu'ils étaient des hommes, des vrais ? Elle l'imagina avec une grande cape noire et des oreilles pointues, et elle faillit pouffer de rire. Elle crut qu'il allait s'énerver, mais il tourna soudain les talons et traversa la double avenue sans même prendre garde au trafic. Une voiture le klaxonna abondamment, puis il disparut à l'angle de la rue Halévy.

Sarah s'approcha de la mer. Elle avait son maillot de bain sous ses vêtements et son envie de se baigner ne l'avait pas quittée. Elle descendit les escaliers jusqu'à la plage et se dévêtit. Le soleil claquait sur ses épaules et la fraîcheur de l'eau l'enveloppa avec douceur. Elle fit quelques brasses pour s'éloigner du rivage, et poursuivit sa nage en fermant les yeux. Le tumulte de la ville s'évanouissait peu à peu, remplacé par le silence de l'immensité liquide. Les paroles de Jérémy résonnaient encore en elle, comme un écho désagréable qu'elle n'arrivait pas à chasser.

Une fille, ça a besoin d'un homme.

C'était ridicule. Elle se sentait capable de vivre sans personne, même un animal de compagnie. Les gens l'énervaient assez vite à vrai dire. Au lycée elle avait du mal à garder longtemps des amies. Dans les premiers temps, elle avait toujours l'impression que tout se passait bien, c'était agréable de discuter du dernier film sorti au cinéma, des cours de maths de l'horrible madame Dalmasso, de se moquer de l'accent niçois de monsieur Fernandez quand il essayait de parler anglais, et puis au bout de quelques mois elle se lassait et préférait retourner à sa solitude. Bien sûr, elle passait aux yeux de certains pour la « freak » du lycée, mais elle s'en fichait. C'était surtout parce qu'elle aimait lire, alors que la plupart des autres filles se préoccupaient plutôt de leur tenue, des sandales qu'elles allaient assortir à leur jupe ou du café à la mode où exhiber ses cuisses pour allumer les garçons.

Sarah se demandait si c'était parce qu'elle n'avait pas eu de père. Ou presque pas. Il lui avait donné son nom, ok. Brulanovitch. Un patronyme qu'elle avait trainé comme un boulet dans les cours de l'école primaire où on l'avait rapidement renommée « Tête brûlée ». Mais en dehors de ça, est-ce que trois années c'était suffisant pour considérer qu'un père s'était occupé de son enfant ? Personne n'avait la réponse et surtout pas sa mère, qui n'avait rien voulu lui dire à ce sujet. Il l'avait quittée, ok, surement pour une autre femme. Mais pourquoi, depuis quatorze ans, n'avait-il plus jamais donné signe de vie ? Comment pouvait-on abandonner une petite fille et faire comme si elle n'avait jamais existé ? Sarah n'arrivait pas à le penser comme quelque chose de réel. Il avait dû se passer un truc pas normal. Son père n'avait pas seulement quitté sa mère, il avait *disparu*. C'est vers l'âge de huit ans qu'elle avait commencé à se dire que peut-être on lui cachait la vérité. Pourquoi ne recevait-elle jamais d'appel pour ses anniversaires ? Pas une carte, un mot, rien ? Ses copines pouvaient serrer dans leurs bras une maman et un papa, ouvrir des cadeaux sous leurs yeux émerveillés et fiers. Elle, non. Bien sûr, elle avait un jour demandé si son père était mort, ce qui aurait été une explication douloureuse, mais une explication quand même. Elle se souvenait encore de la réaction de sa mère quand elle avait posé la question. Celle-ci avait d'abord hésité, puis elle avait dit non, sans grande conviction. Mais alors, s'il était vivant, où était-il ? Pourquoi ne se manifestait-il pas ? Et pourquoi n'y avait-il aucune photo de lui à la maison ? Sarah s'était dit que sa mère avait été tellement meurtrie par son départ qu'elle avait supprimé toute trace de son existence. Elle l'avait même imaginée en train de déchirer rageusement, un par un, tous les documents qui le concernaient avant de les jeter dans un grand feu dans la cour des poubelles. Une seule trace de sa présence dans la vie de Sarah avait survécu miraculeusement : un cliché flou de 2007 où Sarah, petite fille en débardeur rose marchant à peine, donnait la main à une silhouette en chemise blanche et en jean. Le visage était indéfinissable, tout juste pouvait-on distinguer une chevelure châtain et l'extrémité d'une moustache. Elle ne se souvenait plus comment elle avait trouvé cette photo, mais elle la gardait depuis jalousement dans son portefeuille, à l'insu de sa mère. Elle avait fini par comprendre que ses questions n'obtiendraient jamais de réponses. Mais ce ne devait pas être si grave, puisqu'elle était toujours en vie, et même sur le point de passer son bac.

Un jet-ski déchira soudain le silence de la mer, faisant sursauter Sarah. Elle fit quelques brasses pour regagner la plage, puis se laissa sécher au soleil en essayant de ne plus penser à rien.

Il était 18 heures passées quand elle ouvrit la porte de chez elle. Sa mère était rentrée du travail et s'activait en cuisine. Une odeur d'oignons frits avait envahi l'appartement. Le minuscule salon était en désordre, rendant la pièce encore plus glauque, avec sa tapisserie hors d'âge à la couleur délavée, son parquet élimé et ses meubles bon marché.

Sarah remarqua un colis posé sur le canapé. Sa mère se plaignait sans arrêt de ne jamais avoir assez d'argent pour finir le mois, mais ça ne l'empêchait pas de commander des trucs inutiles. Elle se dirigea vers la cuisine. Sa mère, cigarette au bec remuait un plat tout fait au-dessus d'une gazinière électrique maculée de taches indélébiles.

— T'étais où ?

Sarah soupira. Les interrogatoires ne prenaient jamais de répit.

— On est samedi après-midi, je peux pas aller où je veux ?

— T'étais avec ce minable je suis sûre.

— Je connais personne de minable.

Geneviève — un prénom qu'elle détestait —, la quarantaine usée et les cheveux gras, tapota sa cigarette pour en faire tomber la cendre dans l'évier. Elle n'avait jamais aimé les petits copains de Sarah, et encore moins le dernier en date.

— J'ai vu l'autre jour comment il te regardait. Et désolée, mais c'était minable.

— Eh bien tu vas être contente, je lui ai dit que c'était fini.

— Jusqu'au prochain.

Sarah sentit le sang lui monter aux joues.

— Je sais, les mecs c'est tous des pourris, ils finissent forcément par te larguer un jour.

— L'essentiel c'est que ça rentre dans ta tête. Et que surtout tu te fasses pas mettre en cloque entretemps.

— Arrête, ça va là !

— Au lieu de passer ton après-midi à réviser…

— Oui, je le sais que j'ai l'oral, merci de me le rappeler j'ai failli oublier.

— C'est pour toi que je dis ça hein, si tu veux pas finir ta vie à vendre des meubles de merde dans un magasin de merde.

— Toi t'as pas passé une bonne journée.

— Pas pire que d'habitude.

Sarah secoua la tête, agacée. Elle allait sortir de la pièce quand elle se ravisa.

— C'est quoi le truc sur le canapé ? Je croyais que t'avais pas de fric.

— Déjà tu me parles pas sur ce ton. Ensuite, c'est pas pour moi, c'est ton nom sur l'étiquette.

— C'est pour moi ?

— Un cadeau du minable sans doute. Tu crois pas qu'il va lâcher l'affaire comme ça.

Sarah leva les yeux au ciel et se dirigea vers le salon. Elle attrapa le colis pour l'examiner. C'était bien son nom sur l'étiquette. L'expéditeur en revanche lui était inconnu. Agacée, elle déchira le carton et en retira un sac de plastique blanc. C'était pas en continuant d'utiliser ces putains de sacs en plastique qu'on allait sauver la planète ! Elle l'ouvrit et en sortit un pantalon de couleur ocre, visiblement beaucoup trop grand pour elle. Sans compter qu'il avait l'air usagé et que c'était un modèle pour homme. Elle retourna voir sa mère, brandissant le vêtement.

— Qu'est-ce que c'est que ce truc ?

Geneviève plissa les yeux pour mieux voir.

— J'en sais rien. Si tu sais plus ce que tu commandes…

— J'ai jamais commandé ça. C'est même pas pour femme et il est pas neuf.

Elle s'approcha de sa mère qui examina le pantalon plus attentivement. Soudain, son mégot se figea au coin de sa lèvre. Elle lâcha la cuillère en bois avec laquelle elle touillait sa mixture et attrapa le vêtement.

Sarah était intriguée.

— Tu connais ce pantalon ?

Geneviève paraissait mal à l'aise.

— Je sais pas… Je…

— Maman, c'est à qui ce pantalon ?

Les légumes étaient en train de cramer dans la poêle, mais Geneviève semblait ailleurs. Dans un autre temps.

— Je crois… Je crois que c'était à ton père. C'est le pantalon qu'il portait la dernière fois que je l'ai vu.

Sarah la regarda, sonnée. Elle essayait de comprendre ce que tout cela signifiait. Soudain, elle remarqua un papier qui dépassait d'une des poches. Elle le prit et le déplia. Un mot manuscrit s'étalait au travers de la feuille.

« *Si tu veux connaître la vérité : Montréal. Belvédère du Mont-Royal. 21 juin. 14 heures* ».

4

MATHIEU

Mathieu pressait le pas car la pluie menaçait de tomber d'un instant à l'autre. Il n'avait pas pensé à consulter la météo avant de sortir et n'avait pas pris de parapluie. Il pourrait toujours se réfugier sous l'auvent d'une boutique, mais ce n'était pas l'endroit idéal pour répondre à un appel téléphonique important.

Plus tôt dans la matinée, le premier entretien s'était bien passé, du moins de son point de vue. Il n'avait pas bafouillé, il avait su parler ni trop vite ni trop lentement, et même s'il avait hésité à mettre une chemise noire, il était finalement content de son choix. Le noir ça marche tout le temps, et ça allait particulièrement bien avec le grain mat de sa peau et ces yeux foncés qu'il tenait de son père. Un entretien d'embauche, c'est à la fois un rôle qu'on joue et un échantillon de sincérité. L'équilibre était parfois difficile à trouver entre surjouer la situation grâce à des talents d'acteur — il avait fait du théâtre au collège —, et se contenter d'être soi-même. Les bons recruteurs, parait-il, avaient un sixième sens pour détecter chez un candidat le moindre frémissement de sourcil, un croisement de jambes intempestif ou simplement une lueur dans le regard qui trahissait une volonté de paraître plus que ce qu'on était. Mais son CV était bon, et il avait à quarante-deux ans une solide expérience.

D'ailleurs le responsable de l'agence média qui l'avait reçu lui avait promis de revenir vers lui dans l'après-midi. Battre le fer tant qu'il est chaud, comme aimait à le dire son grand-père paternel. C'est lui qui l'avait élevé quand ses parents étaient morts lors d'une virée en biplan au-dessus de la baie de Tadoussac. Un baptême de l'air, avec l'espoir d'apercevoir des baleines vues du ciel. L'expédition s'était terminée au fond du Saint-Laurent, dans une énorme gerbe d'eau, et seul le corps du pilote avait été retrouvé, après deux jours de recherches. Le père et la mère de Mathieu, alors âgés de trente-quatre et trente-huit ans, furent officiellement déclarés disparus.

Mathieu n'avait que huit ans à l'époque, mais il s'en souvenait comme si c'était hier. Une sidération qui l'avait cloué au lit pendant une semaine. Il avait refusé de se nourrir, et son grand-père avait dû l'emmener de force à l'hôpital pour qu'on lui pose une perfusion. Quand il était enfin sorti de cette chambre qui puait l'éther et la mort, il allait beaucoup mieux. Non pas parce qu'il avait retrouvé des forces grâce aux médicaments et à la nourriture, mais parce qu'il avait trouvé la solution à son problème. Ses parents n'étaient pas morts. Non, ça c'était totalement impossible. Ils étaient vivants, quelque part. Simplement, ils avaient inventé ce stratagème du baptême de l'air qui se termine en tragédie parce qu'ils n'avaient pas eu le courage de lui avouer la vérité, à savoir qu'ils avaient décidé de l'abandonner. C'était la seule explication plausible. En tout cas la seule qui lui avait permis de tenir le coup. Quand la réalité est insupportable, seule la fiction peut vous sauver. D'ailleurs le pédopsy n'avait pas essayé de lui enlever cette idée de la tête. Il s'était montré patient et très compréhensif, le faisant dessiner, redirigeant ses colères et ses peurs grâce à des jeux qui lui avaient permis de faire descendre la pression. Peu à peu les cauchemars qui peuplaient chacune des nuits de l'enfant terrorisé qu'il demeurait quand les lumières étaient éteintes avaient fini par s'éloigner. Mais au fond de lui, de l'adulte qu'il avait réussi à devenir au-delà du vide, persistait l'idée qu'un jour il reverrait ses parents, et qu'il leur demanderait pour quelle raison ils l'avaient laissé un triste après-midi de l'été 1988.

Quelques gouttes s'écrasèrent au sol, dans un crépitement léger, mais Mathieu savait par expérience que ce n'était que le prélude au déluge. Quand un orage éclatait au-dessus de Montréal, c'était souvent avec une grande violence. Il se hâta vers une terrasse de café dont l'auvent abritait déjà quelques naufragés. Dix secondes plus tard, un rideau liquide s'abattait autour d'eux, transformant la rue Crescent en un ruisseau furieux. Un vent noir soufflait en même temps, brouillant la silhouette des arbres, menaçant d'emporter avec lui le frêle auvent salvateur. C'est le moment que choisit le téléphone de Mathieu pour sonner dans sa main. Il se recroquevilla dans un recoin de la terrasse pour essayer d'échapper à la morsure des gouttes qui se jetaient sur le bas de son pantalon. Il décrocha et plaqua son téléphone contre sa joue humide.

— Allo ?

— Allô, monsieur Tremblay ?

— Lui-même.

— C'est Benjamin Shafer, de l'agence MediaCom, vous allez bien ?

— Oui… oui, enfin je ne suis pas loin de me noyer au centre-ville, mais tout va bien.

— Ah oui, vous êtes sous l'orage, je peux vous rappeler à un autre moment si vous préférez ?

— Non non, ça va passer pas de probl…

Un énorme éclair blanchit soudain la rue, aussitôt suivi d'une déflagration qui claqua entre les buildings. Mathieu s'en voulait d'apparaître aussi vulnérable dans un moment où il aurait dû montrer qu'il pouvait maitriser n'importe quelle situation. Deux mois qu'il attendait de décrocher un poste. La concurrence était rude, et le moindre type à l'aise avec la grammaire s'imaginait qu'il pouvait s'improviser rédacteur web, alors que cela nécessitait quand même une solide culture générale, une orthographe exemplaire, savoir élaborer des contenus web variés…

Un nouvel éclair zébra les façades, accompagné d'un rugissement de tonnerre. Un petit enfant se mit à hurler dans les bras de sa mère, pas tellement plus rassurée que lui.

— Allô ? Allô monsieur Tremblay ? Vous êtes toujours là ?

Mathieu se redressa, essayant de se donner une contenance digne pour contrôler l'intonation de sa voix.

— Oui oui, je suis là, j'attendais votre appel.

— Très bien. Est-ce que vous seriez libre mardi prochain, le 18 juin ? Nous souhaiterions vous voir à nouveau, votre profil correspond tout à fait à ce que nous recherchons.

— Attendez, je regarde…

Il fit semblant de consulter l'agenda sur son téléphone qu'il faillit lâcher par inadvertance. Mais il connaissait son emploi du temps par cœur, chaque journée était une page vide, même la visite chez le dentiste programmée depuis deux mois venait d'être annulée par le cabinet. Il calma sa respiration et se força à sourire dans l'appareil.

— Le 18, oui très bien, à quelle heure ?

— 10 h 00, c'est bon pour vous ?

— 10 h 00 c'est parfait, je le note.

— À bientôt alors, merci !

— Merci, au revoir !

L'orage s'éloignait déjà, il n'avait duré que le temps de sa conversation, comme si un être maléfique en avait planifié le passage uniquement pour lui nuire. Bon, l'important c'était qu'il avait enfin une vraie chance de décrocher un travail et de sortir de cette situation financière incertaine qui commençait à le ronger. En espérant que le 18 juin soit une bonne date.

Soudain il réalisa.

Le 18 juin, c'était l'anniversaire de sa rencontre avec Julie. Il ne pensait pas pouvoir oublier cette date un jour. Peut-être qu'il commençait à s'habituer à son absence. Est-ce que c'était bon signe ? Est-ce que ça voulait dire que son esprit, son inconscient ou Dieu sait quoi d'autre souhaitait au fond de lui passer à autre chose ? Julie… Rien que son prénom faisait ressurgir des centaines d'images, des milliers de sourires, de regards, d'étreintes… Les randonnées dans le Vercors en France, les balades à vélo sur des chemins aux senteurs poivrées, sa main dans sa main, sa peau sous ses doigts, leurs rêves d'avenir, d'enfant à naitre, de vie à vivre, à deux, à trois... Non, Julie ne s'était pas éloignée, elle était encore au fond de lui, malgré le vide et l'attente. Un jour, il en était sûr, on frapperait à sa porte et ce serait elle. Sans un mot, ils s'envelopperaient comme au premier jour, elle presserait sa poitrine contre son torse, il s'enivrerait du parfum de ses cheveux, ils se reconnecteraient à eux-mêmes, cette fois pour toujours...

Ses copains avaient bien essayé de lui changer les idées, de l'entrainer dans des activités physiques pour le sortir de sa torpeur mélancolique, mais chaque fois qu'il se retrouvait chez lui, seul dans sa chambre avec les cadres au mur qui tous disaient quelque chose de Julie, une expression, un regard, une mèche blonde, chaque fois le chagrin envahissait à nouveau l'espace, jusqu'au lendemain.

Combien de temps cela pouvait-il durer ? Il s'en voulait d'avoir oublié la date du 18 juin, même si l'orage, la pluie, le hurlement des gosses, le stress de l'appel téléphonique avaient été autant de circonstances atténuantes. Il savait qu'un jour il reverrait Julie. Comme il savait qu'un jour il reverrait ses parents. Oui, ils avaient, tous, voulu lui faire subir cette épreuve de l'absence pour mieux consolider son amour, pour mieux lui permettre de jouir de leurs retrouvailles.

Il marchait depuis plusieurs minutes sans s'en rendre compte, sur les trottoirs encore pleins de la pluie évanouie. Il n'avait pas envie de rentrer chez lui tout de suite, il avait envie de profiter de l'atmosphère humide, des parfums qui montaient de la terre et lui donnaient de la force.

Ce n'est qu'au bout d'une heure qu'il regagna son appartement de la rue Victoria, les jambes fatiguées et l'esprit plus clair. De loin, il aperçut un objet informe sur le pas de sa porte. En s'approchant, il constata que c'était un colis laissé par le facteur et qui avait subi les outrages de la pluie torrentielle. Quelle idée d'abandonner un paquet à ciel ouvert par un temps pareil ? Il se pencha pour le ramasser. Sur l'étiquette délavée, le nom de l'expéditeur était devenu illisible.

Mathieu fit jouer sa clé dans la serrure de son appartement et entra dans le salon. Il posa le colis sur le carrelage de la cuisine pour le laisser dégouliner tandis qu'il enfilait des habits secs. Il avait faim et se souvint avec plaisir qu'il avait au frigo un reste de poulet Général Tao qu'il avait commandé la veille. Il sortit le Tupperware et le plaça au micro-ondes. Pendant que le plateau tournait en ronronnant, Mathieu coupa ce qui restait du carton du colis avec une paire de ciseaux. À l'intérieur, un sac de plastique blanc avait heureusement protégé de la pluie ce qu'il contenait. Curieux, Mathieu ouvrit le sac et en sortit une chaussure. Il vérifia pour voir s'il n'y en avait pas une deuxième, mais non, elle était orpheline. Une basket Nike avec une semelle et des lacets roses.

Soudain, il sentit ses poumons se bloquer. L'émotion qui l'envahissait l'empêchait de respirer. Il se précipita vers un meuble du salon et en ouvrit nerveusement le tiroir du haut. Il attrapa un album photo et feuilleta rapidement les pages.

Là !

Julie en tenue de sport.

Il le savait, sa mémoire avait stocké l'information, il s'en souvenait maintenant parfaitement. Sur le cliché aux couleurs vives, elle portait aux pieds des baskets Nike, avec des lacets et une semelle roses…

Il retourna examiner la chaussure. La semelle était un peu usée et sale, elle avait visiblement servi.

Impossible.

Ça ne pouvait pas être…

Il sentit les larmes lui monter aux yeux. Dans un brouillard, il aperçut, coincé à l'intérieur de la chaussure, un petit papier plié en quatre. Il l'attrapa et le déplia, chavirant alors qu'il lisait les quelques lignes écrites à la main.

« *Si tu veux connaître la vérité : Montréal. Belvédère du Mont-Royal. 21 juin. 14 heures* ».

5

MARIE N'AVAIT PAS DORMI de la nuit.

Quand elle arriva à l'hôpital du Saint-Sacrement, elle avait une migraine qu'aucun médicament n'était parvenu à calmer. Elle avait retourné les différentes hypothèses dans tous les sens, imaginé tous les scénarios qui avaient pu conduire à cet événement improbable, inouï.

Quelqu'un savait ce qui était arrivé à Tim…

Comment était-ce possible ? Qui ? Comment ? Pourquoi ?

Bien sûr, le mot ne précisait pas s'il était encore en vie, mais elle avait beau essayer de garder la tête froide, elle ne parvenait pas à contrôler ce fol espoir qui venait de surgir. Elle voyait la scène, comme filmée sous tous les angles. Elle arrivait au lieu de rendez-vous, elle tournait la tête en tous sens, et puis soudain, il apparaissait, à quelques mètres d'elle. Elle courait vers lui au ralenti sur fond de musique sirupeuse comme dans un vieux mélo, ou alors elle se jetait en accéléré dans ses bras, le serrait fort contre lui, se perdait dans l'immensité des émotions trop longtemps contenues…

Elle se changea dans les vestiaires avec des gestes d'automate, enfilant sa blouse sans retourner les bonjours qu'on lui adressait. Elle avait failli se faire porter pâle pour rester à la maison et réfléchir à tout ça, mais elle connaissait bien la patiente qui se faisait opérer ce matin et il n'était pas question de l'abandonner. Malgré la situation, elle se sentait en mesure d'assurer son service. Les problèmes personnels devaient rester à l'extérieur de l'établissement, même si là, les circonstances étaient exceptionnelles. Elle prit sur elle et fit comme si tout allait bien. Elle arriva à blaguer avec Mme Chauveau pour la mettre en confiance avant de l'envoyer au pays des songes artificiels. La pauvre devait se faire poser un anneau gastrique parce que son médecin l'avait prévenue que si elle continuait à prendre du poids, il y aurait un risque pour sa santé. Mais aussi parce qu'elle voyait bien que son mari ne la regardait plus comme avant, et elle espérait « magiquement » pouvoir lui présenter un corps qui pourrait de nouveau susciter son intérêt. C'est en tout cas ce qu'elle avait confié à Marie lors de son rendez-vous préopératoire. À chacun ses soucis, ses angoisses et ses espoirs, avait alors pensé Marie. Elle était loin d'imaginer à ce moment-là qu'elle allait recevoir par la poste une casquette et un message qui la bouleverseraient à son tour.

Mais il lui restait un obstacle à surmonter. Elle était bien placée pour connaitre les difficultés de l'hôpital du Saint-Sacrement, et en particulier le problème récurrent des sous-effectifs. Elle allait devoir s'absenter pour une durée indéterminée et elle était en ce moment la seule anesthésiste disponible. Pourtant, il allait bien falloir trouver une solution.

La peinture dans le bureau de son chef de service était aussi jaunâtre que le teint de son occupant. Le Dr Martin était un type à l'embonpoint sympathique et au regard désabusé derrière des petites lunettes rondes, qui savait se montrer charmant et drôle à l'extérieur de l'hôpital, mais qui sitôt assis sur sa chaise de clinique redevenait intraitable. Marie se redressa, souffla un bon coup puis frappa à la porte entrouverte. Elle savait qu'il n'y aurait pas de réponse et qu'il fallait forcer l'entrée, avant d'essuyer un regard réprobateur, le genre de regard qui dit : « Qu'est-ce qu'il se passe aujourd'hui pour que tout le monde vienne m'emmerder ? ». Le Dr Martin avait le nez plongé dans un dossier tandis que l'ordinateur allumé sur son bureau envoyait des bips annonçant l'arrivée de messages à intervalles réguliers.

Marie se racla la gorge.

— Je sais que ça n'est jamais le bon moment mais…

Il l'interrompit sans lever les yeux.

— Alors évitez de faire des phrases et balancez.

Marie convoqua le visage de Tim dans son esprit. Quels traits avait-il aujourd'hui ? Est-ce qu'il reconnaitrait sa mère après toutes ces années ? Elle se rendit compte que ses mains tremblaient tant elle était folle d'impatience d'avoir les réponses à ces questions.

— Je vais devoir m'absenter, dit-elle d'une voix qu'elle essayait de contrôler.

— Jusqu'à quelle heure ?

Elle hocha la tête. Évidemment, Martin ne s'attendait pas à ce qui allait lui tomber dessus.

— Plusieurs jours en réalité. Je ne sais pas combien de temps exactement.

Le Dr Martin releva brusquement la tête, figé dans un rictus d'incompréhension.

— On a deux opérations cet après-midi, trois autres demain, et je ne vous parle pas des jours suivants.

— Je pourrai assurer celles de cet après-midi, mais demain je ne serai pas là.

Elle avait failli ajouter « demain on sera le 21 juin, et je vais à Montréal retrouver mon fils disparu depuis quatorze ans », mais elle n'avait pas envie de rentrer dans les détails. Martin lèverait un sourcil désabusé, persuadé qu'il s'agissait d'une blague.

— Et on fait comment si on n'a plus d'anesthésiste ?

— Je vais essayer de trouver quelqu'un pour me remplacer.

Le Dr Martin secoua la tête.

— Bien sûr. Vous allez ouvrir l'annuaire et vous allez trouver quelqu'un d'ici demain. (Soudain il haussa le ton.) Qu'est-ce qui vous prend bordel ! Vous êtes une des personnes les plus sérieuses que je connaisse et vous me plantez comme ça, sans explication ?

— Je suis désolée… Je vais faire tout mon possible.

Son interlocuteur soupira, comme pour essayer de se calmer.

— J'imagine que je ne peux pas vous demander la raison de cette soudaine crise de folie ?

Marie faillit une nouvelle fois se lancer dans une explication, mais elle avait envie de garder ça pour elle. C'était trop intime. Trop personnel. L'expérience lui avait déjà prouvé, plusieurs fois, qu'il était vain de s'épancher auprès de quelqu'un qui n'avait jamais vécu un tel drame. Au mieux on se retrouvait en face d'une écoute gênée, au pire on avait droit à des conseils insupportables à entendre.

Il replongea dans ses dossiers sans attendre la réponse.

— Si vous ne trouvez personne, dit-il d'une voix froide, soit vous annulez vos projets, soit je reconsidérerai votre collaboration avec cet hôpital.

Tandis qu'il griffonnait des notes sur un document, Marie se retira en silence.

À une autre époque, cette conversation l'aurait meurtrie. Seule, avec un enfant à charge, elle aurait été terrorisée à l'idée de perdre son travail.

Aujourd'hui, en cette matinée ensoleillée, elle n'en avait absolument rien à fiche.

~

René plaça un pull dans sa valise puis le retira, indécis. Est-ce qu'il aurait vraiment besoin d'un pull en cette saison ? Fin juin, Montréal croulait déjà sous la chaleur. Et pour combien de temps partait-il ? Cette situation le rendait mal à l'aise. Il avait d'abord été bouleversé en réalisant qu'il tenait entre les mains le foulard que portait Susan le jour où elle s'était évanouie dans la nature. Puis, au bout d'une heure, à force de remuer toutes les pensées qui l'assaillaient dans le désordre, le doute avait pointé le bout de son nez. Est-ce que quelqu'un n'était pas en train de lui faire une vilaine farce ? Quatorze ans plus tard, un colis arrivait comme ça, avec la promesse de la vérité sur la disparition de sa sœur ? C'était tellement improbable. Il n'avait osé en parler à personne de peur qu'on se moque de lui. Il en venait à regretter de ne plus aller à la messe. Depuis quelques années il s'était lassé de prier, pour un résultat plus que décevant, même si en ce moment précis parler à son éventuel Créateur aurait pu le soulager de cette étrange émotion qui l'avait saisi. Il en aurait eu à raconter sur Susan et ses relations avec elle. Elle avait disparu avant qu'ils se disent toutes les choses qu'ils avaient encore à se dire, solder les incompréhensions du passé, obtenir des réponses à des questions restées en suspens. On pense toujours que les conversations sérieuses peuvent être remises au lendemain, que rien ne presse pour aborder des sujets qui pourraient tourner au vinaigre, mais la vérité c'est qu'un beau jour il est soudain trop tard, et on se retrouve à errer pour l'éternité dans des abysses d'incertitude, le silence infini des réponses non données.

René plaça dans la valise quelques paires de chaussettes supplémentaires — on n'en avait jamais assez —, et s'assit sur le bord de son lit. Les meubles, les bibelots sur les meubles, la tapisserie à fleurs, les cadres sur la tapisserie à fleurs, l'odeur de renfermé qu'il ne détectait plus mais que ses rares visiteurs lui faisaient remarquer — « il faudrait peut-être aérer de temps en temps René ! » —, tout cela semblait figé depuis la nuit des temps. L'immobilité dans laquelle sa vie s'était peu à peu enlisée se lisait dans chaque recoin de son appartement. Il s'était habitué à cette routine, la seule façon finalement de vieillir en paix. Faire les mêmes choses, au même moment, de la même façon. Il se souvenait encore de sa mère lui apprenant à casser un œuf sur le rebord du plan de travail de la cuisine, avant de le faire glisser habilement dans une poêle chauffée. Eh bien depuis plus de soixante ans il répétait la même technique, inlassablement, et le plus beau, c'est que ça ne ratait jamais… Alors, pourquoi changer pour le plaisir de changer ? Oui, la stabilité lui avait servi de repère depuis toutes ces années. Et soudain, l'irruption du mouvement, le chamboulement, un au-delà, une mission, une promesse, mais une promesse de quoi au juste… ? Est-ce qu'il avait encore assez de force pour supporter cela ? Est-ce qu'il n'aurait pas pu mourir la semaine dernière, paisiblement, dans son lit ? Sans toutes ces complications à venir, toutes ces perturbations qui se dressaient maintenant devant lui depuis l'arrivée du facteur ? Il allait, peut-être, retrouver Susan, sa moitié, son souffle, sa sœur jumelle. C'était vertigineux, mais est-ce que ce n'était pas trop tard ? Peut-être ne saurait-il même pas quoi lui dire…

Son téléphone se mit à chanter gaiement dans l'appartement.

René se leva et se dirigea vers le salon d'où semblait provenir la sonnerie. Il s'était laissé récemment convaincre par un vendeur dans une galerie marchande de passer au monde moderne, mais il devait reconnaitre que cet appareil du diable semblait vouloir garder jalousement ses secrets. Cet écran qu'il ne touchait jamais comme il fallait, qui s'éteignait sans prévenir ou affichait du texte qu'il n'avait pas voulu taper... La sonnerie continuait à gazouiller, mais visiblement ça ne venait pas du salon. Il entra dans la cuisine et trouva le portable sur le micro-ondes. Il n'avait aucun souvenir de l'avoir posé là.

Il décrocha le combiné d'un geste lent et le porta à son oreille.

— Allô ?

— Allô, monsieur Bouchard ? C'est le docteur Cooper à l'appareil, vous allez bien ?

René l'avait complètement oublié celui-là. Et à vrai dire, il n'avait pas envie de lui parler maintenant. Mais sa bonne éducation l'empêchait de lui raccrocher au nez.

— Je vais bien, je vais bien... Qu'est-ce que je peux faire pour vous ?

Un rire sympathique résonna dans le combiné.

— À vrai dire, c'est plutôt moi qui peux faire quelque chose pour vous, ou plus exactement la médecine ! Je vous ai inscrit à une séance de chimiothérapie demain à 14 heures, je leur ai déjà transmis votre dossier.

René se gratta l'arrière de la tête. Demain à 14 heures il serait à Montréal, sur le Belvédère du Mont-Royal.

— Demain... ? fit-il embêté, je crois qu'il va falloir décaler.

Il sentit une interrogation muette à l'autre bout du fil.

— Après-demain vous irait mieux ?

René réfléchit. Il se rendait compte qu'il n'avait aucune idée de ce que serait son avenir proche.

— Je dois m'absenter, mais j'ignore pour combien de temps. Je suis désolé.

Le médecin lâcha un soupir.

— Monsieur Bouchard, je sais que vous êtes un homme intelligent et que vous comprenez la situation, alors je vais me permettre de vous poser une question très directe. Est-ce que je dois comprendre que vous ne souhaitez plus vous soigner ?

René n'y avait jamais pensé en ces termes. Même s'il avait encore de la difficulté à y croire, la perspective de revoir sa sœur avait tout envahi, jusqu'à renvoyer la question de sa propre santé tout en bas de la liste.

— Je vous suis très reconnaissant du mal que vous vous donnez pour moi, dit-il avec sincérité, mais parfois, les choses tournent autrement.

Il se souvint du déménagement précipité de sa famille lorsqu'il était adolescent, alors que sa vie semblait posée sur des rails. Il détestait le changement, mais la vie ce jour-là n'en avait pas tenu compte.

— C'est mon rôle de médecin. On peut même dire que je suis payé pour ça, plaisanta le Dr Cooper. Quels que soient vos projets, prenez soin de vous et contactez-moi s'il y a le moindre souci, d'accord ?

René remercia mentalement le Dr Cooper pour sa compréhension. Est-ce que de toute façon il aurait pu lui envoyer deux hommes en blouse blanche pour le conduire de force jusqu'à l'hôpital, l'asseoir dans un fauteuil et lui planter une aiguille dans le bras ? Il se félicita d'être le citoyen d'un pays libre, où le choix de continuer à vivre restait une question personnelle.

Après des salutations respectueuses, René prit congé de son interlocuteur. Il retourna dans sa chambre et regarda sa valise. Finalement, il se passerait de pull, et si jamais les soirées étaient fraiches, il pourrait toujours en acheter un sur place.

∼

— Mais enfin, tu te rends compte que c'est n'importe quoi ?

— Arrête de dramatiser maman, ça me rendrait service.

Sarah remplissait tranquillement un sac à dos avec quelques vêtements tandis qu'à côté d'elle sa mère était en surchauffe, bougeant la tête frénétiquement comme un oiseau en panique.

— Tu ne sais même pas où tu vas !

C'est vrai que Sarah n'avait jamais entendu parler du Belvédère du Mont-Royal avant la journée de la veille, mais une rapide recherche sur Google l'avait renseignée.

— Il parait que Montréal c'est génial, c'est l'occasion de connaitre !

Le ton ironique qu'elle employait agaçait encore plus Geneviève.

— Tu fais ta maligne, mais t'as jamais fait un aussi long voyage ! Et avec quoi tu vas payer tout ça ?

— Je dépense jamais rien, c'est le moment de me servir de mes économies.

Geneviève soupira bruyamment. Tous ses arguments semblaient glisser sur sa fille comme sur les plumes d'un canard. Un canard qui avait bien l'intention de voler de ses propres ailes.

— Ok, donc c'est à ton tour de m'abandonner quoi.

Sarah lâcha le short qu'elle s'apprêtait à enfourner dans son sac et se planta face à sa mère.

— Tu crois pas que t'exagères un peu là ?

— Je m'inquiète pour toi, c'est pas le rôle d'une mère ? Tu vas courir après un fantôme, qu'est-ce que ça va t'apporter ?

— Je sais pas, la vérité que t'as jamais voulu me dire peut-être ?

— Mais quelle vérité ? Que ton père était un salaud et qu'il est surement six pieds sous terre aujourd'hui ?

— Justement, ça c'est ta version. Visiblement, j'ai l'occasion d'en avoir une autre.

— Et tu te demandes pas comment ça se fait que soudain tu reçois un mot par la poste ?

— Il y a d'autres choses qui m'ont paru plus bizarres depuis que je suis petite. Comme le fait que t'aies jamais voulu répondre à mes questions sur mon père.

— Je t'ai dit ce que je savais. Il a été là jusqu'à tes trois ans, et puis un jour il était plus là. Il s'est barré, ou il s'est suicidé ou j'en sais rien. Je l'ai cherché, au bout de deux jours j'ai appelé la police, ils m'ont écoutée et puis ils m'ont dit : « Madame, votre mari est majeur, rien ne lui interdit de disparaitre. S'il fallait qu'on fasse une

enquête à chaque fois qu'un couple se dispute, on passerait nos journées à ça. » Voilà !

Sarah haussa les épaules.

— Les gens partent pas comme ça du jour au lendemain sans
raison, il s'est forcément passé quelque chose.

— Les hommes sont comme ça, je me tue à te le dire. Ils voient
une petite nana bien fraiche, ils font les beaux, ils consomment, et
puis un jour ils se lassent. Parce qu'ils pensent avec leur bite, c'est
tout !

— Maman s'il te plait !

Sarah reprit son short sur le lit et le glissa dans son sac. Elle
comprenait que si sa mère avait harcelé son père tous les jours de
cette façon, ce n'était pas étonnant qu'il soit parti. Ce qui était
moins pardonnable, c'est qu'il n'ait jamais donné signe de vie à sa
fille.

— T'as dix-sept ans Sarah, je sais même pas si je peux te laisser
prendre l'avion toute seule.

— Oh oui, t'as raison, c'est surement interdit. D'ailleurs à l'arrivée les douaniers vont me bloquer et me jeter en prison. J'espère
que j'aurai quand même droit à un appel par jour.

Geneviève se rongeait l'ongle du petit doigt.

— Et si c'était un piège ?

— Tu regardes trop Netflix.

— Non mais imagine que c'est un type qui t'a repérée sur les
réseaux sociaux, TikTok et machin là, et qui t'as envoyé ce colis
pour t'appâter. C'est comme ça qu'il y a des filles qui se font violer
ou qui finissent exploitées par des proxénètes !

— Whaou, tu devrais écrire des romans tu sais. Encore qu'il
faudrait que tu bosses un peu ton intrigue parce que c'est pas trop
crédible là.

— Et ton bac ? Il parait que t'es au courant que t'as l'oral
bientôt.

— Oui ben j'imagine que chaque année il y a des gens qui se
tapent une gastro ou un sale truc ce jour-là, et c'est pas pour ça
qu'ils ratent leur vie. J'aurai un rattrapage, on va s'en sortir.

— T'as réponse à tout, hein…

Une nouvelle fois, Sarah s'arrêta pour faire face à sa mère.

— Maman, ça va bien se passer. Je sais que t'es inquiète, mais je peux pas faire comme si rien n'était arrivé. Le 21 juin il va se passer un truc important pour moi. Et si je vois que c'est une connerie, je serai assez grande pour m'adapter. De toute façon, on va rester en contact, d'accord ?

— Je vais venir avec toi.

— C'est ça, tu vas lâcher ton boulot. T'es déjà à la limite financièrement, ça va surement t'aider.

Geneviève tournait en rond dans la pièce, à bout d'arguments. Elle se dirigea vers la porte puis fit demi-tour.

— Tu vas partir combien de temps ?

— Maman, j'ai pas une boule de cristal, je verrai bien sur place.

Geneviève quitta cette fois la pièce sans un mot. Sarah s'assit sur le bord de son lit et sortit du tiroir de sa table de nuit un carnet blanc à spirale qu'elle commença à feuilleter. Depuis quelques années, elle s'était mise à y griffonner tout ce qu'elle vivait, les événements importants, ses réussites scolaires, ses anniversaires, à y coller des dessins qu'elle avait faits quand elle était petite… Tout le matériau brut d'une vie passée sans son père et qu'elle comptait bien lui montrer si un jour elle se retrouvait face à lui. Pour qu'il comprenne tout ce qu'il avait raté durant ces précieuses années. Elle avait hâte de partir maintenant. Peut-être que sa mère avait raison et que tout ça n'était qu'une vaste arnaque, mais elle n'en pouvait plus de se cogner aux murs de cet appartement minuscule, des murs sur lesquels rebondissaient jour après jour des milliards de questions, de problèmes, de doutes qui lui bouffaient son oxygène. Avec ce voyage, elle pouvait faire d'une pierre deux coups. Prendre de la distance avec une mère envahissante et partir sur les traces de son géniteur. Elle ouvrit son sac et y plaça son précieux carnet, à côté de la pochette dans laquelle elle avait rangé les billets d'avion qu'elle avait imprimés un peu plus tôt. Le numéro de son vol, l'horaire, c'était du concret.

La clé de la deuxième partie de sa vie était peut-être là, au creux de son sac.

～

Mathieu était trop nerveux pour préparer correctement son petit-déjeuner. Il était tellement excité depuis qu'il avait reçu le colis contenant une chaussure de Julie qu'il n'avait pas réussi à s'endormir avant quatre heures du matin. Sa tête lui avait servi d'écran interne, un écran géant sur lequel il s'était repassé toutes les scènes mémorables de sa vie avec Julie. Leur première rencontre, vingt ans plus tôt, sur les bancs de l'université McGill. Les mèches blondes de l'étudiante glissaient régulièrement sur son visage tandis qu'elle prenait des notes sur son grand cahier bleu, tout en écoutant attentivement le professeur de littérature. Mathieu lui, était surtout attentif à la grâce de ses mains qui dansaient au-dessus du cahier ou attrapaient une petite bouteille d'eau pour la porter à sa bouche, une bouche dessinée par un grand sculpteur, à l'équilibre parfait, tantôt entrouverte quand elle était passionnée, tantôt fermée quand elle se concentrait. Il ne la voyait alors que de profil mais il avait pourtant l'impression de se noyer déjà dans son regard bleu limpide. Il anticipait la première fois où il allait se trouver face à elle, lui parler. Ce fut à la cafétéria. Elle était en compagnie d'une amie et il avait dû prendre son courage à deux mains pour s'approcher d'elle. Il avait attendu que l'amie s'éloigne et il lui avait adressé la parole, timidement. Il ne se rappelait plus les premiers mots qu'il avait prononcés, mais ça l'avait fait rire. Pas un rire moqueur, non, un rire simple de complicité, un premier contact frappé par l'évidence. Plus tard, ils s'étaient revus, et leurs conversations s'étaient étoffées, enrichies, s'envolant parfois vers des hauteurs rhétoriques qui exacerbaient la passion de leurs arguments, avant de finir en éclat de rire et en étreintes spontanées. Le désir mêlé à la soif d'apprendre, d'apprendre des professeurs, d'apprendre de l'autre, d'apprendre d'eux-mêmes… Leurs corps communiquaient autant que leur esprit, sans frontière, dans un continuum amoureux qui les laissait épuisés et heureux jusqu'aux premières lueurs du petit matin.

Mathieu sursauta quand les tartines bondirent du grille-pain juste à côté de lui. Maladroitement, il essaya d'étaler de la confiture dessus, mais il n'avait pas encore les yeux en face des orbites.

11 h 30, ce n'était pas vraiment une heure pour prendre un petit-déjeuner, mais tout était chamboulé aujourd'hui. Son destin était en marche, une nouvelle fois, il en était certain. Il avait perdu Julie, mais il allait la retrouver, d'une façon ou d'une autre, il le sentait. Finies les soirées à se morfondre devant la télévision, fini le manque d'appétit, d'envie, d'enthousiasme. Il allait enfin récupérer sa vie, celle dont il rêvait depuis le premier jour. Il ignorait encore de quelle façon cela allait exactement se mettre en place, mais il avait la certitude que ce rendez-vous sur le belvédère du Mont-Royal était la première étape d'un nouveau départ.

Son téléphone portable sonna à côté de lui. Il l'attrapa.

— Allô ?

— Allô monsieur Tremblay ? Excusez-moi de vous déranger c'est Benjamin Shafer, de l'agence MediaCom. Je vous rappelle pour déplacer notre rendez-vous, le 18 en effet ce ne sera pas possible. Je peux vous proposer le 21 juin à 14 h 30.

Mathieu pâlit. Ce jour-là, à cette heure-là, une nouvelle aventure allait commencer pour lui. Il avait rendez-vous avec Julie…

— Je suis désolé, dit-il, ça ne m'arrange pas… je veux dire, je ne suis pas disponible malheureusement.

— Ah, fit la voix, manifestement contrariée. Le 24 sinon ?

— Je préfère vous rappeler… je suis désolé…

— Très bien, très bien… (Le ton sec de son interlocuteur disait le contraire.) À bientôt alors.

Il raccrocha. Mathieu resta un moment les yeux dans le vide, puis il se ressaisit.

Il trempa sa tartine dans son bol de café et la croqua avec vigueur. Il n'avait même pas envie de penser à cet entretien. Certes, c'était la promesse d'une embauche, après des mois de galère, mais est-ce que son rêve c'était vraiment de devenir rédacteur web jusqu'à la fin de ses jours ? Non, il avait bien d'autres ambitions. Il était inconcevable qu'il se retrouve devant Julie, après toutes ces années, pour lui offrir un avenir terne et décevant. Elle méritait le meilleur de lui-même, et il savait que le simple fait de la serrer de nouveau dans ses bras lui donnerait la force de se surpasser. Ils allaient en quelque sorte non pas reprendre leur relation où ils l'avaient laissée, mais se donner la chance d'un nouveau départ. Oui, Julie serait épatée devant le nouveau Mathieu qu'elle aurait en face d'elle. Il se tourna vers le cadre où elle lui souriait et lui envoya un baiser avec la main.

Jamais il n'avait été aussi heureux.

6

L'HEURE TOURNAIT et Chantal Joliette ne l'avait toujours pas rappe-
lée. Marie commençait à s'inquiéter, son sac de voyage à la main,
prête à monter dans le bus pour Montréal. Si jamais sa collègue
anesthésiste ne répondait pas à son message, et surtout si elle n'était
pas libre, il faudrait reprogrammer les opérations de la journée au
Saint-Sacrement et le Dr Martin se ferait un plaisir de l'appeler
pour lui hurler dans les oreilles. C'était totalement fou, Marie en
avait bien conscience, mais elle ne pouvait pas rater ce rendez-vous
à Montréal. Elle n'avait aucune idée de ce qui allait s'y passer ni si
une quelconque vérité sur le sort de son fils l'attendait, et plus les
heures s'écoulaient, plus cela lui paraissait irréel. Elle trouva une
place à côté d'une grosse dame en tailleur mauve qui tenait un petit
chien sur ses genoux. Marie fit un sourire à l'animal qui s'empressa
de se cacher sous les bras potelés de sa maitresse.

Le bus démarra dans une secousse désagréable et Marie eut un
pincement au cœur. Elle avait l'impression de fuir les problèmes, de
s'en laver les mains, elle qui était si consciencieuse de nature.
Soudain son téléphone vibra entre ses doigts. Elle se pencha aussitôt
vers l'écran, pleine d'espoir, mais c'était seulement un message
d'Antoine qui venait aux nouvelles. Le pauvre, il n'avait pas dû

comprendre pourquoi il avait été « chassé » comme un malpropre, mais pour l'instant elle ne se sentait pas le courage de lui donner des explications. Peut-être aussi cela voulait-il dire qu'elle n'était pas si attachée à lui. Elle avait voulu le croire, parce que c'était agréable, mais la réalité c'est qu'elle n'avait aucune envie de lui parler ou de le voir pour le moment.

Le téléphone vibra de nouveau dans ses mains, cette fois c'était un appel de Chantal Joliette. Marie décrocha et porta l'appareil à son oreille en le protégeant avec sa paume pour déranger le moins possible les autres voyageurs.

— Chantal, merci de me rappeler, je me demandais si tu avais reçu mon message...

La voix vive et enjouée de Chantal résonna dans le combiné.

— Qu'est-ce que c'est que cette histoire insensée ? Tu pars comme une voleuse ? Tu as tué quelqu'un ?

Marie jeta un œil autour d'elle, en espérant que personne ne pouvait entendre les sons qui sortaient de son téléphone.

— Je te raconterai, mais là j'aurais vraiment besoin que tu me remplaces aujourd'hui, et peut-être demain aussi.

— Eh bé, c'est ce qui s'appelle s'y prendre à la dernière minute. Tu sais que je suis en congé là ?

— Ah, tu n'es pas au Québec...

— Il se trouve que si, mais j'avais prévu des tas de choses à faire. Tu sais, les vacances que tu bloques pour te reposer et où tu te retrouves à faire tout ce que t'as pas eu le temps de faire dans l'année.

— Je comprends. Je veux pas essayer de t'apitoyer, mais tu étais ma dernière chance. Bon en fait, la seule.

— C'est si important que ça ?

— Rien ne pourrait être plus important.

— Hum... T'as trouvé un nouveau chum ? Il t'emmène sur une ile où vous allez vivre nus en mangeant des tranches de pastèque ?

Marie étouffa un rire. La dame à côté d'elle éloigna son petit chien vers la vitre, comme pour le soustraire à cette conversation qui aurait pu heurter ses oreilles sensibles.

— Je crois pas que je lâcherais mes patientes pour ça. Non,

c'est… vraiment très important. Je te promets que je te dirai tout à mon retour.

— Ok ok. C'est bien mystérieux, mais je sais que t'es une fille sérieuse et que tu partirais pas comme ça à la légère. En plus Martin va te tuer si tu trouves pas une remplaçante, right ?

— On peut rien te cacher.

— Bon, je vais m'arranger avec mes projets, qui ont l'air moins urgents que les tiens, et je vais l'appeler.

Marie souffla un grand coup, sous le regard inquiet du petit chien qui était à deux doigts de sauter du bus en marche.

— Je te revaudrai ça, mille fois !

— Oui, je connais tes promesses. Contente-toi de m'offrir un Martini à ton retour, que je siroterai en t'écoutant me raconter tes exploits. Bye ma belle !

— Bye Chantal, et merci encore.

Marie raccrocha et se laissa glisser dans le fond de son siège. Le paysage défilait de chaque côté du bus. Elle ferma les yeux et sentit le soleil du matin jouer à travers ses paupières au gré des rangées d'arbres qui jalonnaient la route.

∾

Malgré sa hanche droite qui venait de lui envoyer un signal douloureux, René hâtait le pas de peur d'être en retard. Il n'aurait peut-être pas dû prendre une valise aussi volumineuse, après tout il ne quittait pas le territoire. Mais bon, partout où il allait — même si cela faisait longtemps qu'il n'avait pas voyagé — il aimait bien avoir son petit confort. Le bus pour Montréal en provenance de Québec devait s'arrêter à 11 h 14 à Baie-Saint-Paul, et il n'était pas question de le rater. Il dut faire une pause en haut d'une côte pour reprendre son souffle. Le Dr Cooper n'aurait pas été fier de lui, en le voyant faire autant d'efforts sous un soleil au zénith, alors qu'il était censé être à l'hôpital en pleine séance de chimiothérapie. Il se força à chasser cette image de son esprit. Les sentiments confus qui se mêlaient en lui depuis deux jours étaient trop compliqués à gérer, il fallait faire le tri. Il s'essuya le front avec un mouchoir et reprit sa marche. Il apercevait maintenant le Tim Hortons sur la route 138, tout près de l'arrêt de bus. Dans son souvenir, la distance depuis chez lui était beaucoup plus courte. Pas de doute, les unités de mesure s'allongeaient quand on vieillissait.

Il arriva juste au moment où le bus se rangeait pour prendre des passagers. Quelqu'un l'aida à monter sa valise sans qu'il eût besoin de le demander. Il aurait pu décliner poliment, mais même cette force-là lui manquait. Il avança dans l'allée centrale, à la recherche d'une place. Il n'y en avait que deux ou trois de libres. Il choisit de s'asseoir à côté d'un jeune homme qui semblait seul au monde, le regard noyé dans son téléphone, les conduits auditifs bouchés par des oreillettes blanches. Au moins, il ne serait pas ennuyé par sa conversation. Et puis c'était toujours mieux que d'être assis à côté de cette grosse dame en tailleur mauve qui tenait un chien sur ses genoux, de l'autre côté de l'allée. Il détestait les chiens. Les gros lui faisaient peur, et les petits roquets comme celui-ci lui tapaient sur les nerfs, avec leurs aboiements incessants et leurs yeux en forme de grosses billes stupides.

Il se cala dans son fauteuil et essaya de ne penser à rien. L'inconnu était au bout de la route, pas du tout le genre de situations qu'il affectionnait.

～

À travers le hublot de l'Airbus A330 d'Air Transat, Sarah ne perdait pas une miette du paysage qui semblait s'étaler sous elle à l'infini. Le Canada ! Petite, elle n'avait pas beaucoup voyagé. Son premier souvenir devait remonter à ses sept ans, lorsque sa mère l'avait envoyée un mois en été dans une colonie de vacances de l'autre côté de la frontière, en Italie, près de Vintimille. Il lui en restait quelques images, une cascade, un grand champ et les volets bleus du bâtiment qui servait de dortoir. Et une autre fois, un voyage en Autriche avec Geneviève pour rendre visite à une amie de celle-ci qu'elle avait ensuite perdue de vue. Pour le reste, Nice avait été l'unique terrain de jeu de son enfance. Elle n'avait aucune idée de ce qui avait pu se passer avant ses trois ans, à l'époque où son père était encore à la maison. Est-ce qu'il l'avait amenée quelque part, ne serait-ce qu'en dehors de sa ville natale ? Sa mère ne lui avait jamais rien dit là-dessus.

À l'aéroport Pierre-Elliott-Trudeau, Sarah récupéra son sac sur le tapis roulant des arrivées et fit la queue pour la douane. Après avoir déclaré qu'elle venait à Montréal pour découvrir la ville pendant quelques jours, elle fila vers la sortie de l'aéroport et monta dans un taxi. Le ciel était bleu et l'air chaud, mais une chaleur différente de celle qu'elle connaissait à Nice, plus sèche et plus facile à supporter. À travers la vitre du véhicule, elle voyait au loin les hauteurs de Montréal sur lesquelles se dressait fièrement l'oratoire Saint-Joseph, ainsi que les arbres du parc du Mont-Royal où l'attendait une improbable promesse. L'autoradio du chauffeur diffusait une musique de variété, une chanson dans laquelle l'interprète disait tout son amour pour une « blonde », avec son délicieux accent québécois qui donnait l'impression que rien, jamais, n'était grave.

Et Sarah avait bien besoin de ça pour se relaxer.

∿

Mathieu tournait comme un lion en cage depuis déjà plus d'une demi-heure dans les chemins de terre du parc du Mont-Royal. Il connaissait parfaitement les lieux pour y être venu régulièrement courir en compagnie de Julie. Pas seulement pour perdre du poids, garder la ligne ou entretenir leurs muscles, mais aussi pour se vider la tête après une journée de travail, donner de l'oxygène à leur cerveau. Et communier. Ils n'avaient pas besoin de se parler, ni même de se regarder, le seul fait de savoir l'autre à ses côtés suffisait à leur équilibre. Il aimait parfois se laisser distancer de quelques mètres, pour le plaisir de la voir courir devant lui, admirer la grâce de sa foulée, sa queue de cheval qui se balançait au rythme de ses mouvements, tel un panache auquel il pourrait toujours se rallier. Comme tout pouvait basculer du jour au lendemain, sans que rien ne vous y ait préparé…

Il se baissa pour nouer un lacet défait et en profita pour observer les alentours. Il dévisageait les gens, guettant sur leurs traits un signe

qui les distinguerait des autres, une attitude, un regard qui marque-
rait soudain leur singularité. Conscient d'être un peu trop nerveux,
il se releva et s'éloigna vers le lac aux Castors où des enfants
jouaient dans des canoés. L'étendue d'eau aux contours sinueux
disparaissait entièrement l'hiver sous une épaisse couche de glace et
de neige, mais l'été il scintillait sous les rayons du soleil, servant
d'abri aux cygnes et aux canards qui y glissaient avec grâce.

Il leva soudain les yeux, attiré par une silhouette. Même taille,
même couleur de cheveux, même façon de se mouvoir… Est-ce
que… ?

La jeune femme qu'il suivait du regard tourna la tête sur le côté.
Non… ce n'était pas Julie. Il s'assit sur un banc pour évacuer la
pression. Il jeta un coup d'œil à son portable. 13 h 45. Le temps
avait décidé de s'écouler au ralenti. Comment cela allait-il se passer
dans quelques minutes sur le belvédère ?

7

MARIE N'AVAIT PAS RÉSERVÉ d'hôtel, elle s'était dit qu'elle verrait comment les choses tourneraient. Dans le meilleur des cas, elle retrouverait son fils — ce serait une émotion folle ! —, le serrerait dans ses bras, et retournerait avec lui à la maison le soir même. Pas question de prendre le risque de le voir s'évanouir à nouveau dans la nature, de passer une nuit dans un lieu inconnu. Elle voulait qu'il se reconnecte le plus vite possible à sa vie d'avant, qu'il retrouve sa chambre, ses jouets d'enfant auxquels elle n'avait pas touché. Et dans le pire des cas... À vrai dire elle n'arrivait à imaginer ni le meilleur ni le pire des cas. Tout cela était tellement irrationnel !

Elle continuait à grimper le chemin à travers les pelouses du grand parc, et son cœur battait de plus en plus vite. Il était bientôt 14 heures et des petits groupes de jeunes gens étaient installés sur l'herbe pour pique-niquer. L'ambiance était heureuse et ensoleillée, en parfait contraste avec le niveau de stress qu'elle sentait monter en elle.

Elle contourna un immense chalet de plain-pied aux murs de pierre et coiffé d'une large toiture de briques, et soudain apparut l'esplanade du belvédère qui dominait le centre-ville. Marie s'arrêta un instant pour observer l'endroit. Elle était déjà venue à Montréal, notamment pour assister à des colloques en rapport avec sa profession, mais elle n'avait jamais pris le temps d'arpenter le parc, véritable poumon de la ville. Là, devant elle, presque à portée de main, se dressait toute une série de buildings, forêt urbaine de vitres et de béton. Des touristes de toutes origines se pressaient contre la balustrade pour admirer le rideau de gratte-ciels derrière lequel on apercevait le majestueux fleuve Saint-Laurent, qui mêlait le bleu de ses eaux à la verdure des grands arbres.

L'esplanade était, à première vue, remplie d'une cinquantaine de visiteurs. Mais l'endroit était si large que les petits groupes qui se formaient ici et là étaient assez dispersés. Marie prit le temps d'étudier chacun d'eux, essayant surtout de repérer une personne isolée dont le signalement aurait pu correspondre à celui d'un type assez bizarre pour lui avoir envoyé la casquette de Tim accompagnée d'un mot.

Elle descendit quelques marches et avança jusqu'à la balustrade qui surplombait la ville, dévisageant d'un peu plus près les touristes qu'elle croisait. Personne ne semblait la remarquer, ou du moins lui accorder une attention particulière. Elle s'adossa à la rambarde, les buildings derrière elle. De là, elle avait une vue d'ensemble sur le belvédère, depuis le chalet tout en haut jusqu'aux massifs de fleurs qui débordaient pardessus les vastes parterres jalonnant les différents niveaux de l'esplanade. Ne sachant quelle attitude adopter, elle sortit la casquette de son sac et la tint ostensiblement à la main, dans une position pas très naturelle, mais dont elle espérait qu'elle permettrait à celui qui l'avait convoquée de la repérer.

∿

Dans sa veste doublée, René transpirait tandis qu'il montait jusqu'au belvédère. Il se dit qu'il aurait dû la laisser à l'hôtel, en même temps que sa valise, mais il n'aimait pas sortir en ville en bras de chemise. Question de dignité. Aujourd'hui les touristes se baladaient en short à fleurs et en débardeur, détruisant par leur seule présence la beauté des lieux qu'ils visitaient, sans la moindre gêne. Il se tamponna le front avec son mouchoir. En plus de ça, il avait oublié de prendre sa crème solaire, et il détestait attraper des coups de soleil. Si ressembler à un homard qui sort de la casserole était l'idéal de vie de certains, ce n'était surement pas le sien.

Il aperçut le chalet au toit orange qui marquait le début de l'esplanade du belvédère et jeta un coup d'œil à sa montre. Il était à l'heure, comme à chacun de ses rendez-vous. Il embrassa d'un seul regard les touristes qui, tels des insectes affairés, s'agitaient autour de la balustrade pour se prendre en selfie devant la skyline de Montréal. Il bénit le ciel que le smartphone n'ait pas été inventé du temps de sa jeunesse, au moins celle-ci n'avait-elle pas été gâchée par le fléau de cette prétendue modernité. Il se força à respirer doucement. Il se connaissait bien, à force de se fréquenter depuis toutes ces années. Quand il sentait son côté râleur prendre le dessus, il savait que c'était à cause du stress qui était en train de monter en lui.

Il descendit lentement jusqu'à la balustrade, en balayant régulièrement l'esplanade du regard. Pas de trace de Susan. Comme s'il allait tomber sur elle aussi facilement ! Ce n'était certainement pas sa sœur qui lui avait envoyé ce colis, mais plutôt quelqu'un qui attendait son heure pour se montrer.

René sortit de sa poche le foulard Hermès de Susan. Il pensa à ces films dans lesquels deux personnes qui ne se sont jamais vues conviennent d'un signe distinctif pour se reconnaitre. « J'aurai un sac à main jaune ! D'accord, et moi un œillet à ma boutonnière » ! Il soupira. La vie, malheureusement, n'était pas un film.

Il posa le foulard bien en vue sur son épaule, puis il attendit en continuant à observer les alentours.

~

Lorsque Sarah entra dans le parc du Mont-Royal, elle fut aussitôt saisie par la sensation de bien-être qui s'en dégageait. Toute cette verdure, naturellement agencée, ces arbres magnifiques où s'agitait une multitude d'oiseaux vifs et heureux. Le lac aux castors était un peu plus petit que ce qu'elle avait imaginé, mais il donnait au lieu un charme incomparable. Dans le guide qu'elle avait acheté à l'aéroport de Nice et qu'elle avait dévoré pendant son vol, elle avait lu que la petite montagne qu'elle était en train de monter avait été formée des millénaires auparavant quand les glaciers s'étaient retirés. Beaucoup plus tard, lors de son voyage vers le Nouveau Monde en 1535, Jacques Cartier avait été accueilli par les autochtones du village d'Hochelaga qui l'avaient emmené gravir la montagne, avec ses immenses forêts et son point de vue impressionnant sur le Saint-Laurent. En l'honneur de son roi, Cartier avait décidé de baptiser l'endroit du nom de « Mont-Royal ».

Sarah soupira. Heureusement qu'elle n'était pas en train de penser à voix haute, parce qu'on se serait sans doute moqué d'elle. En tout cas c'est ainsi que ça se passait chaque fois qu'elle essayait d'aborder un sujet sérieux, avec un peu de passion, devant ses camarades de classe. Pas étonnant qu'elle ait fini par se refermer sur elle-même.

La beauté des lieux avait presque failli lui faire oublier la raison de sa présence ici. Est-ce qu'en haut de ce chemin qui serpentait parmi les érables, elle allait vraiment retrouver son père ? Elle en doutait fortement. Elle avait eu envie d'y croire quand elle avait reçu le paquet chez elle, mais maintenant qu'elle était sur les lieux mêmes de cette hypothétique rencontre, cela lui paraissait irréel. Ce qui était réel en revanche, c'étaient les battements de son cœur qui accéléraient à chaque foulée.

Elle arriva sur l'esplanade du belvédère et son esprit chavira en découvrant la vue sur les gratte-ciels, la ville et le fleuve. C'était assurément un bel endroit pour un rendez-vous aussi spécial. Restait plus qu'à trouver celui ou celle qui lui avait fait traverser l'Atlantique pour venir jusqu'ici, le cœur chargé d'espoir et d'émotion.

∿

Maintenant qu'il n'avait plus que quelques mètres à gravir, Mathieu avait le trac. Il était même sur le point de renoncer tant les questions l'assaillaient. Et si personne n'était là ? Ou alors s'il y avait quelqu'un mais que tout cela tournait au fiasco total ? S'il en sortait encore plus meurtri qu'avant ?

Il arriva sur l'esplanade du belvédère. Les lieux lui étaient familiers, mais l'ambiance, elle, lui était étrangère. Jamais sa venue ici n'avait été chargée d'autant de mystère, de pression. Même lorsqu'il avait amené Julie pour la première fois et qu'ils avaient échangé un baiser passionné avec les gratte-ciels pour témoin. Il lui semblait que son stress était moins grand à l'époque. Peut-être parce qu'il ne la connaissait pas encore très bien, alors qu'aujourd'hui il savait ce qu'il avait à perdre si les choses tournaient mal.

Il passa en revue les différents groupes attardés près de la balustrade en pierre, face au vertige de la ville en contrebas.

Soudain, son regard repéra une femme d'une trentaine ou d'une quarantaine d'années — c'était difficile à dire à cette distance. Elle avait les cheveux mi-longs, une silhouette assez fine, et était vêtue simplement — un chemisier sur un jean et des baskets légères. C'était son attitude, plus que son apparence qui la faisait sortir du lot. Elle tenait à la main une casquette d'une façon bizarre, pas très naturelle. Comme si elle essayait de la vendre à qui voudrait bien la prendre. Dans le même temps, elle jetait des regards à droite et à gauche, tel un oiseau tentant de repérer une proie.

Mathieu respira un grand coup et se rapprocha d'elle, d'abord l'air de rien. Il se positionna contre la rambarde, à quelques mètres seulement, se contentant de l'observer d'un peu plus près. Elle devait plutôt être dans le début de la quarantaine, à en juger par les fines ridules qui soulignaient son regard brun-vert. Elle avait le charme des femmes qui ont l'air sûr d'elles, tout en ayant vécu déjà des épreuves. En tout cas, une vraie force se dégageait d'elle, même si à cet instant, cette casquette qui semblait lourde à porter et une forme d'inquiétude dans le regard lui conféraient une certaine fragilité.

Il hésitait à lui adresser directement la parole. La peur d'être ridicule. Il décida finalement de sortir de son sac à dos la basket de Julie qu'il avait emportée avec lui. Il prit une pose similaire à celle de sa voisine, tenant la chaussure dans la paume de sa main, comme une offrande à un public imaginaire. Après quelques instants, la femme se tourna vers lui, visiblement intriguée. Leurs regards se croisèrent. Mathieu se jeta à l'eau.

— Bonjour, fit-il d'une voix mal assurée.

— Bonjour.

— Mathieu.

— Marie…

Il esquissa un sourire, autant pour se donner du courage que pour la mettre en confiance. Il désigna la chaussure qu'il tenait dans la main.

— Je… j'ai reçu ça dans un colis il y a quelques jours, avec un mot me donnant rendez-vous ici.

Marie l'observa un instant sans répondre, saisie par l'incrédulité. Elle n'était donc pas la seule ? Elle hésitait sur l'attitude à adopter. Pouvait-elle se confier à un inconnu ? Il se dégageait de lui une certaine sincérité, et elle se dit que de toute façon, il n'y avait pas beaucoup d'autres options.

— J'ai reçu également cette casquette, accompagnée d'un mot. Est-ce que… est-ce que vous avez eu d'autres informations ?

Mathieu secoua la tête.

— Non, juste ça. Cette basket, c'est celle de ma femme, Julie. Un jour elle a disparu et je n'ai plus eu de nouvelles.

Marie déglutit. Quelque chose d'infime commençait à se dessiner. Un début d'espoir que tout cela ait un sens. Elle désigna la casquette qu'elle tenait à la main.

— C'est celle que portait mon fils quand il a disparu, il y a quatorze ans.

Mathieu se figea, essayant de contrôler l'émotion qui le submergeait.

— Est-ce que vous avez vu quelqu'un ? demanda Marie. Je veux dire quelqu'un supposé nous rencontrer ici pour nous donner des explications ?

— Non, personne. J'avoue que je ne sais pas quoi en penser.

Ils regardèrent autour d'eux, dans des directions différentes, observant les touristes présents.

Mathieu tendit soudain le doigt vers sa gauche.

— Là-bas, regardez.

Il désignait un homme appuyé comme eux contre la rambarde, et qui portait un foulard sur l'épaule. Son visage nerveux scrutait les gens autour de lui, tel un oiseau inquiet.

Mathieu et Marie se regardèrent puis, comme s'ils s'étaient mis d'accord par télépathie, marchèrent ensemble en direction de l'homme.

René les vit arriver vers lui et se redressa légèrement, prêt à affronter une situation qu'il ne maitrisait pas. Ils étaient venus à deux, était-ce pour avoir le courage de lui annoncer une mauvaise nouvelle ? Leur visage ne lui disait rien, en tout cas ils étaient trop jeunes pour pouvoir être des amis de Susan.

Mathieu et Marie s'arrêtèrent devant lui. Mathieu se força à sourire pour paraître aimable.

— Excusez-nous, commença-t-il, nous ne voudrions pas vous sembler indiscrets, mais…

Il cherchait les mots justes pour éviter de l'effrayer. Il faut dire que René les dévisageait avec un regard particulièrement anxieux. Marie prit le relais.

— Je m'appelle Marie, et voici Mathieu… nous attendons quelqu'un mais… nous ne savons pas qui il est. Alors, comme vous sembliez vous aussi attendre quelqu'un…

René se détendit un peu. Les événements prenaient un tour inattendu, mais il sentait chez ses interlocuteurs une forme de détresse qui faisait écho à la sienne.

— Vous ne seriez pas notre rendez-vous ? demanda Mathieu, pour mettre les points sur les i.

René secoua la tête.

— Est-ce que ce n'est pas plutôt *vous*, qui seriez mon rendez-vous ? (Il prit le foulard sur son épaule.) Est-ce que vous m'avez repéré grâce à ça ?

Marie et Mathieu échangèrent un regard. Marie enchaina.

— Ce foulard, est-ce que vous ne l'auriez pas reçu récemment par la poste, accompagné d'un mot qui vous disait de vous rendre ici à 14 heures ?

René opina du chef.

— Vous êtes de la police ? demanda-t-il avec candeur.

— Pas du tout. C'est juste que nous aussi nous avons reçu un colis avec le même mot.

Mathieu brandit la basket de sa femme et Marie la casquette de Tim.

Le regard de René s'illumina.

— Attendez, ne me dites pas qu'ils appartiennent à quelqu'un qui a disparu.

Marie et Mathieu acquiescèrent.

— Ma femme, fit Mathieu.

— Tim, mon fils, dit Marie.

René tourna la tête, le regard ailleurs, comme s'il essayait de remettre en place les pièces éparpillées d'un puzzle.

— Susan, dit-il finalement, ma sœur jumelle, a disparu dans les environs du Saguenay il y a tout juste quatorze ans. Ce foulard, qu'elle portait ce jour-là, est peut-être la preuve que quelqu'un sait si elle est toujours vivante.

— Reste plus qu'à savoir qui est ce quelqu'un, fit Mathieu, songeur.

Une voix timide derrière eux les fit presque sursauter.

— Excusez-moi… j'ai entendu votre conversation.

Ils se retournèrent comme un seul homme et découvrirent une toute jeune femme, les cheveux ébouriffés, la peau mate, avec un regard immense qui les dévisageait.

Sarah était aussi surprise qu'eux. Elle essaya de se contrôler avant de poursuivre.

— J'arrive de France et… j'ai reçu un pantalon que portait mon père quand il a disparu… il y a quatorze ans.

Elle sortit de son sac à dos la jambe du pantalon ocre qu'elle avait emporté avec elle.

Mathieu ouvrit de grands yeux incrédules.

— Mais…, fit-il en prenant les trois autres à témoin, on est combien comme ça… ?

8

Marie, Mathieu, Sarah et René observaient l'esplanade, à la recherche de personnes qui, comme eux, pouvaient avoir une allure étrange, un vêtement à la main, un regard scrutateur, ou tout simplement l'air d'attendre quelqu'un.

Mais les touristes allaient et venaient, par deux, trois ou plus, se prenant en photos les uns les autres devant le paysage panoramique écrasé de chaleur. Puis ils remontaient vers le chalet au toit orange ou empruntaient des sentiers adjacents pour redescendre vers la ville.

Marie regarda sa montre. Il était 14 h 18. Quiconque aurait reçu un mot lui affirmant qu'il avait une chance de revoir un être cher se serait débrouillé, coûte que coûte, pour être à l'heure au rendez-vous.

— On dirait bien qu'il n'y a que nous quatre, dit-elle.

Sarah observait ses compagnons de hasard.

— Qu'est-ce qu'on est censés faire ?

Après tout, ils étaient des adultes, c'était à eux de savoir.

— Attendre encore un peu ? proposa Mathieu.

René s'agita.

— Avec cette chaleur, on risque de griller avant d'avoir eu les réponses à nos questions.

Il se passa son mouchoir sur le front, visiblement atteint.

— On devrait se poser à l'ombre là-bas, dit Mathieu en désignant un grand arbre sous lequel s'étaient déjà assises quelques personnes pour échapper à la morsure du soleil.

Le groupe se mit en mouvement.

— Tout le monde a de l'eau ? demanda Marie.

Ils acquiescèrent puis, sitôt à l'abri de la chaleur, prirent le temps de boire généreusement. Sarah rangea sa gourde dans son sac avant de s'essuyer la bouche du revers de la main.

— C'est une sorte de jeu ou quoi ?

Mathieu haussa les épaules.

— Aucune idée. Mais celui qui a préparé ça doit être un peu dérangé, non ?

— Un peu sadique surtout, rectifia Marie.

— Ouais, enchaina Sarah, pour moi c'est une grosse blague. À tous les coups il y a quelqu'un planqué quelque part en train de nous filmer. On va se retrouver dans une vidéo de prank sur Tik Tok et fin de l'histoire.

René souleva un sourcil.

— C'est quoi une vidéo de prank ?

Mathieu se tourna vers lui.

— C'est un truc de jeunes. Avant on appelait ça des caméras cachées. Maintenant on filme des pigeons comme nous et on met ça sur les réseaux sociaux, pour faire marrer les mômes.

René lâcha un soupir, accompagné d'une mimique désabusée.

— Il faut toujours trouver un nouveau moyen de se moquer des gens. C'est triste.

— Attendez, dit Marie, peut-être aussi que c'est sérieux. Il faut réfléchir à toutes les options.

Mathieu acquiesça.

— Si on a rendez-vous ici, c'est surement pour une raison.

— Comment ça ? demanda René, perplexe.

— Eh bien, poursuivit Mathieu, s'il n'y a personne pour nous expliquer ce qui se passe, peut-être que c'est à nous de trouver quelque chose.

— Comme un indice, vous voulez dire ? questionna Marie.

Sarah soupira, agacée.

— Donc ça serait un putain de jeu de piste, c'est ça ?

— Même si c'est absurde, ce n'est peut-être pas une raison pour jurer, fit René, irrité.

Sarah haussa les épaules.

— Ok, fit-elle, montrez-moi les vêtements que vous avez reçus.

Les autres se regardèrent un instant, indécis, puis s'exécutèrent. Sarah examina la casquette que lui tendait Marie, puis la basket de Mathieu et enfin le foulard de René.

— Qu'est-ce qu'il y a ? demanda ce dernier.

Sans répondre, Sarah avait saisi son téléphone et faisait jouer ses doigts sur l'écran tactile à une vitesse impressionnante.

— Voilà ! lâcha-t-elle.

— Voilà quoi ? demanda Mathieu, intrigué.

— J'en étais sûre. On peut trouver tout ça en deux clics sur des sites vintage. Casquette des Québécois avec logo des années 2008, basket Nike rose modèle Airvibe et carré Hermès de 1965. Et même un pantalon ocre comme celui de mon père, avec les poches de derrière en V. C'est même pas super cher en plus !

— Ça veut dire quoi ? demanda René, un peu perdu.

— Ça veut dire que c'est une arnaque, lança Sarah, énervée.

Marie intervint.

— Ce n'est pas parce qu'on peut encore trouver ces vêtements aujourd'hui que ceux qu'on a reçus ne sont pas authentiques.

— C'est vrai, fit Mathieu. En même temps il n'y a aucun moyen d'en être sûr.

— Qu'est-ce qu'on fait alors ? s'impatienta René.

Un silence s'installa dans le petit groupe. Ils étaient à la fois soulagés de n'être pas seuls dans cette étrange aventure, et désarçonnés devant l'absence de solution. Aucun n'avait imaginé avec précision ce qui pourrait se passer une fois arrivé sur ce belvédère, mais ils avaient quand même espéré y trouver quelqu'un qui leur aurait donné la clé de l'énigme.

— Je repense à l'idée du jeu de piste, reprit Mathieu. Pourquoi celui qui nous a convoqués n'aurait pas laissé un mot, ou un autre objet quelque part ? Je propose qu'on se sépare en deux groupes, Marie et moi, et René avec... excuse-moi, j'ai oublié ton prénom.

— Sarah..., grommela l'adolescente, le visage fermé.

— Nous on fait le tour par là, vous par l'autre côté et on se rejoint, ok ?

Marie et René acquiescèrent. Les binômes se mirent en mouvement. Ils commencèrent à longer la balustrade de pierre, examinant chaque recoin, cherchant quelque chose qui pourrait ressembler à un indice, sous le regard étonné de quelques touristes. Ils remarquèrent des flèches de bronze incrustées dans la pierre sur le dessus du parapet, indiquant les directions de divers points intéressants, le Mont Bruno à l'est, le pont Jacques Cartier...

Après quelques minutes d'inspection infructueuse, Marie et Mathieu pénétrèrent dans le grand chalet en haut de l'esplanade. Une charpente faite de poutres arquées surplombait une salle immense, ornementée de grands tableaux relatant l'épopée des premiers Canadiens. Des tables accueillaient quelques visiteurs heureux de pouvoir s'asseoir pour boire un verre ou donner le goûter à leurs enfants. L'endroit était empreint d'une ambiance particulière, chargée d'un passé dont les peintures aux murs reflétaient parfois la violence sans détour. Comme toute colonisation, celle du Canada ne s'était pas faite avec des fleurs et des grands sourires.

Marie eut soudain une intuition. Et si Sarah avait eu raison ? Si celui qui leur avait envoyé les colis s'était mêlé au flot des touristes, assis quelque part dans la pièce en train de les observer du coin de l'œil, jouissant du bon tour qu'il leur avait joué ? Mathieu remarqua l'expression sur son visage.

— Vous avez vu quelque chose ?

Marie secoua la tête.

— Non... je me demandais juste...

— Si notre expéditeur anonyme était dans le coin ?

Marie acquiesça.

— Moi aussi, dit Mathieu. Depuis tout à l'heure je guette, mais je n'ai vu personne qui pourrait correspondre à ce profil.

— Et pour l'instant, pas la moindre trace d'un indice…, ajouta-t-elle.

René et Sarah les rejoignirent, René devant, Sarah trainant des pieds, une moue d'agacement sur les lèvres.

— Je ne sais pas ce qu'on est censés trouver, commença René avec amertume, difficile dans ce cas d'être efficace. Sans compter que j'ai une partenaire qui n'a pas l'air très motivée.

Derrière lui, Sarah lâcha un soupir peu discret.

— Je vous ai dit que c'étaient des conneries… les gens feraient n'importe quoi pour se faire remarquer.

— On semble avoir une spécialiste, grinça René.

Marie affichait un air désespéré. Elle avait pourtant cru tellement fort à une piste sérieuse pour retrouver Tim, confortée par la présence de trois autres personnes dans le même cas. Quelque chose ne tournait pas rond dans tout ça.

— Ça me fait vraiment chier, lâcha Sarah. Non seulement j'ai dépensé tout mon fric pour acheter un billet d'avion, mais en plus on m'a prise pour une conne. Alors continuez à vous amuser avec votre chasse au trésor, moi j'ai un oral du bac à passer. Salut !

Joignant le geste à la parole, elle fit demi-tour et s'éloigna d'un pas résolu vers les grandes portes vitrées du chalet. Marie, Mathieu et René, scotchés, la suivirent du regard jusqu'à ce qu'elle ait disparu à l'extérieur.

Mathieu haussa les épaules.

— Elle a raison dans un sens, tout ça est assez désespérant.

Marie serrait les lèvres, comme mue par une exaspération montante.

— Je n'arrive pas à croire que ce soit une simple blague. Pourquoi quelqu'un se donnerait autant de mal pour une finalité aussi débile ? Il faut avoir fait des recherches, découvert qu'une personne qui nous était chère avait disparu, savoir comment ils étaient habillés le jour de leur disparition, se procurer des vêtements similaires, trouver nos adresses… c'est du boulot quand même, non ?

Elle avait prononcé cette dernière phrase dans un crescendo

d'agacement, faisant résonner les mots dans la grande salle du chalet.

René s'avança, le foulard de Susan à la main. Il l'examinait tout en parlant.

— Il ne s'agit pas d'un foulard « similaire », dit-il, c'est vraiment celui de ma sœur. Vous voyez là, le bord de ce motif, c'est elle-même qui l'avait reprisé après que le foulard s'était déchiré dans une ronce, lors d'une randonnée. Je m'en souviens très bien, elle avait fait ça avec du fil d'or qu'elle avait trouvé dans les affaires que lui avait léguées notre mère. Et ça, absolument personne ne pouvait le savoir.

Marie examina à son tour le foulard avec une certaine nervosité. Soudain elle se redressa.

— Le point commun entre nous, ce sont les vêtements qu'on a reçus, d'accord ? Et ils sont tous différents. Mais pour ce qui est du mot qui allait avec, est-ce qu'ils sont différents eux aussi ?

Mathieu s'illumina et tira de sa poche le papier qu'il y avait rangé. René déplia le sien et le tendit à Marie. Celle-ci y joignit le sien et les examina attentivement.

— Le texte est exactement le même, mais certaines lettres sont écrites en bleu, alors que le reste du message est en lettres noires.

Mathieu se pencha à son tour sur les feuilles.

— C'est vrai, dit-il après un temps, ce n'est pas perceptible au premier coup d'œil, mais en regardant avec plus d'attention, c'est très net.

— Je vous vois venir, fit René avec malice, vous allez me dire que ces lettres mises ensemble forment un message secret.

Mathieu et Marie se tournèrent vers lui, le visage transformé par l'espoir.

— Si seulement vous pouviez dire vrai, dit Marie.

Ils s'approchèrent d'une table et y posèrent les papiers. Mathieu sortit de la poche arrière de son jean un vieux ticket de restaurant. René lui tendit un stylo qu'il avait pris à l'intérieur de sa veste.

— J'en ai toujours un sur moi, on ne sait jamais quand on va en avoir besoin !

Mathieu commença à griffonner fébrilement sur le bout de papier les lettres écrites en bleu.

— Voilà, dit-il quand il eut fini, ça donne ça.

Onze lettres en capitale s'étalaient à présent sous leurs regards concentrés :

EALDTUORMNT

— L'un de vous est bon en anagramme ? demanda Marie.

— Moi je fais des mots croisés, fit René, mais c'est pas tout à fait la même chose.

Mathieu réfléchissait à voix haute.

— La tour de… La route… Le nom… Le mont… Vous avez une idée ?

Marie secoua la tête.

— Je suis nulle à ces jeux-là.

— Pourtant il y a forcément quelque chose à en tirer.

René s'agita.

— Attendez, il manque le mot qu'a reçu la petite. Il y a surement des lettres en bleu sur le sien aussi…

Marie acquiesça, le regard à nouveau brillant.

— Il faut la retrouver, vite ! lança Mathieu avec énergie.

Tous trois se précipitèrent hors du chalet, mus par un espoir ravivé.

9

LE PARC ÉTAIT à présent rempli de familles et de groupes de jeunes gens qui jouaient au ballon, faisaient de la musique ou se prélassaient simplement sur la pelouse à l'ombre des érables centenaires. Pas facile de repérer quelqu'un dans ces conditions !

Marie, Mathieu et René avançaient en ligne, mais sans véritable organisation, tournant la tête au gré de leur intuition ou parce qu'il leur avait semblé reconnaitre la silhouette de Sarah. Ils étaient passés de l'amertume, en pensant que le rendez-vous sur le belvédère était une farce, à la peur de ne pas pouvoir reconstituer le message codé qui figurait sur les mots anonymes. S'ils n'arrivaient pas à la retrouver, l'adolescente s'évanouirait dans la nature, et avec elle l'espoir de revoir leur fils, leur sœur, leur femme...

— Qu'est-ce qui lui a pris de filer comme ça, maugréa René.

Ses deux compagnons avaient accéléré le pas et il essayait de rester à leur hauteur, malgré sa hanche qui le lançait de nouveau. Marie s'aperçut qu'il avait du mal à suivre leur rythme.

— Ça va ? demanda-t-elle.

René retint une grimace, mais il était évident qu'il ne pouvait plus trotter comme un gamin de vingt ans. Encore moins comme une gamine qui n'avait même pas atteint cet âge.

— Allez devant, dit-il, je vous suis de loin. Si on la perd, on s'en voudra tous…

— Si vous êtes trop fatigué, dit Mathieu, asseyez-vous quelque part au bord du chemin, on saura vous retrouver.

René acquiesça et le laissa filer en compagnie de Marie. Il les regarda piquer un sprint, en même temps que leur tête tournait dans toutes les directions pour scruter les abords du parc. Il fit quelques pas supplémentaires, puis trouva un banc fixé dans la pelouse, en partie à l'ombre. Il retira sa veste, la déposa à cheval sur le dossier, puis s'épongea le front à l'aide de son mouchoir avant de s'asseoir avec précaution. Tout s'était déroulé si vite depuis qu'il avait reçu ce colis. Un tourbillon d'émotions qui l'empêchait de poser sa pensée, de prendre le temps d'analyser froidement la situation. Ses nouveaux « camarades » de jeu semblaient sympathiques, et dans le même désarroi que lui, mais pouvait-il réellement leur faire confiance ? Si tout cela n'était qu'un piège organisé par ces gens pour l'arnaquer, le dévaliser, ou plus subtilement lui donner l'espoir de retrouver Susan, petit à petit, bribe par bribe, pour mieux l'endormir, et profiter de son âge et de sa condition fragile pour le déposséder de tous ses biens ? Il avait déjà lu une histoire de ce genre dans le journal. C'était si facile de berner les vieux. Ça l'agaçait d'avoir soixante-quatorze ans, d'être « dépassé ». Qu'est-ce qu'il avait fait pour être puni comme ça ? Ne plus pouvoir courir, utiliser son cerveau à plein régime, monter un escalier sans être aussitôt essoufflé… Et d'après ce bon Dr Cooper, ça n'allait pas du tout s'arranger. Ce qui était sûr, c'est que retrouver sa sœur allait être son dernier combat.

Marie et Mathieu avaient déjà parcouru une bonne partie du parc à la recherche de Sarah. Ils s'étaient même arrêtés pour interroger des jeunes au bord du chemin, leur décrivant l'adolescente dans l'espoir qu'ils l'auraient vue passer. Mais tout le monde était trop occupé à profiter du soleil et de la vie, c'était difficile de leur en vouloir.

Ils s'arrêtèrent à un endroit d'où la pelouse descendait en pente raide sur une centaine de mètres. C'est là que l'hiver on aménageait dans la neige abondante des pistes de luge pour le plaisir des petits et des grands. Aujourd'hui, cela ressemblait plutôt à une plage de verdure parsemée de serviettes de bain où rôtissaient les candidats au bronzage. En bas, le lac aux Castors apparaissait telle une oasis, où les oiseaux comme les humains venaient chercher une fraicheur salutaire.

Marie avait mis sa main au-dessus de ses yeux en guise de visière, pour observer les abords du lac. Soudain elle se figea.

— Là-bas ! Je crois que c'est elle !

Marie et Mathieu dévalèrent la pente, zigzaguant entre les corps allongés, puis ils ralentirent en atteignant le chemin qui bordait l'étendue d'eau.

Sans se concerter, ils avaient peur d'effrayer l'adolescente. Elle paraissait tellement entière qu'elle était sans doute capable de s'enfuir en les apercevant.

Elle était assise sur le rebord en pierres jointes qui délimitait le lac sur toute sa périphérie, ses jambes nues plongées dans l'eau jusqu'aux genoux. De gros poissons rouges glissaient autour de ses pieds, dessinant des arabesques mouvantes.

Marie s'installa à côté d'elle, tandis que Mathieu restait un peu en retrait.

Après un temps, Marie se tourna vers elle.

— Sarah…

La jeune fille gardait la tête penchée vers ses pieds, qu'elle faisait bouger doucement dans l'eau au rythme de la chorégraphie des poissons.

— Il y a peut-être un espoir que tout cela ne soit pas une blague idiote, reprit Marie.

— Vous connaissez des proverbes italiens ? demanda l'adolescente.

Marie secoua la tête.

— Pas vraiment.

— Il y en a un qui dit : « Qui vit d'espoir, meurt de désir ». C'est beau non ?

Elle se tourna vers Marie et planta ses yeux dans les siens. Marie essayait de lire en elle.

— Tu as peur que ce soit encore une déception ?

— J'ai attendu toute ma vie de recevoir une carte d'anniversaire de mon père. Juste une putain de carte. Et chaque année j'espérais, je me disais : « cette fois je le sens, c'est la bonne ». Vous comprenez ?

Marie hocha la tête.

— Depuis quatorze ans, dit-elle, je me dis que je vais entendre la porte de chez moi s'ouvrir, et que je vais voir apparaître mon fils. Si quelqu'un peut te comprendre, c'est bien moi. Et je pense que Mathieu, comme René, font aussi partie des gens qui peuvent te comprendre. On appartient à ce petit cercle maudit de ceux qui ont perdu un proche, et qui ne savent pas où il est, ni s'il existe toujours. Ceux qui n'ont pas connu ça ne peuvent pas savoir ce que c'est que l'espoir.

— Ce sera encore pareil cette fois, lâcha l'adolescente. J'en ai marre d'attendre, de jamais être celle qui décide. Je suis pas un jouet qui attend d'être utilisé. Je préfère rentrer chez moi. (Elle plongea à nouveau son regard dans la noirceur de l'eau.) Ma vie est pas parfaite, mais elle ressemble quand même à une vie. Je vais bien finir par oublier, passer à autre chose. C'est pas comme vous avec votre fils, vous avez eu le temps de créer des liens forts. Moi mon père, c'est un fantôme. C'est plus facile de passer à travers.

Mathieu s'approcha.

— On voulait te montrer quelque chose.

Il sortit le papier qu'il avait rangé dans sa poche. Sarah leva la tête vers lui, toujours la même moue dubitative accrochée aux lèvres.

— Regarde, poursuivit Mathieu, on a remarqué que les mots qu'on a tous reçus comportent quelques lettres écrites à l'encre bleue, et qui semblent former une sorte de code ou de message secret. Est-ce que tu peux nous montrer le tien ? Il doit y avoir les lettres qui manquent.

Sarah parut soudain intéressée. Elle attrapa son sac à dos et plongea la main dans la poche de devant. Elle déplia le mot et le lut en silence, avant de hocher la tête.

— Oui, il y a des lettres en bleu, dit-elle, étonnée.

— Tu peux me dire lesquelles ?

— C, B, A, E.

Mathieu les nota à côté des autres.

— Ok, donc au total, ça donne : E, A, L, D, T, U, O, R, M, N, T, C, B, A, E. Ça se complique un peu…

— Si on s'y met tous, fit Marie, on devrait bien y arriver.

Sarah lâcha un soupir.

— Vous, vous avez jamais utilisé un anagrameur.

Marie et Mathieu échangèrent un regard perplexe. Sarah leva les yeux au ciel, arracha le papier des mains de Mathieu et tapa les lettres bleues sur l'écran de son téléphone.

— Ok, fit Mathieu, j'ai compris, c'est un site qui propose toutes les anagrammes à partir des lettres qu'on lui indique.

Sarah prit un air faussement impressionné.

— Wouah, genius…

Mathieu se tourna vers Marie pour la prendre à témoin. Elle lui fit signe de laisser tomber.

— Donc, reprit Sarah, ça nous donne… (elle passait en revue toutes les possibilités), ça, non… ça, ça veut rien dire… ça, j'espère pas… Ah, je crois qu'on a un gagnant : « LE CABARET DU MONT ».

Mathieu s'illumina.

— Le mont, ça doit être le Mont-Royal… reste plus qu'à savoir s'il y a un cabaret près de…

— Le Cabaret du Mont, l'interrompit Sarah, les yeux toujours rivés sur son écran, 2051 rue Stanley. Rassurez-moi, vous avez déjà entendu parler d'internet ?

Mathieu secoua la tête.

— Ils n'ont même pas connu les radio-cassettes et ils veulent nous apprendre la vie…

Marie esquissa un sourire et se releva.

— Il faut qu'on récupère René et qu'on aille voir ce cabaret de plus près.

— Vous pressez pas les seniors, ça ouvre qu'à 21 heures.

Elle leur brandit son téléphone sous le nez.

Marie et Mathieu acquiescèrent, vaincus.

Après avoir rejoint René sur son banc — le retraité fut soulagé de voir que Sarah avait décidé de continuer l'aventure et qu'ils avaient réussi à déchiffrer le message secret —, ils convinrent de retourner chacun à leur logement puis de se retrouver à 20 heures 45 dans le quartier où se situait le Cabaret du Mont.

Marie avait pris une chambre d'hôtel au Best Western de la rue Peel, au pied du parc. Elle se glissa aussitôt sous la douche et laissa l'eau couler sur son visage pendant plusieurs minutes. Elle essayait de faire le vide dans sa tête, mais c'était impossible. Trop de pensées tournaient dans tous les sens. Quelqu'un avait un plan qui la concernait ainsi que ses trois nouveaux « amis ». C'était à la fois rassurant de savoir qu'ils allaient être en quelque sorte guidés, et déconcertant de se sentir comme des marionnettes dont on tirait les ficelles. Il ne fallait sans doute pas essayer de trop comprendre pour le moment la raison qui se cachait derrière ce « jeu ». L'important, c'était le résultat. Donner une fin à cette quête qui semblait jusqu'alors ne jamais pouvoir trouver d'aboutissement.

Elle enfila du rechange qu'elle avait emporté, un bermuda en jean et un T-shirt confortable. Elle s'allongea un instant sur le lit, les paupières closes, calquant sa respiration sur le souffle de la climatisation.

Soudain son téléphone sonna. Elle sursauta, les yeux embués. C'était Chantal Joliette.

— Salut Chantal…

— Salut ma belle. On dirait que je te réveille. C'est le décalage horaire entre Québec et Montréal ?

Marie s'assit sur le bord du lit. Elle se demandait si elle s'était endormie.

— Tout va bien à l'hôpital ? s'inquiéta-t-elle.

— Tu penses que tu en as encore pour combien de temps ?

— Je ne sais pas… J'aimerais pouvoir te dire que je vais rentrer demain mais…

— Je comprends. J'ai dit à Martin que je pouvais rester encore deux jours, mais ensuite, ça va se compliquer.

— Je suis désolée… Je sais que tu prends sur tes congés, mais je ne te demanderais pas ça si ce n'était pas aussi important.

— Ah, et madame Turcotte va accoucher. Elle est un peu en panique parce qu'elle voulait absolument que ce soit toi qui lui fasses sa péridurale. Il parait que personne n'a tes doigts de fée.

Marie savait bien que ses patientes comptaient sur elle, surtout dans ces moments de la vie où on avait particulièrement besoin d'être rassuré.

— Je ne dis pas ça pour te culpabiliser, précisa Chantal, c'est juste pour te tenir au courant, et savoir comment s'organiser au mieux.

— Je sais bien… Malheureusement je ne peux pas t'en dire plus pour l'instant.

L'échange se termina en amabilités, et Marie se laissa choir de nouveau sur le lit. Jamais elle n'avait été dans une telle situation, et même si son amie avait pris soin d'y mettre les formes, elle avait malgré tout senti la pression qui se cachait derrière cette conversation en apparence banale. Il fallait résister. Surtout ne pas perdre le contrôle.

René se regardait dans le miroir de la salle de bain, se demandant s'il devait se raser. Le néon blafard au-dessus du lavabo ne lui renvoyait pas une image très flatteuse, il avait même l'impression d'avoir vieilli en accéléré depuis deux jours. Un peu comme les bananes, pensa-t-il. Il avait déjà remarqué que les bananes murissaient beaucoup plus vite quand elles voyageaient. Il suffisait d'en glisser une dans un sac en début de journée, pour constater que le soir, après quelques kilomètres de marche ou de voiture, elles étaient déjà presque noires. Il se demanda quel pourcentage commun d'ADN il y avait entre l'homme et la banane. Sans doute plus qu'on ne pouvait l'imaginer. Il se demanda aussi combien de temps il faudrait pour qu'il se mette à noircir, au terme de ces pérégrinations dont il ne voyait pour l'instant pas le sens.

Il avait envie de parler à quelqu'un pour échanger à propos de ce qui lui arrivait, mais il n'avait personne à qui téléphoner. Surtout pas le Dr Cooper, qui se ferait un plaisir de lui rappeler qu'il lui restait peu de temps à vivre. Non, en y réfléchissant, les seules personnes qui pouvaient comprendre son état d'esprit, c'étaient ces gens qu'il venait de rencontrer. De parfaits inconnus — ce dont il se méfiait en temps normal — mais avec lesquels il devait bien reconnaitre qu'un fil, ténu, était en train de se tisser. Le malheur et l'espoir sont les plus sûrs vecteurs de rapprochement avec ses semblables, pensa-t-il.

Il décida finalement qu'il allait se raser, même s'il l'avait déjà fait le matin avant de partir de chez lui. La soirée serait peut-être longue, il avait envie de faire bonne figure. En tout cas ne pas donner l'image d'un vieux bonhomme décati qu'on doit trainer derrière soi en se pinçant le nez.

Le Airbnb que Sarah avait dégoté sur Sainte-Catherine Ouest était en réalité une petite chambre dans un triplex donnant sur un parking et des poubelles. On en avait toujours pour son argent, pensa-t-elle, et cette maxime était valable, quel que soit le continent où l'on se trouve. Mais le lit était confortable, c'était déjà ça. Elle repensait aux événements de la journée, à cette rencontre avec ces trois personnes. Ils formaient vraiment une drôle d'équipe ! René lui rappelait son grand-père maternel qu'elle avait peu connu, et qui paraissait être né déjà vieux. Mathieu avait l'âge d'être son père, et Marie de sa mère. Ça ne présageait rien de bon. D'ailleurs dès qu'elle les avait vus, elle avait commencé à les trouver pénibles. Les vieux de toute façon, c'est-à-dire à partir de trente-cinq ans, c'est toujours pénible. Ils peuvent pas s'empêcher d'être sérieux, de vous faire la morale, et de s'imaginer qu'ils ont la réponse à tout. Alors qu'en réalité ils sont complètement largués. Oui, le monde va beaucoup trop vite pour eux. Ils s'étaient excités pour cette histoire d'indice secret, mais si ça se trouve, ils avaient une fois de plus tout faux. Elle le sentait pas ce truc-là de toute façon, elle n'aurait jamais dû venir. Sans compter le fric que ça lui coutait, ça risquait de la pénaliser pour le bac. Elle avait joué la fière devant sa mère, en lui disant qu'elle en avait rien à foutre de son bac, mais c'était pas vrai. Elle avait envie de faire des études et d'avoir un métier où elle dépendrait plus de personne. Surtout pas d'un mec. Journaliste, ça lui plairait bien. Pour dénoncer tous les scandales qu'il y avait dans le monde. Pour voyager aussi. Enfin sans polluer toute la planète non plus. Merde, c'était pénible cette époque où on avait plein d'envies mais où on devait se restreindre en permanence. Elle n'avait pas encore réussi à résoudre ce paradoxe. Peut-être que grâce à des études justement, elle serait plus intelligente, mieux renseignée, et elle pourrait trouver comment concilier tout ça.

Quelqu'un jetait du verre dans les poubelles du parking. Ça faisait un bruit terrible. Sarah referma la fenêtre. Elle avait remarqué qu'il y avait des moustiquaires partout. C'était pratique ça. Pourquoi personne n'y avait pensé à Nice ? Tous ces putains de moustiques l'été qui lui faisaient des jambes comme une peau de coccinelle…

Elle but un verre d'eau directement au robinet de la salle de bain. Elle avait un peu la trouille pour ce soir. De ce qu'ils allaient trouver. Elle avait envie que ça débouche sur du positif, mais elle avait malgré tout un mauvais pressentiment. Et elle était bien obligée de reconnaitre que de savoir les autres à ses côtés, c'était quand même vachement rassurant. Même si c'étaient des vieux.

Son portable vibra sur le lit. C'était un message de sa mère. Sarah ne lui avait pas donné signe de vie depuis son atterrissage à Montréal, forcément elle s'inquiétait. Elle n'avait pas envie de lui parler, enfin de devoir répondre à ses questions. Elle se contenta de lui dire qu'elle était bien arrivée, avec des émojis « clin d'œil » et « bisous ».

Mathieu avait bien pensé à inviter ses nouveaux « amis » à dormir chez lui, mais outre le fait qu'il aurait fallu s'entasser et qu'il n'aurait pas pu leur offrir tout le confort souhaitable, il n'avait pas plus envie que ça de les recevoir. Il fallait d'abord voir où cela le menait. Il aimait bien prendre son temps avant de créer des liens forts. La vie l'avait déjà suffisamment déçu sur ce point. Même si là il s'agissait d'un cas tout à fait particulier. Est-ce qu'il avait eu raison de se lancer là-dedans ? Si au bout du compte cela lui permettait de retrouver Julie, alors assurément, oui. Si au contraire l'aventure tournait au fiasco, il savait qu'il ne s'en relèverait probablement jamais.

Sur le meuble du salon, dans son cadre doré, Julie lui souriait. Comme si elle entendait toutes ses pensées, comme si elle l'avait accompagné au parc du Mont-Royal, à la rencontre de ces personnes plongées dans le désarroi. Elle était là, telle une divinité cachée au creux de son oreille, l'encourageant, lui soufflant des indices, des idées, le persuadant qu'il n'était pas seul dans cette quête improbable. Oui, c'est pour elle qu'il faisait tout cela, avec son aide, parce que toujours ils avaient été deux, pour le meilleur et pour le pire comme l'avait dit le prêtre qui les avait mariés. Le tic-tac de la pendule accrochée au mur, qui d'habitude lui rappelait le temps passé sans Julie, égrenant chaque seconde tel un décompte macabre, lui rappelait aujourd'hui que 21 heures allaient bientôt arriver, et que le temps n'était plus chargé de douleur, mais qu'il était au contraire porteur d'un indicible espoir.

10

D'APRÈS LES visuels en devanture, Le Cabaret du Mont n'avait pas vraiment de rapport avec le Mont-Royal, mais plutôt avec le mont de Vénus. Entourées de guirlandes clignotantes roses et rouges, des jeunes femmes aux poses lascives ne cachaient pas grand-chose de leurs atouts sur des photos « artistiques ». L'établissement offrait visiblement des spectacles de striptease, et peut-être plus si affinités.

Marie, Mathieu, Sarah et René, qui s'étaient donné rendez-vous au début de la rue, arrivèrent ensemble devant la façade lumineuse qui se repérait de loin. De jour, les photos devaient être masquées ou se faire plus discrètes, mais dès le soir venu le trottoir vibrait de la couleur du soufre.

— Je ne suis pas sûr qu'on soit tous autorisés à rentrer, fit Mathieu.

Il se retourna vers Sarah, qui leva les yeux au ciel.

— Ok, fit l'adolescente, même si j'avais l'âge, y'a aucune chance pour que j'aie envie de rentrer là-dedans. Mais si ça vous excite, allez-y, y'a pas de problème.

— Qu'est-ce qu'on va trouver là, à part un aspect peu reluisant de la nature humaine ? demanda René, sceptique.

— Vous n'êtes pas obligé de venir, dit Mathieu, mais moi j'ai envie de savoir pourquoi l'indice nous a amenés ici.

— Je vous accompagne, fit Marie. Moi aussi, j'ai envie de savoir.

— On vous attend un peu plus loin, fit René, je garde la petite.

Sarah leva les yeux au ciel, tandis que Mathieu et Marie se dirigeaient déjà vers la porte capitonnée du Cabaret du Mont.

Un cerbère à l'entrée les salua en les dévisageant — surtout Marie — avant de les laisser passer sans problème. La salle était profonde, baignée d'un rouge écœurant qui dégorgeait sur les fauteuils, les murs, les tentures, jusqu'à la scène centrale où des barres de pole dance délimitaient un espace occupé par deux filles qui bougeaient avec paresse. À cette heure, le public était encore clairsemé, deux ou trois hommes avachis sur les banquettes en velours, tirant sur une bière, l'œil morne.

Mathieu et Marie observaient le décor avec perplexité. Rien ne pouvait ici prétendre avoir le moindre rapport avec leurs disparus.

Mathieu se tourna vers Marie.

— Cet endroit vous dit quelque chose ?

Marie secoua la tête.

— Je ne vois pas Tim venir ici. Il avait onze ans quand il a disparu. Et vous ?

Mathieu paraissait gêné.

— On entend souvent dire qu'on ne connait jamais totalement la personne avec qui on vit, mais je ne crois pas que Julie puisse avoir un quelconque rapport avec ça.

— Peut-être que quelqu'un en sait plus que vous à ce sujet.

Elle désigna un type au bar, la cinquantaine, grand et chauve, vêtu d'une chemise sous un gilet sans manche, et qui semblait donner des ordres à une serveuse.

Mathieu et Marie s'approchèrent. Il les gratifia aussitôt d'un sourire commercial.

— Bienvenue au Cabaret du Mont. Première fois ?

Mathieu acquiesça.

— Vous êtes le patron ?

L'autre se fit soudain plus méfiant, tout en restant courtois.

— Oui. Qu'est-ce que je peux faire pour vous ?

Mathieu tourna la tête vers Marie, qui l'encouragea du regard.

Il sortit son portable de sa poche et le mit sous le nez du type.

— Vous avez déjà vu cette personne ici ?

Le patron s'approcha de l'écran et plissa les yeux dans un effort de concentration.

— Nope, lâcha-t-il.

— Ça fait combien de temps que vous êtes le responsable ?

Le type fronça un peu plus les sourcils. Manifestement les questions de Mathieu commençaient à l'agacer.

— Écoutez, fit-il, je ne sais pas qui vous êtes ni ce que vous voulez, mais je ne suis pas là pour répondre à ce genre de questions, ok ? Maintenant si vous voulez boire un verre et assister au spectacle, ce sera avec plaisir. Dans le cas contraire…

— Elles font quoi les filles ici exactement ? l'interrompit Marie.

Le patron soupira.

— Elles dansent, elles donnent un peu de joie aux clients. Il y a des gens qui ont besoin de souffler vous savez, la vie n'est pas facile tous les jours.

— À votre connaissance, il n'y a jamais eu de problème avec aucune d'entre elles ?

Le type secoua la tête.

— On ne prend pas les filles à problèmes, c'est beaucoup plus simple pour tout le monde. Maintenant si vous voulez bien m'excuser…

La serveuse avec qui il parlait quelques minutes plus tôt s'approcha discrètement et lui souffla un mot à l'oreille.

— Ah, répondit-il, j'avais complètement oublié ce truc.

— Quel truc ? demanda Mathieu.

— Votre copine là, sur la photo, elle s'appellerait pas Julie par hasard ?

Mathieu s'immobilisa, saisi.

— Je croyais que vous la connaissiez pas ?

La voix de Mathieu trahissait son émotion.

— Un type est venu ici le mois dernier, reprit le patron, il a remis une petite somme à Mélanie (il désigna la serveuse), en lui disant que si quelqu'un se pointait en demandant après une certaine Julie, il faudrait lui remettre une enveloppe.

— Quelle enveloppe ? demanda Mathieu, au bord de l'excitation.

Le patron fit un signe à la serveuse qui ouvrit un tiroir derrière elle. Elle en sortit une enveloppe blanche qu'elle lui tendit. Le patron la posa sur le bar.

Mathieu fixa l'enveloppe et jeta un œil vers Marie.

— C'était qui ce type ? demanda-t-elle. À quoi il ressemblait ?

— Aucune idée. Des types on en voit tous les jours, et ils ont tous la même tête. Maintenant vous prenez cette enveloppe ou vous la prenez pas, mais vous vous tirez.

Il fit un signe au portier qui attendait près de la sortie. Celui-ci s'avança d'une démarche sûre, qui n'avait rien d'amical.

Mathieu avait envie d'en savoir plus, mais Marie attrapa l'enveloppe sur le comptoir et tira sur la manche de Mathieu pour le forcer à bouger. Elle l'entraina dehors, jusque sur le trottoir où la lumière naturelle leur fit du bien aux pupilles.

— Qu'est-ce c'est que cette histoire de fou ? marmonna Mathieu.

Marie lui tendit l'enveloppe.

— Peut-être qu'il y a une réponse là-dedans ?

Marie se doutait que Mathieu n'était pas très à l'aise à l'idée de découvrir que sa femme pouvait avoir des liens avec ce milieu pas très recommandable. Personne n'aime imaginer que la personne qu'on a épousée passe son temps libre à faire des stripteases sur scène, voire tenir compagnie à des hommes prêts à lâcher leur pognon pour un peu d'intimité en tête-à-tête dans une loge aux tentures rouges.

René et Sarah, qui les attendaient quelques mètres plus loin, les rejoignirent, intrigués par leur mine perplexe.

— Alors ? fit René, quelles sont les nouvelles ?

Sarah remarqua l'enveloppe dans les mains de Mathieu.

Celui-ci soupira, puis se décida à l'ouvrir. Il en sortit une feuille où figuraient quelques mots écrits en lettres capitales : « L'AGNEAU DU FJORD ».

Il lut le mot à voix haute, deux fois.

— Qu'est-ce que ça veut dire ? demanda-t-il, comme s'il se parlait à lui-même.

Marie haussa les épaules.

— Aucune idée. René ?

— Jamais entendu parlé de ça.

— Rien non plus sur Google, enchaina Sarah qui tapotait sur son téléphone.

Mathieu tournait en rond, prêt à exploser.

— Mais c'est quoi ces conneries ? Quel rapport avec Julie ?

Les autres n'osaient pas se regarder. Ils ne se connaissaient que depuis quelques heures et vivaient déjà ensemble des moments éprouvants. Difficile de trouver les mots pour rassurer quelqu'un dont on ignore à peu près tout, surtout quand on est soi-même au plus profond de l'angoisse.

Marie rompit le silence.

— Peut-être qu'il s'agit d'un autre club où Julie se serait rendue ?

Mathieu tiqua.

— Vous voulez dire qu'elle gagnait sa vie en écumant les bars à striptease de la région et je l'aurais pas su ?

— Cette enveloppe ne se trouvait pas là par hasard, fit remarquer René.

— Hasard ou pas, on n'est pas plus avancés qu'avant.

— Peut-être qu'il faudrait retourner à l'intérieur demander des explications, suggéra René, sans grande conviction.

— Oui, voilà, ajouta Sarah avec ironie. Vous foncez vers le gars qui a vous donné l'enveloppe, vous le soulevez par le col et vous lui dites que s'il crache pas ce qu'il sait, il va manger ses dents.

René lui jeta un regard peu aimable. Marie réfléchissait, essayant de trouver un sens à tout cela.

— Est-ce qu'il y aurait un nouveau code à trouver dans le message ?

Mathieu relut le mot attentivement.

— Pas de lettre en bleu, ni en rouge ni en rose… Rien que des putains de majuscules qui n'ont rien de spécial.

Soudain un type sortit de l'établissement. Il sembla hésiter un instant, puis marcha dans leur direction. Chauve, à part une grande mèche grisonnante qu'il ramenait sur le devant en diagonale, une chemise au col douteux et des dents jaunes, il les dévisagea avant de s'adresser à eux.

— Je l'ai vu, articula-t-il lentement d'une voix de fumeur.

Mathieu se redressa.

— Vous avez vu Julie ?

Le type secoua la tête.

— Le gars. Le gars qui est venu déposer l'enveloppe.

— Vous le connaissez ?

— Vinz, il s'appelle. Je sais où vous pouvez le trouver. C'est un camé qu'est prêt à tout pour se faire une pièce et s'acheter sa dose.

Marie s'avança, méfiante.

— Pourquoi vous nous dites tout ça ?

Le type haussa les épaules.

— Je viens souvent ici. Ça me fait du bien de voir les filles se déshabiller. Elles sont gentilles. Enfin sauf Debby, un jour elle m'a dit que j'avais une mauvaise haleine. Mais les autres, ça va. J'ai entendu ce que vous disiez à Jo, le patron. Ça m'a énervé comment il vous a parlé. Ça se voit que vous êtes des gens en souffrance.

Mathieu consulta les autres du regard. Aucun d'eux n'avait vraiment conscience de dégager une telle impression de désespoir.

— Et on peut le trouver où ce gars ?

— Je crois qu'il traine au vieux port, le soir, près du silo numéro 5. Le bâtiment est aussi rouillé que le pauvre gars.

La nuit noircissait déjà toute la ville quand ils arrivèrent au Vieux-Port. Autrefois port principal de Montréal, il avait cédé ses activités portuaires au bénéfice du port actuel, plus à l'est. Aujourd'hui, c'était devenu un lieu historique et touristique, avec diverses activités qui allaient de l'escalade sur un vieux voilier, à la grande roue qui tournait entre les quais, en passant par le Centre des Sciences qui avait ouvert ses portes en 2000. Seul le quai de la pointe du moulin avait conservé sa vétusté, avec un immense silo à grains digne des décors expressionnistes d'un film de Fritz Lang. L'éclairage blafard jetait un voile gris mêlé de brun sur la surface rouillée de l'édifice.

Marie, Mathieu, René et Sarah avançaient avec précaution, regardant où ils mettaient les pieds. Le chemin de terre et d'herbes sauvages était parsemé de détritus en tous genres, canettes de bière broyées, sacs plastiques, restes de barquettes, mais également quelques seringues et préservatifs usagés.

Mathieu était un peu gêné d'entrainer Sarah dans un endroit aussi peu accueillant, mais la jeune fille semblait ne pas avoir froid aux yeux. Elle avait visiblement la même volonté que les autres de retrouver celui qui avait disparu de sa vie sans laisser de traces.

— Là-bas, il y a des silhouettes, fit Marie, les sens en éveil.

En effet, quelques ombres glissaient en silence, à l'abri d'un portique de métal rongé par le temps.

— Vous êtes sûrs de vouloir y aller ? demanda René d'une voix peu rassurée. Le club de striptease c'était Disneyland à côté…

Il ne cherchait pas à faire un bon mot, il s'interrogeait vraiment sur le sens de cette quête qui paraissait irréelle. Il s'imaginait mourir ici sous les coups de couteau d'un drogué, s'écroulant à terre, détritus parmi les détritus, dans un dernier bras d'honneur au cancer qui le rongeait.

Deux pas derrière lui, Sarah s'amusait de la fébrilité de René. La situation était assez glauque, c'est vrai, mais sa curiosité naturelle l'empêchait d'avoir peur. Et puis elle était accompagnée par trois adultes qui sauraient surement la protéger si quoi que soit survenait. Elle jeta un œil vers Marie qui marchait à ses côtés. Depuis le départ, cette femme l'impressionnait. Il y avait une force en elle, une détermination qui se dégageait de chacun de ses gestes, de ses regards. Une précision qu'on pouvait observer chez des professionnels quand ils maitrisaient leur art ou leurs techniques. Oui, Marie lui apparaissait comme une professionnelle de la vie, une vie dans laquelle rien ne semblait laisser sa place au hasard. Même si elle ne savait pas où elle allait, elle ne donnait jamais l'impression d'être perdue.

Ils s'approchaient maintenant d'un groupe de trois hommes qui avaient tourné la tête en les entendant arriver et qui les dévisageaient avec des sourcils méfiants.

Mathieu fut le premier à parler.

— Salut, on cherche Vinz, dit-il, de la voix la plus neutre possible.

— Qui le demande ? fit un des gars après un temps de réflexion.

Son menton semblait disparaitre dans son cou quand il parlait.

— On a juste un renseignement à lui demander. Ça prendra pas longtemps.

Les deux autres types reluquaient Marie et Sarah comme s'ils découvraient les spécimens d'une peuplade inconnue. Marie se sentait gênée pour l'adolescente. Ce n'était définitivement pas un endroit pour elle.

— On parle pas aux flics, lâcha l'interlocuteur au menton fantôme.

Mathieu se tourna vers son groupe avant de répondre.

— Est-ce qu'on a vraiment l'air de flics ?

— Va savoir. De toute façon, on fait rien de mal.

— Je sais, dit Mathieu. On n'est pas là pour ça. On veut juste parler à Vinz.

René toucha le coude de Mathieu pour attirer son attention et lui fit un petit signe avec les doigts. Mathieu acquiesça et sortit un billet de sa poche qu'il tendit au type.

— C'est pour le dérangement.

Le type regarda ses acolytes, puis fixa à nouveau Mathieu.

— On est trois si je compte bien.

Mathieu plongea à nouveau la main dans sa poche et en extirpa deux autres billets. Les yeux des gars brillaient dans le peu de lumière qu'un réverbère dispensait depuis le bord lointain du quai.

Soudain Marie fit un pas en avant.

— Attention, souffla-t-elle avec sang-froid dans l'oreille de Mathieu.

Elle venait d'apercevoir la lame d'un couteau dans la main d'un des gars.

— Qu'est-ce qu'il y a ma jolie ? On te fait peur ? Si tu veux, on te fait visiter notre petit nid d'amour. Qui sait, ça pourrait te plaire ?

Les deux autres silhouettes lâchèrent un petit rire enfantin.

— Ça suffit ! tonna soudain René. Je crois qu'on a été réglos avec vous, maintenant vous nous dites où on peut trouver Vinz.

Le « chef » du groupe se gratta l'oreille.

— Faut pas nous en vouloir. Les distractions sont pas nombreuses ici.

Mathieu avait envie de leur dire qu'ils n'avaient pas l'air en si mauvais état et qu'en se bougeant un peu les fesses ils pourraient facilement trouver un travail qui leur permettrait de diversifier leurs loisirs, mais il préféra s'abstenir.

— Ok, ok, fit l'homme sans menton. Tu voulais causer à Vinz ? T'as l'honneur de l'avoir en face de toi.

Mathieu échangea un regard avec Marie. Vrai ou pas vrai ? De toute façon, ils n'avaient pas tellement d'autre choix que de lui faire confiance.

Mathieu sortit de son sac l'enveloppe que le patron du Cabaret du Mont lui avait donnée et la brandit sous le nez du type.

— Qui t'a demandé de remettre ça à Jo, au cabaret ?

Le « Vinz » fit une moue admirative.

— T'es peut-être pas flic, mais tu te débrouilles quand même, hein ?

Mathieu soupira.

— J'ai plus trop de patience maintenant. Si tu pouvais juste répondre à ma question.

— Un type est venu ici. Il m'a filé cette enveloppe, avec un joli petit billet. Entre nous il était plus généreux que toi. Il m'a juste dit d'apporter ça à Jo et que quelqu'un viendrait la prendre. Quelqu'un qui cherchait une certaine Julie. Voilà, tu sais toute l'histoire.

Mathieu prit un temps pour réfléchir. Il essayait de cerner une part de sincérité dans le regard de son interlocuteur.

— À quoi il ressemblait ? demanda René.

Vinz haussa les épaules.

— À pas grand-chose. Une grosse barbe, une casquette, des vêtements noirs ou gris… je me souviens plus trop. (Il regarda Mathieu avec un petit sourire.) C'est qui cette Julie ? C'est ta femme ?

Mathieu préféra ne pas répondre.

— Non je dis ça parce que… enfin c'est connu quoi.

— Qu'est-ce qui est connu ?

— Le Cabaret du Mont… Les filles font pas juste des stripteases quoi. Donc si ta Julie s'est mise là-dedans, elle a dû en voir défiler…

Il échangea une mimique salace avec ses congénères.

Mathieu allait exploser quand Marie le stoppa.

— Où est passée Sarah… ? fit-elle en jetant des regards inquiets alentour.

Tous se retournèrent, scrutant l'obscurité qui mangeait la structure du silo à grain. Le vent sifflait entre les ossatures de béton et d'acier, agitant les herbes pelées sur le terrain désert.

Sarah n'était plus là.

11

Marie s'en voulait. C'était sans doute idiot, mais elle se sentait d'une certaine façon responsable de cette jeune fille. Elle ignorait encore tout d'elle, de sa famille, de son parcours, de ce qu'elle avait traversé pour en arriver là, propulsée dans un pays où elle n'avait jamais mis les pieds, à la recherche d'un père qui devait certainement être, malgré l'air léger qu'elle se donnait, la pièce manquante de sa vie.

Oui, le mélange de force et de fragilité qui se dégageait de Sarah l'avait tout de suite émue. Mais quelle femme à la quarantaine bien entamée ne se reconnaitrait pas un tout petit peu dans une adolescente de dix-sept ans à l'allure rebelle et au regard si intense ? Pourvu qu'il ne lui soit rien arrivé, pensa Marie. Elle ne se le pardonnerait pas. Ils s'y étaient pris comme des bleus jusqu'à présent, fonçant tête baissée vers les indices tels des moucherons vers un point de lumière, sans prendre le temps de réfléchir à ce qui pourrait se passer.

— On devrait se séparer, proposa René, tandis qu'ils contournaient le silo telles des fourmis fébriles sous les pieds d'un géant.

— Non, fit Mathieu avec autorité, on reste ensemble. Elle n'a pas pu aller bien loin.

Ils pénétrèrent dans les entrailles du bâtiment, marchant avec précaution dans un enchevêtrement de tuyaux de toutes tailles, de poutrelles métalliques dessinant des obliques parmi d'immenses escaliers qui semblaient monter vers un enfer invisible.

— Sarah ? cria Marie en essayant de distinguer des formes humaines dans ce paysage torturé, Sarah où es-tu ?

Des grincements lui répondirent, des suintements, des crissements dans l'assemblage industriel en souffrance, mais aucun son identifiable.

— Merde ! fit Mathieu que le stress gagnait, c'est pas possible !

— Et si on retournait voir ce type, Vinz, peut-être qu'elle est retournée là-bas, où qu'il l'a vue ?

Mathieu allait répondre quand des éclats de voix leur parvinrent depuis les hauteurs du bâtiment. Ils levèrent tous instinctivement la tête, mais il était impossible de distinguer quoi que soit dans l'obscurité au-delà de cinq mètres.

Marie s'approcha d'un escalier rouillé dont la rambarde en croisillons dardait çà et là des pointes coupantes et hostiles. Elle posa le pied sur la première marche pour en tester la solidité, sous l'œil inquiet de ses deux compagnons.

— Je ne suis pas sûr que ce soit une bonne idée, fit René.

De nouveaux éclats de voix résonnèrent, loin au-dessus de leurs têtes. Mathieu fit un signe à Marie.

— Pas le choix.

Il grimpa à son tour sur l'escalier, puis commença son ascension, suivi de Marie puis de René, qui maugréait un peu. La hanche du vieil homme n'aimait pas les escaliers, mais il n'avait pas envie de jouer une fois de plus les boulets. Et puis, la vie d'une adolescente qui aurait pu être sa petite fille était peut-être en jeu.

Leurs pas résonnaient, faisant vibrer l'escalier d'un écho métallique. Pas très discret, pensa Mathieu. Mais il y avait urgence. Voyant que l'édifice semblait solide, il accéléra la cadence, cherchant parfois à tâtons la prochaine marche. Il n'osait pas utiliser la lampe de son téléphone, craignant de faire tomber celui-ci.

Cette fois, les voix se faisaient plus précises, et même s'il était impossible de discerner les paroles, on reconnaissait une voix

d'homme mêlée à celle de l'adolescente. Mathieu se retourna, véri-
fiant que Marie et René le suivaient toujours. Au-dessus de lui, il
aperçut une petite plateforme sur laquelle on pouvait prendre pied
pour se hisser sur le toit de l'immense bâtiment de béton. Il prit
appui de ses mains puis, une fois en position stable, il aida Marie et
René à le rejoindre.

La vue qui s'offrait à eux depuis le toit du silo numéro 5 était
saisissante. Montréal étalait ses lumières jusque loin dans la nuit,
habillant la ligne élégante des buildings de centaines de minuscules
carrés jaunes. De l'autre côté, la masse sombre du fleuve Saint-
Laurent glissait en silence, jouant ici et là avec les reflets des réverbères qui jalonnaient les quais.

Mathieu scruta la large dalle de béton qui recouvrait l'ensemble
du toit. À quelques mètres, sur la gauche, deux silhouettes se
faisaient face, prises dans une discussion qui semblait intense.

Sarah, et un type à l'allure voûtée.

Ils ne s'étaient pas encore rendu compte qu'ils n'étaient plus
seuls.

Mathieu fit un signe à Marie et René pour leur faire
comprendre qu'ils allaient encercler Sarah et son interlocuteur et
essayer de surprendre celui-ci.

Ils avancèrent en silence, chacun par un côté, protégés par l'obscurité. Ils n'étaient plus qu'à deux mètres quand Mathieu décida de
passer à l'action. Il plongea brusquement sur le type et tous deux
roulèrent sur la dalle de béton. Mathieu fut le premier à se redresser
et s'assit sur le dos de son adversaire, essayant de lui attraper un bras
pour l'immobiliser.

— Mais qu'est-ce que vous faites ? hurla Sarah, en roulant des
yeux affolés.

Marie la prit par les épaules pour la faire reculer. Le type se
débattait à présent, balançant ses jambes à gauche et à droite, dans
un effort surhumain pour reprendre le contrôle de la situation. Mais
Mathieu était plus lourd et plus en forme, et il réussit à tordre les
bras du type dans son dos, le forçant à s'avouer vaincu.

— Ok, ok, tu me fais mal connard… ! lâcha-t-il entre ses dents
serrées.

— Qu'est-ce que tu lui voulais à la petite ?

D'un coup d'épaule, Sarah se dégagea de l'emprise de Marie.

— Mais on est en plein délire ! s'énerva-t-elle, je peux me débrouiller toute seule !

Marie tenta de l'apaiser d'un geste de la main.

— Ce n'est pas contre toi Sarah, dit-elle, mais on ne savait plus où tu étais, et l'endroit n'est pas spécialement accueillant…

— On est désolés si on t'a empêché de lui acheter de la drogue, siffla René.

Sarah leva les yeux au ciel.

— Ça se confirme, vous êtes débiles. On était juste en train de discuter. Il m'a dit qu'il pouvait peut-être me renseigner sur mon père.

Mathieu se pencha vers le type qu'il maintenait toujours au sol.

— Qu'est-ce que tu sais sur son père ?

Le type fit un petit sourire en coin. Un sourire d'escroc.

— La petite elle avait l'air perdue, faut s'entraider dans la vie…

René soupira. Il se souvenait de toutes les fois où il avait donné des conseils à des jeunes gens, qui l'avaient aussitôt pris pour un vieux con ou un rabat-joie. Aucun n'avait pris la peine, vingt ans plus tard, de venir lui dire qu'il avait finalement raison. La jeunesse restera toujours la jeunesse, pensa-t-il.

Une voix les fit soudain sursauter.

— Bon ça suffit maintenant. Toi, tu lâches mon pote.

Derrière eux, Vinz, entouré de ses deux acolytes, pointait un flingue sur Mathieu. Instinctivement, celui-ci se releva et fit un pas en arrière.

— Je sais pas qui vous êtes ni ce que vous voulez, enchaina Vinz avec un tremblement du bras qui laissait craindre le pire, mais vous commencez sérieusement à me gonfler.

— On vous l'a dit, tempéra Marie, on cherche quelqu'un.

Vinz se tourna vers Mathieu.

— J'en ai rien à foutre de ta gonzesse, t'avais qu'à mieux la surveiller. En attendant vous allez foutre le camp.

Il tendit un peu plus son bras armé et tremblant vers le groupe.

Son état d'excitation semblait grandir en même temps que son
impatience.

— Ok, on va s'en aller, fit Mathieu en essayant de garder son
sang-froid.

Un silence passa d'un groupe à l'autre, moment suspendu où
tout pouvait basculer en une fraction de seconde.

Soudain, le type avec lequel Mathieu s'était battu attrapa Sarah
par le bras et la tira violemment vers le groupe de Vinz.

— Hé ! cria Marie.

— On bouge pas ! répliqua Vinz, le pistolet nerveux, un rictus
dément au bout des lèvres.

Sarah tremblait comme une feuille, serrée par le type voûté dont
l'haleine puait l'alcool à trois dollars la bouteille.

— La petite va rester nous tenir compagnie. Vous, vous dégagez.

Mathieu se tourna vers Marie et René, échangeant un regard
avec eux.

— On y va, fit-il.

Il s'avança en direction de l'escalier par lequel ils étaient arrivés.
Mais une fois à la hauteur du groupe de Vinz, il donna un violent
coup dans le bras de celui-ci, faisant valdinguer le pistolet dans
l'obscurité de la dalle en béton. Profitant de l'effet de surprise,
Marie arracha Sarah des bras de son agresseur, et tous se mirent à
courir vers René qui les attendait déjà en haut de l'escalier.

— Vite ! cria Mathieu

Ils dégringolèrent les marches d'acier qui résonnèrent sous leurs
pas précipités en un concert de tôles grinçantes. Après une descente
qui leur parut interminable, ils foncèrent vers la sortie du bâtiment,
priant pour que d'autres acolytes de Vinz ne surgissent pas du néant
pour leur barrer la route. Mathieu avait pris René par le bras, le
soulevant à moitié pour alléger son effort. Ils n'arrêtèrent leur
course folle que lorsqu'ils eurent franchi le petit pont métallique qui
séparait l'île du vieux port. À bout de souffle, le cœur dans la gorge,
il se retournèrent pour observer le silo dont la silhouette était encore
trop proche pour ne pas être menaçante. Mais personne ne les avait
suivis. Sans doute était-il trop dangereux pour les « zombies » qui
peuplaient l'endroit de s'aventurer hors du périmètre sur lequel ils

régnaient. Marie aida René à s'asseoir sur une barrière, tandis que Mathieu, les mains sur les genoux, reprenait son souffle.

— Qu'est-ce qui t'a pris Sarah ? lâcha-t-il entre deux respirations. Tu t'imaginais vraiment que ce type allait te dire « je connais ton père, il est à telle adresse » ?

L'adolescente haussa les épaules.

— Vous êtes les seuls à décider ce qu'on a le droit de faire ?

— Ce n'est pas la question jeune fille, fit René en grimaçant. On s'est inquiétés pour vous… et si on pouvait éviter de me faire courir comme si j'avais vingt ans, ça m'arrangerait.

Marie intervint.

— On a tous fait ça, dit-elle sur un ton d'apaisement. On a tous cru à un indice, une nouvelle information. Quelque chose qui donne de l'espoir. Vous ne vous rappelez pas les débuts ? Quand on s'accroche à la moindre chose, parce qu'on veut tellement que le cauchemar s'arrête ?

Elle se souvenait avec une précision étonnante de chaque coup de téléphone de la police, de toutes ces fois où elle s'était préparée à faire un trajet en voiture pour enfin retrouver Tim, se jeter dans ses bras, sentir son corps menu contre le sien et l'écraser de baisers.

— C'est vrai, fit Mathieu, mais là, qu'on le veuille ou non, quelqu'un a décidé qu'on allait former une équipe. Alors je crois qu'on doit tous veiller les uns sur les autres. Désolé si j'ai réagi un peu fort.

Marie s'approcha de Sarah.

— J'avais réussi à vivre avec cette douleur quotidienne de me demander ce qui était arrivé à mon fils. C'était là, en somnolence. Peut-être parce que je suis anesthésiste, je sais pas… (Elle essaya d'esquisser un sourire qui n'eut aucun effet sur l'adolescente.) Et quand le colis est arrivé, tout est revenu au premier plan. Je sais pas ce que ça va donner, personne ici ne le sait… Mais ce qui est sûr, c'est qu'on peut s'entraider.

Sarah lâcha un gros soupir.

— Vous êtes tous obligés de parler comme des profs de SVT ? Ça va, j'ai compris, c'est pas comme si j'avais le choix de toute façon. Bon qu'est-ce qu'on fait, on reste là à refaire le monde entre vieux ?

Mathieu hocha la tête en souriant.

— Une vraie petite famille on dirait, hein ?

René se redressa.

— Oui ben doucement, j'ai pas encore l'âge d'être grand-père. (Sarah lui lança un regard perplexe.) Oui bon, tout juste. Mais c'est pas une raison pour m'appeler papy, ok ?

Les autres échangèrent une moue complice. La tension était redescendue.

— En attendant, fit Mathieu, on ne sait toujours pas qui tire les ficelles, et on n'a aucune foutue idée de ce que c'est que « L'agneau du fjord ».

— Peut-être qu'il faudrait reprendre les choses du début ? suggéra Marie.

— C'est-à-dire ? demanda René, perplexe.

— Rouvrir les dossiers. Les éplucher, regarder les photos, lire les témoignages. Peut-être que quelque chose remontera à la surface.

— On n'a pas tous déjà fait ça cent fois ? fit remarquer René, désabusé.

— Sans doute.

— Et on les trouve où ces fichus dossiers ? À la police ?

— Non. Il y a longtemps que je ne fais plus confiance à la police.

En sortant du métro, après vingt minutes de transport où ils n'échangèrent pas un mot, Marie, Mathieu, René et Sarah se dirigèrent vers un petit bâtiment coincé entre deux immeubles impressionnants qui semblaient veiller sur lui. Ils poussèrent une porte vitrée et se retrouvèrent dans une pièce de taille modeste éclairée aux néons, avec un comptoir sur la droite. Une jeune femme (une étudiante ?) tapotait sur un clavier d'ordinateur. Marie s'approcha.

— Bonjour, dit-elle dans un sourire.

La réceptionniste lui rendit son sourire. Derrière ses fines lunettes qui lui mangeaient la moitié du visage, ses beaux yeux bleus respiraient la gentillesse.

— Bonjour, je suis Olga, fit-elle avec un léger accent slave, qu'est-ce que je peux faire pour vous aujourd'hui ?

— Nous sommes… enfin, nous aimerions consulter les dossiers de proches qui ont disparu.

— Bien sûr. J'aurais besoin d'une pièce d'identité.

Marie se tourna vers Mathieu, René et Sarah qui lui tendaient déjà le document requis. La jeune femme rentra les informations sur son ordinateur avec un air concentré. Sur le comptoir, devant elle, une publicité vantait les mérites de l'association d'aide aux familles de disparus. Marie les avait contactés quand Tim s'était évaporé dans la nature, se disant que toutes les pistes étaient bonnes à explorer, toutes les aides bonnes à prendre. Il lui avait fallu assez longtemps pour comprendre qu'en réalité, malgré le dévouement des bénévoles qui travaillaient là et toutes les ressources qu'ils mettaient à la disposition des familles, on restait seul, forcément seul, irrémédiablement seul, dans une épreuve aussi irrationnelle.

— Quels dossiers souhaitez-vous consulter ?

Marie allait ouvrir la bouche quand elle se tourna à nouveau vers le groupe. Mais cette fois, c'était pour chercher un soutien dans leur regard, au moment où elle sentait soudain quelque chose flancher en elle. Elle ne savait tout simplement pas si elle allait être capable de prononcer le nom de son fils et de faire remonter à la surface quatorze années de peines refoulées.

Mathieu s'approcha, conscient de ce qu'elle traversait. La fébrilité de Marie était contagieuse. Il aurait voulu se montrer plus fort, poser sa main sur son épaule pour lui donner du courage, mais il sentait lui aussi des larmes invisibles monter à l'assaut de ses yeux. C'est alors qu'il remarqua que les murs de la pièce étaient tapissés d'avis de recherches, de photos d'enfants, d'adolescents, d'adultes, qui souriaient ou arboraient des mines graves, avec à chaque fois au-dessus de leur tête, une date. Le jour de leur disparition. Certains étaient recherchés depuis les années 60. Dans quel état pourraient-ils bien être si on les retrouvait aujourd'hui ?

René s'approcha à son tour. Il n'avait jamais pleuré depuis l'absence soudaine de Susan. Peut-être une question de tempérament. Ainsi, même s'il ressentait parfaitement l'émotion qui avait envahi la pièce, il savait qu'il pouvait gérer la situation. Il s'avança vers le comptoir et aida Marie à donner le nom de son fils.

Tandis qu'Olga faisait crépiter son clavier, Sarah observait ces adultes qui n'avaient plus l'air de grandes personnes, tant les sentiments qui semblaient les secouer les transformaient en poupées de chiffons. Elle aussi était émue, bien sûr, mais elle n'avait jamais connu son père, ou du moins elle ne s'en souvenait pas, elle n'avait donc jamais eu l'impression de le perdre.

Olga s'absenta quelques minutes avant de revenir les bras chargés d'un carton d'où dépassaient des dossiers de différentes couleurs.

— On a numérisé les dossiers les plus récents, mais les anciens sont encore au format papier. Je vous laisse regarder ?

Elle déposa le carton sur une table coincée contre un mur. Ils s'installèrent tous les quatre. Mathieu sortit un petit carnet noir et un stylo. Sarah l'observa, intriguée.

— Moi aussi j'ai un carnet, fit-elle. (Elle le prit dans son sac et le posa sur la table.) Y'a toute ma vie là-dedans. Et dans le vôtre, y'a quoi ?

— Des notes sur l'enquête. Je le relis de temps en temps, en espérant y trouver un détail qui va soudain tout changer. Mais pour l'instant, ça ne s'est pas produit…

Ils commencèrent à ouvrir les chemises colorées qui contenaient des fragments de la vie de leurs disparus. Des comptes rendus, des rapports de police qui consignaient froidement la chronologie des faits, des retranscriptions de témoignages, des conversations de personnes qui auraient cru voir quelque chose. Des photos aussi, ainsi que des descriptions physiques de leurs proches. La police leur avait demandé d'être le plus précis possible.

Sarah jeta un œil sur la fiche que lisait Marie.

— Tim avait une tache de naissance ?

— Oui, sur le pied. Un croissant de lune. Quand il était petit et qu'il ne voulait pas s'endormir, je lui racontais que la lune allait l'emmener avec elle au pays des rêves. Ton père avait une particularité physique ?

— Non. Sa particularité c'était de pas en avoir. Enfin, d'après ma mère.

Marie esquissa un sourire.

Aucun des documents qu'ils avaient sous les yeux n'avait permis à l'époque de faire avancer l'enquête, ce n'étaient que fausses pistes, explications vagues, suppositions, de la part de gens qui n'avaient jamais rencontré ni Tim, ni Julie, ni Susan, ni Pierre, et c'était assez éprouvant de s'y replonger. Mathieu prit quelques notes sur son cahier et Sarah fit un croquis de la scène.

Au bout de quelques minutes, Marie commença à s'agiter sur sa chaise, avec une furieuse envie de quitter les lieux.

— Quelque chose ne va pas ? demanda Mathieu.

— C'était une mauvaise idée. Je suis désolée. Ça n'aboutira à rien.

René tournait les pages d'un document avec de nombreuses notes dans la marge.

— Oui, confirma René, je connais déjà tout ça.

— Ça fait bizarre de se replonger là-dedans, dit Mathieu. Et si celui qui nous a envoyé les colis avait voulu qu'on vienne ici, il nous aurait donné un indice plus explicite, non ?

Sarah acquiesça, perplexe.

— À moins qu'il se soit complètement foutu de notre gueule jusqu'ici, fit-elle.

René lui lança un regard noir.

— Pardon, fit-elle en levant les yeux au ciel, « moqué de nous » je voulais dire.

Mathieu se retourna vers Olga.

— Excusez-moi, ça vous dit quelque chose « L'agneau du Fjord » ? Est-ce que ça pourrait être un club de nuit ou un bar ?

La jeune femme arrêta un instant son activité pour réfléchir, puis secoua la tête.

— Je ne sais pas, désolée. Peut-être que ma responsable pourrait vous aider, mais elle n'est pas à Montréal en ce moment malheureusement.

Mathieu la remercia du regard. Marie lut sa déception dans sa moue dubitative. Elle était persuadée que quelque chose ne collait pas. Comme si celui qui les manipulait distillait des indices pour les orienter, mais sans être vraiment sûr de lui. Comme s'il comptait sur eux pour prendre aussi des initiatives. Est-ce qu'il avait seulement une partie des informations et qu'il espérait que grâce à leur motivation retrouvée, les indices les mèneraient vers quelque chose que lui, cherchait ?

— C'est curieux, dit René en examinant un cliché aux couleurs fanées, je ne reconnais pas les personnes sur cette photo.

Marie se pencha pour regarder. Deux blondinets côte à côte, affublés de chapeaux rigolos faisaient une grimace au photographe.

— Les dossiers ont dû se mélanger. C'est mon fils, à côté d'un camarade de classe pendant la fête de l'école. Quelques jours plus tard, on partait en vacances au bord du Saguenay. J'avais loué un chalet. Si j'avais su que c'était la dernière fois que je prenais Tim en photo, je ne serais jamais partie.

Une onde mauvaise la traversa. Un frisson venu de loin.

— La première chose qu'on fait, fit René, c'est de culpabiliser, pas vrai ?

Mathieu acquiesça.

— Si j'avais pas fait ci, si j'avais pas dit ça… On se retourne le cerveau toute la journée, sans parler de la nuit. Et on a beau savoir que ça va pas les ramener, on peut pas s'en empêcher.

— Je l'ai fait aussi, dit Sarah. Quand j'ai compris que mon père était vraiment plus là. Je me suis dit que c'était de ma faute, parce que j'étais pas la fille qu'il aurait voulu avoir.

Elle avait essayé de dire ça avec un certain détachement, mais elle devait bien avouer que les mots la secouaient de l'intérieur en même temps qu'elle les prononçait. Les visages collés aux murs tout autour d'eux les renvoyaient à une réalité qu'ils avaient fini par rendre abstraite pour se protéger et qui leur revenait dans la face tel un boomerang. Tant de gens avaient dû entrer ici dans l'espoir d'y trouver un soutien, une piste, quelque chose de rassurant. La pièce était chargée d'une souffrance qui pesait sur leurs épaules, flottait dans l'air, s'insinuait en eux, comme dans ces vieux châteaux où l'on sent littéralement la présence des fantômes qui les hantent.

— Ce garçon, à côté de votre fils, dit René, c'était son meilleur ami ?

Marie secoua la tête.

— Tim n'avait pas vraiment de meilleur ami, mais c'était celui avec lequel il pouvait jouer régulièrement. Tim était un enfant assez… sensible.

— Ils l'ont interrogé ce copain à l'époque ? demanda Mathieu.

— Oui, la police est allée le voir. Mais ça n'a rien donné. Il avait onze ans, comme Tim, et il était plutôt du genre introverti. Il a juste dit que Tim ne lui avait jamais confié de secret ou de choses qui auraient pu avoir un lien avec sa disparition.

— Comme une envie de fuguer par exemple.

— Oui voilà. C'est toujours l'hypothèse que vous sort la police en premier. Vous avez beau leur dire que votre gamin n'est pas du genre à fuguer, vous voyez dans leur regard qu'ils ont déjà entendu ça dans la bouche de tous les parents qu'ils ont pu croiser avant vous.

— Je suis bien d'accord, fit René, philosophe. Pour ma Susan, ça a été pareil. À croire qu'ils avaient la solution toute faite avant même d'avoir besoin d'enquêter.

Sarah prit la photo entre les mains et l'examina un moment.

— Et si le copain de Tim était plus bavard aujourd'hui ? fit-elle. Peut-être qu'il dirait des choses qu'il avait pas voulu dire avant ?

Marie leva la tête vers les autres.

— Vous croyez ?

Tous acquiescèrent.

— En quatorze ans, les gens changent, fit René. Ils ne voient plus le monde de la même façon. Les souvenirs se sont transformés.

— Vous savez s'il habite toujours dans le même quartier ? demanda Mathieu.

Marie secoua la tête.

— Aucune idée. Mais l'école elle, elle n'a surement pas bougé…

12

À l'époque où Tim était au primaire, Marie avait habité dans la petite ville de Chicoutimi, entre le lac Saint-Jean et le Saint-Laurent, et elle y avait toujours trouvé la vie très agréable. Un grand pont de béton reliait les deux rives de la rivière Saguenay, et les promenades le long des berges permettaient de profiter du paysage, avec ses collines descendant élégamment jusqu'à l'eau.

L'école Saint-Antoine avait accueilli Tim en sixième année, et il répétait régulièrement qu'il s'agissait de la meilleure école du monde. Ça avait soulagé Marie, parce que jusqu'alors il s'était toujours plaint des établissements dans lesquels elle l'avait inscrite les années précédentes. Quand elle interrogeait les professeurs à propos des raisons de son malaise, elle obtenait des réponses évasives, voire gênées. Tim, du fait de sa sensibilité, n'était pas fait pour un cadre scolaire. C'était un enfant libre qui avait besoin qu'on le comprenne et qu'on lui fasse confiance.

L'ancienne directrice avait pris sa retraite, et la jeune femme qui la remplaçait aujourd'hui se montra charmante. Bien sûr, elle ne pouvait pas se souvenir de Tim puisqu'elle ne l'avait pas connu, mais elle avait entendu parler de sa tragique disparition. À l'époque, l'événement avait fait grand bruit dans la presse locale. Elle accepta volontiers de regarder dans ses fichiers et trouva sans problème l'adresse de la famille d'Arthur, le petit camarade de classe qui apparaissait aux côtés de Tim sur la photo.

Après un voyage silencieux depuis Montréal dans la voiture de Mathieu, ils arrivèrent tous les quatre devant une maison triste, avec son revêtement de briques jaunes et de pierres taillées sans charme, coiffée d'un toit d'asphalte et de goudron. Marie frappa trois fois en haut du petit escalier de bois blanc qui montait jusqu'à la porte. René, Mathieu et Sarah étaient restés un pas en arrière, pour ne pas effrayer les propriétaires des lieux. Ce fut une petite dame potelée et souriante qui leur ouvrit. Sa chevelure noire et bouclée s'agitait quand ses sourcils s'animaient, tel un lampadaire à frange qu'on déménage dans un escalier.

— Bonjour, fit-elle en actionnant ses joues rondes, que puis-je faire pour vous ? J'espère que ce n'est pas pour le raffut qu'a fait ma chatte cette nuit dans le quartier… La pauvre a ses chaleurs et elle est toujours très vocale dans cette période.

Marie réprima un sourire.

— Non, c'est… je suis la maman de Tim… qui était en classe avec Arthur…

Après une seconde d'incompréhension, le visage de la petite dame reprit vie, en une expression qui mêlait la gêne à la gentillesse.

— Oh mais bien sûr, je vous ai pas reconnue ! Entrez, entrez… !

Tous pénétrèrent dans le salon qui était aussi déprimant que l'extérieur, avec son canapé marronnasse en faux cuir qu'elle avait dû acheter en article de plancher et sa tapisserie rose qui devait bien avoir deux décennies au compteur.

— Je peux vous offrir quelque chose ? Un café, un thé ?

Marie se souvenait d'elle, elle se portait toujours volontaire pour animer les fêtes de l'école où sa bonne humeur naturelle créait une atmosphère chaleureuse. Elle avait même adressé un gentil mot à Marie juste après la disparition de Tim, l'assurant de tout son soutien. Leurs deux fils se fréquentaient sans pour autant être amis à la vie à la mort. Une relation de circonstance, comme on peut en avoir avec un camarade de la même classe qu'on n'aurait peut-être pas remarqué autrement.

Marie lui présenta l'écran de son portable sur lequel elle avait affiché la photo des deux garçons qu'elle avait prise à l'association des familles de disparus.

— Oh, ils étaient mignons tous les deux, pas vrai, fit-elle avec une mine attendrie. Quelle tragédie… Je suis vraiment désolée que vous ayez eu à vivre ça.

Elle avait tourné la tête pour prendre René, Sarah et Mathieu à témoin. Assis en brochette dans le canapé, ils assistaient à la scène en spectateurs muets. Personne à cet instant n'aurait pu s'identifier plus à Marie qu'eux trois.

— En revoyant cette photo, dit Marie, je me suis demandé ce qu'était devenu Arthur. Ce doit être un grand et beau jeune homme maintenant, et… (face à la mine soudainement préoccupée de son interlocutrice, elle hésitait à poser la question), je me disais que peut-être, après tant d'années, ses souvenirs avaient évolué, qu'il s'était rappelé les conversations qu'il avait eues avec Tim…

— Oh, je ne pense pas, fit la mère d'Arthur avec une politesse contrôlée, je crois qu'il m'en aurait parlé.

Mathieu se redressa légèrement.

— Peut-être pourrait-on lui demander ? Où habite-t-il aujourd'hui ?

— Eh bien, fit la mère d'Arthur…

Soudain la porte d'entrée s'ouvrit, laissant apparaitre un jeune homme d'une vingtaine d'années avec des sacs de courses dans les mains.

Marie fut aussitôt saisie. Il avait trait pour trait le visage du petit Arthur de la photo, avec la mèche du même côté et le même éclat dans ses yeux vert-brun. Simplement on aurait dit que sa tête avait été étirée dans un logiciel de retouche photo pour lui donner la taille de celle d'un adulte, tel un portrait-robot imaginé par les services de police pour faciliter une éventuelle identification après plusieurs années. Marie ne pouvait pas s'empêcher de se demander si le visage de son Tim avait suivi la même évolution et si en le revoyant elle retrouverait à une échelle différente le même petit garçon qui lui avait souri pour la dernière fois quatorze ans auparavant.

Arthur s'arrêta sur le seuil de la porte, un air un peu niais en guise de bonjour. Après lui avoir présenté ses invités, sa mère lui expliqua brièvement la situation.

— Tu veux bien leur parler mon chéri ? fit-elle enfin d'une voix doucereuse qui essayait de camoufler l'inquiétude qui s'était glissée en elle.

Marie avait compris qu'il n'allait pas falloir brusquer le petit chéri à sa maman. Est-ce que la disparition de Tim avait provoqué chez cette femme un besoin disproportionné de protéger son fils ? Ces deux-là avaient apparemment une relation fusionnelle, leurs regards et leurs gestes en témoignaient.

Arthur avait posé ses sacs sur le parquet et s'était assis à la demande de sa mère. Il dévisageait Marie avec un grand regard interrogateur.

— Est-ce que tu te souviens de Tim ? demanda-t-elle. Je veux dire de ce que vous faisiez ensemble.

Arthur regarda le tapis pour mieux réfléchir.

— Pas trop, dit-il au bout d'un moment. C'était y'a longtemps.

Marie hocha la tête.

— Tu es dans quel domaine aujourd'hui ?

— Il est ingénieur chez Bombardier, intervint sa mère avec fierté.

— Félicitations, dit Marie. Pour revenir à Tim, est-ce qu'il n'y a pas un détail, quelque chose qui te serait revenu en mémoire à propos de sa disparition ? Comme on dit dans les films, ça peut être quelque chose qui ne te parait pas du tout important, mais qui pourrait avoir quand même une signification ?

Après un instant à regarder dans le vide, Arthur secoua la tête. Marie commençait à ressentir un certain agacement. Ce jeune homme avait grandi tranquillement ces quatorze dernières années, il avait fait des études, trouvé un bon métier, jouait sans doute au baseball avec ses copains le dimanche matin sous les yeux énamourés de sa petite copine. Il avait vécu quoi ! Tim lui n'avait pas eu cette chance. Est-ce qu'Arthur avait conscience de cela ? Est-ce que ça lui briserait les côtes de se remuer un peu les méninges pour essayer de répondre à ses questions ? Non, il la regardait avec son air bovin de gosse nourri par maman, visiblement insensible au malheur des autres.

— Non pas de détail particulier, fit Arthur. C'était plutôt son attitude…

Marie le fixa du regard.

— Son attitude ? Qu'est-ce que tu veux dire ?

— Je sais pas… Il aimait pas jouer à mes jeux, et moi j'aimais pas jouer aux siens.

— C'était quel genre de jeux ?

Arthur était soudain gêné. Il glissa un regard vers sa mère.

— C'est difficile si longtemps après, intervint-elle en forçant son sourire. Il faut comprendre Arthur.

— Je comprends, dit Marie, mais… (elle s'adressa à Arthur) est-ce qu'il y avait quelque chose qui n'allait pas ? Est-ce qu'il était… harcelé ? Il se sentait malheureux ?

— Arthur est un gentil garçon, intervint à nouveau sa mère, s'il pouvait vous répondre il le ferait avec plaisir.

Marie avait envie de se lever et de le secouer par les épaules. Rien de plus frustrant que d'être en face de quelqu'un qui manifestement sait des choses mais ne veut pas les dire pour d'obscures raisons. Elle avait déjà eu ce sentiment à plusieurs reprises au moment de l'enquête. Elle aurait aimé avoir un appareil qui permette de voir directement dans l'esprit des gens, de lire leurs pensées les plus cachées. Elle sentit soudain la main de Mathieu sur son épaule. En se retournant, elle constata que René, Sarah et Mathieu lui faisaient signe de se calmer. Elle n'avait pas réalisé à quel point son attitude corporelle avait révélé l'état de tension dans lequel elle se trouvait.

— Je crois que nous avons fait le tour, dit la mère d'Arthur d'un ton affirmé, enveloppé dans un sourire factice.

Marie allait poser une dernière question, mais Arthur s'était déjà levé, emportant ses sacs de courses vers la cuisine. Peut-être que ce qu'il aurait pu dire revêtait une grande importance. Peut-être pas du tout. Marie n'avait plus aucun moyen de le savoir.

Ils se retrouvèrent tous les quatre dehors, alors que l'après-midi était déjà bien entamé. La mère d'Arthur les salua et juste avant de refermer la porte, Mathieu l'apostropha sous le coup d'une intuition soudaine.

— Excusez-moi, lança-t-il depuis la pelouse, est-ce que « L'Agneau du fjord » vous évoque quelque chose ?

La mère d'Arthur acquiesça.

— C'est une ferme écologique qui vient d'ouvrir, un peu après Saint-Fulgence. Ils ont de très bons légumes.

Elle leur fit un dernier signe et s'engouffra à l'intérieur de la maison.

Marie se figea, interdite.

C'est sur les rives du Saguenay, précisément à côté de Saint-Fulgence, que Tim avait soudainement disparu un mauvais jour de juin.

13

Un peu plus tôt dans la journée ils avaient décidé qu'ils descendraient tous les quatre à l'hôtel Chicoutimi, un bloc de briques rouges posé face à la gare routière et dont les prix étaient raisonnables. Quitte à partager la même mission, autant rester groupés. Sarah avait refusé l'idée qu'on puisse l'aider à payer, elle était assez grande pour se débrouiller toute seule. Deux chambres leur suffiraient, une pour René et Mathieu, une autre pour Marie et Sarah. René avait un peu renâclé à l'idée de partager sa chambre, il avait pour habitude de dormir seul depuis longtemps, mais l'aspect économique avait fini par le convaincre.

Après avoir déposé leurs sacs et s'être rafraichis, ils se retrouvèrent dans la salle du restaurant. Des tables rectangulaires en bois vernis s'étalaient devant l'imposant bar chargé de verres et d'alcools en tout genre. Une lumière impersonnelle tombait du plafond comme un crépuscule sans fin.

Marie consulta son téléphone. Elle n'avait plus de messages de la part de Chantal ni du Dr Martin depuis quelques heures. Pas de nouvelles, bonnes nouvelles, se dit-elle. C'était difficile de lâcher prise, d'imaginer des patientes qui comptaient sur elle, tout un service qui attendait impatiemment son retour, mais force était de constater que le réel était plastique, modulable, comme une sculpture dont on peut indéfiniment réaménager les formes. Personne n'est indispensable. C'était une pensée à la fois rassurante et un peu vexante aussi.

Un serveur s'approcha de la table et leur distribua la carte des menus.

En le saisissant, René se demanda combien de repas il lui restait à prendre. C'était une façon un peu particulière d'imaginer le nombre de jours auxquels il avait encore droit, mais son esprit cartésien avait toujours aimé poser les problèmes en termes simples, à la façon d'une équation. Les plats à la carte étaient tous chargés en lipides et autres glucides, comme une tentation à accélérer l'inéluctable. Il se demanda ce que lui aurait conseillé le docteur Cooper. En réalité il connaissait déjà la réponse, il lui aurait dit de rentrer au plus vite pour commencer cette Bon Dieu de chimiothérapie.

À côté de lui, Mathieu appréciait de pouvoir enfin se poser tranquillement. Les dernières heures avaient été éprouvantes, et il savait que cette folle aventure ne faisait que commencer. Il avait surtout hâte de connaitre un peu plus ses nouveaux « amis », de voir comment l'équipe qu'ils formaient désormais pourrait les amener à atteindre leur objectif. Il sortit son carnet et y griffonna quelques notes.

Après avoir consulté la carte, Sarah la reposa rapidement. Ce n'était pas le genre d'endroit où elle aimait manger. Et puis elle n'était pas très à l'aise avec ces « étrangers ». Sa mère l'avait relancée à plusieurs reprises à travers des messages de plus en plus insistants, lui demandant si tout allait bien, la suppliant même de rentrer, et elle avait fini par ne plus répondre. Malgré tout, à certains moments comme celui-ci, elle lui manquait. Elle lâcha un gros soupir pour expulser toute cette tension.

— C'est pas un peu n'importe quoi cette histoire d'indices ? fit-elle en regardant les autres plongés dans leur menu comme s'ils allaient tout commander. On suit la piste de Julie et finalement ça concerne Tim ?

Mathieu acquiesça.

— J'avoue que je suis un peu perdu.

— Ça signifie peut-être simplement que leurs disparitions sont liées, non ? fit remarquer René tout en dépliant sa serviette pour la mettre sur ses genoux.

Marie affichait un air dubitatif.

— Ça veut dire qu'ils se connaissaient tous les quatre ? Comment ce serait possible ?

— Et si on se racontait tout ? proposa Mathieu en posant son carnet. Je commence. Julie a disparu le 21 juin 2008. Elle est allée au gym de l'avenue du Mont-Royal en début d'après-midi, elle n'est jamais revenue. Elle avait vingt-six ans.

Il adressa un regard à Marie qui enchaîna.

— Tim a disparu le 22 juin 2008 sur les rives de la rivière Saguenay. Il avait onze ans.

— Susan a disparu le matin du 22 juin 2008 lors d'une randonnée, poursuivit René. Elle avait soixante ans.

Sarah se racla la gorge, intimidée, avant de parler à son tour.

— Mon père, Pierre Brulanovitch, a disparu le 3 juin 2008. Il est parti un matin, on ne l'a jamais revu. Il avait trente-six ans.

Un long silence s'ensuivit. Chacun se sentait à la fois mal à l'aise et soulagé. Mal à l'aise d'entrer soudain dans l'intimité de personnes qu'ils connaissaient à peine. Soulagés d'ouvrir leur cœur à des gens qui étaient mieux placés que quiconque pour les comprendre. Mathieu reprit en s'adressant à Sarah.

— À quel moment as-tu réalisé qu'il n'était plus là pour de bon ? Enfin, si je peux te poser cette question bien sûr.

— Pas de problème, fit Sarah, je crois que c'est mieux si on se lâche en fait. Il est parti quand j'avais trois ans. Je ne sais pas quand j'ai compris exactement, c'est un peu flou. C'est ma mère qui m'a raconté plus tard, parce que j'imagine que je lui posais des questions.

— Et qu'est-ce qu'elle t'a dit ?

— Qu'il était parti un matin, sans rien dire. Il avait pas de sac, pas de bagages, rien. Il avait ouvert la porte, sans se retourner, et il a plus jamais donné signe de vie.

—Je m'excuse de dire ça, intervint René, mais de nos jours c'est le genre de choses qui se fait couramment non ? De mon temps, un couple c'était fait pour durer toujours, qu'on s'aime ou qu'on ne se supporte plus. Mais aujourd'hui on rencontre une autre femme et hop, on refait sa vie.

— Dans le cas du père de Sarah, le coupa Marie, ça me parait un peu plus étrange. Quand un homme part avec une autre femme, soit il n'en fait pas mystère, soit il ne dit rien mais ça finit par se savoir. Et puis ne plus donner signe de vie à son enfant... Sans parler de la pension alimentaire qu'il aurait dû verser.

— Je me suis posé les mêmes questions quand Julie a disparu, dit Mathieu. La première chose à laquelle on pense, bien sûr, c'est à un amant. Julie était... (il se reprit) *est* une jolie femme, et je sais que des hommes pouvaient lui tourner autour. Mais après avoir fait mon enquête, en y ayant passé du temps, en interrogeant ses meilleures amies, ses collègues de travail, aucune piste sérieuse de ce genre n'est apparue.

— On n'est pas toujours bon juge quand il s'agit de liens amoureux, fit remarquer René.

— C'est vrai. Mais il y a quelque chose qui ne colle pas. Si Julie avait eu une liaison sérieuse au point de me quitter, elle me l'aurait dit. L'hypocrisie ne faisait pas partie de ses défauts. Même à son travail elle ne pouvait pas s'empêcher de dire ce qu'elle pensait, y compris à ses supérieurs. Ça lui avait causé quelques ennuis d'ailleurs, mais elle s'en fichait. Elle était entière.

— Je crois que je l'aurais bien aimée moi, Julie, fit Sarah avec une moue amusée.

Mathieu esquissa un sourire.

— C'est probable oui. En tout cas, la piste la plus sérieuse pour moi est bien plus dramatique.

— Y'a tellement de cinglés dans les rues aujourd'hui, glissa René comme pour lui-même.

— Qu'est-ce qui s'est passé pour votre sœur ? demanda Marie.

Alors que René allait répondre, le serveur arriva pour déposer des verres d'eau sur la table puis il s'éclipsa. René prit un instant pour rassembler ses souvenirs, tandis que Mathieu avait rouvert son carnet.

— Nous étions jumeaux, dit-il. Des inséparables. Ce serait un peu long à raconter, mais nous adorions partager de beaux moments ensemble. C'est une complicité que je n'ai jamais retrouvée avec aucune autre femme… Bref, je m'égare. Nous faisions une randonnée sur le Mont Édouard, nous avions loué un chalet avec une vue magnifique sur la montagne. Un matin, je me suis réveillée et je suis descendu préparer le café. Ce n'était pas son habitude de rester trainer au lit, alors comme elle ne venait pas je suis monté frapper à la porte de sa chambre. Sans réponse, j'ai ouvert. La pièce était vide. En m'approchant de la fenêtre, j'ai aperçu une silhouette, assise sur un rocher qui dominait la vallée. C'était elle. Elle aimait bien méditer tôt le matin, communier avec la nature, et nous le faisions souvent ensemble. Le temps de me brosser les dents et d'enfiler un pull et je suis sorti pour la rejoindre. Mais quand je suis arrivé au rocher, elle n'était plus là. Je l'ai appelée, en vain. Je me suis penché pour voir si elle avait pu tomber en contrebas mais je n'ai rien vu. Plus tard, les recherches avec la police n'ont rien donné de ce côté-là. C'est comme si elle s'était évaporée.

— J'imagine que la piste de l'amant n'était pas vraiment en tête de liste, fit Mathieu en voulant plaisanter.

René hocha la tête.

— Je savais tout de sa vie, elle savait tout de la mienne. Ça pouvait même parfois être un peu embarrassant. J'ai remué toutes les hypothèses dans ma tête, pendant très longtemps, la seule qui me paraisse plausible encore aujourd'hui, c'est une mauvaise rencontre.

— Je ne sais plus quelles sont les statistiques, fit Marie, mais je crois que c'est malheureusement une des explications les plus fréquentes pour une disparition.

— J'avais lu que souvent aussi c'était des fugues, dit Sarah. Mais j'imagine que ça concerne que les enfants ou les ados. T'imagines mon père qui aurait fugué ?

Son rire communicatif entraina celui des autres. Ils restèrent un moment à savourer cette complicité improbable, dans la salle obscure et triste d'un hôtel-restaurant au fin fond du Québec. Le serveur réapparut pour prendre les commandes. Une salade Caesar pour Sarah et Marie, un burger-frites pour Mathieu, et un plat du jour — un filet mignon avec des flageolets — pour René.

— Et pour Tim, demanda Mathieu en s'adressant à Marie, qu'est-ce qui s'est passé ?

Elle but une gorgée d'eau fraiche avant de se lancer.

— C'était en juin, après l'école. J'avais loué un chalet pour quelques jours sur les bords du Saguenay, près de Saint-Fulgence. On avait sympathisé avec une autre famille qui avait loué le chalet voisin. Ils avaient un fils un peu plus jeune que Tim, et ils s'entendaient bien. Un soir, avant le diner, ils jouaient au ballon devant la maison. Je suis sortie pour dire à Tim que le diner était près — j'avais fait des crêpes —, mais ils n'étaient plus là. Je suis allée sonner chez les voisins, leur fils était rentré et ils croyaient que Tim était avec moi. C'est là que j'ai compris qu'il s'était passé quelque chose. On est restés une heure à le chercher en criant son nom, en demandant à des gens qui passaient s'ils ne l'avaient pas aperçu. Bien sûr on a interrogé le petit copain. Il était comme choqué, incapable de prononcer le moindre mot. Je crois qu'il avait huit ans à l'époque. Au bout d'un moment j'ai prévenu la police, ils ont tout de suite pensé à une noyade. Ils ont lancé des recherches dans le Saguenay, mais ils n'ont rien trouvé. De toute façon avec le courant, ils n'auraient jamais pu retrouver un corps. Moi je n'ai jamais cru à cette version.

— Vous pensez qu'il s'est passé quoi ? demanda Sarah, le visage marqué par l'émotion.

— Je n'en sais rien. Mais je n'imagine pas qu'il est tombé à l'eau. L'endroit où ils jouaient n'était pas dangereux, et Tim n'était pas un enfant téméraire, le genre à s'aventurer dans des situations risquées.

— Ils jouaient à deux, intervint René, parfois on peut être entrainé sans le vouloir.

— L'autre garçon était plus jeune et pas spécialement le profil d'un meneur. Je sais bien qu'aucun élément rationnel ne me permet de dire ça, mais je suis sûre que mon fils est encore en vie.

Ils acquiescèrent en silence. Et pour cause. Chacun d'eux pensait la même chose à propos de son propre disparu.

Le serveur leur apporta leurs plats et ils commencèrent à

manger, perdus dans leurs pensées. Soudain Mathieu redressa la tête.

— On n'a pas parlé de la coïncidence.

— Quelle coïncidence ? demanda René en mastiquant son filet mignon.

— Ils ont tous disparu en 2008, dans le courant du mois de juin, fit Sarah, fière de sa perspicacité.

Marie hocha la tête.

— C'est vrai. Et dans un secteur géographique rapproché pour deux d'entre eux.

— Je ne sais pas ce qu'on peut faire de ça, dit Mathieu, mais il y a sans doute quelque chose à creuser.

— En attendant, on a un indice à suivre, fit Marie, avec une note d'espoir dans la voix.

Tous ces éléments, même minces, même incertains, les remettaient sur le chemin d'un possible dénouement.

— Oui, ajouta Mathieu. On verra bien demain ce que va nous apprendre « l'Agneau du Fjord ».

Ils terminèrent leur repas en silence, la tête farcie de mille émotions. Ils n'avaient pas vu la salle du restaurant se remplir peu à peu autour d'eux, tel un océan de clients affamés entourant l'ilot singulier qu'ils formaient au centre de la pièce.

À 21 h 30 ils montèrent se coucher, se souhaitant bonne nuit. Mathieu et René avaient une chambre double au premier étage. La moquette sentait le renfermé et la tapisserie était trop pleine de vilaines fleurs enturbannées, mais les matelas avaient l'air confortables. Ni l'un ni l'autre n'avaient envie de se confier ou de simplement faire la conversation. Les événements de la journée les avaient suffisamment usés psychologiquement. Ils se brossèrent les dents, se changèrent pour la nuit et se souhaitèrent un agréable sommeil.

À l'étage supérieur, Marie et Sarah avaient également pris possession de leur chambre double. Elle était un peu plus grande que celle des hommes et disposait d'une baignoire au lieu d'une douche. Marie avait envie d'un bain.

— Ça ne te dérange pas ? demanda-t-elle à Sarah. Tu pourras en prendre un aussi si tu veux.

Sarah déclina la proposition. Elle tombait de sommeil et rêvait de s'enfoncer dans des draps frais pour chasser de son esprit cette journée éprouvante. Elle commença à se déshabiller avec des gestes las tout en bâillant. Une de ses chaussettes roula en boule sous le matelas et elle se mit à genoux pour la repêcher.

Dans la salle d'eau, Marie faisait couler son bain, se massant les jambes, assise sur le bord de la baignoire. Soudain elle sursauta en entendant un hurlement qui parvenait de la chambre. Elle se rua hors de la pièce en attrapant un peignoir au passage. Sarah était à genoux près du lit, le corps secoué de sanglots. À côté d'elle, un sac en plastique qu'elle venait d'ouvrir. Marie s'approcha pour regarder. Elle eut aussitôt un haut-le-cœur.

Dans le sac gisait le cadavre d'un énorme *rat*.

Marie se pencha un peu plus. L'animal, dont les orbites n'étaient plus que deux trous rouges, paraissait avoir été supplicié. Mais ce qui frappait surtout l'esprit, c'était l'étrange tatouage qui s'étalait sur son ventre nu.

Une étoile à huit branches dont chaque extrémité se terminait par une fourche de diable.

14

Depuis bientôt dix minutes, Marie essayait de calmer Sarah encore sous le choc, tandis que Mathieu et René étaient descendus demander des explications à la réception.

La responsable avait ouvert des yeux horrifiés quand Mathieu lui avait brandi sous le nez le rat dans son linceul de plastique. Elle jura ses grands dieux que ce n'était jamais arrivé dans son établissement et proposa aussitôt un arrangement pour éviter que le scandale ne s'ébruite.

— Je ne souhaite pas faire de scandale, dit Mathieu, je veux surtout savoir comment ce truc est arrivé sous un lit.

René, à ses côtés, acquiesçait du chef pour appuyer ses propos.

— Je ne sais vraiment pas, répondit la responsable d'une voix mal assurée. Les chambres sont faites entre 12 h 00 et 14 h 00, et les filles vérifient systématiquement sous les lits pour s'assurer que les clients n'ont rien oublié. Elles n'ont rien remarqué dans la chambre 223, ça j'en suis sûre, elles m'en auraient tout de suite parlé, surtout quelque chose comme ça !

— Je me souviens, intervint René, que lors d'un voyage avec Susan à Baltimore nous avions trouvé un sachet de marijuana coincé derrière les toilettes. La responsable de l'hôtel avait juré qu'elle n'était au courant de rien et il s'était avéré qu'une des femmes de chambre se servait de cet endroit pour cacher son petit stock, dans lequel elle venait puiser pendant ses pauses !

— Je vous assure que ça ne se passe pas comme ça ici, fit la responsable sur un ton désolé, et nous recrutons notre personnel avec le plus grand soin.

— Est-ce qu'il serait possible de parler à l'employée qui a nettoyé la chambre ce matin ? insista Mathieu.

Après avoir expliqué que cette employée ne travaillait pas l'après-midi, la responsable finit par capituler devant l'insistance de Mathieu. L'affaire était trop grave pour s'en tenir à de simples excuses. La responsable appela l'employée en question, qui confirma qu'elle n'avait absolument rien remarqué lors de son service, et surtout pas ce genre d'horreur.

— Comment les filles entrent-elles dans les chambres ? demanda René.

— Elles ont un pass qui donne accès à toutes les pièces.

— Donc l'une d'elles a pu se faire subtiliser le sien le temps pour quelqu'un de s'introduire dans la chambre ?

— Ça n'est jamais arrivé.

— Sans doute, fit Mathieu, mais ce n'est pas impossible.

— J'imagine, finit par concéder la responsable d'un ton las.

Mathieu déposa sur le comptoir le sac qui contenait encore la dépouille du pauvre animal.

— Vous comprendrez que nous ne pouvons pas rester dans votre établissement, dit Mathieu d'un ton sans appel. Voici ma carte de crédit pour le remboursement.

La responsable ne fit pas de difficultés et présenta une nouvelle fois ses excuses.

Après avoir récupéré leurs affaires, Marie, Sarah, Mathieu et René terminèrent leur nuit dans un autre hôtel de Chicoutimi. Sarah eut du mal à trouver le sommeil, mais les mots apaisants de Marie finirent par l'aider à s'endormir.

Le lendemain, au petit-déjeuner, les mines étaient fatiguées et soucieuses. René s'était réveillé avec de vilaines douleurs dans le ventre.

— C'est quand même invraisemblable, dit-il, qui peut avoir fait une chose pareille ?

Mathieu se servit une tasse de café.

— D'abord, est-ce qu'on est sûr que c'était destiné à Sarah ? Qui pouvait savoir à l'avance qu'elle occuperait cette chambre, et encore plus ce lit ?

— La femme de ménage l'aurait trouvé si cela avait concerné un client précédent, non ? fit Marie.

Sarah se tenait en arrière sur sa chaise, les bras croisés sur le ventre. Elle n'avait pas touché à son petit-déjeuner.

— Arrêtez de parler de ça, ça me dégoûte.

Elle se leva de son siège et se dirigea vers les toilettes.

— La pauvre, fit Marie, c'est vraiment éprouvant pour elle.

— Je crois que ça nous perturbe tous, dit Mathieu. Et ce tatouage mon dieu, qu'est-ce que c'était ?

— On aurait dit un signe cabalistique ou de la magie noire, dit René. J'avoue que je n'ai pas eu envie de le regarder de près.

— Est-ce qu'on devrait aller en parler à la police ? demanda Marie.

Mathieu attrapa sa tasse de café qui fumait encore.

— La responsable de l'hôtel avait très peur qu'on porte plainte. Rien de mieux qu'un rat tatoué découvert sous un lit pour ruiner la réputation d'un établissement.

— Je crains que la police ne nous soit pas d'une grande aide, fit René. Ils poseraient des tas de questions, nous demanderaient la raison de notre visite ici.

— Oui, confirma Mathieu, ils mettraient le nez dans nos histoires, constateraient que ça ne mène à rien de sérieux.

— Vous avez sans doute raison, admit Marie. Je ne vois pas ce qu'ils feraient de plus qu'il y a quatorze ans.

Les autres acquiescèrent et mangèrent un instant en silence. Mathieu finit par reprendre la parole.

— Mais si c'était vraiment à notre intention, si c'est la même personne qui nous a envoyé les colis et qui a déposé ce… cet animal sous le lit de Sarah, en quoi est-ce censé nous aider ? Je ne comprends pas la logique.

— Peut-être qu'il y a deux personnes ? suggéra René. Une qui veut nous aider, même si la démarche est étrange, et l'autre qui veut nous décourager ?

— Un allié et un ennemi ? fit Marie. Tout ça n'a pas de sens. La question c'est : est-ce que nous croyons tous qu'il y a le moindre espoir de retrouver vivants nos disparus, ou doit-on abandonner parce que tout cela est une supercherie qui va nous faire encore plus souffrir ?

Une voix les interrompit. Sarah était revenue des toilettes, droite comme un I, le visage fermé.

— Je suis pas venue jusqu'ici pour laisser tomber maintenant. Alors vous faites ce que vous voulez, mais moi je vais aller voir ce qu'il y a à l'Agneau du fjord.

Les courbes du Saguenay se faufilant entre les hautes falaises mouchetées de mille nuances de vert étaient un des plus jolis paysages du Québec. Pas le genre d'endroit qu'on associerait spontanément à un événement dramatique. L'été, c'était plutôt un havre de paix dans lequel les touristes aimaient venir observer les baleines et les bélugas, faire du kayak ou longer les rives à dos de cheval.

À la suite de la disparition de Tim, Marie avait arpenté le moindre recoin des criques et des falaises à la recherche d'un indice, d'un bout de vêtement, d'une chaussure, quelque chose qui lui aurait permis de comprendre ce qui était arrivé à son fils. En vain. Une fois l'enquête achevée, la police ayant conclu à une noyade accidentelle sans pour autant avoir pu retrouver un corps, elle n'avait plus jamais remis les pieds dans ce lieu maudit.

La ferme de l'Agneau du fjord était nichée dans les hauteurs, offrant sur la vallée une vue imprenable chargée de calme et de nature brute. Sa toiture rouge vif tranchait avec le vert des essences de feuillus et de résineux qui lui servaient d'écrin.

Marie, Mathieu, René et Sarah arrivèrent devant la bâtisse principale sur le coup des 11 h 00, sous un soleil déjà accablant. René s'épongeait le front avec son mouchoir à carreau tandis que Mathieu s'était arrêté pour observer les alentours.

— Cet endroit vous dit quelque chose ? demanda-t-il à l'adresse de Marie.

— Non, je ne crois pas que ça existait à l'époque, fit-elle, les bâtiments ont l'air trop récents.

Sarah s'avança vers une grande porte de bois sur laquelle un panneau en ardoise affichait la liste des produits qu'on pouvait acheter. Légumes du jardin, fruits du verger, pâtisseries, charcuterie du fumoir, coupes de viandes d'agneau… Sarah poussa la porte, suivie par Mathieu, René et Marie.

Dans une grande salle emplie des senteurs des fruits et des légumes fraichement cueillis, quelques clients faisaient leurs emplettes munis de paniers en osier. Derrière un comptoir taillé dans le bois d'un chêne, une jeune femme au sourire joyeux les salua.

— Bonjour messieurs dames, vous désirez un panier ?

Marie s'approcha avec un visage grave. Mathieu remarqua que la fille l'observait avec un certain malaise, alors il s'avança en premier.

— Bonjour, dit-il, nous souhaiterions vous poser quelques questions, cela ne vous dérange pas ?

— Vous êtes des policiers ? demanda la fille, soudain ennuyée.

— Non non, rassurez-vous, il ne s'agit pas de ça.

La fille les entraina un peu à l'écart pour éviter que les clients présents dans la pièce ne puissent les entendre.

— Est-ce que le nom de Tim Lemieux vous dit quelque chose ? reprit Mathieu.

Derrière lui, Marie, René et Sarah observaient avec attention les réactions de la jeune femme. Marie était particulièrement concentrée. Elle remerciait mentalement Mathieu d'avoir pris la direction des opérations, car elle se sentait soudain incapable de parler. L'atmosphère du lieu imprimait sur elle une sensation étrange, comme un sentiment de déjà-vu. Est-ce que cela pouvait avoir un rapport avec Tim ? Est-ce qu'il aurait pu venir ici le jour de sa disparition, de gré ou de force ?

— Tim Lemieux ? répéta la fille. Non, je ne vois pas. Qui est-ce ?

— Un petit garçon qui a disparu à quelques centaines de mètres d'ici, en 2008. Il avait onze ans. Vous en avez peut-être entendu parler dans les journaux ?

— Je suis désolée, ça ne me dit rien. Mon mari et moi venons de Sherbrooke et nous nous sommes installés ici il y a seulement trois ans.

— Personne n'est venu vous apporter quelque chose récemment ? Un colis, une enveloppe ?

La fille secoua la tête. On sentait qu'elle commençait à trouver cet interrogatoire bizarre. René prit le relais.

— Il y avait quoi ici avant que vous n'arriviez ?

— Juste des bâtiments de ferme à l'abandon. On a tout fait rénover.

— Les bâtiments existaient déjà en 2008 ?

— Oui, c'était une vieille ferme familiale, mais quand le monsieur est mort, personne n'a souhaité la reprendre. On a installé ici la salle du petit marché, et dehors il y avait une grange qui nous sert d'entrepôt pour le matériel et les récoltes.

— Très bien, fit Mathieu qui sentait qu'il n'en tirerait rien de plus. Je vous remercie.

Le petit groupe se retrouva à l'extérieur, croisant un couple de jeunes gens munis de leur panier qui entrait à son tour dans la salle.

René était perplexe.

— Je ne comprends pas bien ce qu'on fait ici, dit-il. Quel rapport entre l'Agneau du fjord et Tim ?

— Je ne sais pas, fit Marie. Peut-être juste le nom ? L'agneau ce serait lui ? Mais ensuite ?

— Oui, ça nous aide pas beaucoup, dit Sarah. Ils ont des super légumes, c'est cool, mais à part se faire une soupe, on n'est pas plus avancés. Je crois vraiment que le type qui balance les indices est juste un détraqué en fait.

Mathieu se tourna vers Marie.

— Est-ce que vous pensez que Tim aurait pu venir ici ? Je veux dire avant sa disparition ?

Marie secoua la tête.

— On était toujours ensemble. La seule fois où je n'étais pas présente, c'était le soir où il a disparu.

René regarda autour de lui.

— Peut-être que quelqu'un l'a attiré ici ?

— Si c'est le cas, ça va pas être easy de retrouver des traces aussi longtemps après, fit Sarah.

Ils tournèrent le regard vers la grange dont avait parlé la fille. Un tracteur était garé devant une porte coulissante faite de planches clouées. Elle était entrouverte. Marie vérifia les alentours puis se dirigea d'un pas résolu vers le bâtiment dont la structure ancienne avait été consolidée par des panneaux plus récents.

— On pourrait peut-être d'abord demander la permission d'entrer ? fit René, pas très à l'aise.

Marie avançait toujours sans l'écouter. Mathieu et Sarah lui emboîtèrent le pas.

— Très bien, maugréa René, faites comme vous voulez, moi je reste dehors.

— Pour faire le guet ? s'amusa Sarah. Cool !

René haussa les épaules.

La grange était occupée d'un côté par du matériel agricole, des sacs de terreau et d'engrais, et de l'autre par de grands paniers contenant des fruits et des légumes, prêts à être vendus. De larges poutres au plafond soutenaient une mezzanine où s'entassaient des meules de foin. Toutes ces odeurs fortes se mélangeaient en un parfum qui prenait à la gorge. Marie s'avança sur le sol de terre battue, faiblement éclairé par d'étroites fenêtres ouvertes dans les panneaux de bois. Mathieu et Sarah essayaient de percer l'obscurité, à la recherche d'un signe, d'un indice. À vrai dire ils n'avaient aucune idée de ce qu'ils devaient chercher.

— Sans jeu de mots, fit Mathieu, autant chercher une aiguille dans une botte de foin. Sarah leva les yeux au ciel.

— C'est une expression qu'on n'utilise plus depuis 1892, vous êtes au courant ?

Mathieu préféra ne rien répondre. Ils continuèrent leurs

recherches pendant quelques minutes, sans succès. René apparut soudain dans l'entrebâillement de la porte.

— Ça commence à s'agiter là-bas, vous feriez mieux de déguerpir, parce que si c'était moi, j'hésiterais pas à appeler les flics.

— De toute façon, ça ne mène à rien, fit Mathieu, découragé.

Ils s'apprêtaient à quitter les lieux quand Sarah les héla.

— Hé, vous avez vu ? C'est quoi ça là-bas ?

Marie et Mathieu s'approchèrent de l'endroit qu'elle leur indiquait tandis que René bouillait d'impatience près de l'entrée. Dans un coin de la grange, des bûches étaient empilées en prévision de l'hiver. Sur la tranche de l'une d'elles, un dessin semblait avoir été gravé dans le bois. Une étoile dont les huit branches se terminaient par des fourches. Marie se baissa pour mieux voir. Son visage s'éclaira soudain.

— Ça ressemble au dessin bizarre qu'il y avait sur le rat de l'hôtel, dit-elle.

Sarah qui s'approchait à son tour s'immobilisa.

— Beuh… Je suis pas sûre d'avoir envie de revoir ça, fit-elle, dégoûtée.

Mathieu s'accroupit et passa son doigt sur la chair gravée de la bûche.

— C'est récent, les sillons sont encore frais.

Marie sortit son portable et fit une photo des inscriptions.

— Est-ce que ça pourrait être la même personne qui a placé le rat sous le lit de Sarah et qui est venu faire de la gravure ici ?

— Je ne sais pas, dit Mathieu. Mais c'est difficile d'écarter l'hypothèse.

— Ouais un psycho, quoi, soupira Sarah.

— En tout cas, ajouta Marie, s'il nous a fait venir jusqu'ici, c'est bien parce qu'il voulait qu'on découvre ça…

Depuis la porte d'entrée, René les apostropha.

— Bon, vous ferez de la philosophie plus tard, je vois quelqu'un qui arrive dans le chemin.

Marie allait se redresser quand son œil fut attiré par un morceau de papier qui semblait avoir été glissé entre deux bûches, à proximité du dessin.

— Hé, attendez…

Elle tira doucement sur le papier qui s'avéra être une feuille pliée en quatre. Elle la déplia. Un nom s'étalait en lettres rouges, qu'elle lut à haute voix :

— *Susan Roche.*

Alors qu'ils s'éloignaient à pas rapides de la grange, René exprima son étonnement.

— Le nom de Susan est le même que le mien, fit-il, Bouchard. Susan Bouchard. Je ne sais pas qui est cette Susan Roche.

— Vous êtes sûr qu'elle n'a jamais utilisé de pseudonyme ? demanda Mathieu.

— Ouais, ironisa Sarah, peut-être que c'était une star et que vous le saviez pas.

— On ne se quittait pratiquement jamais. Si Susan avait eu une double vie, elle aurait eu du mal à me le cacher.

— Ou alors un nom d'emprunt, occasionnellement ? insista Mathieu.

Cette fois René ne répondit pas. Ces gens ne comprenaient tout simplement pas la nature des rapports qu'il entretenait avec sa sœur jumelle, une osmose comme peu de personnes pouvaient en connaître dans leur vie. Sa hanche continuait à lui faire mal et son ventre était toujours sujet à de désagréables ballonnements. Ça n'aidait pas sa concentration pour essayer de comprendre quelque chose à cette affaire. Pour l'instant ça partait dans tous les sens. D'abord Julie, ensuite Tim, maintenant Susan… D'accord, pensa-t-il, il y a un lien entre eux, mais lequel ? Et comment cela pouvait-il les conduire jusqu'à eux ?

Mathieu proposa d'aller au bord de la rivière Saguenay, à l'endroit exact où Tim avait été vu pour la dernière fois. Puisqu'ils étaient là, autant en profiter, non ? Après tout, ils allaient peut-être découvrir un nouvel indice. En tout cas celui qui les manipulait semblait souhaiter qu'ils reviennent sur les lieux du drame, sinon il ne les aurait pas envoyés ici. Marie sentit une crispation la parcourir. Aurait-elle la force d'y retourner ? Une partie d'elle avait envie de revoir les lieux, avec l'espoir irrationnel que Tim serait là à l'attendre, jouant à lancer des cailloux dans l'eau comme il aimait le faire. Une autre partie lui criait de s'en aller en courant, de fuir cet horrible endroit qui ne pourrait que raviver sa souffrance.

Les autres remarquèrent sa réticence sans qu'elle ait eu besoin de l'exprimer.

— On savait que ça pourrait nous faire mal, dit René, de revivre tout ça. Même pour un vieux bonhomme comme moi qui a le cuir dur. (Il s'arrêta, comme s'il réfléchissait, puis reprit.) Peut-être que tout cela n'est qu'une farce, mais ça vaut le coup d'aller jusqu'au bout, non ?

Sarah et Mathieu acquiescèrent.

Quelques minutes plus tard, Mathieu garait la voiture le long d'un chemin qui longeait le Saguenay. En descendant du véhicule, ils furent happés par les parfums de la rivière charriés par un vent qui venait de loin, du Saint-Laurent et au-delà. Ils marchèrent jusqu'à la baie nichée en bas de la montagne. Marie sentait les larmes lui monter aux yeux. Sur le sol, elle croyait voir les empreintes de son fils, la trace ineffaçable de ses pieds d'enfant. Devant elle, il lui semblait apercevoir sa silhouette, l'ombre de son corps frêle se détacher dans la transparence des flots agités.

— Ça va Marie ?

Sarah la fixait avec intensité. Elle lisait en elle, comme si sa souffrance avait été la sienne. Elle n'avait pas d'enfant, elle n'en aurait peut-être jamais, mais l'absence d'un être aussi cher résonnait profondément en elle.

Marie hocha la tête en esquissant un sourire, pour la rassurer. Ils marchèrent un moment en silence le long de la rivière. Que pouvaient-ils espérer y trouver ? Une motivation supplémentaire pour y croire encore, pour se dire que cet espoir qui était né avec l'arrivée des colis ne pouvait pas être déçu ?

— C'est un endroit très calme, dit René. C'est ici qu'il est venu jouer avec le petit copain ?

— Oui, dit simplement Marie d'une voix faible.

Mathieu soupira.

— On n'imagine pas qu'il puisse se passer des choses graves ici. Pour des gosses de trois ou quatre ans, oui, mais ils étaient grands quand même.

— C'est ce que j'ai cru, fit Marie.

— Y'a même pas de fond, dit Sarah en s'approchant du bord.

René s'avança à son tour.

— Est-ce que si les garçons avaient crié, vous auriez pu les entendre depuis le chalet ?

— Je pense oui. Mais ça doit dépendre du vent. Ça soufflait un peu ce jour-là.

— Il était où ce chalet ? demanda René.

Marie leva les yeux, comme pour se repérer.

— Un peu plus loin en remontant, fit-elle.

— Vous vous voulez qu'on aille y faire un tour ? interrogea Mathieu.

Marie hésita un instant puis acquiesça.

Soudain, un bruit dans les feuillages les fit se retourner. Une ombre dissimulée dans la végétation était en train de déguerpir.

— Hé ! cria Mathieu.

Il se lança à la poursuite de la silhouette, suivi par Sarah. Marie, surprise, n'avait pas réagi. Depuis la forêt qui s'enfonçait dans les hauteurs, elle pouvait entendre des bruits de branches et les cris de Mathieu qui continuait à héler l'inconnu.

15

APRÈS DE LONGUES MINUTES, Mathieu et Sarah refirent leur apparition, essoufflés.

— Il a réussi à fuir, dit Mathieu. J'ai entendu un bruit de voiture qui démarrait.

— Vous croyez qu'il nous espionnait ? s'inquiéta René.

— C'est bien un truc de pervers ça, lâcha Sarah. M'étonnerait pas que ce soit le gars en question.

Marie soupira.

— Pourquoi il ferait ça ?

— Et si ça l'excitait de nous manipuler, suggéra Mathieu, de nous balader partout et d'observer nos réactions ?

— Si c'est ça, c'est en effet un grand malade, fit René. Le genre à se délecter de la souffrance d'autrui.

Marie avait un mauvais pressentiment.

— Ça veut dire que c'est juste un jeu de piste, complètement gratuit. Ce type est cinglé et ça ne mènera à rien…

— Attendez, fit René, on a quand même tous reçu un vêtement qui appartenait à nos disparus. En tout cas le foulard de Susan était authentique, ça j'en suis certain. Ce type doit savoir des choses. Peut-être qu'il aime s'amuser, mais peut-être aussi qu'il sait où il va.

— Ça ne nous empêche pas de continuer par nous-mêmes, dit Mathieu. C'est peut-être un pauvre type, mais il a réussi à nous redonner de l'espoir. Il faut s'en servir.

Sarah laissa soudain échapper un petit rire.

— Qu'est-ce qu'il y a ? fit Mathieu.

— Rien… je me dis que si ça se trouve, c'était juste un type qui était en train de pisser tranquille contre un arbre. On est peut-être tous en train de virer complètement paranos…

Mathieu acquiesça.

— Ça reste une possibilité en effet. En attendant, si on allait voir ce chalet ?

Ils se mirent en marche et remontèrent le chemin qui débouchait, deux cents mètres plus loin, sur un groupe de chalets accrochés au bas de la montagne, avec une vue imprenable sur la rivière.

— C'est celui-ci, dit Marie en désignant un chalet entouré de verdure, ceint par une large balustrade en bois ouvragé.

L'émotion la gagnait de nouveau. Les quelques jours qu'elle avait passés ici avec Tim avaient été une parenthèse de bonheur avant la longue nuit du chagrin.

Mathieu s'approcha de la porte d'entrée et appuya sur la sonnette. Aucun bruit à l'intérieur.

— Les volets sont fermés, dit René, apparemment il n'y a personne.

Ils firent le tour du bâtiment, mais ne remarquèrent rien de particulier.

Mathieu se tourna vers Marie.

— Et le chalet du copain de Tim, c'était lequel ?

Marie désigna le chalet voisin, dont on apercevait le toit pentu au-dessus des cimes. Ils reprirent le chemin de terre et franchirent les cinquante mètres qui séparaient les deux chalets. Mais là encore, les volets clos indiquaient qu'il était inoccupé.

Alors qu'ils allaient repartir, un petit homme au ventre rond et au crâne chauve qui promenait son chien remarqua leur présence.

— Je peux vous aider ? demanda-t-il.

Mathieu s'approcha.

— Bonjour. Vous connaissez les propriétaires ?

— Les Gagnon ? Oui. Ils ne sont pas là en ce moment. Ils ne viennent que pour les congés.

— Est-ce qu'ils ont un fils d'une vingtaine d'années ?

— Sébastien, oui. Mais il ne vient plus. Vous savez comment sont les gamins. Tant qu'ils sont forcés par les parents, ils suivent le mouvement. Et quand ils grandissent, c'est fini, plus question d'aller en vacances avec papa maman !

Il afficha un sourire bonhomme.

— Vous sauriez où il habite ? demanda Marie en s'approchant.

— Je crois qu'il est toujours à Saint-Honoré. Vous lui voulez quoi ?

— C'était un ami de mon fils, il y a quelques années. Tim Lemieux, ça ne vous dit rien ?

L'homme secoua la tête.

— Je suis dans le coin que depuis trois ans, je connais pas tout le monde, désolé.

— Je comprends. Ça me ferait plaisir d'avoir des nouvelles de Sébastien.

— Attendez, je dois avoir ses coordonnées sur mon cellulaire. Je lui avais vendu une armoire un jour, que je lui avais livrée. C'est pas très loin. Un gentil garçon. Un peu lunatique parfois, mais gentil. Ah voilà.

— Il tendit l'écran de son téléphone à Marie qui nota l'adresse.

— Je vous remercie, fit Marie poliment.

— Ça fait plaisir. Si vous le voyez, dites-lui de passer le bonjour à ses parents, je les vois plus trop souvent.

Ils commençaient à s'éloigner quand René se retourna vers l'homme.

— Excusez-moi, dit-il, j'ai une dernière question. Est-ce que vous connaitriez une Susan Roche ?

L'homme réfléchit, fouillant au fond de sa mémoire.

— Non, finit-il par avouer, ça ne me dit rien du tout. Pourtant les roches, c'est pas ce qui manque par ici !

Il partit d'un petit rire amusé, content de son mot. René fronça les sourcils.

— Les roches ?

— Ben oui, les roches… C'est pas mal montagneux dans le coin, avec plein d'endroits rocheux qui donnent un beau point de vue sur le paysage. Bon, je vous laisse, ça va être l'heure du petit repas pour mon chien. Pas vrai Titi ?

Le chien, une boule de poils frisée comme une salade, remua frénétiquement la queue. L'homme tira sur la laisse puis s'éloigna en continuant à lui parler comme à un enfant.

Mathieu s'approcha de René.

— Vous nous avez raconté que Susan avait disparu alors qu'elle était assise sur une roche qui surplombait la vallée n'est-ce pas ?

René secouait la tête, comme s'il réalisait soudain.

— Vous voulez dire que ce serait ça l'indice ? Retourner à l'endroit où elle a disparu ?

Marie s'approcha à son tour.

— Visiblement c'est son truc à notre mystérieux inconnu, nous faire revenir sur les lieux. Peut-être qu'il y a un nouvel indice là-bas ?

— Ouais, lâcha Sarah, pour pouvoir continuer à nous mater pendant qu'on devient dingues en revivant toute cette merde.

— Eh oh, langage, jeune fille ! la rabroua René.

Sarah lui fit une grimace dès qu'il eût le dos tourné.

— Tiens, dit Mathieu qui l'avait vue faire, tu pourrais pas plutôt nous trouver ce que signifie le tatouage gravé sur ton copain le rat et sur la bûche de la grange ?

Sarah haussa les épaules.

— Ça alors, j'y aurais pas pensé. C'est un symbole de protection, soi-disant pour éloigner les mauvais esprits. Un truc de flippé quoi.

— Intéressant, fit Marie. Même si pour l'instant ça ne nous avance pas beaucoup. Bon, nous voilà avec deux pistes à suivre.

Mathieu acquiesça.

— Il faut aller voir ce Sébastien et lui demander ce qu'il a comme souvenirs de ces derniers instants passés avec Tim.

— Mais il a pas déjà tout dit à la police à l'époque ? s'étonna Sarah.

— Il avait huit ans. Peut-être qu'il est plus bavard aujourd'hui.

— Il faut aussi aller voir le rocher de Susan, dit René. Celui-là, il a pas dû déménager.

— Je propose qu'on fasse deux équipes, dit Marie. Une qui s'occupe de la piste Tim, l'autre de celle de Susan, d'accord ?

— Ce serait plus efficace qu'on reste ensemble, maugréa René. Quatre cerveaux valent mieux qu'un seul.

— Ça dépend des cerveaux, lâcha Sarah, contente de son insolence.

— Moi je pense que c'est une bonne idée, dit Mathieu. De toute façon on restera en contact. Vu que toutes les affaires semblent liées d'une façon ou d'une autre…

— Et donc l'ado pénible va avec qui ? demanda Sarah sans entrain.

— Je crois que le mieux c'est que tu ailles avec René, dit Marie, et moi je ferai équipe avec Mathieu.

René fit une moue résignée.

— Si c'est décidé ainsi…

Sarah lâcha un soupir désabusé.

— T'inquiète papy, on va bien s'amuser tous les deux.

René jeta un regard consterné vers Marie et Mathieu. Ça pourrait être pire, pensa-t-il, elle pourrait avoir les cheveux roses.

16

Le Mont Édouard dominait le village de L'Anse-Saint-Jean, avec un panorama sur la rivière Saguenay à couper le souffle. L'hiver, fière de ses trente pistes, la station faisait le bonheur des skieurs et des planchistes. L'été, les randonneurs aimaient sillonner les chemins balisés qui offraient une ombre salutaire et des points de vue saisissants sur la vallée au détour d'un belvédère.

En acceptant d'aller voir la « roche de Susan », Sarah avait un instant cru qu'elle serait obligée de grimper quatre cents mètres de dénivelé sous un soleil de plomb. Heureusement, l'âge et la hanche de René leur avaient permis d'utiliser un moyen plus confortable et plus rapide pour atteindre le sommet.

Un taxi Diamond freina sur le chemin poussiéreux et les déposa devant un chalet à l'abri des sapins qui frémissaient sous un vent d'été. René paya le chauffeur et descendit de la voiture. Sarah le suivit, ses oreillettes encore vissées dans ses tympans. Heureusement qu'elle avait pu écouter sa musique durant le trajet la vitre ouverte, pensa-t-elle, sinon le contenu de son estomac aurait repeint chaque foutu virage de cette foutue montée.

— Ça fait bizarre de revenir ici, dit René en levant les yeux vers le chalet.

Sarah observait ce vieil homme à la silhouette fragile et voûtée, comme usée prématurément. Elle avait du mal à s'imaginer à cet âge-là.

— Vous y avez passé combien de temps avec votre sœur ?

— Oh, à peine trois jours. Le quatrième, au petit matin, elle avait disparu.

Le chalet semblait en mauvais état. Des herbes folles avaient envahi le terrain, et le bois des fenêtres commençait à pourrir.

— J'ai l'impression qu'il est encore plus mal en point que moi, fit René.

Sarah se retourna pour observer les environs.

— Bon alors il est où ce fameux rocher ?

René se retourna à son tour, cherchant ses repères.

— La végétation a drôlement poussé. Je me souviens que je pouvais le voir depuis la fenêtre du premier étage, il doit être un peu plus bas.

Ils se mirent en marche, s'engageant dans le virage qui contournait le chalet. Après quelques dizaines de mètres, ils parvinrent à une partie dégagée du terrain, une sorte de clairière avec un éperon rocheux qui dominait toute la vallée. De là, pardessus la rivière sinueuse, on pouvait distinguer les montagnes qui s'entrecroisaient en face, sur la rive sud, se perdant dans le bleu du ciel moucheté de nuages.

— Ouah, c'est cool ici ! s'exclama Sarah en ouvrant des grands yeux.

— Oui, le paysage n'a pas trop changé. La dernière fois que j'ai vu Susan, elle était assise sur cette roche, face au large, les bras croisés, perdue dans ses pensées.

Il s'installa à l'endroit en question, prenant la pose qu'il venait de décrire. Il ferma les yeux. La silhouette de Susan se dessina peu à peu sur l'écran intérieur de ses paupières. Il pouvait presque toucher son épaule, lui parler.

— Vous pensez qu'elle avait quoi dans la tête à ce moment-là ? demanda Sarah, comme si elle lisait dans ses pensées.

René bougeait la tête doucement, scannant l'espace mental de ses souvenirs.

— Elle était heureuse quand on est arrivés au chalet. Elle était déjà d'une nature joyeuse, mais il me semble qu'elle était encore plus gaie que d'habitude.

— Il y avait une raison à cela ?

— Je l'ignore. En tout cas, elle ne me l'a pas dit. D'ailleurs, je ne l'ai sans doute pas remarqué à l'époque, c'est seulement maintenant en revisualisant la scène que ça me frappe.

— C'est souvent quand on est heureux que les drames arrivent, dit Sarah avec gravité.

René tourna la tête vers elle.

— Tu as des souvenirs heureux avec ton père ?

Elle esquissa un sourire.

— Si on peut appeler ça des souvenirs. C'est plutôt des flashs en fait. Des sensations. Par exemple la chaleur de sa main quand il tenait la mienne en traversant une rue.

— Je comprends, dit René.

Sarah s'approcha et s'assit à son tour sur la roche près de René, les yeux fixés vers les montagnes qui leur faisaient face. Ils restèrent silencieux pendant un moment, puis Sarah posa une question qui lui brûlait les lèvres.

— Qu'est-ce qui lui est arrivé d'après vous ?

— Le suicide, je suis sûr que non. Elle aimait trop la vie. Et c'est peut-être justement parce qu'elle aimait trop la vie qu'elle n'est plus là aujourd'hui.

— Comment ça ?

— Je me dis qu'elle a croisé quelqu'un et que par bonté, peut-être pour lui venir en aide, elle l'a suivi.

Sarah hocha la tête. C'était une explication plausible.

— Et toi, demanda à son tour René, tu penses qu'il lui est arrivé quoi à ton père ?

— J'en sais rien. J'ai aucune hypothèse en fait. Je pense qu'il a quitté ma mère parce qu'il l'aimait plus, ou qu'il la supportait plus. Le truc banal quoi, qui a dû arriver aux parents de la moitié des filles de mon école.

— Il y a quand même une différence dans ton cas, fit René. Les pères de tes copines ne se sont pas volatilisés.

— Ouais…

Le silence de la nature les enveloppa de nouveau.

— Bon, dit René en se redressant, ça ne nous dit pas pourquoi notre ami le dingo nous a fait venir ici.

Sarah scrutait les arbres environnants.

— Je vous dis qu'il prend son pied à nous voir souffrir.

— Ça me parait très sophistiqué comme procédé. Et puis j'ai envie de croire qu'il sait où il nous emmène.

— Ce qui est sûr, c'est qu'il nous rend pas le truc facile. Il pourrait nous laisser un papier qui dirait : « Voilà où se trouve votre sœur ou votre père ».

— Apparemment, il veut qu'on se creuse un peu la cervelle.

— Bon donc on est là, dit Sarah. (Elle se pencha pour examiner les anfractuosités de la roche.) Pas de petit mot dans les parages. Pas d'indice. À quoi vous pensez là, tout de suite ?

René se mit à réfléchir.

— Non non, insista Sarah, sans réfléchir ! Là tout de suite à quoi vous pensez ?

— Ben… je pense… aux recherches qu'on a faites dans le périmètre pour essayer de la retrouver. La police disait qu'en montagne il s'agissait le plus souvent d'une mauvaise chute.

— Et ?

— Rien. On a examiné chaque centimètre carré autour du chalet et des environs, on n'a rien trouvé.

— Qui ça « on » ?

— Les policiers, plus des habitants du coin qui avaient proposé leur aide.

Sarah fit une moue perplexe.

— Vous savez ce qui arrive fréquemment ?

— Non.

— C'est que quand il y a un crime, et ben le criminel il participe aux recherches. Ça l'excite en fait. J'ai vu ça dans un reportage à la télé.

René hocha la tête.

— Hum… je vois. Et donc celui qui est responsable de la disparation de Susan aurait participé aux recherches ?

— C'est possible en tout cas.

— Le problème c'est que je ne connaissais pas ces gens-là. Ils habitaient L'Anse-Saint-Jean pour la plupart.

— Y'avait pas des journalistes qui suivaient l'affaire ?

— Je sais plus. Peut-être une télé locale. Des battues organisées pour retrouver quelqu'un, ça doit pas être si courant par ici.

Sarah dégaina son portable. René la regarda tapoter sur l'écran à toute allure.

— Tu vas trouver quelque chose là-dessus ? demanda-t-il incrédule.

— Voilà. Y'a une vidéo de 2008. L'image est un peu pourrie, mais on voit des gens qui avancent en rang entre les arbres. « L'Anse-Saint-Jean. Les habitants se mobilisent pour retrouver une femme portée disparue ».

Elle montra le téléphone à René qui but les images avec des yeux écarquillés.

— C'est incroyable…, fit-il.

— Ya pas de son mais c'est mieux que rien. Personne là-dessus que vous reconnaissez ?

René secoua la tête. Puis soudain son regard s'illumina.

— Là, cette femme !

Sarah regarda la silhouette qu'il lui désignait de son index fripé. Une petite dame corpulente d'une trentaine d'années, avec les cheveux coiffés au carré.

— C'est qui ? demanda Sarah, elle aussi soudain excitée.

— Aucune idée, fit René, chamboulé. Mais elle porte le pull qu'avait Susan ce jour-là…

17

— Vous avez un souvenir précis de ce Sébastien ? demanda Mathieu.

— Précis, pas vraiment… répondit Marie. À partir du moment où j'ai réalisé que Tim avait disparu, tout s'est emballé. J'étais tellement bouleversé que je ne suis plus sûre de ce que j'ai vu ou entendu. Une sorte de kaléidoscope d'émotions.

Mathieu hocha la tête pour dire qu'il comprenait. Ils roulaient en direction de Saint-Honoré dans sa vieille Honda dont le bas des portières était rongé par la rouille, à cause des tonnes de sel déversées chaque hiver sur les routes.

— Il avait huit ans, c'est ça ? C'était quel genre de gamin ?

Marie fit un effort pour se souvenir.

— Avant l'événement, il avait un sourire gentil, un peu introverti. Il était venu prendre le goûter à la maison, et je me souviens de sa timidité au moment de reprendre une part de gâteau au chocolat. Il osait pas. Il était bien élevé quoi, mais vu ses parents, ça n'est pas très étonnant.

— Ils étaient dans quelle branche ?

— Aucune idée. On n'a jamais vraiment bavardé. C'était juste une relation de voisinage, de circonstance quoi, mais on voyait que c'étaient des gens bien.

— Pardon de poser la question mais… vous ne les avez jamais soupçonnés ?

Marie esquissa un sourire triste.

— J'ai soupçonné tout le monde. Absolument tout le monde… La police les a interrogés. L'officier en charge de l'affaire m'a dit ensuite qu'il n'y avait rien à signaler les concernant. D'honnêtes gens, sans passé judiciaire, qui payaient leurs impôts et coulaient une vie tranquille avec leur enfant.

— D'accord. Et après ?

— Quoi après ?

— Vous avez dit qu'avant la disparition de Tim, Sébastien était un garçon gentil, un peu timide. Mais ensuite ?

— Il était devenu bizarre. Il n'arrêtait pas de regarder ses chaussures quand on lui parlait, il donnait le sentiment de vouloir aller se cacher dans un trou, vous savez comme les petits chiens terrorisés par le passage d'une voiture ou d'un vélo.

— Je vois. Vous avez conclu quoi ?

— J'ai tourné mille hypothèses dans ma tête. La seule certitude que j'ai, c'est qu'il a été témoin de ce qui s'est passé, et que c'était suffisamment traumatisant pour qu'il se retrouve dans cet état émotionnel.

— Est-ce qu'il aurait vu Tim tomber à l'eau, qu'il aurait essayé de l'aider sans y parvenir ? Avec toute la culpabilité qui va avec ?

— Peut-être. Seulement ses vêtements n'étaient pas mouillés.

— Et vous ne vous êtes jamais dit que c'était peut-être lui qui avait poussé Tim à l'eau ?

— Un psychopathe en herbe ?

— Ou peut-être tout simplement un jeu qui tourne mal.

— Tout est possible en fait…

Mathieu hocha la tête.

— En tout cas il n'a jamais voulu parler…

— Les psys m'ont expliqué que c'était courant. Pour éviter de souffrir, on s'enferme dans une réalité parallèle, quelque part où les drames n'existent pas.

— Donc pour lui, en quelque sorte, la scène n'avait jamais eu lieu.

— Voilà. Comment voulez-vous interroger quelqu'un qui n'était pas là ? Surtout un gamin.

— La police n'a pas insisté ?

— À part le torturer, je ne vois pas ce qu'ils auraient pu faire. Mais je crois que les lois canadiennes ne l'autorisent pas.

Mathieu esquissa à son tour un sourire.

— Espérons qu'il sera un peu plus loquace aujourd'hui.

L'adresse que leur avait donnée le promeneur au chien se situait entre le cimetière et l'aéroport de Chicoutimi/Saint-Honoré. Un petit pavillon en bois impersonnel, typique des constructions de ceux dont le rêve est de posséder une maison sans en avoir vraiment les moyens, coincée entre le silence des pierres tombales et le vacarme des décollages permanents. Une certaine idée du contraste.

Mathieu engagea la voiture dans l'allée perpendiculaire à la route et s'arrêta devant la porte du garage récemment repeinte.

— Quel métier le type au chien nous a dit que ce Sébastien exerçait ?

— Il ne nous l'a pas dit. J'imagine qu'à vingt-deux ans il ne doit pas rouler sur l'or.

Mathieu coupa le contact. Ils restèrent dans la voiture un instant, observant les alentours. La maison était isolée, un peu en retrait de la route.

— Comment vous comptez vous y prendre ? demanda Mathieu.

— Au feeling. Je ne sais pas s'il a toujours son petit regard introverti ou si la vie lui a permis de s'ouvrir un peu.

— Il y a un bon moyen de le savoir.

Ils sortirent de la voiture et marchèrent jusqu'à la porte d'entrée. Marie appuya sur la sonnette. Après une dizaine de secondes, elle recommença. Aucun bruit n'émanait de l'intérieur de la maison.

— Personne on dirait, fit Mathieu. Qu'est-ce qu'on fait ?

Marie tiqua.

— On va pas attendre jusqu'à Noël.

— Vous voulez entrer quand même ?

— Ça fait quatorze ans que j'attends des réponses.

Elle contourna la façade pour faire le tour de la maison. Mathieu la suivit, pas très à l'aise.

— Ce serait plus simple si on l'attendait gentiment. Imaginez qu'un voisin nous repère et prévienne la police ?

— Vous avez peur ?

— C'est pour vous, dit-il, piqué. Quand vous serez arrêtée pour effraction, ce sera plus difficile d'obtenir les réponses que vous cherchez.

— Au moins j'aurai essayé. Tenez, regardez là-haut, il y a une fenêtre qui est restée entrouverte. Vous savez faire la courte échelle ?

Dix secondes plus tard, Mathieu aidait Marie à se hisser jusqu'à la fenêtre. Après un moment — trop long à son goût — où il guetta la route, redoutant d'entendre le son caractéristique d'une sirène de police, la porte d'entrée s'ouvrit et Marie apparut.

— Venez.

Ils étaient à présent dans un petit salon bien rangé, un canapé gris face à une télé Samsung, un tapis aux motifs abstraits, quelques cadres aux murs représentant des paysages montagneux, et des bibelots sans intérêt sur une commode bon marché. Un véritable appartement-témoin.

— Visiblement notre Sébastien est devenu une fée du logis, dit Mathieu.

— À moins qu'il y ait une Sébastienne dans sa vie, fit Marie.

— C'est pas un peu sexiste comme remarque ça ?

— Je n'ai pas dû rencontrer les hommes qu'il fallait.

Mathieu hocha la tête, amusé. Ils poursuivirent leur inspection. Rien d'intéressant dans le salon, pas plus dans la cuisine ouverte où chaque ustensile était également à sa place. Même le frigo et le congélateur étaient agencés de façon à ce que les aliments soient classés par genre — viandes, légumes, laitages.

— Je m'attendais à trouver une tête dans le congélo, fit Mathieu. Ça commence à être un peu flippant, non ?

Marie ne répondit pas. Concentrée, elle se dirigea vers le couloir des chambres. Il y en avait deux. Une petite, aménagée en bureau avec ordinateurs et étagères, et une grande avec un lit queen size donnant sur une salle de bain attenante.

— Je m'occupe du bureau et vous de la chambre ? demanda Mathieu.

— Je vais d'abord jeter un œil à la salle de bain. L'armoire à médicaments donne en général une très bonne idée de qui sont les gens. Parole de médecin.

Mathieu afficha une moue impressionnée.

— Dis-moi quelles drogues tu prends, je te dirai qui tu es…

Marie examina la pièce carrelée, dotée d'une petite baignoire, d'un lavabo et d'un w.c., le tout impeccablement propre.

— Il vit seul apparemment, dit Marie en désignant un verre en plastique où trônait une unique brosse à dents à côté d'un tube de dentifrice.

Elle ouvrit l'armoire à pharmacie au-dessus du lavabo et passa en revue les étiquettes collées sur les différents flacons en plastique.

— Clonazépam, alprazolam, lorazépam… jolie collection.

— C'est quoi ?

— Principalement des anxiolytiques.

— « Il est un peu lunatique » nous a dit le type au chien. J'ai l'impression qu'il est passé au stade supérieur. Vous pensez que ça a un rapport avec les événements de 2008 ?

— Difficile à dire. Mais si ça l'a perturbé à l'époque, il n'a visiblement pas réussi à remonter la pente.

Soudain un bruit de clé dans une serrure.

Mathieu et Marie se figèrent, se questionnant du regard. Essayer de fuir pour ne pas être vus, ou assumer et se montrer en expliquant la raison de leur présence ? Marie sentait son cœur battre à cent à l'heure dans sa poitrine. Elle avait déjà vécu des situations difficiles à l'hôpital, des moments où il était impératif de garder son sang-froid. Elle savait comment faire. Elle se força à respirer lentement et profondément pour faire redescendre la pression. Mathieu lui, n'était pas rompu à ce genre d'exercice et la sueur froide qui glissait dans son dos témoignait de son malaise. Il essayait de se raisonner. Après tout, ils ne faisaient rien de vraiment grave. Enfin, il voulait s'en persuader. Ce qui l'inquiétait surtout, c'était cette pensée idiote, celle qu'ils s'étaient peut-être infiltrés chez un serial-killer…

En un éclair, Marie se décida. Alors qu'elle entendait des pas se rapprocher, elle sortit de la salle de bain et fit face à la silhouette qui se dressait devant elle. Un beau jeune homme à la mèche soigneusement peignée et au regard bleu perçant. Elle ne retrouvait aucun des traits du petit Sébastien qu'elle avait connu quatorze ans auparavant.

Ils restèrent immobiles pendant une poignée de secondes suspendues.

Le jeune homme sortit le premier de sa torpeur.

— Vous êtes qui ? Qu'est-ce que vous faites là ?

— Sébastien…, commença Marie d'une voix aussi douce que possible. Je suis la maman de Tim, tu te souviens ?

Les yeux du garçon s'agitèrent tandis que tout son corps paraissait traversé par une onde de nervosité.

— Vous êtes chez moi, vous devez partir…

— Attends… je sais, je suis désolée, on aurait pas dû entrer sans ta permission…

— « On » ? fit-il, soudain affolé.

Mathieu décida de se montrer à son tour.

— C'est de ma faute, dit-il en faisant un pas dans le couloir, on avait des questions à te poser et…

— Qu'est-ce que vous me voulez ? articula le jeune homme, dont le regard commençait à basculer vers la perte de contrôle.

— Juste quelques questions, dit Marie sur un ton implorant, on va tout t'expliquer… s'il te plait, c'est très important…

Sans laisser le temps au garçon de répondre, Mathieu enchaina.

— Est-ce que tu as des souvenirs de cette soirée de juin 2008, quand tu t'amusais avec Tim au bord du Saguenay ?

Le jeune homme semblait avoir du mal à respirer. Il essayait d'articuler des mots, mais le son n'arrivait pas à se faufiler entre ses lèvres tremblantes.

— On peut s'assoir si tu veux, proposa Mathieu en s'avançant vers lui.

Soudain le garçon se jeta sur lui, le saisissant à la gorge. Mathieu lui attrapa les bras pour essayer de se défaire de son étreinte, tandis que Marie, surprise, mit une seconde à réagir.

— Arrête ! cria-t-elle… Sébastien, s'il te plait, arrête !

Elle se mêla à la bagarre, tentant de séparer les deux hommes qui se tordaient les bras de gauche et de droite en une chorégraphie ridicule. Le jeune homme saisit brutalement Mathieu à la gorge puis lui décocha un coup de poing qui l'atteignit en pleine figure. Mathieu vacilla, permettant au garçon de s'échapper. Celui-ci traversa le salon à toutes jambes et se rua à l'extérieur où l'écho de ses pas disparut au loin.

Marie se pencha vers Mathieu qui s'était affaissé au sol. Il se tenait le menton et un filet de sang glissait du coin de sa lèvre inférieure.

18

— Vous êtes sûr que c'est son pull ? Parce que l'image est pas super nette quand même.

Sarah était aussi excitée qu'incrédule. René hocha la tête pour acquiescer.

— Un pull orange, avec des fleurs brodées dessus. C'est une amie à elle qui lui avait tricoté pour son cinquantième anniversaire.

Sarah zooma sur l'écran de son portable.

— Ah ouais, on voit les fleurs. C'est super moche. Et elle l'avait ce jour-là ?

— Les petits matins sont frais en montagne, même en été. Elle l'avait sur les épaules, ça j'en suis sûr.

— Ça n'explique pas pourquoi cette femme le porte le lendemain de sa disparition.

René désigna son téléphone.

— On peut pas le savoir avec ton truc là ?

Sarah sourit.

— La reconnaissance faciale est pas encore top. Mais attendez, y'a un autre extrait plus loin dans la vidéo. Regardez, là, elle est interviewée.

Sur le mini écran, la dame brune à la coupe carrée s'exprimait muettement. Un sous-titre apparut sous son visage : *Peggy Chanteux, habitante de L'Anse-Saint-Jean.*

— Je vous dis, fit Sarah, les coupables ils adorent être interrogés par les médias, style « les pauvres parents, je les plains, je ferais tout ce que je peux pour les aider ».

Elle pianota à nouveau sur son téléphone.

— Peggy Chanteux. Elle habite toujours à L'Anse-Saint-Jean. On peut pas dire qu'elle ait cherché à se planquer.

René essayait de comprendre comment le pull de sa sœur avait pu atterrir sur les épaules de cette femme. Est-ce qu'elles se connaissaient ? Est-ce qu'elle avait pu le lui donner parce qu'elle avait froid ? Ou parce qu'elle n'en avait plus besoin ? Ça voudrait dire qu'elle était partie de son plein gré. René n'arrivait pas à accepter cette hypothèse. Mais si elle n'avait pas disparu volontairement, et si ce n'était pas un accident puisqu'on n'avait jamais retrouvé de corps, cette femme devait avoir joué un rôle dans cette histoire. Un sale rôle.

— Vous voulez qu'on aille la voir ? demanda Sarah.

— Je ne sais pas si on aura des réponses, mais je sais quelles questions j'ai envie de lui poser, fit René d'un air décidé.

— Ça va ? demanda Marie. Laissez-moi regarder.

Avec des gestes professionnels, elle examinait le visage de Mathieu qui s'était assis sur un tabouret dans la salle de bain. Quelques rougeurs apparaissaient ici ou là, et un filet de sang glissait depuis sa lèvre inférieure.

— Il m'a pas raté ce saligaud, fit Mathieu en articulant difficilement.

— Y'a rien de cassé, le rassura Marie. Vous en serez quitte pour quelques ecchymoses et peut-être une difficulté à vous endormir sur le côté droit.

Mathieu essaya un sourire de remerciement qu'il regretta aussitôt.

— Je ne comprends pas ce qui lui a pris, dit Marie.

— En tout cas, ajouta Mathieu en se passant la langue sur le coin de la lèvre, c'est pas vraiment le comportement de quelqu'un qui n'a rien à se reprocher.

— Il paraissait même totalement paniqué…

Mathieu se releva, faisant des mouvements avec la tête pour tester sa capacité à rester debout.

— On ferait bien de se tirer d'ici rapidement, dit-il, avant qu'il ne prévienne la police.

Marie tendit l'oreille. Pour l'instant, pas un bruit.

— On a encore quelques minutes, fit-elle. Et de toute façon rien ne dit qu'il va aller voir la police.

— Vous êtes sérieuse ?

— Je veux surtout savoir si on peut trouver des informations. Mais si vous souhaitez aller vous reposer, je comprends. Je me débrouillerai pour vous rejoindre à l'hôtel.

Elle se dirigea vers le bureau, suivi par Mathieu, agacé.

— Vous croyez peut-être que je vais vous laisser ici toute seule ?

— Pour le dire plus clairement, je n'ai pas besoin d'un protecteur. Mais si vous voulez m'aider à chercher, ce sera avec plaisir.

Mathieu fit une moue amusée.

— Alors s'il y a du plaisir…

Marie commença à inspecter les tiroirs, tandis que Mathieu s'approcha de l'ordinateur.

— Dommage que Sarah ne soit pas là, dit-il, elle l'aurait hacké en un rien de temps.

Il bougea la souris, ce qui sortit l'ordinateur de sa veille.

— Ah ben voilà, dit Mathieu, c'était pas si dur.

Il ouvrit les dossiers au hasard, tandis que Marie consultait des documents qu'elle extirpait de grandes chemises colorées.

— Des avis d'imposition, des factures, des relevés téléphoniques, rien qui ne pourrait nous intéresser, dit Marie, déçue. Et dans ses fichiers ?

Mathieu continuait à parcourir des dossiers à l'intérieur d'autres dossiers, dans une architecture parfois difficile à comprendre.

— J'ai l'impression que s'il y a quelque chose là-dedans, il faudrait des heures pour le trouver.

— Attendez, fit Marie en désignant l'écran. Il y a des dossiers classés par année.

— Voyons ce que dit celui de 2008.

Il cliqua sur le dossier, ce qui ouvrit une nouvelle arborescence avec les mois de l'année. Il cliqua sur juin 2008. Tout un tas de photos et de documents apparut.

— Bon sang…, fit Marie, il a archivé tous les articles de presse sur la disparition de Tim.

— Et là sur cette photo, c'est lui avec ses parents. Et l'enfant derrière, c'est…

Marie se sentit chavirer. Le gamin blond avec un polo rouge et une casquette à l'arrière-plan, c'était Tim.

— Je ne connaissais pas cette photo, dit-elle encore sous le coup de l'émotion. Il a les habits qu'il portait quand il a disparu. Avec la fameuse casquette des Capitales, le club de baseball de Québec.

— Vu la taille des ombres, dit Mathieu, ce doit être la fin de l'après-midi.

— Juste avant que…

Marie ne termina pas sa phrase. Les yeux embués de larmes, elle réalisait que cette photo était postérieure au moment où elle avait vu son fils pour la dernière fois. Il avait l'air heureux, souriant, sur le point de s'amuser avec son copain au bord de l'eau. Puis tout avait soudain basculé, et rien sur ce cliché ne permettait de comprendre pourquoi. Qui tenait l'appareil ou le smartphone qui avait immortalisé l'instant ? Quelqu'un que connaissaient les parents de Sébastien ? Ou un étranger de passage, auquel ils avaient demandé de prendre une photo ? Sébastien aurait sans doute pu répondre à cette question, mais il s'était enfui Dieu sait où.

— Il n'y a rien d'autre ? demanda Marie. C'est quoi ce dossier sans nom tout en bas ?

Mathieu l'ouvrit. Il contenait un seul document au format Word.

Quelques mots qui disaient : « Identifier Aristide ».

. . .

L'adresse que Sarah avait trouvée sur Internet concernant Peggy Chanteux était celle d'un chalet qui se situait au pied d'une immense falaise à pic, à quelques kilomètres des pistes de la station de ski du Saguenay. L'édifice ressemblait à une minuscule bernique collée tout en bas d'un rocher gigantesque menaçant de s'écrouler sur elle. Malgré la lumière qui jouait avec les anfractuosités rocheuses, l'endroit créait un sentiment de malaise, comme une trace de vie oubliée là.

Le taxi déposa Sarah et René au début d'un chemin de terre qui serpentait sur une bonne cinquantaine de mètres avant de s'arrêter devant une porte qui n'avait pas vu un coup de pinceau depuis des lustres.

René chercha une sonnette qu'il ne trouva pas alors il frappa à la porte de son index replié. Après quelques secondes, une silhouette petite et trapue se profila derrière la moustiquaire que la poussière accumulée avait rendue opaque. Un grincement, puis la porte qui s'ouvre. Instinctivement, Sarah eut un mouvement de recul.

— C'est pourquoi ? fit une femme massive à l'allure négligée, d'une voix éraillée par l'abus de tabac.

Peggy Chanteux n'était plus la jeune femme à la coupe carrée qui montrait un visage plein de compassion devant les caméras des télés locales quatorze années plutôt. Des mèches grises avaient mangé sa chevelure brune et la graisse avait fait de sa face une sorte de baudruche luisante et boutonneuse.

René s'obligea à sourire.

— Bonjour madame, dit-il, services de la ville. Nos ingénieurs nous ont signalé des infiltrations d'eau au niveau de la falaise. Tout porte à croire qu'il y a un risque réel d'éboulement.

Sarah lui adressa un regard stupéfait. À aucun moment ils n'avaient évoqué ce genre de plan, René était en pleine improvisation. Lui-même était surpris de son audace, ce qui faillit le déstabiliser, mais il s'efforça de garder une mine sérieuse face à son interlocutrice qui plissait les yeux avec méfiance.

— Qu'est-ce que c'est que ces histoires ?

Sarah appuya les dires de son « collègue » d'un mouvement de tête, en essayant de ne pas éclater de rire.

— Il nous faut procéder à une inspection de votre logement, dit René. Ce ne sera pas long.

Avant que la femme ait eu le temps de réfléchir, il s'avança d'un pas décidé et pénétra dans la maison, suivi de Sarah qui se forçait à se tenir droite.

Ce n'était pas un salon, c'était un *capharnaüm*.

Avec en prime une odeur de rance et de moisi qui prenait à la gorge. Des objets hétéroclites s'entassaient jusqu'au plafond, pardessus des sacs poubelles empilés qui contenaient Dieu sait quoi. Des tas de cartons de toutes tailles occupaient l'espace d'une autre pièce adjacente qui avait dû être une chambre, mêlés à des cadavres de bouteilles en plastique et en verre, parfois encore pleines. Contre un mur, un meuble épais débordait de vêtements sans forme, tandis que les tiroirs ouverts regorgeaient de bijoux en toc, mélangés à des capsules de bière ou de soda. On pouvait à peine mettre un pied devant l'autre pour se frayer un chemin dans ce dédale de cour des miracles.

René et Sarah s'étaient figés, parcourant d'un regard halluciné ce décor improbable. Sarah fit un pas en arrière. Il lui semblait avoir aperçu un sac bouger près d'un tas de vieux journaux qui pourrissaient sur place. Forcément, ce genre de décharge ne pouvait qu'attirer les rats et autres saloperies de bestioles.

René fit un effort pour se ressaisir. La première partie de son plan avait fonctionné, ils avaient pu entrer chez Peggy Chanteux. Mais il ne s'attendait pas à être aussi décontenancé une fois à l'intérieur.

— J'en profite pour vous dire que nous venons également récupérer un vêtement qui appartient à une personne qui nous a mandatés, dit-il au culot.

Peggy le regardait comme si le pape en tenue d'Adam se tenait devant elle.

— Qu'est-ce que vous me chantez là ? dit-elle en ouvrant des yeux ronds sous ses paupières fripées. De quel vêtement vous parlez ?

— D'un pull, dit René. Un pull orange avec des fleurs brodées.

Il observa la pièce avec perplexité. Vu le nombre de vêtements entassés ici depuis des décennies, pensa-t-il, il faudrait une pelleteuse pour commencer les recherches.

— Je ne sais pas de quoi vous parlez, dit Peggy d'un ton qui devenait agacé.

Sarah lui plaça l'écran de son smartphone sous le nez.

— On parle de ce pull-ci, dit-elle avec fermeté.

La femme regarda l'écran, manifestement surprise de se voir en train de porter le pull en question.

— Aucun souvenir, dit-elle.

Sarah désigna la montagne d'objets autour d'elle.

— Pour vous dire la vérité, nous avons eu un signalement vous concernant. Vous enfreignez les articles L-41223 et L-41225 qui interdisent d'entreposer chez soi des objets et des matières susceptibles de créer un danger pour autrui. Imaginez si tout cela prenait feu, avec la végétation qui entoure votre maison. De quoi causer un immense dommage écologique. Sans compter les rongeurs de toutes sortes que ces détritus peuvent attirer et qui risquent de propager des maladies graves.

Cette fois, c'était René qui était impressionné par l'imagination de sa camarade de circonstance. Il avait le sentiment d'être au théâtre, en train d'assister à une pièce d'Eugène Ionesco.

Peggy Chanteux se mit à trembler, d'abord des jambes, puis des bras et des mains en une onde qui la traversa de haut en bas jusqu'à la tête.

— J'ai rien fait de mal, dit-elle mécaniquement, j'ai rien fait de mal…

— Vous comprenez que nous allons devoir procéder à votre expulsion de ce logement ? dit Sarah sur un ton volontairement sadique.

Peggy secoua la tête, affolée.

— Non… non…

René prit le relais.

— Nous pouvons trouver un arrangement, dit-il d'une voix apaisante. Il suffit que vous nous disiez comment vous vous êtes procuré ce fameux pull orange avec des fleurs brodées, il y a quatorze ans. Vous vous souvenez, n'est-ce pas ?

Il crut un instant que la femme allait faire un malaise, mais elle recula seulement d'un pas pour s'adosser contre un mur d'accessoires électroniques prisonniers d'un enchevêtrement de câbles et de fils.

— J'ai dit tout ce que je savais à la police, fit-elle en respirant fortement. Je sais pas ce qui s'est passé, je le jure…

— Donc vous vous souvenez de cet événement ? insista René.

Peggy hocha la tête doucement, comme une enfant qui s'avoue vaincue devant les réprimandes de ses parents.

— Racontez-nous, vous voulez bien ?

Peggy s'efforça de retrouver son calme. Elle déglutit lentement, tout en fermant à moitié les yeux pour se replonger dans un passé sur lequel s'était accumulé le poids des objets et de ses névroses.

— J'aime pas qu'il arrive du mal aux gens…, fit-elle avec une petite voix.

— Vous connaissiez Susan ? demanda René.

Elle secoua la tête.

— J'avais juste vu sa photo à la télé. Ils disaient qu'ils avaient besoin d'aide pour les recherches. Peut-être qu'elle était tombée dans un ravin.

— Alors vous vous êtes portée volontaire.

— Je voulais juste aider.

Sarah intervint.

— Et le pull ? Vous l'avez eu comment ?

— Je l'ai trouvé. Mais je savais pas que c'était le sien. Je l'ai vu à un moment, accroché dans des ronces. Je l'ai trouvé beau alors je l'ai gardé.

— Pourquoi ne pas en avoir parlé à la police ? demanda René. Ils ne vous avaient pas dit que le moindre élément pouvait faire avancer l'enquête ?

— Je vous dis, j'ai pas pensé que c'était à elle.

René hocha la tête, pas convaincu. Difficile de se fier aux réponses d'une femme qui avait manifestement perdu le sens des réalités depuis un moment.

— C'est tout ce que vous avez trouvé ? demanda Sarah.

Peggy tourna la tête, fixant le sol d'un air ennuyé.

Sarah échangea un regard avec René. Ils tenaient peut-être quelque chose.

— Ça veut dire oui ? insista l'adolescente.

— Après on vous laissera tranquille, assura René. Promis.

Peggy remua les lèvres.

— Il marchait plus de toute façon…, murmura-t-elle.

René se redressa.

— De quoi parlez-vous ? Qu'est-ce qui ne marchait plus ?

Peggy eut un regard qu'elle voulait discret vers des cartons entreposés à l'entrée de la cuisine. Sarah s'approcha pour les examiner.

— Des téléphones portables…

René fit un pas vers Peggy qui s'était recroquevillée, les bras serrés contre elle. Il la fixa du regard.

— Vous avez trouvé le téléphone de Susan ?

Elle baissa la tête, avec l'air d'une petite fille qui a fait une grosse bêtise. Sarah de son côté s'était mise à fouiller dans les cartons, parmi une tonne de cellulaires, des modèles récents, des modèles plus anciens, des antiquités… Un vrai musée de la téléphonie mobile.

— Vous avez trouvé le téléphone au même endroit que le pull ? demanda René à Peggy.

Celle-ci se contenta d'acquiescer d'un mouvement de la tête.

— Il ressemble à quoi ? demanda Sarah qui sortait les portables du carton par brassées.

— Elle venait de s'offrir le tout premier iPhone. Elle adorait les joujoux électroniques. C'était une des rares choses qui nous différenciaient.

— Je sais même pas quelle forme ça a, fit Sarah. J'avais deux ans.

— Je crois me souvenir qu'il avait une coque blanche avec le drapeau du Canada. Elle était très patriote.

— Une autre chose qui vous différenciait, surement…

— Euh… non, pas vraiment.

Sarah extirpa un cellulaire d'un carton et le brandit fièrement.

— Je crois qu'on a un gagnant.

René se tourna vers Peggy. Elle était blottie contre l'amas de ses collections hétéroclites, le regard absent, princesse d'une forteresse inaccessible dont elle seule avait la clé.

19

SARAH DÉVORAIT UN SANDWICH THON-SALADE-TOMATES, tout en écoutant ce que disaient ses trois compagnons de circonstance. Les événements récents lui avaient grandement ouvert l'appétit. Dans la petite salle du fastfood qui sentait le graillon, Marie, René et Mathieu se racontaient ce qu'ils avaient vécu depuis les dernières heures.

— Ça ne vous fait pas trop mal ? demanda René à Mathieu en désignant sa lèvre enflée.

— Ça va, j'ai été bien soigné.

Il sourit en direction de Marie, mais elle était trop concentrée pour penser à une répartie.

— Vous êtes sûr que c'est le portable de Susan ? demanda-t-elle à René en tournant entre ses mains le cellulaire dont l'écran était fêlé.

— Certain. Et je la crois quand elle dit qu'elle a trouvé le pull au même endroit.

— C'est incroyable qu'elle ait pu faire ça, dit Mathieu, il y a vraiment des dingos.

— Et encore, intervint Sarah en mâchant une tomate, vous avez pas vu chez elle.

Mathieu déchiqueta une aile de poulet qui lui graissait les doigts.

— Vous pensez qu'il marche encore ? demanda-t-il.

— J'ai essayé de le brancher, dit Sarah, mais impossible de le rallumer, la batterie doit être au bout de sa vie. De toute façon vu l'état de l'écran, il doit être mort de chez mort.

Marie hocha la tête, tout en finissant sa salade.

— Peut-être en l'apportant dans une boutique de réparation ? Parfois ils font des miracles.

— C'est le dernier espoir je crois, fit René. Je paierais cher pour savoir ce qu'il y a dans cet appareil.

Mathieu acquiesça.

— Et vous pensez que cette femme a une responsabilité dans la disparition de Susan ? Est-ce qu'elle aurait pu l'agresser par exemple pour lui voler ses affaires ?

René fit une moue perplexe.

— Ce n'est pas le profil. En général, les gens qui accumulent des tonnes de choses ne sont pas méchants, ils ont juste un trouble de la personnalité un peu particulier.

— C'est moi qui lui ai lu ça sur Internet, fit Sarah avec un petit sourire. Même que ça s'appelle la syllogomanie. C'est rigolo comme nom, hein ?

René leva les yeux au ciel, puis se tourna vers Mathieu.

— Et de votre côté, qu'est-ce que ça a donné, à part un match de boxe improvisé ?

— Le moins qu'on puisse dire, c'est que le garçon n'a pas l'air très net.

Marie but une gorgée d'eau à la bouteille.

— On a forcément le cerveau un peu embrumé quand on est shooté aux anxiolytiques. Sa vie ne doit pas être facile. À moins que ce ne soit ce qu'il a vécu le soir où Tim a disparu qui l'a marqué pour toujours.

— De là à vous sauter dessus…

— En même temps vous étiez chez lui en train de fouiller, fit remarquer Sarah. Moi si ça m'arrive, je pique une crise direct !

— C'est pas faux, dit Mathieu, on s'y est sans doute mal pris. Et j'avoue que j'aurais bien aimé pouvoir l'interroger plus longuement.

— C'est quoi cette histoire d'Aristide ? demanda René en écartant un sachet de frites qui l'écœurait.

— Si c'est un nouvel indice, dit Marie, ça veut dire que c'était lui notre manipulateur.

— Mais pourquoi aurait-il voulu jouer avec nous ? fit René. Et que ça concerne Tim, d'accord, mais en quoi Susan, Julie et le père de Sarah feraient partie de l'équation ?

Marie haussa les épaules pour signifier qu'elle n'en avait aucune idée.

— Moi j'y crois pas une seconde, dit Sarah en finissant les frites de René. Un type assez intelligent pour mettre un truc comme ça au point et qui est assez bête pour vous permettre de découvrir son secret ?

— Peut-être voulait-il qu'on le découvre justement ?

— Il faut aller le revoir, peut-être tous les quatre cette fois, en ayant soigneusement préparé nos questions.

René se figea soudain en regardant pardessus l'épaule de Mathieu.

— Je crois que ça va être difficile, dit-il.

Les autres se retournèrent et découvrirent la télévision fixée au mur derrière eux. Une journaliste parlait face caméra devant ce qui semblait être la maison de Sébastien, tandis qu'un bandeau en bas de l'écran indiquait qu'on avait retrouvé le corps pendu du jeune homme chez lui.

— Oh non…, laissa échapper Marie.

Ils étaient tous sidérés par la nouvelle. Mathieu se demanda aussitôt s'il y aurait une enquête et si Marie et lui pourraient être inquiétés. Il n'avait pas imaginé que les choses prendraient une tournure aussi dramatique.

Sarah pianotait déjà sur son téléphone à la recherche d'informations plus précises.

— Ils l'ont retrouvé dans le garage, dit-elle.

— Mon Dieu, fit René, pauvre garçon.

— Est-ce qu'il a laissé un mot ou quelque chose pour expliquer son geste ? demanda Marie.

— Non, ils en parlent pas. Des voisins ont indiqué qu'il était bizarre ces derniers temps.

René s'agita.

— Je suis désolé d'évoquer la question, fit-il d'un ton grave, mais est-ce qu'on pourrait imaginer qu'il ne s'est pas suicidé ?

— Comment ça ? fit Mathieu.

— Il pourrait très bien avoir été assassiné.

Sa remarque glaça l'atmosphère.

— Putain c'est glauque, lâcha Sarah.

— Par qui aurait-il été tué ? demanda Marie, incrédule.

Rcné souleva les sourcils.

— Je ne sais pas… si on admet que c'est lui qui voulait nous aider à retrouver nos disparus, peut-être que quelqu'un a souhaité l'en empêcher ?

— Mais pourquoi ? fit Mathieu, ça n'a pas de sens !

— Parce que vous trouvez que toute cette histoire a un sens depuis le début ? rétorqua René.

Mathieu s'avoua vaincu.

— Est-ce que ça veut dire qu'on est en danger ? demanda Sarah avec un voile d'inquiétude dans la voix.

— Calmons-nous, fit Marie. Inutile de partir dans les hypothèses les plus folles pour le plaisir de se faire peur. Restons dans le concret. Et le concret c'est qu'on a trouvé quelque chose qui ressemble à un indice sur l'ordinateur de Sébastien. Je propose qu'on suive cette piste-là, et on verra bien ce que ça donne.

— Je veux bien, dit Mathieu, mais « Identifier Aristide », c'est un peu léger quand même, non ?

— Aristide, c'est un nom assez peu répandu, dit René. Est-ce que l'un de vous en connait un autour de lui ?

Mathieu fit signe que non. Marie secoua également la tête.

— Attendez, fit soudain Sarah. (Elle attrapa son carnet à spirale dans son sac à dos et le feuilleta frénétiquement.) Je dis peut-être n'importe quoi, mais ça me dit quelque chose.

— Quelqu'un de ta famille ? demanda René.

— Non…

Elle faisait défiler les pages remplies de notes et de dessins, remontant à travers le temps.

— Un ami ?

Elle secoua la tête.

— Non, je... Voilà ! dit-elle soudain en s'arrêtant sur une page.

Elle examinait un dessin d'enfant sur lequel apparaissaient deux silhouettes masculines avec des bras et des jambes en bâtons devant un feu qui crépitait dans une cheminée maladroitement crayonnée.

— C'est toi qui as fait ce dessin ? demanda Marie en se penchant sur la feuille.

Sarah acquiesça.

— J'avais trois ans. Je l'ai retrouvé un jour dans un carton. À droite c'est mon père. (Elle sourit.) C'est marqué « papa » en dessous. Comme je savais pas encore écrire, c'est lui qui l'a écrit.

— Et à côté ?

— Aucune idée. Mais il y a aussi un nom en dessous, avec une écriture pourrie. C'est ça qui m'a fait tilté.

Mathieu se pencha à son tour sur le dessin. Tout à coup il s'excita.

— Eh, mais..., c'est marqué Aristide ! s'écria-t-il.

Sarah acquiesça.

Tous venaient de comprendre que ça ne pouvait pas être un hasard.

À Chicoutimi ils trouvèrent une boutique à laquelle ils confièrent le smartphone de Susan qu'ils avaient récupéré chez la foldingue de la falaise. Le gérant, un jeune homme d'origine indienne au sourire agréable, leur assura qu'il ferait tout son possible pour essayer de réanimer l'appareil et d'en extraire les données. Il lui faudrait sans doute un peu de temps, le téléphone étant assez ancien et abimé.

Sarah, durant tout ce temps, était restée muette. Elle avait été assaillie de questions par ses nouveaux compagnons à propos de l'identité de cet Aristide qu'elle avait dessiné étant enfant. Était-ce un ami de son père ? Pourquoi y avait-il une cheminée sur le dessin, est-ce qu'il y en avait une chez ses parents ? Pouvait-il s'agir d'une résidence de vacances où son père l'avait emmenée en compagnie de ce fameux Aristide ? Sarah avait été incapable de répondre, tout simplement parce qu'elle n'en avait aucun souvenir. Le seul moyen d'avoir des éclaircissements était d'appeler sa mère. Elle savait surement qui était ce Aristide.

Sarah s'isola sous l'abri d'un magasin de vêtements tandis qu'une averse les avait surpris. Les autres s'étaient réfugiés à l'intérieur en attendant que ça passe.

Elle avait envie d'avoir des réponses à ses questions, mais ça ne lui disait rien d'entendre sa mère au téléphone, l'écouter lui faire des reproches, lui rappeler que les épreuves de son bac approchaient et qu'elle allait rater sa vie, tout ça pour essayer de retrouver un géniteur qui ne s'était jamais intéressé à elle. Parfois, quand elle faisait face à un problème insoluble, elle avait envie de taper contre un mur avec ses poings. Très fort. À s'en éclater les phalanges. Rien n'était plus atroce que ce sentiment de devoir trancher dans le magma affectif qui se réveillait soudain, la torturait tout au fond de son ventre. Elle sortit de son abri pour recevoir la pluie comme on reçoit un sacrement. Elle laissa ruisseler l'eau sur ses cheveux, ses épaules, ses bras. Ça faisait du bien. Après un moment, elle retourna sous l'abri. Sans même se sécher, elle prit son téléphone dans sa poche. Trois sonneries, puis :

— Allô, ma chérie c'est toi ? Oh j'étais tellement inquiète, pourquoi tu m'appelles pas ?

Même pas une seconde de conversation et elle était déjà partie au quart de tour.

— Mais je t'appelle maman, la preuve.

— Oh là là ma chérie, comment ça se passe là-bas ? Tu rentres quand ?

Sarah haussa les épaules dans sa tête.

— J'en sais rien. Quand j'aurai retrouvé mon père.

Il y eut un silence dans le combiné.

— Sarah, reprit finalement Geneviève, je te comprends tu sais. Mais tout ça n'aboutira à rien, si ce n'est à te faire encore plus de mal.

— Qu'est-ce que t'en sais, t'as acheté une boule de cristal ?

— Pense à toi d'abord, à ce que tu vas faire de ta vie. Perds pas ton temps pour un type qui n'en vaut pas la peine.

Voilà, on y était. Vingt-neuf secondes et huit dixièmes, record mondial.

— C'est pas pour m'engueuler avec toi que je t'appelais, c'est pour te poser une question.

— D'accord, je t'écoute.

— Tu te souviens d'un Aristide, qui aurait fréquenté papa ?

Sarah entendit sa mère respirer tout en réfléchissant.

— Pfiou… c'était il y a longtemps.

— J'ai retrouvé un dessin que j'avais fait où ils sont tous les deux. C'était qui ?

— C'était un collègue de ton père, dans les assurances.

— Mais ils se voyaient en dehors du travail ?

— Il est venu manger à la maison quelques fois. Il nous a invités chez lui aussi, à la campagne.

— Y'avait une cheminée ?

— Je crois oui.

— Pourquoi je m'en souviens pas ?

— T'étais petite. Et puis ton père et lui, ils se sont pas fréquentés longtemps.

— Ah bon ? Pourquoi ?

— Ça j'en sais rien. Un jour on n'en a plus entendu parler. Ils ont dû se fâcher. Tu sais, ton père il était pas toujours…

— Oui je sais maman… Tu sais pas où je pourrais le joindre ?

— Aucune idée. J'imagine qu'il travaille toujours dans les assurances.

— D'accord, merci.

— Sarah…, fit Geneviève parce qu'elle sentait qu'elle allait raccrocher.

— Oui…

— Fais attention à toi. Je t'aime tu sais.

Sarah regardait la pluie tomber, grise comme l'asphalte sous ses pieds. Elle avait envie de serrer sa mère dans ses bras, là tout de suite.

— Moi aussi, murmura-t-elle, presque pour elle-même.

Elle raccrocha. Pas le moment de se ramollir.

C'est dans la voiture que Sarah apprit à ses nouveaux amis qui était Aristide. Elle avait hésité à leur donner l'information. Jusqu'à quel point pouvait-elle se confier à eux ? Toute cette histoire était trop bizarre, elle avait le sentiment que tout pouvait prendre un tournant inquiétant ou décevant à chaque instant. Et puis finalement elle avait décidé que c'était pas si mal d'être en équipe, plus malin en tout cas que de partir seule à l'aventure dans cette drôle de mission. Peut-être aussi qu'elle commençait à s'attacher à eux. Marie et Mathieu se la jouaient parfois un peu trop darons avec elle, et René était pénible avec ses petites manies de vieux, mais ils étaient gentils. Et les gens gentils, elle en avait pas rencontré tant que ça jusqu'à présent.

— Des « Aristide », même si c'est pas courant, il doit quand même y en avoir un paquet en France, dit Mathieu tout en conduisant à travers les rues de Chicoutimi.

— S'il travaillait dans les assurances, ça réduit le nombre, fit remarquer Marie.

— Et vous oubliez que la petite, elle peut retrouver n'importe quoi sur Internet en deux secondes, pas vrai ? fit René en adressant un clin d'œil à Sarah.

L'adolescente esquissa un sourire.

— Qu'est-ce que vous suggérez comme termes de recherche ? lui demanda-t-elle.

— Oh, je suis pas un spécialiste !

— En général, le plus simple c'est le plus efficace.

— Alors je dirais… « Aristide assurances » ?

— Tu crois qu'il y travaille toujours ? fit Mathieu en prenant un virage.

— Aucune idée, fit Sarah. C'est possible.

— Ton père avait quel âge quand il a disparu ? demanda Marie.

— 36.

— Ok, donc si Aristide était son collègue, on peut penser qu'ils avaient à peu près le même âge. Il aurait la cinquantaine aujourd'hui.

Sarah acquiesça puis elle fit courir ses doigts agiles sur le clavier de son écran.

— René, vous êtes un génie, dit-elle.

— Vraiment ? fit l'intéressé, dubitatif.

— Il y a un Aristide qui travaille chez Axa Assurances, à Asnières sur Seine. Aristide Leborne.

— Et c'est tout ? demanda Mathieu.

— Apparemment oui. Facile, non ?

— Il faut rester prudent, dit René. Tant qu'on ne l'a pas eu au bout du fil et qu'il n'a pas confirmé qu'il connaissait votre père…

Sarah sourit à nouveau.

— On va le savoir très vite.

Elle composa un numéro sur son téléphone, actionna le haut-parleur, puis écouta la sonnerie résonner dans le combiné tout en regardant le paysage qui défilait à travers les vitres de la voiture. Elle se sentait légère.

— Axa Assurances bonjour ! fit une voix féminine enjouée. Comment puis-je vous aider ?

Sarah demanda à parler à un certain Aristide Leborne. Après une courte attente, c'est cette fois la voix d'un homme qui se fit entendre.

— Aristide Leborne, comment puis-je vous aider ?

Sarah jeta un regard vers Marie et René qui l'encouragèrent muettement.

— Oui bonjour, commença Sarah timidement, excusez-moi de vous déranger… Vous êtes bien Aristide Leborne.

— Je confirme, en effet.

Sarah hésita un instant puis se lança.

— Je suis Sarah Brulanovitch, la fille de Pierre Brulanovitch.

Un silence pesant parcourut soudain la ligne.

— Allô ? fit Sarah, pensant que ça avait coupé.

— Oui, je suis là, fit la voix qui paraissait maintenant troublée. La dernière fois que je vous ai vue, vous étiez haute comme trois pommes.

L'expression fit sourire Sarah.

— Oui, j'ai sans doute un peu changé, fit-elle. Pour moi, vous êtes un bonhomme dessiné en bâtons devant une cheminée, à côté de mon père.

— Ah, fit l'homme, oui… la maison de Champigny. Je me souviens que vous étiez venus dîner en famille.

— Je voudrais vous poser une question franche.

— Allez-y.

— Qu'est-ce qui s'est passé entre mon père et vous il y a quatorze ans ?

Un nouveau silence.

— Je ne pensais pas reparler de ça un jour, dit-il finalement sur un ton grave. Encore moins à vous.

— Pourquoi ?

— Ce que je vais vous dire ne va pas vous être agréable, et j'en suis désolé à l'avance. Mais vous m'avez l'air d'une jeune fille qui peut entendre la vérité.

— Oui.

Sarah l'entendit prendre sa respiration.

— Votre père et moi travaillions ensemble, dans le même bureau. On a vite sympathisé, il était charmant, travaillait bien. On a commencé à se fréquenter, j'ai fait la connaissance de votre maman…

Sarah l'interrompit.

— Attendez…, vous allez pas me dire qu'elle et vous…

— Ouh là non, fausse piste, fit Aristide, amusé, je vois que vous avez de l'imagination. Non, c'est juste qu'un jour, je me suis aperçu…

Il s'arrêta, mal à l'aise.

— Quoi ? fit Sarah, impatiente.

Dehors, la pluie avait repris et tambourinait sur le toit du véhicule.

— Il avait monté un système de fausses factures, au détriment des clients. Un montage sophistiqué qui lui avait permis de détourner beaucoup d'argent. J'ai été obligé de le dénoncer à la direction, ça a été terrible… Je suis vraiment désolé de vous l'apprendre Sarah, mais je vous dois la vérité. Votre père était ce qu'on appelle un escroc.

Sarah encaissa le choc, essayant de ne montrer aucune émotion devant les autres.

— Ok. Et c'est tout ?

L'homme laissa échapper un soupir qui chuinta à travers le combiné. Puis il poursuivit.

— Parmi les clients qu'il avait ruinés, il y a un homme qui ne l'a pas supporté. Un policier. Un soir il est allé dans la chambre de ses enfants et il les a étouffés avec un oreiller. Puis il a réveillé sa femme et l'a tuée. Pour finir, il s'est donné la mort avec son arme de service.

20

L'ÉCUME JAILLISSAIT entre les roches affleurantes dans la petite rivière de Chicoutimi. Un soleil timide avait remplacé l'averse, emportée par un vent léger du sud.

Sarah debout, droite, fixait les profondeurs de l'eau agitée. Ses pensées se bousculaient violemment dans sa tête, comme battues par le courant. Que son père fût un escroc, c'était une chose, de toute façon ça ne pouvait pas être un saint vu la façon dont il avait quitté son foyer, abandonné sa fille… Mais qu'il ait provoqué la mort de toute une famille, c'était juste impensable.

Marie s'approcha d'elle doucement. René et Mathieu ne savaient pas quoi dire. Ils avaient reçu la nouvelle de plein fouet et ils imaginaient bien ce qui pouvait se passer à cet instant précis dans la caboche d'une jeune fille de dix-sept ans.

— Si tu veux, on peut en parler…, dit Marie d'une voix calme. Si tu en as envie.

Sarah n'avait pas ouvert la bouche depuis ce coup de téléphone maudit. Elle se reprochait d'avoir appelé ce type, elle aurait dû le laisser à l'état de bonhomme-bâton sur une feuille de papier froissée. Pourquoi vouloir la vérité ? Est-ce qu'il ne valait pas mieux vivre d'espoir, rester sur l'idée que son père était devenu un héros, qu'il avait créé une fondation pour venir en aide aux enfants dans le besoin ou qu'il travaillait dans une association pour apprendre le français aux sans-papiers ? Elle avait envie de shooter dans un énorme caillou et de l'envoyer valdinguer dans la rivière.

— Y'a rien à dire, fit-elle au bout d'un moment. Y'a plus qu'à espérer qu'il soit mort pour que j'aie jamais à le rencontrer.

Marie hocha la tête.

— Ce serait plutôt l'occasion de s'expliquer avec lui non, tu ne crois pas ?

Sarah se retourna pour faire face à Marie. Sur le pont au-dessus d'elles les voitures semblaient glisser en silence.

— Pour lui dire quoi ? « Salut papa, j'ai appris que t'étais un meurtrier, on s'embrasse ? »

Mathieu s'approcha à son tour.

— Dire de lui que c'est un meurtrier, c'est aller un peu vite, non ?

— Bah, c'est bien ce qu'il est non ? Quand des gens meurent à cause de vous, c'est logique.

— Les choses ne sont pas toujours aussi simples tu sais.

— Allez, l'interrompit Sarah, le petit couplet de la morale. C'est exactement ce dont j'avais besoin.

— Ne le prends pas comme ça, dit Marie sur un ton désolé. On essaie juste de t'aider.

Sarah bouillait intérieurement.

— Mais en quoi ça m'aide ? Pour moi l'histoire est finie, ok ? Je sais qui est mon père maintenant et ça m'intéresse plus, voilà !

Marie, Mathieu et René échangèrent un regard. Ils se retrouvaient dans une drôle de position, celle d'endosser la responsabilité de gérer le mal-être d'une adolescente qu'ils connaissaient depuis seulement quelques heures.

— Aucun de nous ne sait ce qu'il va trouver, dit René. La déception est l'hypothèse privilégiée. Il faut juste un peu de courage pour l'affronter. Tu ne crois pas que j'ai imaginé mille versions de mes retrouvailles avec Susan ? Quelqu'un m'appelait et me disait : « Je crois que j'ai aperçu votre sœur attablée dans un café du centre-ville, je l'ai reconnue d'après les photos dans le journal ». Alors je me précipitais et elle était là, de dos, en train de boire un thé. Je m'approchais et je me mettais face à elle. Elle relevait les yeux et après une seconde — une éternité — d'incertitude, son visage s'éclairait et nous restions là, à nous dire plein de choses par le regard. Est-ce que cette scène arrivera un jour ? J'en doute fortement, mais j'ai quand même envie d'aller jusqu'au bout, de faire tout ce qui est possible pour avoir une chance de la retrouver, quelle que soit la personne qu'elle est devenue.

Le vent joua un moment avec le silence, s'évaporant dans les remous de la rivière. Mathieu intervint à son tour.

— Moi je m'imagine que c'est Julie qui va me retrouver. Mon téléphone va sonner et ce sera sa voix, sa douceur, son rire. Comme si on s'était quittés la veille. Elle me dira « tu m'as manqué », et je ne lui demanderai rien de plus, car tout ce qui m'importera ce sera de reprendre mon chemin à ses côtés, comme avant.

Sarah pouffa soudain de rire.

— Sans blague, vos retrouvailles ce sera une scène des *Feux de l'amour* ?

Mathieu se tourna vers Marie et René avec un air faussement dépité.

— Pourquoi toujours tout salir ? Cette génération ne respecte plus rien.

Marie et René se détendirent.

— Vous ne nous avez pas dit comment vous imaginiez vos retrouvailles avec Tim, fit Sarah.

Marie reprit un visage grave.

— Je préfère ne rien imaginer.

Elle mentait. Mais elle n'avait pas envie de l'avouer. De repartir dans la folle sarabande des scénarios plus horribles les uns que les autres.

— Ce n'est pas facile de ne rien imaginer, dit René. C'est même plutôt contre nature.

— C'est vrai. Mais c'est aussi une façon de s'empêcher de devenir fou.

Sarah n'avait plus envie de sourire. La mélancolie l'avait reprise. Elle ne deviendrait pas folle, elle n'aurait désormais plus goût à rien.

Le téléphone de René sonna soudain dans sa poche. Il l'attrapa, faillit le faire tomber et réussit finalement à décrocher.

— Oui, fit-il. Oui… Oui… D'accord, très bien, merci.

Les autres le regardèrent raccrocher, intrigués.

— C'était la boutique de téléphonie. Il a réussi à extraire des fichiers du portable de Susan. Il les a envoyés sur l'adresse mail de Sarah.

Sarah dégaina à son tour son téléphone. Deux secondes plus tard, elle était connectée à ses messages.

— C'est une photo, dit-elle, enfin la première qu'il a pu sauver. Il continue à travailler sur le reste.

Marie, René et Mathieu se regroupèrent autour d'elle. Elle ouvrit le fichier et une photo en noir et blanc apparut. Une jeune fille, les cheveux longs et défaits, vêtue d'une robe à carreaux et d'un foulard, fixait l'objectif dans une atmosphère de clair-obscur, adossée à un mur en crépis.

— C'est Susan ! s'écria René. Je ne connaissais pas l'existence de cette photo.

— Le gars de la boutique dit qu'il l'a trouvée dans ses mails, mais il n'a pas pu lire le message qui l'accompagnait. Ça date de mai 2008.

— Mai 2008 ? répéta René. Un mois avant la disparition de Susan. Qui a pu lui envoyer ce cliché ?

— Il ne sait pas, il n'a pu sauver que la photo.

— Regardez son foulard, dit Marie.

— Oh mon dieu ! s'exclama René, c'est son foulard Hermès, celui qui était dans le colis. J'étais persuadé qu'elle l'avait eu bien plus tard, pour un anniversaire.

— Et là, dit Mathieu, il y a une ombre sur le mur.

— Surement l'ombre du photographe, ajouta Marie.

— Je ne reconnais pas cet endroit, dit René. Mais c'était sa façon de se coiffer et de s'habiller quand elle était au lycée. Elle doit avoir dix-sept ans sur cette photo.

— Elle a un livre dans la main, intervint Sarah. Attendez… si je zoome… *Le deuxième sexe*. C'est marrant je l'ai lu ce bouquin ! Et sur la tranche il y a une étiquette.

— L'étiquette d'une bibliothèque, précisa René, ce doit être celle de Baie-Saint-Paul. Elle empruntait souvent des livres et ensuite elle me les passait. Mais je n'ai pas souvenir d'avoir lu celui-là.

— C'est un livre que les filles lisaient en cachette à cette époque, fit Marie. C'était quelle année exactement ?

— Je dirais 1965, dit René.

— Qu'est-ce que vous êtes vieux…, fit Sarah.

Ils s'attardèrent encore un moment sur le cliché pour essayer d'en tirer tous les renseignements possibles.

— Elle a un drôle de sourire, profond et joyeux à la fois, dit René. Je n'ai pas souvenir de l'avoir vue aussi… épanouie.

— Ben si c'est son amoureux qui prend la photo, ça s'explique, fit Sarah, espiègle.

— Elle n'avait pas d'amoureux à cette époque, se récria René, je l'aurais su !

Mathieu fit une moue perplexe.

— J'ai l'impression qu'on n'a pas fini de découvrir des choses sur nos disparus, fit-il.

La bibliothèque de Baie-Saint-Paul était plus grande à l'intérieur qu'elle ne le paraissait vue de l'extérieur. Les années n'avaient pas eu de prise sur sa façade de briques jaunes ni sur la salle au plafond haut dont les étagères remplies de livres semblaient avoir été clouées au sol pour l'éternité. De petites fenêtres laissaient passer des filets d'une lumière propice à l'étude et à la concentration, dans une atmosphère quasi monacale.

René se souvint qu'il aimait bien venir ici après l'école. En pénétrant dans l'édifice, l'odeur des livres, cette odeur magique de colle, de papier et de savoir l'accueillit comme au temps de sa jeunesse. Une poignée d'étudiants assis aux tables placées côte à côte lisaient ou écrivaient, entourés de cahiers et de livres éparpillés.

— Sympa ici ! s'exclama Sarah.

Aussitôt René lui fit signe de parler moins fort. Mathieu et Marie observaient les lieux, intimidés comme s'ils venaient d'entrer dans une église. Le petit groupe avança jusqu'à un bureau où se tenait un jeune homme assez raide dans son veston anthracite, affublé de lunettes rondes, le regard perdu dans l'écran de son ordinateur.

— Bonjour, fit René.

Le jeune homme leva les yeux vers lui.

— Bonjour monsieur.

René continuait à savourer les alentours, s'attendant presque à voir surgir au coin d'une étagère la silhouette du lycéen qu'il avait été.

— Rien n'a changé ici, dit-il dans un sourire.

— Vous êtes déjà venu ? demanda le binoclard.

— Oh souvent… Vous n'étiez encore qu'une lueur dans les yeux de votre père.

— Je n'ai pas connu mon père, répondit le jeune homme un peu sèchement.

En retrait, Marie, Mathieu et Sarah faillirent pouffer de rire.

— Ah…, fit René, excusez-moi, ça ne se lit pas forcément sur votre visage.

— Comment puis-je vous aider aujourd'hui ? demanda le garçon en conservant un ton très professionnel du haut de sa vingtaine d'années.

— J'étais lycéen et je venais la plupart du temps avec ma sœur jumelle. Vous ne l'avez pas connue non plus.

— Je suis désolé, je crains que non.

— Est-ce que par hasard, vous connaitriez un habitué de la bibliothèque qui aurait connu cette période ? Je parle des années 1965-66.

Le jeune homme hocha la tête. Une petite mèche brune enroulée, vestige de ses boucles d'enfant, remua sur son front.

— Je ne pourrais pas vous dire. Nous ne faisons pas remplir ce genre de questionnaire à nos adhérents.

— Je comprends, je comprends.

René soupira. Ce type commençait à l'énerver.

— Mais j'ai mieux à vous proposer, dit le garçon.

René et ses camarades derrière lui dressèrent l'oreille.

— Vous avez toute mon attention, dit René, sur le point de s'impatienter.

— Vous vous souvenez de madame Chevrantin ?

— La bibliothécaire de l'époque ? Parfaitement ! Une vieille fille avec du poil au menton qui vous scrutait au laser pour voir si vous n'aviez pas dissimulé une barre chocolatée dans votre pantalon, susceptible de finir collée entre les pages d'un précieux ouvrage.

— Je ne l'aurais sans doute pas décrite comme ça, mais en effet c'est elle.

— Elle doit avoir cent ans au moins ! fit René en gloussant.

— Quatre-vingt-sept exactement. Et elle continue à venir tous les mercredis à la bibliothèque pour lire des magazines.

René se figea, reprenant un air sérieux.

— Vraiment ? Quel jour sommes-nous ? demanda-t-il.

— Mercredi. Vous la trouverez assise au fond de la salle, à côté d'une fenêtre, près du rayon des magazines.

Le petit groupe tourna les talons et se dirigea vers le fond de la salle, faisant crisser leurs semelles sur le parquet ciré.

Une forme maigrichonne engoncée dans un gilet gris intemporel était avachie dans un fauteuil qui semblait vouloir l'avaler. En s'approchant, René constata que Mme Chevrantin avait toujours la même bobine renfrognée sous son éternel chignon piqué d'une broche ornée d'une émeraude. La seule différence, c'est que sa peau était devenue toute fripée et que ses yeux avaient fui au fond de leur orbite, lui donnant l'allure d'une créature momifiée. Mrs Bates en personne !

En voyant le groupe approcher, elle leva les yeux au-dessus de son magazine — *La croix du Québec* — d'un air farouche.

— Bonjour madame Chevrantin, dit René avec un ton exagérément poli, comment allez-vous ?

La vieille plissa légèrement les yeux, comme si son logiciel de reconnaissance était grippé. Ami ou ennemi ?

— Vous ne me reconnaissez pas ? dit René en se penchant vers elle.

— Si je devais reconnaitre tous les gamins qui ont pourri ma vie dans cette bibliothèque, j'y passerais mes journées, prononça-t-elle à travers son dentier.

Sarah secoua la tête. Elle aurait pu enseigner dans mon lycée, pensa-t-elle. Il y a des choses qui ne changent pas.

— René Bouchard. Les années 60. Vous ne vous souvenez pas ?

— Encore un qui se croit assez important pour s'imaginer qu'il est resté dans les mémoires, fit-elle comme si elle était seule dans la pièce.

— Peut-être vous souvenez-vous mieux de ma sœur jumelle, Susan Bouchard ?

Cette fois l'œil de la sorcière s'alluma. Le cerveau avait tilté.

— Ah, oui, Susan Bouchard ! Cette petite dévergondée…

René faillit s'étrangler.

— Dévergondée ? Je crois que vous faites erreur, ma sœur n'était pas de ce genre-là !

— Peut-être quand vous étiez là pour la chaperonner, mais croyez-moi je devais l'avoir à l'œil.

René jeta un regard effaré vers Marie et Mathieu.

— Qu'est-ce que vous voulez dire ? poursuivit-il.

— Avec ses airs de Sainte-Nitouche, elle croyait tromper son monde. Mais moi, on ne me la faisait pas.

— Elle venait ici pour étudier, et ses excellentes notes pouvaient en témoigner, qu'est-ce que vous racontez ?

— Elle s'asseyait près de ce garçon qui la collait, et ils riaient de façon indécente, dérangeant tout le monde ! Combien de fois j'ai dû les séparer… Et même après ça ils continuaient à s'envoyer des petits mots, ils croyaient que je n'avais pas vu leur stratagème !

— Mais quel stratagème ? fit René en haussant le ton.

« Mrs Bates » ricana, révélant des gencives marron qui puaient le vieux.

— Elle allait chercher un livre dans les rayons, et ensuite, discrètement, elle le faisait glisser jusqu'à lui. Je savais à quoi ils jouaient, alors un jour je les ai pris par surprise et j'ai confisqué le livre ! Et devinez ce qu'il y avait dedans !

— Un mot.

— Parfaitement, un mot doux ! Mais ensuite ils ont changé de technique, ils continuaient à se passer des livres, mais ils devaient utiliser un autre code. La perversité est créative, vous savez…

Sarah s'avança, s'éclaircissant la voix avant de parler. Elle plaça l'écran de son téléphone sous les yeux de l'ancienne bibliothécaire.

— Des livres comme celui qu'on voit sur cette photo ? dit-elle.

Mme Chevrantin tendit le cou en avant, faisant apparaitre de nouvelles rides sur son visage revêche. Elle observa un moment le cliché de Susan à travers ses lunettes en écaille.

— Regardez-moi ce visage de pécheresse… Et ce livre ! Ce n'était certainement pas une lecture pour une fille de bonne famille !

Marie eut une intuition.

— Est-ce que ce livre est toujours ici ? demanda-t-elle.

— Malheureusement je crois que oui. J'en avais parlé à monsieur le curé et j'avais demandé qu'on le retire des étagères, comme beaucoup d'autres lectures inappropriées, mais l'époque a bien changé…

René se pencha vers elle.

— Vous avez parlé d'un garçon, dit-il.

La vieille eut une moue ricanante.

— Francis. Francis Letourneau. Il aurait mieux fait de manger moins et d'étudier plus celui-là… Ce doit être un vieux schnock sans le sou aujourd'hui…

René en avait assez de cette conversation qui ne rimait à rien. Cette vieille folle devait surement confondre avec une autre jeune fille de l'époque. Il n'avait jamais vu sa sœur en compagnie d'un garçon, et l'idée d'un jeu de séduction à l'abri des regards, à l'abri du sien surtout, lui paraissait totalement impossible. Impossible.

— Je serais quand même curieux de voir ce livre, dit Mathieu.

Marie et Sarah acquiescèrent.

Le petit groupe quitta Mme Chevrantin qui s'était déjà replongée dans son magazine religieux.

Ils parcoururent les rayons dans la section « Littérature française ». *Le deuxième sexe* de Simone de Beauvoir était là, dans son édition originale de 1949. Sarah sentit un frisson la traverser à la vue de la couverture jaunie de la NRF. Normal, pensa-t-elle, que Mme Chevrantin n'ait jamais pu apprécier cette lecture qui voulait dénoncer le rôle assigné aux femmes, entre l'éducation des enfants et la bonne tenue d'un foyer. Un livre qui avait été à l'époque un formidable coup de pied dans les esprits, aussi bien des hommes que dans celui de certaines femmes, dont l'ex-bibliothécaire était aujourd'hui un vestige branlant.

René sortit délicatement l'ouvrage de son emplacement et commença à le feuilleter avec des gestes mesurés.

— J'ignorais que Susan avait ce genre de lecture, dit-il. Si mes parents l'avaient su, elle aurait eu droit à une explication en règle.

— En tout cas, fit Marie, c'était une jolie façon de communiquer avec son amoureux.

— Oui, ajouta, Mathieu, j'ai bien peur que les smartphones d'aujourd'hui n'aient tué toute cette poésie.

— Arrêtez, fit René agacé. Cette histoire d'amoureux ne tient pas la route une seconde ! Qu'elle ait pu étudier avec des garçons de sa classe, c'est probable, mais c'est bien tout. S'il y avait eu la moindre idylle, je l'aurais évidemment su.

Sarah lâcha une exclamation alors qu'elle parcourait les pages au hasard.

— Hé, regardez, dit-elle, vous ne voyez rien ?

Tous regardèrent plus attentivement.

— Pas vraiment, fit Mathieu.

— Il y a des tâches sur les pages ? tenta René.

— Non, les lettres. Là, le « s », ici le « t », et encore là le « m » ou le « e ».

Marie eut une révélation.

— Ils sont légèrement soulignés au crayon gris.

— Exactement.

— Un message ? s'interrogea Mathieu.

Sarah replaçait mentalement les lettres qui semblaient avoir été marquées dans l'ordre chronologique de leur lecture.

— J'ai trouvé, dit-elle, c'est facile.

— Et qu'est-ce que ça dit ?

— *Ta petite Susan t'aime à la folie…*

21

Foutu dos. Depuis une heure maintenant, René sentait la douleur monter graduellement, et même deux cachets de Tylenol n'avaient pas suffi à calmer cette lancinante sensation de vertèbres meurtries. Est-ce qu'il aurait dû appeler le docteur Cooper ? Tu parles, il lui aurait dit « c'est bien fait, je vous avais dit de ne pas partir dans l'état où vous êtes. Votre cancer est surement en train de se métastaser dans tous les organes de votre corps de vieillard. Bon sang, rentrez faire cette chimio avant qu'il ne soit trop tard ! ». Bon, ok, il ne l'aurait pas dit comme ça, mais le ton mielleux de sa voix, tout en contrôle, aurait signifié la même chose. Le fond et la forme. Oui, dans le fond il n'était pas en forme. René s'amusa de ce jeu de mots qui lui était venu alors que ce n'était pas son habitude. Était-il en train de devenir quelqu'un d'autre ? Comme Susan qui se transformait à vue d'œil, au fur et à mesure de cette enquête qui ne menait nulle part, sinon à chambouler toutes ses certitudes. Un amoureux... pff... même pas la peine d'essayer de convaincre les autres que c'était une fausse piste. De l'extérieur, un imbécile aurait pu croire à cette fable des messages codés dans des livres, mais lui savait bien que c'était totalement impossible. Il passait sa vie avec Susan, du matin au soir, et ils se racontaient tout. Pas la place pour des secrets, des cachoteries, surtout pour les choses importantes de la vie ! Alors une histoire d'amour avec un garçon ! Ou alors elle n'avait pas voulu se confier à lui, de peur qu'il ne le répète à leurs parents... Non, elle n'aurait jamais fait ça, la confiance qu'ils avaient l'un dans l'autre interdisait depuis toujours la moindre trahison.

— Ça va René ? Vous avez l'air bizarre.

Marie était penchée sur lui, avec l'air inquiet d'une infirmière. Ils s'étaient repliés tous les quatre dans le salon de l'hôtel où ils étaient descendus, pour reprendre un peu de forces.

— Ça va, ça va... je crois que j'ai un peu trop abusé de la marche ces derniers temps.

— Il faut vous ménager, je suis désolé qu'on n'ait pas fait attention à ça.

— Bah, il n'y a pas de raison que vous le fassiez. On ne se doit rien, pas vrai ?

— Je ne sais pas, fit Marie, songeuse. Vous êtes sûr de ne pas vouloir contacter ce Francis Letourneau ? Il aurait peut-être des choses à vous apprendre sur Susan ?

— Rien que je ne sache déjà.

Sarah se redressa du canapé en cuir marron où elle s'était affalée.

— Qu'est-ce que ça coûte de l'appeler ? fit-elle. C'est pas comme si son numéro était difficile à trouver.

— Je ne sais pas. Je n'ai pas envie de perdre mon temps.

Mathieu griffonnait des notes dans son carnet quand son téléphone sonna. Il se leva et s'éloigna de quelques pas pour prendre la conversation.

— Je pense que n'importe quelle piste peut être intéressante, poursuivit Marie à l'intention de René. S'ils ont eu une liaison, même courte, même platonique, ils ont peut-être échangé des secrets, des choses qu'on ne dit pas à sa famille, même pas à son frère jumeau... parce que c'est intime, c'est rangé dans une autre catégorie de votre vie...

René secoua la tête.

— En admettant qu'il sache des choses que j'ignore sur Susan, ça permettrait de la retrouver ? Je ne vois pas comment.

— Il y a un gars qui a dit « on trouve la vérité en marchant », fit Sarah. Nietzsche ou quelqu'un comme ça, je sais plus.

— On peut aussi se prendre une porte dans la figure, fit René, désabusé.

— Allez, j'appelle, fit Sarah, chiche !

René n'avait plus la force de protester. Il resta calé contre le dossier de son fauteuil de velours, sans volonté. Marie fit signe à Sarah que c'était ok.

La jeune fille composa un numéro et après quelques sonneries, une voix de femme résonna dans l'appareil.

— Allô ? Qui est-ce ? fit la voix qui semblait appartenir à une dame d'un certain âge.

— Bonjour, dit Sarah avec gaieté, je souhaiterais parler à Francis Letourneau.

— Qui le demande ?

Sarah se tourna vers Marie en l'interrogeant du regard. René avait fermé les yeux, comme pour s'absenter de la conversation.

— Euh… Un vieil ami à lui voudrait lui parler.

— C'est madame Gagnon… ? fit la voix incertaine

— Euh… non, ce n'est pas madame Gagnon. Je voudrais juste parler à votre mari.

— Ça va être difficile.

— Ah… je peux rappeler plus tard si vous préférez.

— Plus tard ce sera pareil.

— Comment ça ?

— Mon mari est au cimetière depuis dix ans.

La vieille dame raccrocha et Sarah se retrouva bête, son téléphone muet à la main.

— Un franc succès, murmura René, les yeux toujours mi-clos.

— Je suis désolée, dit Marie. Il fallait bien essayer.

Mathieu était revenu vers eux. Il rangea son portable dans sa poche et s'assit à côté de Sarah sur le canapé.

— J'ai une nouvelle pour toi, dit-il.

Sarah le dévisagea avec étonnement.

— Comment ça ?

— J'ai un cousin. Et ce cousin a un ami qui travaille dans les assurances, en France.

Sarah ne voyait pas où il voulait en venir. René avait rouvert les yeux, intrigué.

— J'ai appelé cet ami, qui a à peu près l'âge de ton père, poursuivit Mathieu, en lui demandant s'il avait entendu parler de cette histoire d'escroquerie en 2008.

— Vous avez fait ça ? demanda Sarah, les yeux écarquillés.

— Tiens, intervint René, amusé, on aime bien s'immiscer dans la vie des autres, mais quand c'est à vous que ça arrive, on fait moins la maligne, hein.

Sarah consulta Marie du regard. Elle fit une moue qui disait « là, j'avoue qu'on peut rien dire ».

— Bref, enchaina Mathieu, il a fait sa petite enquête et il vient de me rappeler. Cette histoire de policier qui avait tué toute sa famille avant de se donner la mort avait fait un peu de bruit dans le milieu à l'époque. Mais il a des amis dans la police qui lui ont dit que ça n'avait rien à voir avec ton père. En fait, le gars était dépressif depuis un bon moment, en instance de divorce, et au boulot il enchainait les mauvais états de service. En résumé, il avait déjà mille raisons de buter tout le monde, lui compris, bien avant de faire une mauvaise affaire avec ton père.

Sarah regarda par la fenêtre pour rassembler ses esprits. Les nuages défilaient rapidement dans le ciel, faisant varier la lumière naturelle dans la pièce comme sous l'effet d'un éclairagiste épileptique.

— Ce n'est pas à cause de mon père que ces gens sont morts ?

— Non. Ton père a sans doute fait des choses pas très légales, mais ce n'est pas un meurtrier.

Sarah soupira. L'image qu'elle s'était faite de son père se brouillait de plus en plus. Ce n'était plus un portrait, c'était un kaléidoscope.

— J'en ai profité pour faire un peu de recherches, reprit Mathieu. Le nom de Pierre Brulanovitch ne donne rien sur Google au Canada.

— Je sais, fit Sarah.

— Faut dire que c'est pas un nom très courant, enchaina Mathieu. En revanche, j'ai retrouvé la trace d'une plainte déposée contre un certain Pierre B. à Québec. Une histoire d'escroquerie dans l'immobilier.

— Vous croyez que c'est lui ? demanda Sarah.

— Aucune certitude. Mais il y a le nom du gars qui a porté plainte, ça peut valoir le coup d'aller lui faire une petite visite.

Il leur fallut deux bonnes heures pour rejoindre la ville de Québec avec la vieille Honda de Mathieu. La musique de l'autoradio avait plongé chacun dans ses pensées et ses souvenirs. Déjà quelques jours qu'ils passaient tout leur temps ensemble, et ils n'avaient pas échappé au penchant naturel des êtres humains à créer des liens. C'était étonnant comme ça se faisait vite, d'autant plus vite quand on avait une mission en commun, un but qui donnait un sens profond à votre vie et dont la réussite dépendait aussi bien de soi, de la chance, que de la présence des autres, de leur aide, de leur regard différent sur une même réalité. Une réalité qui avait pris bien des aspects depuis quatorze ans, un peu comme un manuscrit sur lequel planche un auteur pendant des années et qui finit par devenir un dédale d'émotions dans lequel il se perd. Ils n'étaient pas encore perdus, même si leur aventure était pour le moment bien chaotique, et ils le devaient au soutien de tous. Seuls, ils auraient sans doute déjà abandonné, vaincus par l'inertie des incertitudes, découragés par trop de montagnes à franchir. Une érosion dont ils savaient le caractère inéluctable. Aujourd'hui l'énergie leur était revenue et ils étaient conscients qu'il fallait faire vite, battre le fer de l'espoir tant qu'il était chaud.

L'adresse de l'homme qui avait déposé une plainte contre un certain Pierre B. menait à une maison modeste, *rue du bonheur*, dans le quartier de L'Ancienne-Lorette. Une bicoque cernée de haies en fouillis, à l'ombre d'un érable à moitié mort trônant sur une pelouse de mauvaises herbes, tel le roi déchu d'un royaume oublié. Ça respirait plus la misère que le *bonheur* promis par la pancarte plantée au coin de la rue.

— On n'est peut-être pas obligés d'y aller tous les quatre, dit Mathieu après avoir garé sa voiture sur le trottoir d'en face.

— C'est sûr que vu vos têtes, fit Sarah, on a plutôt envie de s'enfuir en vous voyant débarquer.

— Tu préfères y aller toute seule ? demanda Marie. On t'attend dans la voiture.

Sarah hésitait. Elle avait peur de découvrir des choses encore pénibles sur son père, et l'idée de se sentir humiliée en public ne lui plaisait pas plus que ça. En même temps, elle n'était pas sûre de pouvoir mener toute seule un interrogatoire qui promettait de la chambouler. C'était plus facile de s'impliquer quand il s'agissait des autres.

— Vous voulez bien m'accompagner ? demanda-t-elle à Marie.

— Bien sûr.

Elles sortirent de la voiture et franchirent le chemin de dalles qui traversait la pelouse jusqu'à la porte d'entrée. Marie sonna et fit un sourire à Sarah.

— Ça va ?

L'adolescente se força à sourire à son tour. Elle avait le sentiment que chaque nouveau pas la rapprochait de son père autant qu'il l'en éloignait.

La porte s'ouvrit sur un homme grisonnant en peignoir, une tasse de café à la main.

— Je n'ai l'intention de m'abonner à aucun magazine, ni d'acheter la moindre cuisine avec un crédit sur vingt-quatre mois, déclara-t-il sur un ton d'autorité.

— Il ne s'agit pas de ça, dit Marie. Nous aimerions vous interroger sur une plainte que vous avez déposée contre un certain Pierre B., il y a de cela quelques années.

— Oh, je vois, fit l'homme en changeant de contenance. Vous voulez parler à Marcel. Seulement il n'habite plus ici.

Marie et Sarah échangèrent un regard étonné.

— Ce n'est pas sa maison ? demanda Marie. Pourtant l'adresse indiquée est…

— Oui oui je sais, la coupa l'homme. Mais c'est moi qui ai repris la maison. Il n'avait plus les moyens de… Bon c'est pas vos oignons en fait.

Il s'apprêtait à refermer la porte quand Sarah prit la parole.

— Vous savez où il habite maintenant ? C'est très important. S'il vous plait.

L'homme la dévisagea un instant, avec un mélange de curiosité et d'attrait un peu malsain. Il lâcha finalement un soupir vaincu.

— Il a envie qu'on lui foute la paix et je devrais pas vous le dire mais… si c'est important. Vous le trouverez en prenant la première à droite et en longeant la rivière jusqu'à un ponton.

— Un ponton ?

— Ouais. Un ponton. Bonne chance.

Sur ce, il leur ferma la porte au nez.

La rivière à cet endroit marquait un coude, en face d'une ile rocailleuse où nichaient des oies sauvages dont le caquètement brisait par intermittence le calme ambiant. Marie et Sarah longèrent la rivière en empruntant un petit chemin de terre veiné de grosses racines qui se jetaient dans l'eau. Au détour d'un arbre, elles découvrirent un ponton au bois noirci par les intempéries auquel était amarré un bateau à moteur avec une cabine. L'embarcation, de taille modeste, ne devait pas pouvoir abriter plus d'une seule personne. Était-il possible que quelqu'un habite là à l'année ?

Les deux femmes s'approchèrent, méfiantes. Les arbres formaient une voute au-dessus de l'eau et si le paysage avait de quoi inspirer un peintre amateur, l'endroit était trop sombre et isolé pour être rassurant.

— Finalement on aurait peut-être dû venir à quatre, fit Sarah en plaisantant à moitié.

Marie esquissa un sourire.

— Tu crois vraiment qu'on a besoin de ces affreux machos pour nous protéger ?

— Pas forcément nous protéger, mais plutôt prendre une balle à notre place.

Marie faillit éclater de rire. Elles grimpèrent sur le ponton qui se mit à danser gentiment sur l'eau. De près, le bateau révélait toute sa vétusté, entre la coque repeinte aux algues, le pont qui n'avait pas vu la couleur d'une brosse depuis les années 50, un auvent rafistolé et le moteur qui ressemblait à une pièce de collection.

Soudain une toux impressionnante résonna depuis l'intérieur de la cabine. Quelqu'un là-dedans était en train de s'étouffer.

Marie monta à bord et se précipita vers la petite porte qui donnait sur les entrailles de l'embarcation. Elle découvrit un homme courbé au-dessus d'un matelas, en train de cracher ses poumons. Sur le sol, des cadavres de bières et de bouteilles de vodka roulaient entre des restes de cartons de pizza et de paquets de cigarettes vides. Une odeur de moisi mêlée à un puissant parfum d'urine emplissait toute l'atmosphère.

— Ça va monsieur ? demanda Marie en essayant de faire assoir le type.

— Qu'est-ce qu'il a ? fit Sarah inquiète en déboulant à son tour dans l'espace réduit.

— Pas assez de fruits et légumes surement. Tiens aide-moi à le retourner.

À deux elles réussirent à allonger l'homme sur le matelas. Sa respiration s'était calmée. Marie remarqua que son pantalon de jogging était maculé d'un liquide jaune qu'elle identifia aisément. L'homme portait une barbe grise et sale, camouflant la moitié d'un visage hirsute qui le rendait plus vieux que son âge.

— Excusez-moi, parvint-il à articuler. Ça fait longtemps que j'ai pas accueilli des dames dans mon palace. Si j'avais su, j'aurais fait un peu de ménage.

— Vous habitez ici depuis quand ? demanda Marie.

L'homme haussa les épaules, ce qui faillit provoquer une nouvelle quinte de toux.

— Je sais plus. Je compte plus.

— Et pourquoi vous n'habitez plus dans votre maison ? On a rencontré le nouvel occupant.

— Pfff, lui il peut vraiment pas tenir sa langue. On a un accord, il doit me rendre ma maison quand ça ira mieux pour moi.

— Et quand est-ce que ça ira mieux ?

— Ça…

Il leva les bras au ciel comme pour s'en remettre à la volonté divine. Sa poitrine se soulevait lentement, laissant passer un râle sourd à chaque expiration. Marie observa la cabine en désordre, les vêtements éparpillés.

— Vous faites quoi dans la vie ?

— Oh, ça… est-ce qu'il faut forcément faire quelque chose dans la vie ?

— Vous aviez bien un métier avant ?

— Ingénieur dans la marine. Les bateaux, ça a toujours été mon truc.

Sarah s'approcha.

— Vous avez porté plainte il y a quelques années contre un certain Pierre B., dit-elle. Vous pouvez nous dire qui c'était ?

L'homme se gratta ce qui lui restait de cheveux du bout d'un ongle long et sale.

— Ça, je risque pas de l'oublier celui-là.

— Pourquoi ?

Il désigna la pièce où ils étaient.

— C'est à lui que je dois cette vie de château.

Marie et Sarah se regardèrent.

— C'était quoi son nom exact ? demanda Sarah.

— J'ai pas trop la mémoire des noms, mais le sien, il est resté gravé là. (Il tapa sur son crâne avec son majeur.) Pierre Brulano-vitch. Pas facile à retenir en plus, hein ?

Sarah sentit son ventre se tordre. Le fait d'entendre le nom de son père dans la bouche d'un étranger lui donnait soudain une existence concrète, bouleversante. Elle était en train d'écouter quelqu'un qui avait connu son père, l'avait rencontré. En vrai.

— Que s'est-il passé ? demanda Marie. Vous pouvez nous raconter ?

L'homme chercha autour de lui puis ramassa une canette de

bière qui trainait sur le sol. Il en but une gorgée avant de s'essuyer la bouche d'un revers de manche.

— Je gagnais bien ma vie vous savez. Avec ma femme, on habitait dans la petite maison que vous avez vue. Comme j'avais un peu d'économies, je me suis dit que ce serait bien de faire des placements. J'avais vu une petite annonce dans un journal du coin. Un gars proposait ses services, ça avait l'air sérieux. C'est comme ça que j'ai fait la connaissance de ce Brulanovitch.

Il but à nouveau une gorgée de bière en levant la tête.

— À quoi il ressemblait ? demanda Sarah.

— Un type ordinaire. Le genre de physique des agents immobiliers vous voyez, assez grand mais pas trop, visage agréable mais sans relief, brun, un sourire fade…

Sarah sortit son téléphone, tapota l'écran et lui montra la photo d'elle avec son père.

— C'était lui ?

L'homme observa la photo un instant.

— On voit pas grand-chose, mais oui, ça pourrait.

— Et donc il vous a proposé un placement intéressant, reprit Marie.

— Ouais. Un appartement dans un immeuble qui devait se construire, pour faire du locatif. Il m'a fait investir toutes mes économies, il se chargeait de tout avec la banque soi-disant.

— Et… ?

— Et ben devinez quoi ? L'immeuble est jamais sorti de terre.

— Vous avez perdu tout votre argent ?

— Pire que ça. Quand j'ai compris ce qui se passait, je lui ai dit que j'allais prendre un avocat. Il est venu me menacer chez moi. Il m'a frappé. Puis il a frappé ma femme.

Sarah se figea. Les images de la scène se bousculaient dans sa tête. Elle voyait la masse de son père qui faisait pleuvoir les coups sur deux personnes sans défense, saisis par l'effroi de la situation.

— Qu'est-ce qu'il s'est passé ensuite ? demanda Marie en essayant de rester calme.

— J'ai porté plainte. Mais j'ai jamais pu récupérer mon argent, j'ai même dû m'endetter pour payer un avocat. Résultat des courses, ma femme a fait une dépression. Elle est morte il y a deux ans, et moi je me suis retrouvé dans ce rafiot que j'avais retapé dans mes heures de loisir. Heureusement, parce que je sais pas où je serais à l'heure actuelle…

L'homme avait les yeux dans le vague, comme s'il essayait de remonter le temps pour trouver un embranchement vers une vie parallèle qui l'aurait rendu heureux.

— Je suis vraiment désolé, dit Marie, la voix sèche.

— Bah, fit l'homme, j'imagine que chacun a son destin. Moi j'ai tiré une mauvaise carte, voilà tout.

Sarah avait envie de pleurer. Le chemin pour retrouver son père se transformait chaque jour un peu plus en un chemin de croix. Elle avait envie d'entendre qu'il était mort.

— Où est-il maintenant ? demanda-t-elle d'une voix qu'elle avait du mal à contrôler.

— Là où la justice a fini par l'envoyer, fit l'homme. En prison.

Sarah faillit vomir. Déchirée par deux émotions contradictoires. Elle savait qu'elle allait pouvoir retrouver son père. Le voir pour de vrai. Mais elle savait aussi qui il était et ce qu'il avait fait. Maintenant elle en était persuadée, c'est lui qui avait provoqué le drame qui avait coûté la vie à toute une famille en France. Il avait été la goutte d'eau qui avait permis le passage à l'acte d'un homme qui aurait pu être sauvé s'il avait rencontré un bon samaritain à la place du salaud qu'était son père. Elle regarda l'homme et le décor autour d'eux. C'est lui aussi qui avait jeté ce pauvre gars dans le ventre d'un bateau qui puait le malheur.

Une pensée pénible la traversa. Une pensée qui la déchiquetait de l'intérieur.

Si elle avait été assez « bien » pour son père, il ne serait pas parti.

Il serait resté pour s'occuper d'elle, l'aimer, la choyer, plutôt que d'aller faire du mal à des gens qui n'avaient rien demandé. Mais elle devait être une petite fille bien horrible pour ne pas avoir réussi à le retenir. Oui, tout était finalement de sa faute. Elle le savait sans avoir voulu se l'avouer. Le poison lent de la déception de soi-même lui avait rempli les veines pendant quatorze longues années. Et peut-être était-il trop tard, peut-être était-elle irrémédiablement endommagée, abimée, perdue.

Mais il était impossible qu'elle n'aille pas voir son père. Pas pour guérir de son absence, ou de sa propre culpabilité.

Non, il le fallait pour mettre un point final à leur histoire.

22

La haute silhouette de l'oratoire Saint-Joseph se dressait à l'horizon tandis que la Honda où se tenaient Mathieu, Marie, René et Sarah fonçait vers Montréal par l'autoroute 40 Ouest. En ce matin de juin, le trafic était dense et la lumière faisait scintiller les chromes des voitures qui se faufilaient sur le bitume en essayant d'éviter les nids de poule. La ville n'était pas réputée pour la qualité du revêtement de ses routes et on pouvait facilement endommager son véhicule si on n'était pas assez attentif.

La nuit avait été difficile pour tous. Leurs sommeils se ressemblaient, troublés par des pensées morbides, des éclairs de lucidité mêlés à des cauchemars, des scènes de retrouvailles où les personnages se mélangeaient les uns avec les autres. Marie retrouvait Susan, Sarah retrouvait Tim, Mathieu retrouvait Pierre et René retrouvait Julie. Un foutoir d'émotions qui semblait dire qu'il y avait décidément un lien entre les quatre disparus, sans que rien ne pût dire la nature de ce lien.

La prison de Bordeaux, telle qu'elle était surnommée — son vrai nom était en réalité « Établissement de détention de Montréal » —, se situait dans l'ouest de Montréal, à un jet de pierre de la rivière des Prairies. Construite en 1912 sur trois étages, les architectes lui avaient donné la forme d'une étoile, avec une tour centrale surmontée d'un dôme d'où les surveillants pouvaient facilement garder un œil sur l'ensemble des détenus.

Il avait été convenu que cela ne servirait à rien de débarquer à quatre, on ne les laisserait de toute façon par tous entrer. René accompagnerait Sarah et jouerait le rôle du grand-père rassurant, même si personne ne se faisait d'illusions quant à la possibilité de rencontrer Pierre aujourd'hui. Il fallait certainement prendre rendez-vous, mais ils étaient malgré tout décidés à tenter leur chance.

Mathieu et Marie déposèrent René et Sarah devant l'établissement pénitentiaire, avant d'aller s'installer dans un café pour les attendre. Le soleil qui pointait joyeusement ses rayons alentour créait un drôle de contraste avec l'aspect lugubre de la prison dont on apercevait les fenêtres grillagées qui paraissaient minuscules vues de loin.

Sarah avait fantasmé une bonne partie de la nuit cette rencontre avec son père. Elle n'avait comme souvenir de lui qu'une haute silhouette massive, un sourire qui n'arrivait pas à se fixer dans son esprit, une image dansante impossible à capturer, comme un bug dans un jeu vidéo. Même la photo qu'elle avait de lui ne permettait pas de saisir des lignes précises, la vérité de son regard. À quoi ressemblait-il aujourd'hui ? Est-ce qu'il était tatoué de partout, vêtu d'une combinaison orange comme dans les séries qu'elle aimait regarder sur son smartphone ? Est-ce qu'il l'accueillerait comme une étrangère, un problème de plus dont il se serait bien passé, ou fondrait-il en larmes en retrouvant sur son visage les traits de la petite fille qu'il avait abandonnée ? Elle frissonna malgré la chaleur qui montait.

Mathieu et Marie s'étaient installés dans le café d'une station-service, à quelques rues de la prison dont ils pouvaient apercevoir le dôme vert-de-gris. Marie avait commandé un jus d'orange et

Mathieu un café. La salle était triste, avec ses petites tables sans âme, ses chaises d'un blanc sale et ses affiches impersonnelles. Comme si la présence proche de la prison avait contaminé l'espace autour d'elle, déshumanisant la moindre petite cuillère à café. Même la serveuse avec son air maussade et son uniforme trop grand pour elle semblait faire partie du personnel pénitentiaire.

— Je me mets à la place de Sarah, dit Marie en versant son jus d'orange dans un verre, ce n'est pas évident de vivre ça à son âge.

Mathieu acquiesça. Il ouvrit une dosette de sucre qu'il saupoudra au-dessus de son café.

— Et votre père à vous ? demanda-t-il.

Marie regardait par la porte vitrée les voitures s'arrêter devant les pompes à essence.

— Il est mort avant la disparition de Tim, heureusement, ça l'aurait rendu tellement malheureux.

— Vous vous entendiez bien ?

— J'ai toujours été sa petite fille chérie. Pas comme ma mère. Elle est morte quand j'étais adolescente et on passait notre temps à se disputer. Son grand truc c'était de me mettre en garde contre les garçons. Résultat, je suis tombée enceinte à dix-sept ans.

— Une éducation efficace, ironisa Mathieu.

— J'ai toujours eu l'esprit de contradiction. (Elle but une gorgée de jus d'orange.) Et vous, vos parents ?

— Ils sont morts quand j'avais huit ans. Ils étaient partis une semaine en Gaspésie, pendant que j'étais en camp de vacances. Un soir un moniteur est venu voir dans ma chambre et m'a expliqué que le petit avion dans lequel ils faisaient un baptême de l'air s'était crashé dans le Saint-Laurent. On a retrouvé le pilote, mais pas l'avion ni mes parents.

Marie resta figée, son verre de jus d'orange à la main. Après un temps elle le reposa doucement sur la table.

—Je… je suis désolé, dit-elle, ça a dû être très dur à vivre.

— Pendant un temps, oui. J'ai vu des psys, ils ont fait ce qu'ils pouvaient, mais la seule chose qui m'a vraiment aidé, ça a été de me dire que cette histoire de baptême de l'air qui se termine mal, c'était du pipeau. Pour moi, ils m'avaient abandonné, sans oser me le dire.

Un peu comme un chien qu'on accroche à un arbre avant de démarrer en trombe.

— Vous avez trouvé des éléments qui allaient dans ce sens-là ?

— Non. Mais je sais qu'un jour je les retrouverai. Et je ne leur en voudrai pas, parce qu'avec le temps j'ai compris qu'on ne pouvait juger personne. Surtout pas ses propres parents.

— J'imagine que la disparition de votre femme a dû raviver cette douleur.

— Oui. Mais ça aussi a renforcé ma conviction qu'on finissait toujours par retrouver ceux qu'on aimait. Même si pour Julie, malgré les indices, ça ne parait pas facile.

Marie marqua un nouveau silence.

— Julie avait une meilleure amie ? demanda-t-elle finalement. Je veux dire quelqu'un à qui elle se confiait ?

Mathieu la dévisagea sans comprendre.

— Euh, oui. Cécile. Pourquoi ?

— Quand Julie a disparu, vous n'avez pas essayé de lui parler ?

— Si, bien sûr. Elle ne l'avait pas vu depuis plusieurs jours. Elle n'avait aucune idée de ce qui avait pu se passer.

— Vous avez gardé des contacts avec cette fille ?

— Non.

— Pourquoi vous n'essayeriez pas de la rappeler ?

— Je ne sais pas… Je ne vois pas ce que ça apporterait…

— Vous ne le saurez qu'en essayant.

Mathieu hocha la tête.

— Vous avez raison.

Il respira un grand coup et sortit son téléphone de sa poche.

Sur le parking de la prison, devant René et Sarah, un petit groupe de personnes attendait patiemment. Eux aussi étaient venus voir un proche, prendre de ses nouvelles ou lui donner un échantillon de la vie extérieure, un sourire, une présence, pour l'aider à tenir le coup.

— J'ai peur, dit Sarah entre ses dents.

René se rapprocha d'elle pour éviter de parler trop fort.

— Il faut dire que ce n'est pas une situation très habituelle. J'ai ressenti la même chose la première fois que je suis entré dans une parfumerie pour offrir une eau de toilette à ma sœur. Est-ce que tu sais ce que tu vas lui dire, si jamais ils nous laissent passer ?

La porte de l'établissement s'ouvrit soudain, révélant un guichet d'accueil vers lequel le groupe se mit en mouvement.

— Aucune idée. Je n'arrive même pas à imaginer que je vais être en face de lui.

René faisait le fier, mais il avait conscience que ses plaisanteries tombaient à plat. À vrai dire c'est lui-même qu'il essayait de rassurer. Les prisons lui étaient toujours apparues comme une porte vers l'enfer. Une fois qu'on était à l'intérieur, quelle qu'en fût la raison, on ne pouvait plus en sortir. Même si on était libéré, l'esprit restait pour toujours prisonnier.

L'agent à l'accueil les appela d'un geste. Derrière son hygiaphone, casquette vissée sur le crâne, le regard dur, il n'était pas là pour être sympathique.

René se lança, la voix mal assurée.

— Bonjour monsieur… Nous aimerions savoir s'il serait possible de voir Pierre Brulanovitch s'il vous plait.

L'agent les dévisagea, Sarah et lui.

— Nom ?

— Je suis monsieur René Bouchard, et voici Sarah Brulanovitch. C'est sa fille.

L'homme consulta l'écran de son ordinateur pendant un moment puis leva à nouveau les yeux vers René.

— Désolé, vous n'êtes pas sur la liste des visites aujourd'hui.

— Oui, en effet…, fit René sur le ton le plus humble possible. Mais c'est vraiment très important. Sarah n'a pas vu son père depuis quatorze ans. Elle a cru qu'il était mort, et nous venons d'apprendre qu'il était ici.

— Je suis désolé, je ne vais pas pouvoir vous laisser entrer, c'est le règlement.

René jeta un regard navré à Sarah.

— Je comprends monsieur l'agent. Est-ce que ce serait possible de s'inscrire pour un autre jour ?

L'agent plongea de nouveau le nez dans son écran.

— Ce ne sera pas nécessaire, dit-il d'un ton froid.

— Comment ça ? fit René, étonné.

— Pierre Brulanovitch a été libéré il y a deux jours.

Mathieu, téléphone à l'oreille, arpentait la salle à quelques mètres de distance de la table où Marie terminait son jus d'orange.

— Oui… oui, d'accord. Non, je te crois, je te crois…

Marie l'observait du coin de l'œil, un peu gênée par la situation. Elle détestait jouer les voyeurs, même si elle brûlait de savoir ce que la voix disait à l'autre bout du fil.

Mathieu continuait à s'agiter, visiblement mal à l'aise.

— Pourquoi tu ne m'as pas dit ça à l'époque ? … C'est juste que ça change beaucoup de choses Cécile… Je sais bien, je sais bien…

Il s'arrêta face à un distributeur de boissons, appuyant machinalement sur les boutons pour tromper sa nervosité.

— Je ne te juge pas, je sais que ça n'a pas été facile pour toi non plus… c'est juste que… Ok. Je comprends… Je te remercie… Salut Cécile.

Il rangea son téléphone dans sa poche et resta immobile un long moment, comme si mille idées se bousculaient dans sa tête. Enfin il vint se rassoir à la table où Marie l'attendait avec une certaine impatience. Il sortit son carnet noir de son sac et griffonna quelques mots, puis laissa échapper un soupir.

— Vous aviez raison, dit-il. La nature humaine est étrange. Et surtout changeante.

— Que vous a-t-elle dit ?

— Ce que j'aurais bien aimé entendre il y a quatorze ans. À vrai dire, je ne sais pas si j'aurais aimé l'entendre. Peut-être que l'illusion que je m'étais créée était préférable pour ma santé mentale.

— Comment ça ?

Mathieu saisit sa tasse et fit glisser au fond de sa gorge une dernière goutte de café froid.

— Julie a eu une longue conversation avec Cécile, quelques jours avant sa disparition. Elle lui a fait jurer de ne rien dire à personne. Et surtout pas à moi.

— Un secret ?

— Un secret tellement banal. Julie avait rencontré quelqu'un.

— Ah…, fit Marie qui n'avait pas trouvé mieux.

— Ouais. Elle avait dit à Cécile qu'elle allait me quitter, mais qu'elle ne voulait pas me le dire, parce qu'elle avait peur de me faire du mal.

— Et on sait qui est ce type ?

— Non. Elle n'avait même pas voulu dire à Cécile qui c'était.

Marie réfléchissait.

— Donc elle est partie, sans vous le dire, avec un type dont on ignore tout ?

— C'est un bon résumé.

— Et elle n'a plus jamais eu de nouvelles de Julie ?

— C'est ce qu'elle dit.

— Peut-être qu'elle a vraiment disparu. Je veux dire, de façon inexpliquée.

— C'est possible.

— Elle ne vous a donné aucune piste à creuser, un détail, un indice ?

— Elle m'a dit qu'elle était persuadée que quand elle l'a appelée, le type était à côté d'elle.

— Qu'est-ce qui lui fait penser ça ?

— Elle avait l'impression que Julie s'arrêtait parfois de parler, comme pour consulter quelqu'un. Et aussi, elle entendait des bruits en fond sonore, avec de la musique.

— Quel genre de bruits ?

— Des machines de musculation.

— Une salle de gym ?

— Vraisemblablement. Julie avait un abonnement, elle y allait trois fois par semaine. Je comprends maintenant pourquoi elle était aussi assidue.

Marie avait mal pour lui. Il essayait d'affronter la situation avec un certain détachement, mais elle était consciente du bouleversement qu'il vivait en ce moment.

Son téléphone sonna. Elle décrocha. Une voix qui lui était désormais familière résonna dans l'appareil.

— Allô, c'est René.

Marie fit un geste à Mathieu et mit le portable sur haut-parleur.

— Oui René, on vous écoute. Comment ça s'est passé ?

— Pierre est sorti de prison. On nous a renvoyés vers son agent de probation.

— Ah... . Ok. Vous pensez qu'il pourra vous donner son adresse ?

— Aucune idée. On va lui rendre visite maintenant, on sera fixés.

— D'accord. De notre côté, il y a du nouveau pour Julie. On se tient au courant. Comment est Sarah ?

— Super bien ! fit une voix caustique en arrière-plan.

Marie laissa échapper un sourire.

— Je vois en effet. Faites attention à vous.

Elle raccrocha et fixa Mathieu.

— On dirait que ça avance de tous les côtés, dit-elle.

Mathieu fit une moue désabusée.

— On peut dire ça.

— Et si on allait voir cette salle de gym ? proposa Marie en essayant de mettre un peu d'enthousiasme dans sa voix.

Mathieu lui répondit avec un sourire fatigué. La journée ne faisait que commencer.

23

APRÈS AVOIR OBTENU, non sans mal, le nom de l'agent de probation qui s'occupait de Pierre, de la bouche du maton de la prison de Bordeaux — chaque information donnée semblait lui avoir arraché l'intérieur des lèvres —, René et Sarah prirent la direction du palais de justice de Montréal où se trouvait son bureau. Le taxi traversa la place des Arts et le quartier chinois, puis les déposa au pied d'un long bâtiment composé de vitres parallèles séparées méthodiquement par des barres anthracite. La rigueur de la justice dont le gris sombre semblait déjà proférer une menace à l'intention des éventuels contrevenants.

Ils franchirent les portillons de sécurité où ils durent vider leurs poches et montrer leurs papiers d'identité, puis prirent l'ascenseur en direction du douzième étage. Tandis que la cabine s'élevait dans les airs, Sarah se demandait quelle nouvelle déception l'attendait là-haut. La quête pour retrouver son père ressemblait de plus en plus à l'horizon, avec son étrange faculté de s'échapper alors que l'on croyait l'atteindre. Peut-être était-ce un signe, une façon pour le destin de lui faire comprendre que son père ne voulait pas la revoir ? Après tout, s'il était parti sans un mot ni un baiser, c'était bien pour qu'on lui fiche la paix, non ? De quel droit essayait-elle d'aller à l'encontre de sa volonté ? La liberté ce devait être ça, la possibilité de s'affranchir de tout lien, y compris des liens de la chair et du sang.

Pendant ce temps, Marie et Mathieu remontaient le trottoir de la rue Saint-Denis, jusqu'au club de fitness qui faisait face au grand Théâtre dont les affiches annonçaient une comédie musicale à venir. Ils allaient franchir les portes de la salle de gym quand Mathieu s'arrêta pour regarder la rue.

— Ça me fait bizarre d'être là, dit-il. Ma dernière sortie avec Julie, c'était dans ce théâtre pour voir une représentation de *Mary Poppins*. C'était magique, à tous les niveaux.

— Vous alliez au gym avec elle aussi ?

— Non. J'aurais dû. Je n'ai jamais été un grand sportif, à l'inverse de Julie. Elle me faisait régulièrement des allusions à ce sujet, pour essayer de me motiver, mais ça restait pour moi des signaux faibles. Je réalise maintenant qu'elle ne devait pas être folle de mon corps, alors que le sien était juste incroyable. Mais soulever de la fonte en écoutant les derniers tubes pop était au-dessus de mes forces. On croit qu'on peut continuer tranquillement à vivre sa vie sans faire d'efforts, sans se bouger pour essayer de plaire à l'autre. Visiblement, j'aurais dû le réaliser avant.

— Vous croyez que c'est pour ça qu'elle s'est intéressée à un autre homme ?

— Qu'est-ce que vous en pensez ? Je veux dire, en tant que femme.

Marie le fixa avec un demi-sourire.

— Je ne suis pas certaine que toutes les femmes soient identiques.

Elle poussa la porte du club de fitness.

À l'accueil du palais de justice, René avait insisté pour expliquer qu'il devait absolument rencontrer l'agent de probation, et la fille derrière son comptoir, impressionnée par ses arguments, leur avait donné le numéro du bureau d'un certain monsieur Legault.

Ils durent patienter une bonne demi-heure dans le couloir avant de voir la porte du bureau s'ouvrir enfin. Monsieur Legault les fit entrer, tout en leur expliquant qu'il n'avait pas vraiment le temps de les recevoir. Sa calvitie asymétrique lui donnait un drôle d'aspect, avec un profil gauche complètement différent de son profil droit. En fonction de la façon dont il tournait la tête, on n'avait pas l'impression d'avoir à faire à la même personne.

— Je ne vais pas pouvoir vous garder longtemps, dit-il sur un ton pressé, normalement il faut prendre rendez-vous.

— Je sais bien, fit René en surjouant la gêne, nous sommes vraiment désolés. Mais voyez-vous, mon entreprise est en grande difficulté, je n'arrive pas à recruter de personnel suffisamment qualifié. On m'a signalé que monsieur Brulanovitch avait les compétences requises, et je suis très sensible à la réinsertion des personnes qui ont payé leur faute à la société.

Legault hochait la tête, visiblement perplexe devant ce discours parfait. La présence de Sarah semblait le perturber.

— Et vous êtes venu avec mademoiselle parce que…?

René consulta Sarah d'un regard furtif.

— Oh, c'est ma petite-fille, je dois l'amener à son cours de karaté après. Mais si ça vous dérange…

— Non, non laissez… je posais juste la question comme ça. Je fais un métier où la confiance est un élément primordial, c'est pourquoi on ne l'accorde pas facilement.

René perdit un peu de sa superbe. Il se rendait compte qu'obtenir l'adresse de quelqu'un dans ces conditions, même si c'était pour lui proposer un travail, ne serait pas chose aisée.

— Si vous me donniez les coordonnées de monsieur Brulanovitch, tenta-t-il, je pourrais peut-être voir directement avec lui…

Sarah et lui avaient convenu qu'il valait mieux éviter de dire qu'elle était la fille de Pierre et qu'elle ne l'avait pas vu depuis ses trois ans. L'aspect affectif ne faisait jamais bon ménage avec l'administration. C'était comme ouvrir un gouffre dans lequel aucun employé ne voudrait risquer de tomber. Tout ce qu'ils auraient obtenu, ç'aurait été une méfiance immédiate et une fin de non-recevoir.

— Je suis désolé, fit Legault sans l'être vraiment, ce n'est pas comme ça que nous procédons. Si le profil de monsieur Brulano-vitch vous intéresse, envoyez-moi un courriel à cette adresse — il prit une carte de visite dans une petite boite devant lui et la tendit à René — et expliquez-moi tout ça en détail, avec les références de votre entreprise. D'accord ?

René saisit la carte d'une main légèrement tremblante.

— Je vous remercie, dit-il. Excusez-nous de vous avoir dérangé.

Il tenta de se lever de son siège mais la force lui manquait. Il se rassit, attendit quelques secondes puis se redressa à nouveau en s'appuyant sur les accoudoirs. Sarah le dévisagea, préoccupée. Il était pâle, et sa respiration paraissait difficile.

— Tout va bien ? interrogea Legault qui observait René d'un air troublé.

— Oui oui…, répondit celui-ci d'une voix de plus en plus faible.

Il se mit enfin sur ses deux jambes, puis fit quelques pas pour regagner la porte d'entrée, soutenu par Sarah.

— Est-ce que ça va ? lui glissa-t-elle à l'oreille.

Il acquiesça mécaniquement, courbé vers l'avant. Legault les suivait, perturbé.

— Est-ce que… vous pourriez m'indiquer où sont les toilettes ? demanda René en articulant difficilement.

— Bien sûr. Venez.

Legault ouvrit la porte de son bureau et passa le premier, aidant René à s'engager dans le couloir.

— Voilà, c'est juste à droite, la porte marron.

— Vous êtes très aimable, je…

Soudain, René s'effondra au sol comme une masse inerte.

— Oh mon dieu ! s'écria Legault en se penchant vers lui. De l'aide s'il vous plait, vite !

Mathieu s'impatientait en observant la fille de l'accueil créer une carte du club de gym pour une nouvelle adhérente. La patience n'avait jamais été son fort. À l'école déjà, son instituteur de mater-nelle était obligé de le gronder quand il balançait les gommettes qu'il aurait dû parvenir à coller sur des feuilles en carton. Chose que ses petits camarades réussissaient parfaitement à faire. Et ça ne s'était pas arrangé avec l'âge.

Marie posa une main sur son épaule pour calmer le début de tremblement qu'elle avait remarqué. Il s'excusa d'un regard. La fille de l'accueil avait enfin terminé et leur adressait un sourire factice entre ses deux fossettes de blondinette à queue de cheval.

— Bonjour, hi !

— Bonjour, dit Mathieu, qui n'avait pas encore tout à fait réussi à canaliser sa nervosité. Ça va bien ?

— Très bien, je vous remercie. Je peux vous renseigner ?

— Nous voudrions savoir si vous avez dans vos fichiers une adhérente du nom de Julie Lafleur.

— Je vais regarder, répondit la jeune fille, dont le body fluorescent semblait avoir été cousu sur elle dans le seul but de la transformer en panneau publicitaire de fitness. Elle se serait inscrite quand ?

— Cela fait maintenant quelques années.

La fille tapota sur son clavier d'un air concentré.

— Je suis désolée, dit-elle, je ne trouve pas sa fiche. Vous êtes sûre qu'elle est inscrite dans ce club ?

— Elle devait l'être en 2008.

— 2008 ? Je ne travaillais pas encore ici. J'étais au primaire, dit-elle avec un air ingénu.

Elle recommença à chercher dans les dossiers de son ordinateur.

— Qu'est-ce que vous voulez savoir exactement ?

— À quel moment elle a arrêté son abonnement… et si vous avez une adresse dans son dossier.

La jeune fille s'immobilisa tandis qu'une lueur d'effroi traversa ses jolis yeux bleus.

— Je ne crois pas que j'aie le droit de vous donner ces informations…

Marie intervint.

— C'est très important mademoiselle. Nous avons des raisons de penser que cette personne est en danger, et nous devons la retrouver rapidement.

— Mais… vous ne devriez pas en parler à la police plutôt ?

Mathieu soupira. Il imaginait Julie, dans la tenue de sport qu'il lui avait offerte, en train de courir sur un des tapis mécaniques qu'on apercevait à travers une baie vitrée derrière l'accueil. Il imaginait son corps se mouvoir avec aisance, sa queue de cheval se balançant au rythme de sa course. Il l'imaginait détendue et heureuse. Il l'imaginait en train de sourire à un autre que lui. À un type à moustache, la cuisse velue, courant sur le tapis à côté du sien. Il chassa de son esprit l'insupportable image.

Alertées par les cris dans le couloir, plusieurs personnes avaient surgi des bureaux alentour.

— Appelez le 911 !

— Il faut lui faire un massage cardiaque !

— Qui est-ce ?

D'autres restaient sur le pas de leur porte, observant avec des mines effrayées le corps de René étendu au sol, sans connaissance.

Sarah hésita un instant, puis se décida en un éclair. Profitant de la confusion, elle fit discrètement quelques pas à reculons jusqu'au bureau de Legault resté entrouvert. Un dernier coup d'œil à droite et à gauche. Elle s'engouffra dans la pièce et contourna le fauteuil vide de l'agent de probation pour avoir accès à son ordinateur. Sur l'écran un tableau Excel avec une suite de noms et leurs coordonnées. Elle chercha le nom de son père, sans succès. Dans un coin, des dossiers et des fichiers avec des titres pleins de jargon juridique. Elle lança une recherche générale avec « Brulanovitch ». Un dossier surgit en haut de la liste des résultats. Deux clics plus tard, un document emplissait soudain tout l'écran. Une fiche avec une photo d'identité.

Sarah se figea, saisie, tandis que des larmes montaient à l'assaut de ses yeux.

Face à elle, la fixant du regard, son père semblait scruter son âme. Elle n'avait aucun souvenir de son visage, et ce n'était pas la pauvre photo de trois quarts dos qu'elle avait sauvée de la colère destructrice de sa mère qui lui avait permis de s'en faire une idée précise. Elle s'était tellement de fois imaginé la tête qu'il pouvait avoir aujourd'hui, à cinquante ans passés. Elle n'arrivait pas à réaliser qu'elle avait enfin mis un visage sur un souvenir. Mais elle ne s'attendait pas à cet air fatigué, ces yeux cernés presque vides, cette peau abimée par l'alcool et le tabac. Pour dire le vrai, il faisait peur à voir. Son père. Un étranger total.

Marie essayait de se montrer aimable avec la jeune fille de l'accueil qui s'était refermée comme une huitre face à une demande qui semblait la paralyser.

— Je suis vraiment désolée, mais ce sont des informations confidentielles. Je risque ma place…

Son menton tremblait, elle était sur le point d'éclater en sanglots.

— Ok, ok, fit Mathieu, on ne veut pas vous attirer d'ennuis. Peut-être que vous pourriez aller faire un tour dans la salle, ou à la machine à café, et pendant ce temps…

— Je n'ai pas le droit de quitter l'accueil.

— Oui, je comprends, vous pourriez perdre votre place.

Elle acquiesça, heureuse qu'on la comprenne.

Mathieu et Marie échangèrent un regard.

— J'ai une idée, dit Marie en la dévisageant avec affection.

Elle ouvrit son sac, en sortit son portefeuille et en extirpa un billet de cinquante dollars.

— Le nom c'est Julie Lafleur. Et elle était inscrite au moins jusqu'en 2008.

Les yeux de la jeune fille se mirent à clignoter, comme si des fils se touchaient à l'intérieur de son cerveau.

— Mais je ne peux p…

Marie poussa ostensiblement le billet sur le comptoir.

Sarah essayait de se calmer. Il fallait retrouver son sang-froid. Dans le couloir ça continuait à s'agiter et à crier. Quelqu'un avait visiblement entrepris de faire un massage cardiaque à René. Un autre demandait aux gens de s'écarter. On distinguait même les sanglots d'une femme.

Au loin, la sirène d'une ambulance hurlait déjà dans la rue.

Il ne fallait pas trainer.

Sarah dégaina son téléphone et prit une photo du document affiché à l'écran. Puis elle referma le dossier et remit tout en ordre. Quatre secondes plus tard, elle était à nouveau dans le couloir.

Elle s'approcha du petit groupe qui s'agitait autour de René, allongé sur le dos, les yeux clos. Un homme était assis à califourchon sur lui, appuyant à intervalles réguliers sur son sternum.

— Julie Lafleur… voilà j'ai trouvé sa fiche, dit la jeune femme à Mathieu, d'une voix pas très assurée.

— Merci, j'étais sûr que vous y arriveriez. Pourriez-vous me dire ce qu'il y a sur cette fiche ? S'il vous plait.

La fille regarda furtivement autour d'elle, comme si son patron allait surgir d'une porte dérobée tel un diable de sa boite.

— Elle n'a pas renouvelé son abonnement en 2017, chuchota-t-elle.

Mathieu se tourna vers Marie avec un regard qui brillait. Jusqu'en 2017 au moins, Julie était vivante.

Mathieu tendit à la fille un papier avec un stylo, sur lequel elle griffonna à la hâte une adresse.

Dans le couloir qui sentait maintenant la respiration et la peur, Legault se tourna vers Sarah.

— On fait tout ce qu'on peut, dit-il, le visage creusé par le stress. L'ambulance arrive.

Sarah acquiesça sagement.

Soudain René ouvrit un œil. Il regarda autour de lui, hébété. Il se redressa lentement sur ses coudes puis entreprit de se relever.

— Vous devriez rester allongé jusqu'à l'arrivée des secours, fit l'homme qui lui avait prodigué les premiers soins.

— Inutile, répondit René qui semblait maintenant se porter

comme un charme, ça va beaucoup mieux. Merci à tous pour votre aide, c'est très aimable. Il épousseta ses vêtements puis, sous le regard éberlué de l'assistance, il s'engouffra dans l'ascenseur en compagnie de Sarah. Une fois les portes refermées, ils s'adressèrent un clin d'œil complice.

Mission accomplie.

24

C'est dans les jardins de l'hôtel de ville de Montréal que Marie, Mathieu, René et Sarah s'étaient donné rendez-vous, sous le célèbre balcon du haut duquel avaient résonné les accents lyriques du Général de Gaule en 1963, s'écriant devant une foule incrédule : « Vive le Québec libre ! ». Le Québec n'était toujours pas libre, sur le plan administratif du moins, ça n'empêchait cependant personne de profiter de sa douceur de vivre.

Quelques promeneurs s'étaient allongés sur les pelouses pour dorer au soleil, des employés travaillant dans le quartier avalaient un sandwich assis sur un banc.

Sarah, joyeuse, racontait les exploits de René.

— Vous auriez vu la tête des gens…

Marie et Mathieu ne purent s'empêcher de sourire.

— Je n'aurais jamais pensé que vous étiez si bon comédien, dit Mathieu.

— Ah mais j'ai fait un peu de théâtre dans ma jeunesse, dit René avec malice, j'aurais peut-être pu faire carrière. Mais c'est surtout Sarah qui a eu beaucoup de sang-froid. C'était plus difficile que de faire le macchabée dans un couloir !

— Oui, bravo Sarah, renchérit Marie, je ne sais pas si j'aurais osé.

Sarah les observait, heureuse. Ce n'est pas dans sa propre famille qu'elle aurait pu entendre des compliments aussi sincères.

— L'essentiel, dit Mathieu, c'est d'avoir réussi à trouver des informations. Il y avait quoi sur cette fiche exactement ?

Sarah sortit son portable et afficha la photo qu'elle avait prise sur l'ordinateur de l'agent de probation.

— La photo de mon père, son nom, son adresse… C'est bizarre, c'est marqué « Pierre Brulanovitch » et entre parenthèses « Gallant ».

— Peut-être qu'il avait pris un nom d'emprunt en arrivant ici, suggéra René.

— Oui, poursuivit Mathieu, après ses ennuis en France, il devait avoir envie de se faire discret. Nouvelle identité, nouvelle vie…

— Nouvelles escroqueries, compléta Sarah.

Marie fit la moue.

— On ne sait pas exactement ce qui s'est passé, dit-elle. On n'a eu que la version d'une personne.

— Une personne qui s'est fait tabasser par lui et qui vit maintenant comme un clochard…

René changea de sujet.

— Et pour Julie, ça s'est passé comment ?

Marie sourit.

— Mathieu n'a pas eu besoin de simuler un malaise, ça a été un peu plus simple.

— Grâce à Marie. J'ai découvert qu'elle savait être très pragmatique.

— Une jeune femme sait toujours quoi faire d'un beau billet de cinquante dollars, dit Marie, amusée.

— Heureusement qu'il n'y a pas de féministe ici pour vous entendre, dit René. On aurait une conversation qui m'épuise déjà rien que d'y penser.

La bonne humeur se lisait sur les visages. L'impression d'avancer, d'aller au moins dans une direction. Il s'agissait d'essayer de retrouver des gens qu'ils aimaient, dont la disparition soudaine avait bouleversé leur vie. Ce n'était pas rien.

— Comment voulez-vous faire maintenant ? demanda Marie. Est-ce qu'on continue à fonctionner en binôme ? Mathieu et moi on va voir ce qu'on trouve à l'adresse de Julie, et René et Sarah rendent visite à Pierre ?

Sarah secoua la tête.

— Perso, j'ai pas hâte de rencontrer ce type.

Marie acquiesça.

— D'accord. Donc d'abord Julie ?

Mathieu fit oui de la tête.

— Je pense que c'est mieux d'y aller tous ensemble. En fait, je crois que j'ai besoin que vous soyez là.

— Ça ne me pose pas de problème, dit René. L'union fait la force, non ?

— Une belle phrase de grand-père, fit Sarah, moqueuse.

— Parfois, la reprit René, ça ne suffit pas de penser des évidences, ça fait aussi du bien de les dire à voix haute. C'est mon professeur de philosophie qui m'avait appris ça.

— Oui j'aime bien la philo aussi. Merci de me rappeler que je devrais être en train de réviser mon bac.

— J'ai une autre phrase de grand-père pour toi : chaque chose en son temps !

Ils échangèrent un sourire.

— J'ai une idée, dit Mathieu. Donnez-moi vos mains.

— Oh non, fit Sarah, pas un truc mystique à la con.

— Non non, juste un truc humain.

Ils se rapprochèrent tous les quatre et posèrent leurs mains les unes sur les autres, mousquetaires des nouveaux temps. Personne ne ressentait le besoin de parler. Le courant chaud qui les traversait suffisait à dire l'émotion qu'ils partageaient.

La rue Joliette coupait le quartier de Hochelaga d'est en ouest, un quartier qui n'était pas réputé pour être le mieux fréquenté de Montréal. Des rixes y avaient lieu régulièrement, sur fond de trafic de drogue et de pauvreté. Parfois, un jeune prenait un coup de couteau ou de revolver et il était plus sage d'éviter de trainer à partir d'une certaine heure.

Il était autour de 14 heures quand le petit groupe sonna à la porte correspondant à l'adresse trouvée dans l'ordinateur de la salle de gym. Un escalier extérieur très raide montait jusqu'au premier étage d'un immeuble de brique rouge sale. La façade était si étroite que les deux bâtiments qui l'entouraient donnaient l'impression de vouloir la réduire en miettes à coups d'épaule. Du linge séchait sur un fil pendu sous une fenêtre poussiéreuse. Sous-vêtements de femme, culottes de petite fille. Mathieu resta un instant bloqué en les observant, comme si mille scénarios défilaient dans sa tête.

— Hey, fit doucement Marie pour le tirer de sa rêverie, ça va ?

Mathieu sortit de sa bulle. Il repéra une sonnette noyée dans la crasse du chambranle. Il retint sa respiration et appuya dessus. Aucun son. Il tapa contre la vitre de la porte. En bas de l'escalier, sur le trottoir, René et Sarah attendaient la suite. La porte s'ouvrit sur une femme d'une quarantaine d'années. Ses cheveux longs et gras retombaient de chaque côté d'un visage luisant où les boutons se mêlaient aux rougeurs d'une peau mal entretenue.

— C'est pourquoi ? fit-elle, le regard méfiant.

Sa robe froissée en tissu bon marché cachait avec peine une poitrine imposante.

Mathieu la dévisagea, cherchant en elle les improbables traits de la Julie qu'il avait aimée. Mais ce n'était pas Julie. Pas du tout.

— Pourquoi vous me regardez comme ça ? fit-elle.

— Je… non, excusez-moi… Je m'attendais à voir quelqu'un d'autre.

Mathieu continuait à l'observer, incapable de rassembler ses pensées.

Marie s'avança.

— Vous habitez à cette adresse depuis combien de temps ?

La femme tiqua.

— Vous êtes de la régie du logement, c'est ça ? Écoutez, je leur ai déjà dit que je sous-louais à personne, je sais pas qui est allé leur raconter ça…

Mathieu reprit la main.

— Julie Lafleur, ça vous dit quelque chose ?

La femme se figea, comme si elle venait d'entendre le bruit de chaines d'un revenant.

— Julie… Qu'est-ce que vous lui voulez ?

— Juste la voir.

— Elle n'habite plus ici, depuis longtemps.

Une fillette avec des cheveux bouclés et de la morve au nez s'était glissée contre la jambe de la femme, dévorant les interlocuteurs de ses grands yeux bleus.

Marie lui fit un joli sourire.

— C'est à vous ?

— C'est ma fille, Helena.

— Elle est adorable.

Soudain la gamine se mit à hurler à pleins poumons en s'accrochant à la robe de sa mère. Elle la prit dans ses bras pour la calmer.

— Est-ce que vous savez où habite Julie maintenant ? demanda Mathieu en haussant le volume de sa voix.

Les cris de la fillette avaient fait monter son stress d'un cran.

— Aucune idée. J'ai pas eu de nouvelles de Julie depuis… 2017, je crois. Oui, c'est ça 2017.

— Qu'est-ce qui s'est passé en 2017 ?

La femme soupira. La gamine continuait à s'époumoner dans son oreille gauche.

— On était colocataires. Et puis un jour elle est partie.

— Vous savez pourquoi ? demanda Marie.

La femme haussa les épaules.

— C'est un peu long et…

— S'il vous plait, insista Mathieu.

— Ok… On s'est connues au Cabaret du Mont et…

— Le club de striptease ?

— Oui. On était danseuses là-bas.

Mathieu venait de prendre un uppercut dans la face.

— Elle était sympa, poursuivit la femme, la seule parmi les filles qui se défonçait pas. D'ailleurs c'est elle qui m'a aidée à décrocher. Sans elle j'aurais pas eu la petite.

La petite en question, du haut de ses trois ans énervés, lui tirait les cheveux entre deux sanglots rageurs.

— Danseuse au Cabaret du Mont…, répéta Mathieu incrédule.

— C'était votre blonde ? Je suis désolée pour vous. Elle faisait ça pour avoir un peu de fric, en attendant de trouver une job.

— Mais… elle avait arrêté ses études ?

— J'étais pas au courant. Elle m'en a jamais parlé.

Marie réfléchissait.

— Vous dites qu'elle est partie en 2017. Qu'est-ce qui s'est passé ? Un problème avec le club ?

— Non, je crois pas. Le patron l'aimait bien, c'était un brave type. Pas comme le con qui a pris sa place.

Marie revoyait la tête renfrognée du gars qui les avait « accueillis » au Cabaret du Mont.

— Une histoire avec un client ?

— Y'a un type qui venait souvent et qui avait le béguin. Un gars en costume qui présentait bien. Il l'a chauffée et elle a fini par se laisser convaincre. Faut croire que c'était son genre.

Mathieu serra les poings. La gamine s'était remise à hurler et il avait une envie folle de taper dans le mur de briques en face de lui.

— C'était son proxénète ? demanda-t-il en essayant de se contrôler.

La femme le dévisagea avec un regard de compassion.

— Vous vous faites du mal.

— Merde, on sait bien comme ça se passe dans ce genre de boite ! explosa-t-il.

La fillette hurla de plus belle dans les bras de sa mère.

— Je crois qu'on va s'arrêter là, fit celle-ci, je dois aller coucher la petite, elle est fatiguée.

— Attendez, dit Marie. Vous ne nous avez pas dit pourquoi elle avait déménagé.

La femme soupira de nouveau. Elle secouait doucement la fillette dans ses bras pour essayer de la faire patienter.

— Le type en question, sous ses allures de gendre idéal, c'était pas un marrant. Il lui mettait des torgnoles quand il avait bu. Elle a fini par tomber malade. Elle en pouvait plus.

— Et elle a disparu sans laisser de traces…, poursuivit Marie.

La femme acquiesça.

— Le gars est venu sonner une fois, peu de temps après, il voulait lui demander pardon. Mais elle m'avait laissé aucune adresse. J'ai plus eu de nouvelles, ni d'elle ni de lui.

— Vous connaissez le nom de ce type ?

— Même pas. Je suis désolé, dit-elle en regardant Mathieu dont le visage s'était creusé.

— Merci, dit Marie, pardon de vous avoir dérangée.

Ils allaient tourner le dos quand la femme les héla.

— Attendez… (elle disparut dans le couloir quelques secondes pour ouvrir un tiroir, puis revint avec des enveloppes à la main.) Elle a continué à recevoir des lettres après son départ, je les ai gardées au cas où elle reviendrait. Si ça peut vous être utile…

Mathieu prit les enveloppes et les examina. C'était bien le nom de Julie, rue de la Joliette. Le cachet de la poste indiquait que les dernières avaient été postées en 2017.

— Pourquoi vous faisiez ça ? demanda-t-il.

— Quoi donc ?

— Travailler dans ce club. Vous prostituer.

— J'avais besoin d'argent. On n'a pas toujours le choix.

Mathieu était songeur.

— Et Julie, pourquoi elle faisait ça ?

La femme le regarda avec un rictus désabusé.

— Si vous la retrouvez, je suis sûre que vous manquerez pas de lui poser la question.

Elle remonta sa fille sur sa hanche, puis leur tourna le dos avant de refermer la porte.

25

Assis sur un banc, Mathieu n'avait pas faim.

Marie, René et Sarah l'observaient de loin, les épaules basses, le regard perdu dans le ballet des pigeons qui se disputaient les miettes abandonnées par les employés de bureau retournés au travail. Il n'avait pas voulu toucher au sandwich que Marie lui avait pris quand l'heure était venue de trouver à manger.

— Je crois qu'à sa place, je me poserais aussi plein de questions, dit René en mordant du bout des lèvres dans un croissant qu'il avait acheté « Au Pain Doré ». Comment une jeune femme qui a tout pour elle peut-elle soudain décider de gâcher sa vie comme ça… ?

— Il suffit d'une rencontre. Une mauvaise rencontre, dit Marie en piochant dans une salade au thon.

— Ouais, fit Sarah, assise dans l'herbe avec un sandwich crudités. Moi j'ai des potes qui étaient tranquilles, avant de se mettre au shit pour faire comme les autres. Et comme au bout d'un moment ça leur suffisait plus… bref, ils se sont transformés en zombies en très peu de temps.

— Il doit se demander s'il a encore envie de retrouver Julie, fit René, perplexe.

— Ça se comprend, dit Sarah. Moi non plus je suis pas pressée de me retrouver en face du type qui me sert de père.

— Tu n'es pas juste… curieuse ?

— J'ai l'impression que j'en sais déjà trop. Un escroc notoire qui sort de prison. Et Mathieu lui, il vient de découvrir que sa femme faisait la pute. À votre place je m'inquiéterais de savoir ce que sont devenus Susan et Tim, non ?

À voir la tête consternée de Marie et René, elle comprit qu'elle était allée un peu trop loin.

— Ok ok, désolée… On va dire que je pensais à voix haute, hein.

René s'essuya le coin de la bouche du bout du doigt.

— Peut-être que c'est eux qui n'aimeront pas ce qu'on est devenus.

— Bah, fit Sarah, on n'est pas devenus grand-chose. En tout cas en ce qui me concerne.

— Justement, c'est peut-être ce qui risque de les décevoir.

— C'est pour ça qu'ils ont jamais donné signe de vie ? Pour pas être déçus par nous ?

Marie soupira.

— On se fait du mal pour rien. On ne sait pas ce qu'a vécu Julie, par quelles épreuves elle est passée. On doit respecter ça, même si c'est difficile. Moi, je refuse qu'on les juge.

— Ça voudrait dire qu'ils sont pas responsables d'être absents depuis quatorze ans ? demanda Sarah.

— On ne le saura qu'au bout du chemin, dit René. Marie a raison, pour l'instant c'est un peu tôt pour les blâmer.

Mathieu s'était levé de son banc pour les rejoindre. Il avait toujours à la main les enveloppes qu'il n'avait pas ouvertes.

— J'ai pas la force de lire ce qu'il y a là-dedans, dit-il en les tendant à Marie.

Elle prit les documents et les examina.

— Ce sont des factures. Hydroquébec, téléphone… visiblement elle est partie sans se préoccuper de la réexpédition.

— Ça ne va pas nous servir à grand-chose quoi, lâcha Mathieu, désabusé.

— Il y a aussi une lettre de l'hôpital St-Mary.

— Un hôpital ?

René se redressa légèrement sur le banc.

— Si j'ai bien entendu, sa colocataire a dit qu'elle était malade, il me semble.

Marie interrogea Mathieu du regard, et comprit qu'il souhaitait qu'elle ouvre la lettre. Elle décacheta l'enveloppe et parcourut rapidement le texte.

— C'est un rappel pour un examen médical. Apparemment elle ne s'était pas présentée à la première convocation. Ça date du 8 mars 2017. Vous voulez qu'on aille voir à l'hôpital ?

— Je ne suis pas sûr d'en avoir envie, dit Mathieu. Je ne suis plus sûr de rien.

Son visage fatigué disait tout le mal-être qui le rongeait. Marie comprit qu'il ne fallait pas insister, qu'il lui faudrait un peu de temps avant de faire le deuil de la Julie qu'il avait connue, et d'avoir le courage d'affronter cette nouvelle personne dont tous les indices semblaient montrer qu'elle n'avait plus rien à voir avec la jeune femme souriante qui avait partagé sa vie.

Un moment de silence passa dans le parc, seulement perturbé par le gazouillis des oiseaux et le ronronnement des voitures qui circulaient en ville.

— C'est vrai que c'est très con, dit soudain Sarah.

— Quoi donc, demanda René ?

— Ben de pas vouloir savoir. On se ronge pendant des années pour ces gens qu'on a aimés, et juste quand on pourrait avoir des explications, on recule.

Mathieu secoua la tête.

— Je suis pas sûr d'avoir envie de les entendre se justifier. D'avoir des détails sordides sur la vie qu'ils avaient pendant qu'on était morts de chagrin.

— La petite a raison, dit René. Je ne suis peut-être pas prêt à découvrir ce qu'est devenue Susan, mais je ne vois pas comment je peux accepter de mourir avant d'avoir essayé de le savoir.

— Je suis d'accord, dit Marie. Même si on a tous le droit de voir les choses différemment. Après tout, pourquoi on réagirait tous pareils ? On a vécu un cataclysme, et chacun fait comme il peut devant une injustice comme celle-là.

— Je veux aller voir mon père, dit Sarah d'une voix déterminée. Je veux lui montrer ce carnet où j'ai noté toutes mes pensées, tous ces moments où il m'a manqué, les fêtes, les Noëls, les anniversaires. Tous les dessins que j'ai faits en pensant à lui, à ce qu'on aurait pu faire ensemble. Je veux qu'il voie ce qu'il a raté, je veux qu'il comprenne qu'on peut pas faire ça à une gamine de trois ans qui a rien demandé.

Un moment de flottement entoura le petit groupe. Comme si l'air qui les enveloppait s'était contracté.

Marie rompit le silence.

— Très bien. Alors allons-y.

À 140 kilomètres de Montréal, la petite ville de Trois-Rivières était une agréable bourgade qui devait son nom à l'existence de trois cheneaux que la rivière Saint-Maurice formait à son embouchure avec le Saint-Laurent. Le quartier le Rochon, à l'ouest, avait jadis été un coupe-gorge, avant d'être réhabilité suite à la démolition de plusieurs HLM rongés par l'humidité et la moisissure. Les nouveaux logements sociaux abritaient toujours une population défavorisée, mais qui avait désormais le droit de vivre dans des appartements salubres.

Mathieu, Marie, Sarah et René arrivèrent sur les lieux vers 18 heures. La Honda se gara le long d'un parc, face à un ensemble d'immeubles de deux étages tous identiques. Même façade blanche en bois, mêmes petites fenêtres rectangulaires mathématiquement espacées, mêmes portes beiges impersonnelles. Une austérité qui tranchait avec le bleu pur du ciel de juin.

D'après le document volé par Sarah chez l'agent de probation, Pierre Brulanovitch habitait au rez-de-chaussée de l'immeuble numéro 4. Après avoir sonné à la porte plusieurs fois, ils durent se rendre à l'évidence. Il n'y avait personne.

Ils contournèrent le bâtiment et découvrirent une série de petits jardins collés les uns aux autres sur toute la longueur de l'immeuble, vraisemblablement réservés aux seuls occupants des logements de plain-pied. On y avait accès par un portillon donnant sur une rue parallèle.

Mathieu testa la poignée de la petite porte faite de simples planches de bois peintes. Fermée. Mais il était facile de l'escalader pour entrer dans le jardinet.

— Ça fait longtemps que nous ne sommes pas rentrés quelque part illégalement, plaisanta René.

— En même temps, fit Sarah, c'est chez mon père. C'est comme si j'avais oublié les clés.

Les autres ne purent s'empêcher de sourire. C'était une façon de voir les choses.

René accepta de rester faire le guet dans la rue. Il n'avait plus l'âge de jouer les alpinistes.

Marie, Mathieu et Sarah s'aidèrent pour franchir le portillon et se retrouvèrent dans un jardinet à l'abandon où les hautes herbes grimpaient à l'assaut de buissons en friche. De chaque côté, des palissades mal entretenues délimitaient le terrain. Ils s'approchèrent de la porte vitrée qui donnait accès à l'appartement. Mathieu colla son nez contre la vitre mais des rideaux brodés empêchaient de voir à l'intérieur. Il cogna doucement avec le doigt.

— Peut-être qu'il est ivre mort, dit Sarah. Ça collerait avec le personnage.

— Peut-être aussi qu'il dort, tout simplement, suggéra Marie.

— Ou alors, il n'est pas là, fit Mathieu, fier de son sens de la déduction.

— Dans tous les cas, dit Sarah, je veux voir son taudis. J'ai pas de compte à lui rendre, si je veux rentrer, je rentre.

Mathieu tiqua.

— Et on fait comment ? On casse un carreau ?

Sarah se baissa pour ramasser un caillou et arma son bras en retenant son souffle.

— Attends ! intervint Marie. Si ça se trouve…

Elle actionna la poignée. La porte s'ouvrit.

— Bien joué, souffla Mathieu.

— Dommage, ça m'aurait fait du bien, dit Sarah en lâchant son caillou.

Ils pénétrèrent dans une cuisine dont la propreté les étonna. Chaque ustensile était à sa place, accroché à une patère au-dessus du plan de travail. De jolis carreaux aux motifs floraux dessinaient une frise le long des murs fraichement peints. Une corbeille débordait de pommes et de poires. L'évier en inox, vide, réfléchissait la lumière qui venait de l'extérieur.

— Drôlement soigneux ton père, fit Mathieu.

Sarah détaillait la pièce, surprise.

— Ouais, c'est pas ma mère qui lui a appris ça.

Ils empruntèrent un petit couloir qui débouchait sur un salon tout aussi bien rangé que la cuisine. Un canapé en tissu, des meubles en bois assortis, quelques bibelots de goûts mis en valeur sur des étagères peintes...

— On est sûrs que c'est la bonne adresse ? fit Mathieu perplexe.

— C'est ce qu'il y a marqué sur la fiche, dit Sarah. « Lieu où le contrevenant résidera ».

La voix de Marie résonna depuis une autre pièce.

— Ça ne veut pas dire que c'est chez lui !

Mathieu et Sarah la rejoignirent dans l'unique chambre de l'appartement. Une penderie ouverte laissait voir une rangée de robes, flottant au-dessus de nombreuses paires de chaussures assorties.

— À moins qu'il aime se travestir, plaisanta Mathieu.

— À la limite, j'aurais préféré, dit Sarah. Ça aurait été plus fun que d'escroquer des gens et de les tabasser.

— Il y a une valise par terre près du lit, dit Marie.

Elle se pencha et l'ouvrit. Elle contenait un pantalon marron, des chemises blanches et bleues, une cravate... des vêtements d'hommes.

— Visiblement, il a trouvé une bonne âme pour l'héberger.

— Ouais, fit Sarah, il y a toujours des foldingues qui tombent amoureuses de sales mecs en prison. Ça doit les exciter.

De plus en plus, ce type la dégoutait. Qu'est-ce que sa mère avait pu lui trouver ? Même jeune, même il y a longtemps, quand l'avenir semblait ne pouvoir être qu'un long ruban rose parfumé au jasmin. C'était pourtant le prototype même du gars à fuir au premier regard. Le genre à repérer une jolie fille, lui raconter deux trois niaiseries emballées dans un sourire d'escroc puis profiter de son corps pour se faire mousser devant les copains. Dommage qu'il ait laissé au passage un souvenir sous la forme d'une fillette qui n'avait rien demandé.

Soudain, son regard s'arrêta sur Mathieu qui restait bloqué devant la table de nuit. Marie aussi l'avait remarqué. Elles s'approchèrent toutes les deux pour voir ce qu'il observait avec une telle intensité.

Dans un cadre posé sur un socle, une jeune femme aux traits agréables fixait l'objectif.

Sarah avait déjà vu ce visage en photo, et même si le cliché était différent, elle la reconnaissait parfaitement.

Dans le petit rectangle aux couleurs vives, Julie souriait de toutes ses dents.

26

— Qu'est-ce que c'est que ce bordel ? lâcha Mathieu, éberlué.

Sarah était tout aussi abasourdie que lui. L'arrivée dans la pièce d'un extra-terrestre en tenue fluo l'aurait moins étonnée.

Pierre et Julie…

Comment était-ce possible ? Comment s'étaient-ils rencontrés ? Quand ? Sarah essayait de reconstituer les morceaux du puzzle. Son père avait quitté sa mère pour fuir un scandale en France qui risquait de le mener en prison. Il était arrivé au Canada où il avait recommencé ses activités illégales, sous un autre nom. Avait-il rencontré Julie au Cabaret du Mont ? La connaissait-il avant ? La connaissait-il même depuis la France ? Avec les sites de rencontre, on pouvait créer des liens avec n'importe qui, à l'autre bout du monde. Oui, peut-être était-il venu la rejoindre, pendant que sa petite fille se demandait pourquoi il n'était plus là le soir, aux côtés de sa mère.

Marie essayait aussi de trouver une raison logique à la présence d'une photo de Julie dans cette chambre.

— On se doutait qu'il y avait un lien entre nos quatre disparus, dit-elle, on dirait que ça se confirme.

Mathieu sortit de sa torpeur.

— Mais qu'est-ce qu'elle fout avec ce tocard ? (Il se rendit compte qu'il parlait du père de Sarah.) Désolé, Sarah, je voulais pas être désagréable.

— Pas de problème, fit l'adolescente, je suis pas spécialement impressionné par lui non plus.

— C'est-à-dire que je comprends pas… Quand je vivais avec Julie, on avait les mêmes goûts, on pensait la même chose… je sais pas, de l'éducation des enfants, de la façon dont le monde allait mal et ce qu'on pourrait faire pour le changer… On parlait, on avait de la complicité. Et du jour au lendemain, elle me plaque pour…

— … un escroc, compléta Sarah, un sale type qui a fait de la prison. Vous inquiétez pas, moi non plus je comprends pas ce qu'ils font ensemble.

Marie soupira.

— Qu'est-ce qu'on peut faire maintenant ?

— On va l'attendre, et on va lui demander des explications. Je veux les entendre, lui et Julie.

— Je suis d'accord, dit Sarah d'un ton déterminé.

— Je suis pas sûre que la conversation soit très détendue. On est quand même entrés chez eux par effraction, tempéra Marie.

— M'en fous, fit Mathieu. Ça fait quatorze ans que j'attends ce moment.

Sarah hocha la tête pour confirmer. Marie n'était pas à l'aise.

— Mais peut-être qu'il y aurait un meilleur endroit pour une rencontre, non ? Ici, c'est…

Un jingle sortant de son portable l'interrompit. C'était un SMS de René qui faisait toujours le guet devant l'immeuble.

— Il y a un type qui correspond à la description de Pierre et qui vient par ici, dit-elle en lisant le message.

Mathieu et Sarah se regardèrent.

— Très bien, fit Mathieu, ça va nous éviter de poireauter pendant des heures.

— Vous pensez vraiment qu'on va pouvoir discuter tranquillement avec lui quand il va nous voir dans son salon ?

— Il aura pas le choix.

Les quelques minutes qui s'écoulèrent leur parurent interminables. Sarah ne savait pas quoi faire de ses mains. Elle ne savait pas non plus comment elle allait réagir, quels seraient ses premiers mots, comment il allait se comporter, lui répondre, la regarder. Comment on fait avec un père qui n'est pas un père et qu'on n'a pour ainsi dire jamais vu ?

Un bruit de clé dans la serrure. Une porte qui s'ouvre. La lumière de la rue qui entre dans l'appartement un bref instant. Sarah se mit à trembler. Elle s'en voulait d'être aussi émotive. Mathieu se tenait droit comme un I, prêt à un affrontement dont il ignorait tout. Près du canapé, Marie avait du mal à respirer, spectatrice prise au piège d'un spectacle dont elle se sentait étrangère.

Quelques pas dans le couloir. Une clé qu'on pose sur un meuble. Une veste qu'on accroche. Puis une silhouette dans l'encadrement de la porte…

L'homme était maigre, mal rasé, les joues creusées sous des yeux cernés. Seule sa taille élancée lui conférait une certaine allure. Jeune, il avait dû être séduisant.

Son visage se figea pendant quelques secondes, tandis que son regard essayait de comprendre. Qui étaient ces gens. Dans son appartement. Dans son salon.

La situation était tellement improbable que le silence s'éternisa pendant plusieurs secondes.

Sarah était paralysée, incapable de prononcer le moindre mot.

Marie aurait bien dit quelque chose, mais elle pensait que ce n'était pas à elle de parler en premier.

C'est la voix de Mathieu qui déchira l'air ambiant.

— Où est ma femme ? dit-il simplement.

Un nouveau silence. Puis le type se mit à sourire, découvrant des dents jaunes de fumeur.

— Vu que t'es dans ma maison alors que je t'ai pas invité, je crois pas que tu puisses me poser des questions.

Il se déplaça jusqu'à une commode ornée d'un bouquet de fleurs, sur laquelle il déposa une sacoche qu'il avait dans les mains.

— Maintenant, vous avez dix secondes pour me dire ce que vous foutez là avant que j'appelle les cowboys du 911.

— Je veux juste savoir où est ma femme, répéta Mathieu sur un ton un peu plus menaçant.

L'homme le fixa durement.

— Ok, tu veux des réponses ? Tu veux savoir si je baise ta femme ? (Il se mit à rire.) Franchement, à voir ta gueule, je comprends qu'elle ait cherché ailleurs.

Mathieu serra les poings. La tension nouait ses muscles un à un.

— Attendez, dit Marie qui voyait que ça allait dégénérer, nous sommes désolés d'être entrés comme ça chez vous… nous avons des questions très importantes à vous poser.

— Je réponds qu'aux questions de la police, et même de ce côté-là, j'ai eu ma dose, alors vous allez vous tirer avant que je perde patience.

Sarah n'en pouvait plus.

— J'arrive pas à croire que mon père ce soit *ça*, dit-elle comme pour elle-même.

L'homme se figea soudain, la dévorant du regard.

— T'as dit quoi ?

L'adolescente fixait le sol. Les mots hurlaient trop en elle pour pouvoir sortir comme elle l'aurait souhaité.

L'homme éclata à nouveau d'un rire glauque.

— Hé mais y'a du lourd on dirait ! L'ex de ma blonde et ma fille en prime ! Vous voulez que je nous fasse un thé ?

— Je ne vois pas ce qu'il y a de drôle, dit Marie.

Il se tourna vers elle.

— Et toi t'es qui ? Ma sœur ?

Il se remit à rire bruyamment.

— Vous êtes Pierre Brulanovitch, n'est-ce pas ? poursuivit Marie en essayant de garder son calme.

Ce type imprévisible commençait à lui foutre la trouille.

— Pierre Brulanovitch n'existe plus. Il est mort, t'as compris ? Alors tu rayes ce nom de tes carnets.

— Brulanovitch, c'est mon nom, fit Sarah en serrant les dents. Et de ce que je vois, en effet mon père n'existe plus. Il n'a même jamais existé en fait.

— Mais qu'est-ce qu'elle veut la pissouse ? Elle veut un gros câlin de son papa ?

— Vous n'êtes pas obligé d'être insultant, dit Marie en haussant le ton.

— Mais je suis obligé de rien ! hurla soudain l'homme. Qu'est-ce que vous venez me faire chier à jouer la grande scène de l'acte II ? J'ai fait des conneries, j'ai payé ma dette, ok, alors maintenant vous foutez le camp !

Le blanc de ses yeux avait viré au rouge et son corps s'était mis en mouvement, doué d'une énergie insoupçonnable.

— Tu crois peut-être qu'on va te laisser tranquille ? lança Mathieu qui commençait à s'énerver. Tu veux pas plutôt nous raconter comment tu la tabasses ? Comment tu profites de son appartement ? Comment tu l'exploites comme un gros enfoiré ?

L'homme ouvrit soudain la sacoche qu'il avait posée sur le meuble et en sortit un flingue qu'il braqua sur eux. Tous se figèrent, paralysés par la peur. Le genre de peur qu'on ne peut découvrir que lorsque votre vie est réellement en danger. Une sueur glacée qui vous trempe, un goût âcre dans la bouche, les muscles bouffés par l'adrénaline comme un poison.

— Wow wow… ! fit Mathieu en tendant lentement les mains en avant, on se calme.

— Vous vous barrez.

Il arma le chien de son revolver en un petit clic qui emplit tout l'espace.

— D'accord, d'accord, dit Marie en évitant de le regarder dans les yeux.

Ils se mirent en file indienne pour avancer jusqu'à la porte, sous la menace de l'arme que l'homme tenait au bout de son bras tendu.

Mathieu ouvrit la porte et fit passer Sarah et Marie, avant de se retourner.

Il défia une dernière fois l'homme du regard, essayant de comprendre ce qu'il pouvait y avoir dans le cerveau de ce genre de types. Par quel mystère des femmes étaient prêtes à tout lâcher pour partir avec eux, à rester malgré les coups, les insultes et les humiliations.

Il referma la porte.

Assise à l'arrière de la voiture qui traversait le pont au-dessus de l'ile Saint-Christophe, Sarah ruminait, torturant le fil de ses écouteurs. AC/DC hurlait dans ses oreilles, mais ça ne suffisait pas à neutraliser ses pensées. Elle avait imaginé des retrouvailles comme dans les films, ou dans ces émissions de télé dont elle avait vu des extraits sur YouTube, avec un grand rideau blanc qui s'ouvrait, libérant fille et père qui se jetaient dans les bras l'un de l'autre, les yeux mouillés de larmes, enfouissant leur visage déformé par une joie trop forte dans les replis de leurs vêtements, tandis que le public bouleversé couvrait de ses applaudissements une musique saturée de violons. Elle se les était repassés des centaines de fois ces extraits, mais aussi ceux de sœurs se retrouvant après avoir été séparées à la naissance, d'un grand-père retrouvant son petit-fils, d'un amoureux du temps de la guerre retrouvant son premier amour devenue une vieille dame aux yeux pétillants d'émotion.

Rien de tout cela ne s'était produit.

Pas de larmes, pas de bras autour des épaules, pas de joie, de musique…

Juste l'infinie tristesse de se retrouver en face d'un inconnu sans charme, sans regard. D'un vulgaire étranger qui n'était qu'un étranger vulgaire. Elle n'aurait jamais dû venir ici, quitter son pays, sa mère, ses amis. Elle avait mis en péril son bac, ses études, pour quoi ? Pour quel autre avenir que celui de devoir maintenant vivre dans le souvenir de ces retrouvailles avec un père impossible à aimer ?

— Vous pouvez tourner à droite ? dit-elle soudain.

Mathieu leva la tête pour la regarder dans le rétroviseur. Ils venaient juste de passer le pont.

— Vers la rivière ?

— S'il vous plait.

Mathieu amorça un virage vers la route qui faisait une boucle pour regagner les quais de la rivière Saint-Maurice. Il avait du mal à se concentrer, à faire le tri dans tout ce qu'il venait de vivre. Il imaginait sa Julie dans les bras d'un homme qui la caressait de ses mains puissantes et menaçantes. Savait-elle avec qui elle partait quand elle l'avait quitté ? Pourquoi n'avait-elle rien dit, pourquoi n'avait-elle pas eu le courage de l'affronter pour poser devant lui le petit tas de cendres qu'était devenu leur amour ? Il aurait peut-être su trouver les mots, la raisonner, proposer autre chose, garder le contact… Où était-elle en ce moment ?

Il immobilisa la voiture sur le bord du quai. Sarah ouvrit la portière et se dirigea d'un pas déterminé vers la rivière qui s'agitait en contrebas.

— Qu'est-ce que… qu'est-ce qu'elle va faire, là ? demanda René, le visage soudain marqué par l'inquiétude.

Mathieu réagit aussi.

— Vous croyez qu'elle va…

Marie se rua à son tour hors de la voiture.

— Sarah, non, attends ! cria-t-elle en courant vers l'adolescente.

Sarah s'immobilisa au bord du quai. Elle tenait à la main le carnet de notes et de croquis qui la suivait partout.

— Je voulais qu'il voie…, dit-elle en regardant devant elle. Tous les souvenirs qu'on n'aura jamais, tous les dessins que j'avais imaginés, les photos de moi qu'il ne connait pas… Les brouillons des lettres auxquelles il a jamais répondu… Ça sert plus à rien maintenant. La seule personne à qui je voulais faire ce cadeau n'est plus là. Elle a même jamais existé.

— Sarah…, fit Marie en avançant d'un pas.

La jeune fille tendit son carnet au-dessus des flots gris qui glissaient vers l'ouest. Elle ouvrit la main et le vent s'empara des feuilles qui se détachèrent en désordre, avant de les éparpiller dans l'eau qui les emporta dans ses tourbillons. Elle suivit un instant du regard les lambeaux de son carnet, de ses espoirs, des embrassades et des baisers qui resteraient à jamais de l'encre sur du papier trempé, dissous.

Marie, juste derrière elle, était saisie par l'émotion qui la contaminait, incapable de trouver les mots. Ses yeux ne pouvaient se détacher de la rivière, de ces eaux semblables à celles qui avaient emporté son fils, qui l'avaient broyé comme une simple feuille de papier. Elle avait envie de pleurer. Dans la voiture, Mathieu et René avaient suivi la scène sans bouger. Tous se comprenaient, et tous craignaient, sans oser le dire, que leurs histoires finissent par se ressembler.

Ils roulaient à nouveau en silence depuis un quart d'heure quand Mathieu prit la parole.

— Je veux savoir. Je veux savoir pourquoi Julie a fait ça.

Marie et Mathieu échangèrent un regard perplexe.

— Vous voulez retourner affronter ce type ?

Mathieu secoua la tête.

— Non, je veux la voir elle, en tête à tête. Je veux qu'elle m'explique. Elle me doit ça.

(Il tourna sur la gauche en laissant glisser le volant entre ses doigts.) On va aller voir l'hôpital qui lui a envoyé les lettres pour ses examens.

Marie, René et Sarah hochèrent la tête en même temps. À la place de Mathieu, ils auraient fait la même chose.

Marie se chargea d'appeler l'hôpital St-Mary à Montréal et, jouant de sa qualité de médecin, demanda s'ils avaient dans leurs fichiers une patiente du nom de Julie Lafleur. Après plusieurs minutes d'attente, de service en service, une assistante lui apprit que le dossier de Julie avait été transféré à l'hôpital de Trois-Rivières mais qu'elle n'avait malheureusement pas d'adresse à lui communiquer.

Le Centre Hospitalier Universitaire de Trois-Rivières étalait ses bâtiments modernes de briques et de béton vitrés juste à côté de ceux de la Faculté de médecine. Une fine pluie accompagna Marie, Mathieu, René et Sarah depuis le parking visiteurs jusqu'à l'entrée de l'édifice. On les fit patienter à l'accueil, où ils purent s'asseoir sur des bancs, devant le ballet des visiteurs et du personnel soignant.

— Je déteste les hôpitaux, fit Sarah, en se rongeant les ongles.

— Je ne connais pas grand monde qui les aime, dit René avec malice. C'est même l'endroit le plus dangereux sur terre, vu le nombre de personnes qui y meurent chaque année.

La blague laissa Sarah et Mathieu de marbre mais arracha un sourire à Marie.

— Heureusement qu'on y compte aussi quelques naissances…

René acquiesça.

Les minutes s'écoulèrent et les mêmes visages défilaient devant eux, ceux de la souffrance d'un patient en béquille, des larmes d'une fillette qui se tenait la tête, de l'inquiétude des proches, de la lassitude des aides-soignantes, du sourire d'une famille apportant un bouquet de fleurs à une maman nouvelle… Un microcosme des émotions.

Après une heure d'attente et au bout de la cinquième conversation avec la préposée à l'accueil leur affirmant qu'elle avait appelé quelqu'un pour les recevoir, un homme en blouse verte vint vers eux. La quarantaine, lunettes fines, cheveux dissipés, les traits tirés, le regard bleu scintillant d'intelligence. Il se présenta.

— Bonjour, je suis le docteur Gagnon. Excusez-moi pour l'attente, c'est un peu intense aujourd'hui.

On sentait à la façon dont il le disait que c'était une mesure de politesse, parce que de toute évidence sa journée devait ressembler à celle d'hier et même à celle d'avant-hier.

— Merci de nous recevoir, dit Mathieu en se levant.

— On m'a dit rapidement ce qui vous amenait… venez, on va se mettre par là.

Il les entraina dans une petite salle au bout d'un couloir. En arrivant à l'accueil, Mathieu avait expliqué qu'il recherchait sa femme et que son dossier médical avait été transféré ici.

— Nous parlons bien de Julie Lafleur, n'est-ce pas ? demanda le médecin.

Mathieu sentait une excitation monter en lui, qu'il avait de la peine à contrôler.

— Oui. Nous essayons de savoir où elle se trouve.

Le docteur Gagnon les dévisagea un à un avant de poursuivre.

— Vous êtes de la famille ?

Mathieu hocha la tête.

— Ça fait très longtemps que je ne l'ai pas vue. Je suis… son mari.

Le médecin ne sourcilla pas. L'intensité de son regard montrait qu'il cherchait à comprendre, sans vouloir exprimer la moindre émotion.

— Son mari ? Nous avons essayé de vous joindre. Nous avons même fini par croire que vous n'existiez pas… Nous avons cru un moment que c'était cet homme qui venait la voir.

— Un homme ?

Mathieu tilta. Il fit signe à Sarah de sortir son téléphone portable. L'adolescente comprit et après avoir fait glisser ses doigts sur l'écran, elle montra au médecin la photo de Pierre. Le docteur Gagnon se pencha un peu puis secoua la tête.

— Non, c'était un homme avec une grosse barbe et une casquette qui lui descendait sur les yeux. Il n'était pas bien bavard.

René, Marie et Sarah se regardèrent. À ce stade de la conversation, ils étaient incapables de dire comment elle allait se terminer et leur stress montait à l'unisson de celui de Mathieu.

— Est-ce que… est-ce qu'elle est ici ? Est-ce qu'on peut la voir ? demanda celui-ci d'une voix qui chavirait.

Le médecin poursuivit avec le même calme.

— Julie a été très malade. Elle est venue se faire soigner dans mon service, puis nous avons perdu sa trace. Un jour quelqu'un l'a amenée aux urgences, elle avait fait un malaise dans la rue.

— Est-ce qu'elle avait sur elle des marques de maltraitances ? demanda Mathieu, fébrile.

— Je suis désolé, je ne peux malheureusement pas entrer plus dans le détail de son dossier médical avec vous…

— Docteur, il faut que je la voie, insista Mathieu. Ça fait quatorze ans que j'attends ce moment.

Le docteur Gagnon laissa pour la première fois échapper un soupir discret.

— Peu après son arrivée aux urgences, dit-il, elle est tombée dans le coma. Un coma profond.

Mathieu encaissa le coup. Instinctivement, Marie se rapprocha de lui. René et Sarah retenaient leur respiration.

— Je veux la voir, répéta Mathieu d'une voix blanche.

Il imaginait une forme alitée sous un drap blanc, des tuyaux plein le visage.

Le médecin regarda Mathieu, semblant chercher les mots justes.

— Elle n'est plus ici, dit-il finalement.

Mathieu le dévisagea avec des yeux immenses.

— Alors où est-elle Bon Dieu ? s'écria-t-il.

Marie posa une main sur son épaule. Derrière eux, René et Sarah avaient aussi compris.

— Je suis désolé, dit le médecin d'une voix qui se voulait douce. Julie est décédée il y a trois mois.

27

La pluie s'était amplifiée depuis le début de la matinée et la température avait chuté. L'air gris et humide avait contaminé les pelouses, les arbres, les routes et les maisons, comme un désir d'automne anticipé.

Écrasé par la masse sombre des nuages sans nuances, le petit cimetière de Trois-Rivières s'étalait en trapèze entre le boulevard des Forges et la rue de Courval. Des bosquets protégeaient les tombes, dont les pierres dressées à même l'herbe semblaient implorer un ciel invisible. La bruine avait fait taire les oiseaux et les hauts murs de roche encerclaient le silence, dans une invite à la méditation. Seul un petit groupe de quatre personnes s'était arrêté devant une stèle.

Mathieu se tenait debout devant l'inscription signalant que Julie Lafleur reposait là, pour l'éternité. Marie, René et Sarah se recueillaient quelques pas en arrière, dans une émotion jointe qui marquait leur visage. C'était le premier aboutissement de leur quête, la fin, pour l'un d'entre eux, de l'espoir, de la possibilité de serrer à nouveau dans ses bras la personne qui avait tant manqué, pendant tant d'années. Les larmes de Mathieu se mêlaient à la pluie fine, faisant briller ses yeux d'un éclat involontaire. De longues minutes s'écoulèrent avant que le mouvement ne les ranime enfin. C'est Mathieu qui bougea le premier, le visage durci par le chagrin et l'incompréhension.

— Je n'arrive toujours pas à croire qu'elle ait fini comme ça, dit-il d'une voix fragile.

Marie acquiesça en essayant un demi-sourire pour le réconforter. Elle avait déjà assisté à des accouchements qui s'étaient mal terminés, avec des parents en larmes dans la salle. Tous les drames avaient ceci en commun qu'aucun mot ne parvenait à les justifier.

— C'est difficile de savoir exactement ce qui a pu se passer, dit-elle.

— Peut-être…, intervint à son tour René, peut-être qu'elle n'a pas été si malheureuse. Je veux dire… aucune vie n'est sombre du début jusqu'à la fin. Du moins je l'espère…

Mathieu secoua la tête.

— Quand on était ensemble, tout paraissait aller bien. Évidemment, il y avait parfois des tensions, pour des conneries. J'ai forcément fait des erreurs puisqu'elle est partie. Mais ça n'a aucun sens qu'elle se soit mise avec un type comme ça, qu'elle ait travaillé dans un club de nuit, qu'elle ait accepté ce qu'il lui a fait subir… Julie n'était pas ce genre de fille, je la croyais tellement plus forte…

Le vent s'était levé, couchant à l'oblique les lignes de la pluie qui mouillait leurs visages.

— Je ne suis pas psychologue ou psychiatre, dit Marie, mais j'ai déjà vu des personnes changer radicalement après un événement difficile. Il y a des femmes dont la maternité réveille des douleurs ou des peurs très enfouies et qui se mettent à faire n'importe quoi. Vu de l'extérieur, pour les proches, c'est incompréhensible, mais il y a toujours une raison…

Mathieu ouvrit la bouche pour répondre. Il fixait le sol, cherchant dans sa mémoire le souvenir d'un indice, d'une phrase, d'un acte qui aurait révélé une fragilité de ce genre chez Julie.

— C'est ce type qui l'a tuée, dit-il. C'est lui qui a déclenché sa maladie.

René remonta le col de sa veste. Vu la couleur du ciel qui s'assombrissait encore, peut-être aurait-il mieux valu s'abriter.

— C'est vrai qu'il m'a fait une drôle d'impression, dit-il. Le genre de type qui, bien peigné, avec un costume, pourrait inspirer confiance, mais dont le regard fait sentir qu'il y a autre chose derrière.

— Ouais, un fumier quoi, fit Mathieu pour synthétiser.

Marie se retourna, scrutant les alentours.

— Où est passée Sarah ?

Mathieu et René se retournèrent à leur tour, embrassant du regard le cimetière. Pas de Sarah à l'horizon.

— Cette jeune demoiselle a décidément un goût pour la fugue, dit René tandis que le vent agitait les branches des arbres.

— Je crois savoir où elle est allée, dit Marie, inquiète.

Sarah paya le chauffeur et sortit du taxi qui venait de la déposer. Elle se hâta pour échapper à la morsure des gouttes et s'abrita sous l'auvent d'une maison pendant que le véhicule s'éloignait en faisant jouer la pluie dans ses phares.

Ce n'était pas une pulsion. Ce n'était pas non plus murement réfléchi. Peut-être que les autres s'inquiétaient, mais ce n'était pas son problème. Elle avait besoin de le voir. C'était impossible qu'elle rentre en France sans lui avoir parlé en tête à tête.

Son doigt appuya sur la sonnette, un peu comme si c'était le doigt d'une autre. Elle n'était sûre de rien. Ni de sa réaction à lui, ni de la sienne. Après quelques secondes, la porte s'ouvrit. La même silhouette filiforme apparut. Le même regard faux.

— Tiens, dit l'homme après un temps d'observation, revoilà la pissouse.

Puis il tourna les talons et s'éloigna vers le salon en laissant la porte ouverte. Sarah hésita. Il avait disparu de son champ de vision. Il était trop tard pour renoncer. Elle entra et referma la porte derrière elle. Ça sentait la bière et les chips, il était en train de se faire un apéro.

— Je t'en propose pas une, dit-il en brandissant sa canette, j'imagine qu'une gamine de bonne famille comme toi a pas déjà commencé à picoler.

Garder son sang-froid. Ne répondre à aucune provocation.

— Je suis venue pour une seule chose. Pour que vous entendiez ce que j'ai sur le cœur depuis toutes ces années.

Il se cala contre la commode derrière lui. Celle-là même où reposait la sacoche d'où il avait sorti une arme quelques heures plus tôt. Il tendit sa bière, comme pour porter un toast.

— Vas-y ma belle, je sens que ça va être intéressant.

Sarah soupira. Puis elle se lança.

— Je n'ai pas aimé que vous quittiez la maison, ma mère, moi, sans un mot, sans une explication. Comme quelqu'un qui a honte. Honte d'avoir vécu cette vie-là, de s'être engagé avec cette femme-là, d'avoir eu cette enfant-là.

L'homme acquiesça, avec une moue faussement impressionnée.

Sarah poursuivit.

— On ne fait pas ça à une petite fille de trois ans, après lui avoir tenu la main pour l'emmener à la crèche, après lui avoir offert des poupées à ses trois premiers Noëls. On ne disparait pas en s'effaçant de sa vie, en n'envoyant jamais une carte pour un anniversaire, un coup de téléphone, en ne répondant jamais à ses lettres. En la laissant grandir sans le regard d'un père, en ratant tous les moments importants, les chagrins, les joies, les devoirs à faire, les cours de piano, les sorties en forêt le week-end. En s'en foutant complètement, en préférant aller escroquer de pauvres gens, aller semer le malheur chez les autres. En vivant la vie d'un minable, sans ambition, sans amour à donner. La vie d'une limace. D'une serpillère. La vie d'un pauvre type qui n'a jamais été capable d'être un père.

Sarah n'avait plus de souffle. Elle se sentait blanche, exsangue, et ses jambes tremblaient, comme douées d'une vie propre sur laquelle elle n'avait plus de contrôle.

L'homme la dévisageait. Des pieds à la tête. Il avait écouté son laïus sans broncher, portant parfois sa canette de bière à sa bouche. Comme si cette volée de projectiles avait glissé sur lui, sur une armure d'indifférence et de lâcheté assumées.

— Eh bé, dit-il enfin, t'en avais gros sur la patate. Tu te sens mieux maintenant ?

Sarah se sentit bête. Elle ne savait pas quoi répondre.

— Je sais ce qui te faudrait pour que tu sentes encore mieux, ajouta-t-il.

Il empoigna sa braguette à pleine main avec une moue salace.

Sarah se figea. Son cerveau s'était vidé d'un coup.

L'homme se leva et s'approcha d'elle. Jusqu'à pouvoir renifler son visage. Elle sentait son haleine pleine de bière et de chips. Elle était incapable de bouger. Rien n'avait de sens, rien ne permettait de fabriquer une pensée rationnelle, qui lui aurait permis de réagir. De fuir.

Soudain l'homme lui empoigna le visage d'une main, l'emprisonnant comme dans la serre d'un aigle. Elle sentit son cou se tordre en arrière, sa respiration s'arrêter.

— On va s'amuser un peu tous les deux. On va rattraper le temps perdu.

Il posa son autre main sur son épaule et commença à la descendre vers sa poitrine.

— C'est ça que tu voulais en fait, pas vrai ?

Sarah se sentait disparaitre en elle-même, happée par le trou noir de l'impensable.

Soudain la porte d'entrée s'ouvrit avec fracas et Marie surgit dans la pièce.

— Non ! hurla-t-elle.

Elle se précipita sur l'homme et l'agrippa de toutes ses forces pour essayer de lui faire lâcher prise.

Surpris, il chancela en arrière, entrainant Sarah dans sa chute. L'adolescente parvint à rouler sur le côté pour lui échapper, mais tout en se redressant il sortit de sa poche un couteau à cran d'arrêt. Marie et Sarah se figèrent. L'homme les menaçait de sa lame, un rictus mauvais à la bouche.

— Vous commencez à me faire chier maintenant, glissa-t-il entre ses dents serrées.

Il fit un pas en avant, le bras tendu, comme s'il voulait les découper sur place.

Marie s'empara soudain de la sacoche qui se trouvait sur le meuble près d'elle et en extirpa le revolver qu'elle contenait toujours. Fébrile, elle le pointa sur l'homme qui secoua la tête.

— Tu veux jouer à ça ? Ok.

Il s'avança vers Sarah pour l'attraper. Une détonation claqua dans la pièce.

Pendant une seconde, tout fut immobile. Trois regards qui se faisaient face en silence. Puis le corps de l'homme s'écroula comme une masse sur le plancher noir.

Marie restait là, le revolver à la main. Elle avait encore la sensation du coup qui part, de la secousse entre ses doigts. Elle cligna des yeux plusieurs fois pour se forcer à revenir à elle. À côté, Sarah n'arrivait pas à détacher son regard de la mare de sang qui commençait à glisser sur le sol, depuis la chemise maculée de la forme sans vie qui gisait à ses pieds. La forme sans vie de son *père*.

— Qu'est-ce que… qu'est-ce qu'on fait ? articula-t-elle d'une voix presque inaudible.

Marie sentait la nausée l'envahir. Elle était habituée à voir des mères enfanter, à observer leurs efforts, puis leurs sourires en accueillant ce petit être qu'on posait à même leur poitrine. Elle n'avait jamais tué personne. Mieux que sauver des vies, elle aidait des femmes à donner la vie. Elle venait de tirer sur un homme. Elle venait de tuer le père de Sarah.

Elle souffla fort pour faire partir ce poids qui la broyait de l'intérieur.

— Il faut pas rester là…

— Il est mort ? demanda Sarah.

Ce n'était pas vraiment une question. Le corps était raide et continuait de se vider de son sang. Le regard vitreux de l'homme disait mieux qu'un long discours qu'il n'était déjà plus là.

Marie s'agenouilla et posa son oreille contre la bouche entrouverte qui semblait crier dans un silence immobile.

— Il n'y a plus rien à faire, dit-elle en se relevant.

— On peut pas le laisser comme ça, il faut appeler les secours.

Marie prit les deux mains de Sarah dans les siennes et la fixa du regard.

— Il faut faire vite. Fais-moi confiance.

Marie sortit un mouchoir de sa poche et commença à essuyer tous les endroits qu'elles avaient touchés depuis qu'elles étaient arrivées. La porte d'entrée, la sacoche, les doigts de l'homme qui avait serré la gorge de Sarah… Puis elle mit le revolver dans sa poche.

Sarah la regardait faire, paralysée par l'enjeu. Elle avait vu tant de séries où ce genre de choses se passaient, elle n'arrivait pas à concevoir qu'elle était entrée dans l'écran pour de bon.

— Viens, fit Marie, on va sortir par-derrière.

Elle s'engouffra dans la cuisine qui donnait sur le jardin.

Avant de quitter le salon, Sarah repéra le téléphone portable de Pierre qui était tombé au sol. Elle le ramassa et jeta un dernier regard à la personne étendue là, muette et vide. Un frisson la parcourut.

Puis elle s'enfuit pour rejoindre Marie.

28

— Écoute-moi. Si on appelle la police, ils vont m'arrêter, et même si c'est de la légitime défense il faudra des mois pour le prouver. Et je n'aurai plus jamais l'occasion de retrouver Tim.

Marie tenait les deux mains de Sarah dans les siennes, sous la pluie fine qui ne cessait de tomber sur les bords de la rivière Saint-Maurice. Elle sentait encore l'effet de l'adrénaline dans ses veines, mêlé à un goût âcre de culpabilité.

— Sans compter que toi aussi tu vas être inquiétée. Ils vont découvrir que c'était ton père, ça leur prendra pas deux minutes pour imaginer un mobile… Tu comprends ?

Sarah acquiesça, l'air grave.

Marie sortit le revolver qu'elle avait enveloppé dans un mouchoir et s'approcha de l'eau. Elle jeta un regard aux alentours. Par ce temps, les promeneurs avaient déserté l'endroit. À l'abri d'un grand arbre, la main tremblante, elle lança le revolver dans le tourbillon du fleuve.

Puis elles s'éloignèrent, se forçant à ralentir le pas, comme deux flâneurs que le mauvais temps ne gênait pas.

— Je ne sais pas ce qu'a en tête celui qui nous manipule depuis le début, dit Marie tout en marchant, mais je suis sûre qu'il connait le lien qui unit ton père, Julie, la sœur de René et Tim. Le seul moyen de retrouver Susan et Tim, c'est d'arriver à le découvrir. Et pour ça, on doit être libres de nos mouvements.

Elle s'arrêta pour regarder Sarah de nouveau.

— Je suis vraiment désolée. J'avais pas le choix…

Elle sentait encore dans sa main le plastique dur de la crosse du revolver et l'horrible secousse quand le coup était parti.

Sarah hocha la tête, désabusée.

— Ça me fait rien de toute façon. C'est pas comme si on avait vécu plein de trucs ensemble. Quand quelqu'un meurt dans un attentat à l'autre bout du monde, tout le monde s'en fout, pas vrai ? Ben là c'est pareil. On peut pas être touché par la mort d'un inconnu.

— Tu sais… même si c'était pas quelqu'un de très bien, ça reste ton père. Tu vas avoir du mal à mettre ça au fond de ta poche…

— J'étais déjà malheureuse avant de le retrouver, ça pourra pas être pire.

Marie fit un signe de tête pour montrer qu'elle comprenait.

Elles marchèrent encore un instant, traversant une longue pelouse pour rejoindre la route qui luisait sous la pluie. Marie sortit son portable pour chercher un taxi.

Soudain Sarah s'arrêta et, plantée dans l'herbe ruisselante, le regard perdu vers l'horizon gris au bout du fleuve, elle fondit en larmes. Son corps était secoué de soubresauts, comme sous l'effet d'une digue qui cède, emportant tout sur son passage. Marie s'approcha et prit la jeune fille dans ses bras. Elle la sentait trembler sous son étreinte. Alors elle aussi, la tête posée sur l'épaule de l'adolescente, elle se laissa aller et leurs larmes se joignirent à l'averse qui les noyait de peine.

Elles étaient encore trempées lorsqu'elles descendirent du taxi. Elles avaient prévenu Mathieu et René qu'elles arrivaient. Ceux-ci avaient décidé de rester faire des rondes en voiture dans les alentours du cimetière pour chercher Sarah au cas où l'intuition de

Marie ne se serait pas confirmée. Ils accueillirent avec soulagement les deux femmes qui s'installèrent à l'arrière de la Honda.

— On commençait à s'inquiéter, dit René. On n'arrivait pas à vous joindre.

Mathieu remarqua l'expression éteinte sur le visage des deux femmes.

— Marie, qu'y a-t-il ?

Marie et Sarah regardaient la pluie tomber à travers la vitre. Leurs cheveux humides plaqués sur leur peau durcissaient leurs traits. Marie se laissa aller contre le dossier de son siège, essayant de contrôler sa respiration.

— Ça a mal tourné, dit-elle simplement.

Mathieu et René échangèrent un regard inquiet.

— Mal tourné comment ?

Marie tourna la tête vers eux.

— J'ai tué le père de Sarah.

Un silence immense s'empara de l'habitacle. Mathieu crut un instant que c'était une blague. On ne pouvait pas balancer ce genre de choses comme ça, sur un ton neutre.

— Comment ça vous l'avez tué ? balbutia René.

— Ça s'est passé très vite. Quand je suis arrivée, il était en train d'agresser Sarah.

Mathieu dévisagea l'adolescente, choqué.

— Il était devenu fou, dit Sarah. Je pouvais plus bouger. Je sais pas ce qui se serait passé si Marie était pas arrivée.

— Mais…, dit René qui essayait de comprendre, pourquoi tu es retournée le voir ?

Sarah haussa les épaules.

— Je pouvais pas rester comme ça. Je savais que je le reverrais plus jamais, mais il fallait qu'il m'entende.

Ils restèrent un instant silencieux, chacun dans sa bulle de réflexion.

Puis René se redressa.

— Qu'est-ce qu'on va faire maintenant ? La police va surement être prévenue, il va y avoir une enquête…

— On a effacé les traces, dit Marie. Et j'ai balancé l'arme dans la rivière.

L'information jeta un nouveau froid. Mathieu se passa la main dans les cheveux, avec une nervosité qu'il n'arrivait pas à contrôler.

— Il faut aller se rendre, dit-il après un long silence.

— Si on va voir la police, tout s'arrête, objecta Marie. Les indices, les pistes, la possibilité de retrouver Tim…

— Alors on va devenir des fugitifs ?

Marie soupira.

— Je comprends. Je comprends très bien, Mathieu. Sarah, vous et René, vous n'êtes pour rien dans tout ça, vous pouvez très bien rentrer chez vous, vous ne serez pas inquiétés. Je suis la seule responsable de cette situation.

Mathieu haussa les épaules, agacé. Il n'y avait pas de bonne décision possible.

— De toute façon, ils vont savoir qu'on est tous allés voir Pierre, qu'on est impliqués d'une façon ou d'une autre. Ils vont forcément nous retrouver.

Sarah intervint soudain.

— Je leur dirai que c'est moi qui l'aie tué. Quand ils sauront qu'il était en train de m'agresser, ils pourront rien me faire.

René se gratta la gorge, nerveux.

— Marie a raison, dès que la police s'en sera mêlée, ce sera fini. Je ne retrouverai jamais ma Susan. Il me reste peu de temps à vivre, je ne peux pas risquer ça. Alors avant qu'ils ne puissent nous en empêcher, moi je continue.

Un nouveau silence.

— Très bien, dit Mathieu. On est ensemble depuis le début, je continue aussi. J'espère simplement que le dénouement sera plus heureux pour vous que pour Sarah et moi.

— Vous n'êtes vraiment pas obligés, dit Marie. Je suis sincèrement désolée pour Julie, et tout ça prend une tournure qui nous dépasse tous, mais je peux me débrouiller toute seule maintenant.

— Moi aussi je reste, dit Sarah. Je veux savoir qui est le type qui nous a dit qu'on pourrait retrouver nos proches et pourquoi il a fait ça. C'est de sa faute si ça se passe comme ça.

Marie fit un geste d'acquiescement.

— D'accord. Alors il faut qu'on décide comment on s'organise à partir de maintenant.

Mathieu remarqua que Sarah tripotait depuis quelques instants un portable qui n'était pas le sien.

— C'est quoi ce téléphone ?

Sarah leva les yeux et découvrit que tous la regardaient avec curiosité.

— C'est celui de mon père. Je lui ai pris avant de partir.

— Mais… pourquoi ? fit René soudain inquiet. C'est la première chose que la police va essayer de localiser… !

— J'avais envie de savoir des choses sur lui. Je suis désolée.

— Il est surement verrouillé, dit Mathieu.

— Je sais, mais ça peut s'arranger. En attendant…

Elle éteignit le cellulaire et ouvrit le tiroir sur le côté pour en extraire la carte sim qu'elle glissa au fond de sa poche.

— Bon, dit Marie, le plus urgent c'est de quitter la ville. Après on avisera.

La voiture de Mathieu les emportait à nouveau tous les quatre, cette fois en direction de Chicoutimi. Il leur fallait maintenant trouver un autre point de chute, et surtout mettre des kilomètres entre le cadavre de Pierre et eux.

Le paysage défilait à travers les vitres le long de la route 175. Le soleil était réapparu en fin d'après-midi, chassant les nuages et les idées noires. Maintenant que les événements s'étaient calmés, ils commençaient à réaliser dans quel pétrin ils s'étaient fourrés. La vie avait à présent une saveur particulière, un mélange d'excitation, de culpabilité et de liberté. Comme si s'ouvrait devant eux un horizon totalement nouveau, sans repères et sans certitudes, à part celle de découvrir la vérité au bout du chemin, coûte que coûte. Et malgré la peur.

— Est-ce que vous croyez que notre signalement a déjà circulé dans tous les postes de police de la région ? demanda René.

— Si c'est le cas, dit Mathieu, on ne va pas tarder à le savoir.

— Je ne crois pas qu'on nous ait vues quand on a quitté l'appartement, dit Marie. C'est un logement social, pas le genre d'immeuble où il y a des caméras de surveillance.

— Hum, fit René, sceptique, il y a toujours un vieux qui s'emmerde et qui passe ses journées derrière un rideau à guetter les allées et venues.

— Ça sent le vécu, fit Sarah sans lever le nez de son portable.

René haussa les épaules.

— C'est toujours mieux que de passer son temps sur Yutube.

— Youtube. On dit Youtube.

Marie se tourna vers l'adolescente.

— Tu arrives à trouver un hôtel ou quelque chose d'un peu planqué ?

Sarah faisait défiler des pages Internet sur l'écran de son téléphone.

— On ferait pas mieux de louer une chambre d'hôtes ?

— Le problème, fit remarquer Mathieu c'est qu'il y aura toujours quelqu'un qui verra nos têtes.

— On va quand même pas dormir dans la voiture ! s'insurgea René.

— On va trouver quelque chose, dit Marie, ne vous inquiétez pas.

Ils arrivèrent en fin d'après-midi devant la petite boutique d'électronique à laquelle ils avaient déjà confié le vieux téléphone de la sœur de René. Le même jeune homme au sourire charmant les reconnut et s'excusa aussitôt. Il n'avait pas encore réussi à extraire toutes les données du portable de Susan, qu'il avait d'ailleurs envoyé à un cousin près de Montréal qui était un as dans ce domaine. En apprenant qu'il devait cette fois débloquer un téléphone plus récent, il fut soulagé de leur dire que c'était beaucoup plus dans ses cordes. Malgré tout, il était surchargé de travail et il ne pourrait pas le faire avant plusieurs jours.

Marie, René, Mathieu et Sarah s'arrêtèrent dans un café qui paraissait tranquille. Ils ne purent s'empêcher de jeter un regard alentour, guettant un uniforme ou une voiture suspecte.

Après avoir chacun commandé une boisson, ils se laissèrent aller au fond de leur chaise. Marie observait ses trois compagnons. Ils n'étaient plus des étrangers à présent, et passer du temps avec eux lui faisait du bien. La souffrance d'avoir dû tuer un homme n'était soutenable que parce qu'ils étaient là. Elle repensa à l'hôpital, à ses collègues, à ses patients, aux femmes qui continuaient à accoucher... Comme cette vie lui paraissait loin maintenant. Elle se surprit à réaliser que cela faisait des jours qu'elle ne s'était pas souciée de savoir si son chef de service avait pu lui trouver une remplaçante. Et le fait qu'elle n'ait plus reçu de message depuis un moment, soit pour l'incendier, soit pour lui demander de revenir, prouvait que décidément personne n'était indispensable dans ce bas monde. Elle se dit aussi que si elle était restée tranquillement chez elle, si elle n'avait pas cédé aux sirènes de l'espoir, à cette promesse invraisemblable qu'elle allait pouvoir retrouver son fils, elle ne serait pas aujourd'hui une meurtrière. Elle essaya de chasser cette pensée de son esprit, mais dès qu'elle fermait les yeux, le cadavre de Pierre affaissé sur le parquet s'imprimait sur ses rétines.

— Oh... ! lâcha soudain Sarah, la tête penchée sur l'écran de son portable.

Les autres la regardèrent, intrigués.

— Qu'y a-t-il ? demanda Mathieu.

La jeune fille mit quelques secondes à répondre.

— Le document que j'ai photographié dans le bureau de l'agent de probation...

— La fiche de ton père ?

— Oui. En fait derrière, sur l'écran de l'ordi, on aperçoit d'autres fichiers ouverts, j'avais pas fait gaffe.

— Et donc ? demanda René, d'autant plus intéressé qu'il avait donné de sa personne pour qu'ils puissent obtenir ce document.

— Il y a une liste de « détenus libérables » cette année.

— Il y a ton père dessus ?

— Oui, mais c'est pas ça le truc intéressant. Il y a un type qui est sorti de prison le mois dernier. Il était là depuis 2009.

— Treize ans de taule ? C'est ce qu'on appelle un séjour longue durée, fit René. Qu'est-ce qu'il a fait pour mériter ça ?

— Apparamment, il a agressé un môme.

Marie se redressa sur sa chaise.

— En quelle année tu dis ?

— 2009.

— Et il habitait où ?

— Valin.

Marie se figea, le visage tendu.

— C'est juste à côté de Saint-Fulgence, là où Tim a disparu, dit-elle, comme si elle se parlait à elle-même.

29

— Y'A PAS BEAUCOUP D'ARTICLES sur le sujet, dit Sarah alors qu'ils étaient en route vers Valin, et ils disent tous la même chose. Le gars était bourré et il a agressé un de ses neveux de dix ans. Le gamin est allé voir son père direct et lui a tout raconté. (Soudain son expression changea et elle leva le nez de son écran.) J'ai envie de faire pipi, on peut s'arrêter ?

Mathieu soupira.

— Tu aurais peut-être pu faire ça au café avant qu'on parte ?

— J'ai pas eu le temps papa, vous avez tous décollé à cent à l'heure. Pour des vieux, vous avez encore de l'énergie.

Mathieu leva les yeux au ciel et gara la Honda sur le bas-côté de la route, le long d'un bosquet.

— J'en ai pas pour longtemps, c'est juste number one.

Elle se faufila hors de la voiture et disparut derrière les arbustes, tandis que les phares des véhicules qui les dépassaient projetaient leurs lumières fugitives.

Dans l'habitacle, René se recala dans son siège. Tous ces kilomètres en voiture faisaient souffrir son dos.

— Elle a l'air de tenir le choc plutôt bien, non ? dit-il.

Marie fit une moue qui disait sa perplexité.

— Je ne sais pas. Je crois qu'il ne faut pas trop se fier aux apparences. On a tous une capacité à faire comme si tout allait bien, mais si on creuse un peu…

Mathieu acquiesça.

— Je suis d'accord. Elle surjoue le côté « mon père est mort sous mes yeux mais je suis cool ». C'est une défense comme une autre, j'espère juste qu'elle ne va pas s'écrouler d'un coup. Et vous, comment vous allez ?

Il fixait Marie, qui semblait surprise par la question.

— J'essaie de ne pas y penser pour l'instant. Ça aide sans doute d'avoir déjà côtoyé la mort dans mon métier.

— Oui enfin la différence c'est que je ne crois pas que vous ayez jamais tué un de vos patients.

— Disons que j'essaie de voir ça comme un acte médical, ou quelque chose comme ça.

— Sans émotion, vous voulez dire ? intervint René.

— Ça parait absurde, je sais, mais pour le moment je ne vois pas comment faire autrement.

Mathieu pensait que ce qui lui donnait surtout cette force, c'était l'espoir grandissant de retrouver son fils.

Accroupie derrière les arbustes, Sarah consultait son téléphone. Le message que venait de lui avoir envoyer sa mère l'avait perturbée. Il fallait qu'elle l'appelle, maintenant, et prétexter un besoin pressant était le seul moyen qu'elle avait trouvé pour s'isoler.

La sonnerie retentit dans son oreille, puis la voix de Geneviève se fit entendre.

— Allô, c'est toi ?

— Maman, qu'est-ce que tu fais debout à cette heure-là à envoyer des messages ? Il est presque deux heures du mat' chez toi.

— Comment veux-tu que je dorme, j'ai plus de nouvelles depuis des jours.

— C'est pour ça que t'es tombée malade ?

— J'en sais rien. Mais ça a pas dû aider. Le toubib a dit que je devais me reposer, je stresse trop.

— C'est de famille.

— Comment tu vas, raconte-moi, qu'est-ce qui se passe ?

— Ça va maman, ça va…

— Tu en es où de tes recherches ?

Elle sentait encore les mains de son père glisser sur ses épaules. Elle revoyait ses yeux qui viraient au blanc d'un seul coup dans une odeur de poudre. Elle ne pouvait pas lui dire. Pas plus qu'elle ne se sentait le droit de lui raconter qu'il l'avait quittée pour une fille qui faisait des passes dans des clubs de striptease. Si un jour elle avait le courage de lui avouer tout ça, ce ne serait pas au téléphone alors qu'elle était au fond de son lit clouée par l'angoisse et la fatigue.

— Y'a pas grand-chose de nouveau. Je suis avec des gens bien, ils cherchent aussi quelqu'un et je veux les aider.

— Je te reconnais bien là. Penser aux autres avant toi, hein. C'est pas de moi que tu tiens ça.

— Tu dis n'importe quoi.

Un silence les sépara quelques secondes.

— J'ai croisé ton professeur principal au super marché, dit Geneviève. Il m'a dit que si tu te présentais pas à l'examen, ce serait un vrai gâchis.

— Ça m'étonne pas, il a toujours dit des trucs pas très inté-ressants.

Sarah sentait son énergie s'évaporer au fur et à mesure de la conversation. Elle avait une envie folle de tout plaquer et de sauter dans le premier avion en partance pour la France. Se jeter au cou de sa mère, pleurer dans ses bras. Mais il fallait résister. Elle avait encore des choses à apprendre sur son père, et elle voulait vraiment aider les autres. Le lien qui les unissait maintenant était tellement fort.

— Faut que j'y aille maman. Repose-toi et soigne-toi bien, on va se revoir vite.

— J'espère ma petite fille, j'espère. Fais attention à toi, le monde est méchant tu sais. Surtout avec les jolies filles un peu naïves et qui se croient super fortes.

Sarah sourit en même temps que les larmes lui montaient aux yeux.

— Je t'embrasse maman.

Elle raccrocha et se passa un doigt sous les cils pour les essuyer. Les autres avaient besoin de sa force, pas de sa faiblesse.

La nuit était presque noire quand ils arrivèrent dans la cour d'une ferme à la sortie de Valin, sur la rive nord du Saguenay. Deux fenêtres étroites étaient allumées, témoignant d'une présence humaine. Sur la gauche, une grange côtoyait une autre maison plus petite. L'odeur de foin se promenait partout, parfumant l'air tiède de juin.

Marie, Mathieu, René et Sarah descendirent de la voiture et s'avancèrent vers le bâtiment aux fenêtres éclairées.

— Comment on présente ça ? demanda René. On dit qu'on est de la police ?

Mathieu tiqua.

— Ça fait un mois qu'il est sorti de prison, je doute qu'il ait très envie de parler à des cochons.

— Des cochons ? fit Sarah.

— Des flics, comme vous dites en France.

Alors qu'ils étaient à quelques mètres de la bâtisse, un bruit leur fit lever les yeux vers le premier étage. Une silhouette imposante apparut dans l'embrasure d'une fenêtre entrouverte.

Mathieu ouvrit la bouche pour parler, mais son regard se figea soudain.

— Attention ! hurla-t-il.

Il se précipita sur les autres pour les faire reculer et les mettre à l'abri. À peine s'étaient-ils réfugiés derrière un véhicule agricole garé dans la cour qu'une détonation déchira la nuit.

— Mais qu'est-ce qui se passe ? cria Sarah en se protégeant la tête avec les mains.

— Il a un fusil non de dieu ! fit René.

Une autre détonation claqua, la terre vola à leur pied.

— Merde, il est fou furieux ! rugit Mathieu.

Ils se tassèrent un peu plus derrière l'énorme roue du véhicule.

Soudain la voix éraillée d'une vieille femme résonna à l'intérieur du bâtiment.

— Arrête tes niaiseries Marcel ! Ça suffit maintenant !

Puis des râleries inaudibles qui s'estompèrent tandis que quelqu'un refermait la fenêtre.

— Qu'est-ce qu'on fait ? demanda René après un temps.

— On dirait que l'orage est fini, dit Marie en se redressant avec précaution.

Sarah se releva en époussetant son short.

— Vous avez toujours envie de l'interroger ?

Mathieu secoua la tête.

— Moi je me demande surtout comment on peut laisser un type comme ça sortir de prison.

— C'est con qu'on puisse pas aller voir la police, fit Sarah, je l'aurais bien dénoncé ce bâtard.

La même voix éraillée qu'ils avaient entendue les fit sursauter.

— Il est pas méchant. C'est juste qu'il est un peu sensible depuis qu'il est sorti.

Ils levèrent les yeux et découvrirent une femme grande et ridée, sa chevelure grisonnante en liberté au-dessus de son regard bleu azur.

— Vous lui voulez quoi à mon Marcel ? poursuivit-elle.

Marie la dévisagea. Une grande douceur se dégageait de ses traits, dans un contraste saisissant avec sa voix rocailleuse.

— C'est votre fils ?

La femme se contenta de hocher la tête en guise d'acquiescement.

— Est-ce qu'on pourrait lui parler ? demanda Mathieu.

— Lui parler de quoi ?

Il échangea un bref regard avec Marie.

— Qu'est-ce qui s'est passé en 2009 ? poursuivit-il.

La femme lâcha un soupir agacé.

— Vous êtes des journalistes, pas vrai ? Vous pouvez pas lui foutre la paix maintenant ?

— Nous ne sommes pas journalistes, intervint Marie. On cherche juste des réponses.

La femme tourna la tête vers la fenêtre d'où les coups étaient partis, puis leur fit face de nouveau.

— Il a rien fait, c'est ça la vérité. Son neveu c'était un petit con à l'époque, c'est un grand con maintenant. Et c'est surtout un sale menteur. Il a été raconté que mon Marcel l'avait touché, tout ça pour se venger parce qu'il avait pas voulu lui donner ses petits soldats en plombs qu'il tenait de son grand-père. C'est ce sale môme qui aurait dû aller en prison.

— Vous avez des preuves de ça ? Vous en avez parlé j'imagine pendant le procès ?

— J'ai pas besoin de preuves. Je suis sa mère, je sais.

Marie fixa un moment le sol. Elle pensait à Tim. Elle l'imaginait entre les mains de cette brute capable de tirer au fusil sur des inconnus.

— Il n'a jamais eu d'autres… problèmes, avec les enfants ?

— Jamais ! Qu'est-ce que vous allez chercher là ?

— En 2008, il vivait déjà ici ?

— Bien sûr, il a toujours aidé à la ferme, même tout gamin. C'est un courageux mon fils ! Mais je sais où vous voulez en venir.

— Comment ça ? fit Mathieu.

— Vous voulez que je vous dise qu'il est responsable de ce qui s'est passé à cette période, avec toutes les disparitions là.

Marie ouvrit de grands yeux.

— Quelles disparitions ?

— Bah, c'est des rumeurs, des trucs que les gens aiment raconter pour se donner de l'importance.

— Qu'est-ce qu'elles disaient ces rumeurs ? demanda Marie.

La femme haussa les épaules.

— Des niaiseries. On parlait d'enlèvement d'enfants. Pour des rites sataniques ou je sais pas quoi. Des conneries je vous dis.

— Des rites sataniques ?

— Oui, y'en a même qui disaient qu'on avait retrouvé des enfants avec des signes bizarres tatoués sur la peau. Mais personne a jamais rien pu prouver, d'ailleurs je sais même pas si la police a enquêté.

Marie, Mathieu, René et Sarah se regardèrent. Ils savaient qu'ils pensaient à la même chose. Sarah sortit son téléphone de sa poche.

— Des signes comme celui-là ? demanda-t-elle en lui montrant les photos qu'elle avait prises à la ferme du fjord.

La femme se pencha au-dessus de l'écran.

— Oui, voilà, des trucs comme ça. En tout cas moi ce que je sais, c'est que mon Marcel, il a rien à voir avec tout ça.

Des bruits sourds se firent entendre dans la bâtisse dont la porte était restée entrouverte. Comme si quelqu'un déplaçait des meubles pour se défouler.

— Il faut que je vous laisse, dit la femme en replaçant une mèche grise autour de son oreille. Et s'il vous plait, arrêtez de l'embêter avec tout ça.

Marie, Mathieu, René et Sarah la regardèrent s'éloigner vers le bâtiment. En levant les yeux, ils distinguèrent à la fenêtre la silhouette massive d'un homme qui semblait les défier depuis son poste de surveillance.

Alors ils tournèrent les talons et se dirigèrent vers la voiture dans laquelle ils remontèrent. Mathieu fit jouer la clé dans le démarreur et le véhicule s'éloigna sur le sentier de terre en cahotant.

Le silence les accompagna pendant quelques centaines de mètres. Puis Mathieu prit la parole.

— Qu'est-ce que vous en pensez ?

René secoua la tête.

— Qu'il y a vraiment beaucoup de dingues dans la région !

— Moi j'ai l'impression que cette femme était sincère, dit Sarah. Elle avait un regard franc.

— C'est ces gens-là qui vous mentent le mieux. Je ne sais pas ce que valent ces histoires de disparitions et de tatouage, mais j'ai eu le sentiment qu'elle en savait plus que ce qu'elle voulait en dire.

— Il y a souvent des légendes de ce genre dans les campagnes, dit Mathieu. À partir d'un simple fait divers, les gens s'amusent à fabriquer un mythe.

— Peut-être, mais Tim lui, a réellement disparu, dit Marie. Et je n'ai jamais cru à l'hypothèse de la noyade.

Le silence s'installa de nouveau dans l'habitacle, dans un mélange de tristesse et de questions sans réponses.

Soudain le téléphone de Marie vibra dans sa poche. Elle le prit en main.

— Allô ?

— Allô, bonjour c'est madame Bélanger. Je suis la responsable de l'association d'aide aux familles de disparus. Vous êtes passés l'autre jour ?

Marie eut un moment de flottement.

— Ah euh… oui, oui en effet.

— Mon assistante m'a dit que vous aviez des questions à propos d'une personne disparue ?

— Euh… oui… mon fils. J'ai trouvé dans vos archives une photo de lui avec un camarade de classe, mais ça ne m'a pas permis de remonter très loin.

— Vous me rappelez son nom ?

— Tim. Tim Lemieux. Il avait onze ans quand il a disparu au bord de la rivière Saguenay.

— Oui, je me souviens très bien. La police n'avait malheureusement pas réussi à faire aboutir les recherches. Est-ce que vous avez eu des éléments nouveaux ?

Marie consulta les autres du regard. Elle n'avait aucune envie de parler des colis et des indices à une personne qu'elle n'avait jamais rencontrée, aussi aimable fût-elle.

— Non… pas vraiment. Et… de votre côté ?

Marie sentit que madame Bélanger réfléchissait. Comme si elle voulait absolument pouvoir lui annoncer une bonne nouvelle.

— Malheureusement… je ne vois pas, non. Je suis désolée.

Marie croisa le regard de René sur la banquette arrière. Elle tilta.

— Nous recherchons une autre personne, fit-elle. Susan Bouchard. Est-ce que ça vous dit quelque chose ?

Madame Bélanger enchaina avec une voix plus enjouée.

— Susan Bouchard… Oui, en effet… Je me souviens qu'une personne était passée à l'association, quelques mois après la disparition de madame Bouchard. Une journaliste locale si mes souvenirs sont bons. Elle avait posé beaucoup de questions, je crois qu'elle voulait écrire un article. Mais à ma connaissance, rien n'est jamais paru.

— Vous auriez son nom ?

— Malheureusement, je ne crois pas l'avoir noté.

— À quoi ressemblait-elle ?

— Une femme assez grande, avec une certaine classe, les cheveux grisonnants… mais vous savez, ça fait quatorze ans, ma mémoire n'est plus très fraiche.

— Et le journal pour lequel elle travaillait ?

— Pareil, je ne me souviens plus des détails.

— Je comprends. Vous vous rappelez quel genre de questions elle avait posées ?

— Je me souviens qu'elle avait insisté pour savoir si on avait une adresse dans le dossier de madame Bouchard. Je m'étais dit qu'elle voulait se rendre à son domicile, pour interroger ses proches, essayer d'avoir des détails sur l'affaire.

— Et vous lui avez donné ?

— Non. À moins que ce soit la police qui nous en fasse la demande, nous préférons ne pas divulguer ce genre d'informations.

— Bien sûr. Écoutez, je vous remercie madame et…

— Attendez ce n'est pas tout.

— Oui ?

— L'année dernière, à peu près à cette saison, un homme est également venu poser des questions à propos de madame Bouchard.

Marie se tourna à nouveau vers les autres, suspendus aux lèvres de son interlocutrice.

— Un homme ? Que voulait-il ?

— La disparition de madame Bouchard semblait le passionner. Il s'intéressait notamment à la journaliste dont je viens de vous parler. Il voulait savoir où elle travaillait.

— Il vous a laissé son nom ?

— Non.

— Il ressemblait à quoi ?

— Il était assez… bizarre. Taille moyenne, une grosse barbe

noire, des lunettes de soleil et une casquette vissée sur la tête. Il parlait comme s'il voulait transformer sa voix, c'était assez ridicule. À vrai dire, on aurait cru un déguisement pour Halloween.

Marie, Mathieu, René et Sarah se dévisagèrent avec gravité.

Ils avaient compris de qui il s'agissait.

30

RENÉ ÉTAIT CONTENT de pouvoir ôter ses chaussures. En plus de son dos et de sa hanche, un vilain cor au pied le faisait souffrir depuis quelques jours. Trop de marche, trop de frottements, il n'avait plus l'âge pour encaisser un tel rythme. Sans compter le stress déclenché par les événements récents. Il n'était pas présent dans l'appartement du père de Sarah quand Marie lui avait tiré dessus, mais il avait l'impression d'avoir vécu la scène et d'avoir ressenti une émotion aussi forte que celle qu'avaient exprimée les deux femmes. Ce qui le rendait nerveux également, c'était de constater que leurs recherches pour retrouver leurs disparus avaient pris une tournure dramatique. Julie et Pierre étaient morts. Pas franchement une réussite. Est-ce qu'il en serait de même pour Susan ? Est-ce que c'était inéluctable ? Est-ce que toute cette longue aventure n'était là que pour mettre un point final à leurs histoires à tous, leur prouver que l'espoir de revoir ces êtres chers était définitivement vain ? Peut-être qu'au fond le type qui était derrière tout ça pensait leur rendre service...

On frappa à la porte. Il se leva du lit et alla ouvrir. C'était Sarah.

— Réunion dans la chambre de Marie. (Elle leva le nez pour

renifler l'air.) Wow, ça pue encore plus que dans la mienne. Un mélange de vomi et de moisissure, non ?

Ils étaient descendus dans ce motel sur la route de Jonquière, un des arrondissements de la ville de Saguenay, parce que les avis qu'ils avaient lus sur TripAdvisor les avaient convaincus que c'était l'endroit idéal pour se reposer sans être inquiétés. Un personnel peu accueillant pour qui les clients semblaient invisibles, un service de chambre quasi inexistant (Sarah avait retrouvé une serviette sale pendue à la barre du rideau douche), bref la certitude de passer à peu près inaperçus. Même si les dernières informations étaient plutôt rassurantes : la police avait découvert le corps de Pierre et privilégiait un règlement de compte entre escrocs. Vu le pédigrée du bonhomme, ça paraissait plausible.

Mathieu était assis dans un fauteuil près de la porte de la salle de bain tandis que Marie faisait les cent pas devant la fenêtre. René prit place sur le lit et Sarah resta debout, appuyée contre un mur. Tous étaient fatigués, aussi bien physiquement que nerveusement. À travers les vitres trop fines, on entendait le ballet des voitures sur la route 170.

Marie prit la parole.

— Visiblement, notre ami barbu à casquette a bien préparé son affaire.

— Vous croyez qu'il a fait des recherches sur chacun de nos disparus ? demanda René.

Mathieu hocha la tête.

— C'est certain. Il a tout planifié, tout prévu, tout organisé.

— Un psycho, quoi, fit Sarah. C'est ce que je dis depuis le début.

Elle s'enleva une peau qui dépassait de son ongle.

— Alors pourquoi il distribue les indices au compte-goutte ? demanda René.

— Il a peut-être envie de s'amuser, fit Mathieu. Je suis sûr qu'il nous suit. C'est sa série Netflix, il est le scénariste en chef, alors il aurait tort de bâcler les derniers épisodes.

— Elle est nulle sa série, lâcha Sarah dans sa barbe.

— C'est surtout une drôle de façon de s'amuser, fit remarquer

René. En tout cas, il en sait plus que moi. J'ignorais qu'une journaliste s'était intéressée à la disparition de Susan, au point de vouloir en faire un article.

— Vous pensez qu'il a réussi à la retrouver ?

— On ne le saura que si on le retrouve lui.

— Mais comment on peut faire ça ? demanda Sarah. C'est un fantôme ce gars, il est partout et nulle part.

— Comme Dieu, dit René avec philosophie.

Mathieu haussa les épaules.

— Je crois justement qu'il se la raconte un peu trop. Ça va forcément lui péter à la figure à un moment ou à un autre.

Marie regardait par la fenêtre. Dehors, les voitures étaient sagement garées sur le parking qu'un réverbère anémique éclairait en diagonale.

— Est-ce que vous pensez que le type qui nous a tiré dessus tout à l'heure est pour quelque chose dans la disparition de Tim ?

La question flotta dans la pièce un instant, comme si personne ne voulait se hasarder à l'attraper au vol.

Mathieu rompit le silence.

— Tout est possible. On pourrait toujours y retourner, fouiller partout, mais je suis pas sûr que ça nous amène quelque part.

— Qu'est-ce qu'on a comme autres possibilités ? demanda René.

— Il y a cette histoire de disparitions d'enfants, dans la région…

— Ouais, fit Mathieu, sceptique, pour moi c'est bidon. Une légende urbaine.

René renchérit.

— Elle a dit ça pour essayer de disculper son fils, c'est gros comme une maison.

— Pourtant, fit Sarah…

Les autres se retournèrent. Elle était une fois de plus penchée sur son écran.

— Il y a un article de 2010 dans « Le Petit Saguenay » qui en parle. Plusieurs enfants auraient disparu, avant de réapparaître quelques jours plus tard. La police a dit que c'étaient des fugues.

— Ils avaient quel âge ces gamins ? demanda Mathieu.

— Entre six et dix ans.

— Un peu jeune pour fuguer, fit René. Quoi que maintenant, avec la nouvelle éducation…

— Ils donnent des précisions ? demanda Marie.

Sarah parcourut à nouveau l'article avant de secouer la tête.

— Il y a l'interview d'une femme qui dit qu'elle a récupéré son fils dans un sale d'état. Il a disparu une journée, il y a cinq ans.

— Ils donnent son nom ?

— Non. Mais elle est photographiée devant une maison, j'imagine que c'est la sienne. Et on voit le numéro sur la porte.

René fit une moue perplexe.

— Ça parait quand même difficile de la retrouver.

— Pas forcément papy. On sait que c'est sur Saguenay. C'est une maison style lotissement des années soixante. Suffit de chercher ce genre de quartier sur Google Maps, et après on affine avec Street View. Ça prend un peu de temps, mais c'est comme trouver le code d'un cadenas à trois chiffres : on y arrive toujours.

Mathieu était impressionné par la démonstration.

— Très bien, on te laisse faire.

Sarah fit un signe d'au revoir avec la main façon militaire et prit congé.

Toujours assis sur le lit, René laissa échapper un profond soupir. Marie quitta la fenêtre pour venir s'asseoir à côté de lui.

— Un problème René ?

Le vieil homme s'affaissa un peu plus, visiblement épuisé. Il se massa le dos en grimaçant.

— J'ai l'impression qu'il y a des pistes pour tout le monde, sauf pour ma pauvre Susan. Je crois que je ne la reverrai jamais, et c'est peut-être mieux comme ça. Elle n'aimera pas me voir dans ce triste état.

Marie posa une main sur son épaule. Elle pouvait sentir sa fragilité à travers le tissu de sa veste.

— Tout s'est enchainé très vite, pour Julie, pour Pierre… C'est vrai qu'on n'a plus trop creusé du côté de Susan, je suis désolée…

— Surtout, ajouta Mathieu, que les indices du barbu à casquette se sont faits rares ces derniers jours. Comme s'il nous avait aiguillés au début et qu'ensuite on devait se débrouiller tout seuls.

— C'est vrai, confirma Marie. Peut-être qu'en reprenant la réflexion, on pourrait penser à de nouveaux éléments.

— On s'était arrêtés au soupirant de votre sœur, dit Mathieu. Comment s'appelait-il déjà ?

— Francis Letourneau je crois, précisa Marie.

René haussa les épaules.

— Arrêtez avec cette idée stupide. Susan n'a jamais eu de soupirant. Je vous dis que je l'aurais su.

— Parfois on ne voit pas l'évidence, fit Mathieu.

— De toute façon, il est mort.

Marie réfléchissait, le regard perdu sur la moquette usée de la chambre.

— Est-ce que Susan était croyante ? demanda-t-elle.

— On peut dire ça.

— Elle a donc eu une éducation catholique quand elle était jeune ?

— Oui, comme moi. À cette époque, on n'y échappait pas. Ça vous façonnait pour la vie. Les jeunes générations n'ont pas connu ça.

— Personnellement, ça ne m'a pas manqué, dit Mathieu en essayant d'être léger.

— Chacun ses convictions, poursuivit René. Vous savez ce qu'a dit Thomas Chapais ? C'était un homme politique. « Un Canadien français qui n'est pas catholique constitue une anomalie. Un Canadien français qui n'est plus catholique après l'avoir été constitue une monstruosité ». C'est le genre de choses qu'on nous apprenait à l'école.

Marie hocha la tête, toujours pensive.

— Quand on a interrogé la bibliothécaire, je me souviens qu'elle avait l'air scandalisée à l'idée que Susan puisse fréquenter un garçon. Et qu'elle en avait même parlé au curé.

— C'est vrai, acquiesça Mathieu, je m'en souviens aussi.

— Et donc ? fit René qui ne voyait pas où ils voulaient en venir.

Marie poursuivit.

— Je me dis que, vu le contexte de l'époque, elle devait surement aller régulièrement se confesser.

— En effet, concéda René. On devait y aller au moins une fois par mois. Et on avait tellement peur d'être excommuniés qu'on ne s'amusait pas à raconter des sornettes.

— Donc si le curé était au courant de ses « agissements », il a dû lui poser des questions, et on peut supposer qu'elle lui a dit la vérité. Pour se faire pardonner. C'est bien comme ça que ça marche ?

— Oui, mais je ne vois pas…

— Vous vous souvenez du curé de cette époque ?

— Ah ça oui ! Un gros type d'une trentaine d'années, déjà rougeaud, le front luisant. Son confessionnal puait la transpiration !

— Ça devait être agréable. Vous vous souvenez aussi de son nom ?

— Le père Dufour. Ça lui allait comme un gant. Il doit être mort depuis longtemps.

— Il aurait quel âge aujourd'hui ?

— Oh, dans les quatre-vingt-dix ans.

— Vous savez, il y a beaucoup de gens encore plus âgés qui sont toujours en vie.

Le regard de René s'éclaira.

— Vous croyez que…

— Ça coûte rien de se renseigner, compléta Mathieu. Et si jamais il est toujours de ce monde, il a sans doute des informations intéressantes à propos de Susan.

— Hum…, fit René avec lassitude. Peut-être. En attendant, je vais aller me coucher, je suis exténué.

Il se leva doucement. Marie et Mathieu l'accompagnèrent jusqu'à la porte et le suivirent du regard dans le couloir en lui souhaitant bonne nuit.

Puis Mathieu se retourna vers Marie, hésitant.

— Je crois que je ferais bien d'aller me coucher moi aussi.

Elle restait immobile, le regard inquiet.

— Ça va… ? demanda-t-il maladroitement.

Elle laissa échapper un imperceptible soupir, entre contrôle et résignation.

— Parfois, j'ai l'impression que Tim est là, tout proche, et que demain je vais le serrer dans mes bras. Et d'autres fois je me dis que... (Elle s'arrêta, confuse.) Je suis désolée... je vous dis ça alors que Julie...

Il posa la main sur son épaule, comme pour la rassurer.

— Julie n'était plus dans ma vie depuis des années. Je sais, c'est étrange de le dire comme ça, mais le fait de connaître la vérité... disons que je m'étais habitué à vivre sans elle, et même si c'est douloureux, même si d'une certaine façon mon amour pour elle sera toujours là, c'est moins douloureux que je ne le pensais. Je ne sais pas si on peut comprendre ça.

— Si... on peut. En tout cas, moi je le comprends.

Elle le fixait avec un air inhabituel, apaisé. Comme si là, dans l'instant, elle avait envie de laisser de côté le tourbillon d'angoisse et d'espoir entremêlés dans lequel ils tournaient depuis des jours. Alors elle approcha son visage du sien et, sans un mot, elle posa ses lèvres sur les siennes. Un baiser doux comme une parenthèse de coton.

— Je..., commença-t-il.

Elle le fit taire d'un geste. Puis elle posa sa main sur la porte entrouverte et la referma devant lui, lentement, avec un regard tendre qui voulait dire « bonne nuit, et à demain ».

31

CROISSANTS, tartelettes aux bleuets du lac Saint-Jean, jus de fruits frais, thé au jasmin, café torréfié… Le petit-déjeuner du motel se révéla d'un standing bien plus élevé que ne le laissait penser l'état des chambres et la qualité du personnel. Fallait-il y voir un bon présage pour cette nouvelle journée ?

Sarah avait passé une partie de la nuit sur internet et avait finalement réussi à identifier la maison de la mère qui avait témoigné dans le « Petit Saguenay » à propos de l'enlèvement supposé de son fils. Elle habitait une petite maison toute blanche à Port-Alfred, dans le quartier de la Baie à l'extrémité est de la ville.

De son côté, Marie avait appelé le presbytère de la paroisse que fréquentaient René et Susan à l'époque de leur adolescence. La personne qu'elle eut au téléphone lui apprit que le père Dufour était toujours de ce monde, même si sa santé commençait à décliner. Il s'était installé à Jonquière et venait encore à la messe le dimanche, quand ses rhumatismes le laissaient tranquille.

— C'est incroyable que ce crotté soit toujours en vie, dit René en trempant ses lèvres dans son thé. La foi, visiblement ça conserve.

— Comment on s'organise ? demanda Sarah en bâillant dans son verre de jus d'ananas.

— Je crois que le mieux, c'est de faire à nouveau deux équipes, non ? suggéra Mathieu.

Marie acquiesça.

— J'irai avec Mathieu voir cette femme, pour l'interroger à propos de son fils. Peut-être qu'avec un peu de chance il sera là et qu'on pourra aussi lui poser des questions.

— On est devenus des experts à force, pas vrai ? fit René. La police va bientôt pouvoir nous engager pour ses enquêtes.

Mathieu croqua dans une tartelette aux bleuets dont le jus lui coula sur le menton.

— Je crois surtout que la police, c'est son métier, mais ils ne sont pas impliqués, disons, au sens affectif. Ils voient les choses avec beaucoup de recul, mais ils ne les ressentent pas de l'intérieur comme on peut le faire. Ça change la perception. Ils peuvent être efficaces, mais ils peuvent aussi laisser tomber quand ce qu'ils trouvent ne rentre pas dans les cases de leur logique.

— Je n'aurais pas mieux dit, fit Marie en avalant une gorgée de thé du bout des lèvres pour ne pas se brûler.

Mathieu lui adressa un sourire qu'il camoufla aussitôt. Il enchaina.

— Ok, René et Sarah, on vous dépose, chacun fait ce qu'il a à faire et on vous récupère ensuite. Ça marche ?

Tous acquiescèrent. Quelques minutes plus tard, ils étaient prêts à partir.

Le père Dufour habitait au fond d'une impasse, le long de la rivière aux Sables qui déchirait Jonquière du sud au nord entre le lac Kénogami et la rivière Saguenay. La minuscule maison avec son toit vert et ses planches mal clouées ressemblait à celle des trois petits cochons avant qu'elle ne soit emportée par le souffle rageur du loup. Mais pour le moment, seule une brise légère venant de la rivière agitait une clochette au-dessus de la porte. René frappa contre le bois de son index replié, ce qui déclencha une onde déplaisante dans l'ensemble de son corps raidi par la fatigue accumulée. Il glissa un sourire contraint à Sarah, pour essayer de camoufler le trouble mental et physique qui le rongeait un peu plus chaque jour. L'adolescente lui rendit son sourire, sans trop savoir de quoi cette communication silencieuse était le nom. Est-ce que le vieil homme craignait la confrontation avec le curé de ses dix-sept ans ? Est-ce que la transpiration puante de l'homme d'Église allait le ramener dans ce confessionnal où l'on extorquait des aveux à toute une jeunesse terrorisée à l'idée de voir le sol s'ouvrir sous ses pieds pour l'engloutir dans les flammes de l'enfer ?

La porte s'ouvrit et il apparut. Le père Dufour, sa face ronde et luisante désormais mangée par les rides et les tâches de vieillesse, le cheveu rare flottant au-dessus d'un crâne bosselé qui aurait pris des coups de crucifix à force de sonder les âmes et d'en cafter les confidences à Dieu.

— Qu'est-ce que c'est ? articula-t-il en scrutant les deux visages inconnus devant sa porte.

— Nous aimerions vous parler, dit René avec une voix mal assurée.

À nouveau, le curé les dévisagea avec méfiance.

— Vous êtes pas ces fichus témoins de Jéhovah, non ?

René eut une mimique amusée.

— Non, rassurez-vous… je m'appelle René Bouchard et je suis venu avec… ma petite fille, Sarah. Nous voudrions vous poser quelques questions.

— À propos de quoi ?

René jeta un coup d'œil alentour. Un peu plus loin, une voisine déchargeait ses courses du coffre de sa voiture.

— Je pense que nous serions mieux à l'intérieur, dit-il.

Le père Dufour hésita encore une seconde, puis se résigna. Sarah essaya de lire dans ses pensées. Peut-être que finalement, à cet âge-là, une visite ça ne se refusait pas. Le temps devait paraître long quand on savait que la vie avait un peu moins à vous offrir chaque jour.

Ils entrèrent dans une petite pièce qui sentait le renfermé. Un mélange de bois vieux et d'huiles essentielles oubliées sur un meuble. Sur les murs, des cadres emprisonnaient des images pieuses et des paysages de vallée en partie effacés par le temps. Juchés sur un guéridon nappé, deux angelots s'enlaçaient sur un nuage de porcelaine, enveloppés par le tic-tac d'une pendule qui rythmait le silence.

Le curé s'appuya contre une table et se retourna pour faire face à ses interlocuteurs. Un souffle bruyant s'échappait de ses narines couperosées.

— Qu'est-ce que vous voulez savoir ? fit-il sur le ton de celui qui était plus habitué à recevoir des confidences qu'à en faire.

— Vous ne vous souvenez pas de moi ? dit René.

Le père Dufour secoua la tête.

— Non. Je devrais ?

— J'ai fréquenté la paroisse de Baie-Saint-Paul, quand j'étais adolescent.

— Vous n'êtes pas le seul.

Sarah commençait à le trouver vraiment antipathique.

— Je suis le frère de Susan Bouchard. Peut-être que vous vous souvenez d'elle ?

L'homme sembla fouiller dans ses souvenirs. Ses yeux tournaient dans sa face grasse et fripée.

— Non plus. Vous savez combien d'enfants et d'adolescents ont défilé dans mon église ? Alors excusez-moi de ne pas avoir mémorisé le nom ou le visage de chacun d'entre eux.

— Certains étaient malgré tout plus… remarquables que d'autres, fit René sans se démonter.

— Remarquables dans quel sens ?

Sarah vit que la curiosité avait allumé le regard du curé.

— Par leur personnalité, par leurs actes…, continua René.

— Certes. J'ai le souvenir de quelques éléments qui aimaient bien jouer les provocateurs ou faire leur intéressant. Votre sœur était de ceux-là ?

— Je ne crois pas. Mais c'est justement ce que j'aimerais que vous me disiez.

— Ça va être difficile de vous le dire si je ne m'en souviens pas.

René se tourna vers Sarah. Elle comprit que c'était à elle de jouer. Elle sortit son téléphone portable et afficha une photo sur l'écran.

— C'est elle, Susan Bouchard. Elle a dix-sept ans sur cette

photo. Le livre qu'elle tient à la main vient de la bibliothèque de Baie-Saint-Paul. « Le deuxième sexe » de Simone de Beauvoir.

Le curé baissa le nez pour regarder le cliché.

— Je suis désolé, ce visage ne me rappelle rien.

— Vous voyez le foulard qu'elle porte ? enchaina Sarah. C'est celui-ci.

Elle ouvrit son sac et en extirpa le morceau d'étoffe. Elle le tendit au curé. Un peu surpris, il se saisit du foulard.

— Il est très beau mais…

Machinalement il le porta à ses narines. Son ventre se souleva lentement tandis qu'il inspirait pour en humer le parfum. Son regard changea soudain. Il était troublé.

— Ça vous revient ? demanda René.

— Je…, commença le curé, décontenancé.

Sarah échangea un regard avec René. La jeune fille enfonça le clou.

— Je crois que vous savez très bien qui est Susan.

— Je vous promets que je ne m'en souvenais plus. Ça date quand même d'il y a plus de cinquante ans…

— De quoi vous rappelez-vous ?

Le père Dufour se ressaisit, essayant de reprendre le contrôle de la conversation.

— Même si les détails me revenaient, je ne pourrais pas vous le dire. Vous avez peut-être entendu parler du secret de la confession ?

— Je comprends, fit René. Mais Susan a disparu en 2008, sans aucune explication. Nous essayons de savoir ce qui a pu se passer.

— Je ne vois malheureusement pas en quoi je peux vous aider.

— La bibliothécaire, madame Chevrantin, nous a parlé d'une liaison cachée avec un jeune homme. Un certain Francis Letourneau.

— Je suis désolé, je…

Sarah haussa soudain le ton.

— Pourquoi vous regardez mes seins comme ça depuis tout à l'heure ?

Le curé la dévisagea, déstabilisé.

— Qu'est-ce que vous racontez ?

— Depuis mes douze ans, j'ai appris à décrypter les regards des hommes sur moi.

— Mais je vous assure que…

— Vous aimez les jeunes filles, pas vrai ? Vous les avez toujours aimées.

— Mais enfin, je ne vous permets pas…

— Vous ne vous souveniez pas de Susan jusqu'à ce que vous plongiez votre gros nez dans son foulard. Et là tout est revenu ! Dans quoi d'autre avez-vous encore fourré votre nez père Dufour ?

Le curé était tétanisé, les mains crispées sur la table à laquelle il se tenait. René observait Sarah. Cette petite l'épatait de plus en plus. Il aurait été incapable de dire le quart de ce qu'elle venait de balancer à ce porc.

— Qu'est-ce qui m'empêche d'aller voir la police et de leur raconter que vous êtes un sale pédophile ? Vous savez, les curés ont pas trop la cote en ce moment. Et il faudrait pas longtemps aux flics pour trouver des preuves en fouillant dans vos petites affaires. Vous voulez vraiment qu'on joue à ça ?

Le curé se tourna vers René, quémandant son soutien avec un regard de chien battu.

— Vous n'avez pas le droit de faire ça, balbutia-t-il.

— Il y a une autre solution. Vous nous racontez ce que vous a dit Susan quand elle avait dix-sept ans.

Le père Dufour s'affaissa légèrement. Sa respiration gonflait son gros ventre au rythme de l'angoisse qui suintait à travers ses yeux cernés.

— Ça ne sortira pas d'ici, dit René. Et je suis sûr que Dieu vous pardonnera si cela peut nous aider à retrouver Susan.

— Ok, ok…, lâcha le curé, vaincu.

Il s'approcha lentement d'un fauteuil pourpre au tissu élimé dans lequel il se laissa choir dans un bruit de coussins écrasés. Après une pause pour reprendre ses esprits, il se mit à raconter :

— Madame Chevrantin m'avait effectivement signalé une jeune élève qui s'adonnait à des lectures… non recommandées.

— Simone de Beauvoir, c'est pas vraiment le marquis de Sade, l'interrompit Sarah.

Le curé soupira.

— La jeunesse peut être si facilement pervertie, dit-il. Je n'ai pas réussi à surprendre Susan sur le fait, elle était assez habile pour se dissimuler. Mais madame Chevrantin avait compris qu'elle utilisait les livres pour communiquer en secret avec un garçon dans la bibliothèque.

— Un système de code, précisa René.

— Madame Chevrantin n'a jamais réussi à savoir ce que c'était exactement. Mais un jour elle a intercepté un mot glissé entre les pages d'un ouvrage.

— Quel genre de mot ?

— Un poème, visiblement écrit à l'adresse de Susan.

René hocha la tête, essayant d'imaginer la scène.

— Qu'est-ce qui s'est passé ensuite ?

— Madame Chevrantin m'a confié ce document, en me disant qu'elle avait dû à plusieurs reprises séparer Susan d'un garçon qui s'asseyait à côté d'elle. Ce n'était pas le genre de choses qui étaient autorisées.

— Par contre mater les adolescentes…, fit Sarah.

Le curé lui jeta un regard désobligeant. Il poursuivit.

— J'ai convoqué Susan dans mon confessionnal. Et devant les preuves accablantes, elle m'a tout raconté.

— Raconté quoi ? demanda René, impatient.

— Sa liaison avec ce garçon, leurs échanges interdits. Il lui écrivait des mots, des poèmes… Et je suis sûr que c'est lui qui lui avait offert ce fameux foulard, même si ça elle n'a jamais voulu l'avouer.

— Elle avait trop peur que vous le lui piquiez ! lança Sarah. C'était juste une histoire d'amour entre deux ados, qu'est-ce qu'il y avait de si scandaleux !

— Vous n'avez pas connu cette époque, mademoiselle ! s'agaça le curé. Les filles tombaient enceintes facilement, les contraceptifs n'existaient pas, et malgré les mises en garde, elles ne se gênaient pas pour forniquer !

Une vilaine toux l'interrompit, l'obligeant à sortir de sa poche un mouchoir dans lequel il cracha pour calmer son étouffement.

— Qu'est-ce que vous avez fait ensuite ? demanda René.

Le père Dufour se racla la gorge pour chasser un encombrement.

— La seule chose à faire dans un tel cas, dit-il. Avertir les parents.

Il se moucha bruyamment. René le fixa, comme frappé par une révélation.

— C'est vous, dit-il.

— Moi quoi ? fit le curé qui ne comprenait pas.

— C'est à cause de vous qu'on a dû déménager. Je me souviens que mes parents avaient changé d'attitude. Ils avaient pris Susan à part pour une discussion, et elle en était ressortie en larmes. Elle n'a jamais voulu me dire ce qui s'était passé. C'est comme ça qu'on a dû quitter notre école, nos amis…

— Vous devriez me remercier ! tempêta le curé. Je vous ai évité un scandale qui aurait fait de votre sœur une paria, et de votre famille des gens infréquentables ! Vos parents ont bien fait de quitter la ville, ils vous ont donné une deuxième chance !

René cherchait du regard un point d'appui dans la pièce, pour rassembler ses idées, essayer de réfléchir. Oui, c'était clair maintenant, Susan avait changé à partir de ce moment-là. Il n'avait pas voulu se l'avouer à l'époque, mais il était évident en y repensant qu'elle n'avait plus jamais été tout à fait la même. Quelque chose de son insouciance, de sa gaité, de son espièglerie s'était envolé pour toujours.

— Qu'est-ce que vous avez fait de ce poème ? demanda-t-il.

Le curé le regarda d'un air gêné.

— Vous l'avez gardé, n'est-ce pas ? insista René.

Comme le père Dufour ne répondait pas, Sarah intervint.

— Ok, vous avez vraiment envie qu'on aille voir la police…

Le curé lâcha un soupir puis se leva à contrecœur. Il se dirigea à pas lents vers une commode dont il ouvrit un tiroir. Il en retira une grande boite en bois verni noir, ornée de motifs dorés. Il la déposa sur la table devant lui et souleva le couvercle. Il passa en revue plusieurs documents, des feuilles et des lettres rangées entre des intercalaires.

— Vous faites la collection de toutes les lettres que vous avez confisquées ? demanda Sarah, incrédule.

Le père Dufour ne répondit pas et sortit de la boite une feuille à carreaux pliée en quatre. René s'approcha et la lui prit des mains. Puis il la déplia soigneusement avant de la parcourir d'un regard qui brillait d'émotion. C'était un poème, bref et léger, à l'attention de Susan. Chaque vers commençait par une lettre de son prénom. Des mots d'adolescents, frais comme un amour naissant. À la fin du texte, deux initiales en guise de signature : « G. M. ».

René leva un regard étonné vers le père Dufour.

— « G. M. » ? Je croyais que son amoureux c'était Francis Letourneau.

Le curé haussa les épaules.

— C'était peut-être un code. Ou alors votre sœur les collectionnait…

Sarah avait envie de lui mettre sa main dans la face. Ce n'était pas un type avec une gueule à sniffer les culottes des brebis égarées qui pouvait connaitre quelque chose à l'amour.

— C'est qui ce « G. M. » ? insista-t-elle. Vous devez bien le savoir.

— Aucune idée. J'ai évidemment cherché. Aucun élève connu de la paroisse n'avait ces initiales. Mais peu importe, votre sœur était une pécheresse et ça ne pouvait pas rester impuni.

— La punition c'était de lui gâcher la vie, c'est ça ?

— Chacun agit en son âme et conscience.

— Âme et conscience mon cul, lâcha l'adolescente.

René la fixa d'un air réprobateur. Il pouvait comprendre tous les arguments, mais les jurons lui heurtaient les oreilles. Elle leva les yeux au ciel avec une mimique désolée.

René replia le poème et le glissa dans sa poche. Il regarda une dernière fois le curé appuyé contre la table, avec ses mains tremblantes et la sueur qui dégoulinait dans les plis de son cou.

Il était temps de partir.

32

Après avoir déposé René et Sarah dans la rue où habitait le père Dufour, Marie et Mathieu avaient traversé Saguenay d'ouest en est pour rejoindre le quartier de Port-Alfred. Durant tout le trajet, ils n'avaient pas échangé un mot. Chacun avait encore en tête le baiser de la veille. Un baiser encombrant. L'éléphant au milieu de la pièce. Impossible de détourner l'esprit, de penser à autre chose. C'était peine perdue. Le flot des émotions contradictoires qui les parcourait depuis le début s'était enrichi d'une nouvelle couleur, un drôle de serrement au cœur, inattendu, presque incongru. En tout cas trop complexe, ou trop dangereux, pour oser aborder le sujet frontalement.

La voiture s'immobilisa en haut de la rue Lavoie, une petite rue en pente qui risquait de vous emmener tout droit dans le fjord si vous aviez la mauvaise idée d'oublier de serrer votre frein à main. L'endroit était coquet, avec ses maisons toutes bâties sur le même modèle, une structure de bois peinte en blanc, des fenêtres habillées de dentelles, un escalier central montant jusqu'à un porche soutenu par deux piliers, le tout ornementé de décorations florales suspendues se balançant au gré du vent d'été.

Marie et Mathieu vérifièrent le numéro de la maison sur la capture d'écran que leur avait fournie Sarah puis s'approchèrent pour appuyer sur la sonnette. Après une minute, la porte s'ouvrit et une femme apparut dans l'embrasure. Ses cheveux châtains couvraient entièrement ses joues, rehaussant un regard bleu inquiet. Sa bouche se crispa légèrement. Pas le genre à aimer recevoir des visites à l'improviste.

— Bonjour, dit Marie avec son plus beau sourire.

La femme examina ses interlocuteurs à tour de rôle. Marie avait peur qu'elle ne recule et leur referme la porte au nez. Elle enchaina.

— Nous aimerions beaucoup parler avec vous un instant. En fait, nous avons besoin de votre aide.

— Quel genre d'aide ? demanda la femme, toujours sur la défensive.

— Nous avons vécu toutes les deux une expérience commune.

La femme la dévisagea avec étonnement.

— Ah, fit-elle simplement.

Marie prit quelques secondes pour avaler sa salive, puis elle poursuivit.

— Mon fils a disparu il y a quatorze ans. Mais à la différence du vôtre, il n'est jamais réapparu.

Une lueur plus sombre parcourut le regard de son interlocutrice. Après un moment d'hésitation, elle les invita à entrer.

L'intérieur de la maison était à l'image de l'extérieur. Tiré à quatre épingles, une décoration pastelle autour de meubles assortis avec goût. Comme une bulle de confort où l'œil jamais ne rencontrait la moindre aspérité, la moindre contrariété visuelle.

Marie et Mathieu s'installèrent dans un canapé moelleux face à deux fauteuils aux tons clairs, baignés dans une lumière filtrée par deux fenêtres jumelles.

— Je peux vous offrir quelque chose à boire ? demanda leur hôtesse qui essayait de camoufler son malaise évident par une amabilité un peu trop appuyée.

Marie et Mathieu déclinèrent tous les deux d'un mouvement de tête.

— Comment avez-vous su pour mon fils ? demanda-t-elle.

— L'interview que vous avez donnée dans un journal local, au moment de sa disparition.

La femme l'écoutait avec une grande attention, tandis qu'une plaque rouge montait imperceptiblement à l'assaut de sa gorge, juste au-dessus de l'encolure de son chemisier blanc.

— Je vois…

— Ils ont disparu tous les deux dans la même région, presque le même périmètre. Je me dis qu'ils ont peut-être été enlevés par la même personne.

Une bulle de silence les entoura quelques secondes.

— Votre fils a été enlevé ?

— Je ne sais pas exactement ce qui lui est arrivé, mais c'est une hypothèse plausible. La police a plutôt conclu à une noyade dans la rivière, mais je n'ai pas envie de croire à cette version.

— Je comprends… Vous préférez penser que vous allez le retrouver un jour.

— C'est aussi ce que vous avez pensé quand votre fils… ?

— Stephan… il s'appelle Stephan. À vrai dire, mon angoisse a duré peu de temps. Il a disparu un dimanche matin à 10 heures, alors qu'il jouait devant la maison, et il est réapparu le soir même, à 21 heures.

— Est-ce qu'il a pu raconter ce qui s'était passé ?

— Il avait six ans. Il n'était déjà pas très bavard, mais là, il est devenu carrément muet.

Marie sentit ses yeux s'embuer sans qu'elle y puisse rien. Mathieu vit que ses mains s'étaient mises légèrement à trembler. Il prit le relais.

— Quel âge a Stephan aujourd'hui ?

— Onze ans. Il doit suivre un enseignement adapté à sa condition. Il a beaucoup de retard par rapport aux enfants de son âge.

— Est-ce que ce serait possible de le rencontrer ?

La femme eut un mouvement de gène.

— Il n'aime pas rencontrer des étrangers. Et quand ça doit arriver, il faut qu'on le prépare longtemps à l'avance. De toute façon, il ne pourrait rien vous dire.

Marie s'éclaircit la voix.

— J'imagine qu'il a déjà vu un psy ?

— Plusieurs même.

— Et ils n'ont pas vu de progrès ?

— Ses terreurs nocturnes se sont calmées au fil du temps, et son appétit est revenu assez vite. Mais il a toujours du mal avec le contact direct. Il ne peut pas avoir d'amis par exemple.

— Et même dans ses dessins, il n'arrive pas à exprimer ce qu'il a vécu ?

La femme soupira.

— Ce sont des dessins très abstraits. Chaque spécialiste que nous avons vu y est allé de son interprétation. Mais on ne peut en tirer aucune conclusion.

— Donc vous ne savez toujours pas ce qui s'est passé.

— Non. Ça fait partie de mes cauchemars, parce que j'imagine des tas de choses qui ne sont pas vraiment… plaisantes.

— Je comprends, fit Marie en essayant de contrôler l'émotion qui revenait à l'assaut. Quand les médecins l'ont examiné, ils n'ont relevé aucune trace de mauvais traitement ?

— Non. Pas de trace apparente d'abus sexuel ni de blessure. Mais ça ne veut rien dire. Il a pu assister à des choses difficiles pour un enfant de son âge.

Marie hocha la tête, songeuse. Ses pensées galopaient, fouettées par cette conversation qui remuait tant de sentiments éprouvants.

— Excusez-moi, intervint Mathieu. Mais est-ce qu'on a la certitude qu'il a été enlevé ? Après tout, il a disparu moins d'une journée, il aurait aussi bien pu s'éloigner de la maison, se perdre et revenir ?

La femme le regarda d'un air grave.

— Je vous ai dit qu'on n'avait pas trouvé sur lui de traces de sévices à proprement parler. (Elle se pencha en arrière pour attraper un petit cadre où un blondinet en maillot de bain faisait des châteaux de sable sur une plage ensoleillée.) Mais quand il est revenu, il avait ça sur le bras.

Elle tendit le cadre à Marie. Mathieu se pencha pour regarder aussi.

Sur le bras nu de l'enfant, on distinguait nettement des formes dessinées à l'encre noire.

Un *tatouage*.

Marie et Mathieu se consultèrent du regard. C'était le même que celui qu'ils avaient trouvé sur le rat mort de l'hôtel et dans la grange de la ferme du Saguenay.

— Il y a eu une enquête pour savoir ce que ça signifiait ?

Les mains de la femme remirent en place un pli sur sa jupe.

— Je l'ai signalé à la police, mais les recherches n'ont pas pu aller très loin. Pas de témoin, pas de véhicule signalé, un petit garçon muet… Je crois qu'ils ont interrogé des tatoueurs de la région, mais ça n'a rien donné. Et puis Stephan était revenu, il avait l'air en bonne santé, c'était le plus important.

— Et pour vous, ce tatouage avait une signification particulière ? Je veux dire, est-ce que ça aurait pu être un message que quelqu'un voulait vous envoyer ?

La femme secoua la tête.

— Non. Je n'avais jamais vu ce dessin.

— Ça ne pourrait pas être le père de Stephan ?

— Il est mort d'un accident de voiture il y a six ans.

La tristesse montait dans ses yeux comme un vase qui se remplit peu à peu.

— Je suis désolée, dit Marie, je ne voulais pas…

— Ce n'est rien. Stephan est là, c'est le principal. C'est ce que je me dis dans les moments où la vie devient un peu trop difficile. Ça permet de voir les choses autrement.

Marie pensa à Tim. Dans son malheur, cette femme avait de la chance. Elle pouvait serrer son fils dans ses bras. Lui raconter des histoires le soir pour qu'il s'endorme. L'emmener voir la forêt, les écureuils, les couchers de soleil sur la rivière…

Ils échangèrent encore quelques mots avec elle, puis prirent congé. Dehors, le ciel s'était voilé, jetant une lumière grise sur les jolies façades blanches.

Marie et Mathieu se retrouvèrent sur le trottoir, la tête lourde de déception.

— On tourne en rond, s'agaça Marie. On est tout près de découvrir quelque chose, mais il nous manque un élément...

— Il faut continuer à chercher, dit Mathieu, on va bien finir par trouver.

Alors qu'ils allaient s'éloigner pour regagner la voiture, ils sentirent du coin de l'œil qu'un rideau s'ouvrait à la fenêtre derrière eux. La tête d'un garçonnet apparut, blond comme les blés. L'enfant de la photo, un peu plus âgé. Ses yeux clairs et profonds fixèrent un instant Marie et Mathieu. Ceux-ci se rapprochèrent de la fenêtre quand soudain le garçon posa contre la vitre une grande feuille de papier. Ce n'était pas un dessin. C'étaient quelques mots, écrits maladroitement dans une orthographe approximative :

« Cherche le cors dan le boi de Cin-Felix. »

33

Sarah dut ralentir le pas pour attendre René. Il avait bien essayé de suivre la cadence de l'adolescente, mais sa hanche et ses vertèbres douloureuses l'empêchaient d'allonger sa foulée, surtout que la rue montait jusqu'à la sortie de l'impasse. L'air doux de la rivière toute proche n'arrivait pas à tempérer la chaleur de juin. Il sortit un mouchoir de sa poche pour s'éponger le front.

— Ça va ? interrogea la jeune fille.

René expira lentement pour essayer de soulager le poids dans ses vertèbres lombaires.

— C'est gentil de demander. Celui qui trouvera un vaccin contre la vieillesse fera assurément fortune.

Sarah sourit.

— Bah, vous avez pas l'air d'aller si mal. Beaucoup mieux que ce gros pervers de curé en tout cas.

— Tu as réussi à lui faire peur. C'était drôle à voir.

— Suffit de leur mettre le nez dans leur caca et y'a plus personne.

René posa les mains sur ses hanches pour continuer à réguler sa respiration, tout en affichant un air contrarié.

— Je t'avoue qu'à chaque nouvelle information à propos de Susan, j'ai l'impression de recevoir un coup de poignard.

— C'était son droit d'aimer les garçons, non ?

— Ce que je ne comprends pas, c'est pourquoi elle m'a caché ça...

— Chacun a son jardin secret. Vous ne lui avez jamais rien caché vous ?

René observa les arbres frissonner autour d'eux au passage d'une brise qui montait de la rivière. Son regard se perdit un moment dans les feuilles jouant avec la lumière.

— Ce qui se passe quand on cherche une personne, dit-il finalement, c'est qu'on en trouve une autre. Peut-être après tout vaudrait-il mieux ne pas chercher...

Sarah repensa à son père, à son regard qui ne ressemblait en rien à celui du héros qu'elle avait imaginé. Un regard creux, inintéressant, sans lien avec l'intelligence qu'elle sentait bouillir en elle, comme si le fil qui les unissait n'avait pas même l'épaisseur d'un spermatozoïde.

Son portable vibra dans sa poche.

— C'est la boutique d'informatique, dit-elle en consultant l'écran.

René leva les yeux.

— Qu'est-ce qu'ils disent ?

— Le portable de mon pèr... enfin, de Pierre, est débloqué.

— Bien.

— Il y a aussi de nouvelles photos qu'il a réussi à sauver du téléphone de Susan.

L'œil de René s'alluma. La douleur dans son dos venait soudain de s'estomper.

Dans le bois de Saint-Félix-d'Otis, non loin du lac à Nazaire, Marie et Mathieu avançaient en silence. Ils avaient garé la voiture au bout du chemin du Belley et cela faisait déjà plus d'une heure qu'ils évoluaient entre les grands arbres aux essences mêlées, d'abord en suivant les sentiers balisés puis en coupant à travers les fougères. Ils avaient l'impression de tourner en rond.

S'il fallait en croire la feuille affichée par le garçonnet derrière la vitre de sa chambre, quelqu'un était venu jusqu'ici pour enterrer un corps. Le corps de qui ? Quand ? Pourquoi ? Marie était partagée par l'envie de découvrir enfin quelque chose qui lui aurait permis d'avancer dans sa quête, et la peur — la terreur — de tomber sur le cadavre de Tim. Elle ne pouvait chasser de ses pensées l'image du petit corps de son fils, recroquevillé dans la position du fœtus, des lambeaux de peau s'accrochant à ses frêles os dénudés, souillés par un humus grouillant de vers repus.

Elle se pencha soudain en avant, une main appuyée contre un arbre. Un filet de bile jaillit de ses lèvres.

— Hé ! fit Mathieu en se précipitant vers elle, ça va ?

Marie se redressa et s'essuya la bouche du revers de la main.

— Je crois que je gère pas trop bien. Qu'est-ce qu'on cherche exactement, tu le sais, toi ?

Mathieu secoua la tête.

— Ça a forcément un rapport avec ce qu'a vécu Stephan, mais quoi précisément ? Est-ce qu'il a été témoin d'un meurtre ? Ça pourrait expliquer son état psychique.

— S'il nous a entendu parler avec sa mère et qu'il a voulu nous aider, c'est peut-être qu'il connait Tim ? Est-ce qu'il aurait vécu la même chose que lui ?

Mathieu voyait bien l'inquiétude de Marie. Les traits de son visage s'étaient creusés ces derniers jours. Et si elle avait toujours en elle ce feu qui la poussait à continuer les recherches, celui-ci la consumait aussi peu à peu de l'intérieur.

— Regarde, dit Mathieu en désignant un monticule de terre au pied d'un arbre, recouvert de mousses et de quelques feuilles mortes.

Marie s'immobilisa. Elle avait envie de se précipiter pour creuser avec les ongles, avec les dents, mais son corps semblait vouloir rester ancré dans le sol. Mathieu s'approcha et se pencha pour examiner l'endroit.

— Ça n'a pas l'air très récent.

Il attrapa un bâton et commença à gratter la terre. D'abord avec précaution, puis de façon un peu plus appuyée. Marie le regardait faire, les muscles tendus. Il lui semblait que même les oiseaux s'étaient arrêtés de chanter au-dessus de leurs têtes.

Soudain Mathieu lâcha un juron en portant sa main devant sa bouche.

Des ossements venaient d'apparaitre, recouverts de terre et de feuilles pourries. De petits os blanchâtres et le début d'un crâne.

Marie se figea, le ventre noué.

— Est-ce que…, fit-elle sans pouvoir finir sa phrase.

Mathieu surmonta son dégoût et dégagea un peu plus le crâne avec le bout de son bâton.

— Attends…, dit-il, regarde. J'ai jamais été très fort en anatomie, mais ce crâne a une forme très allongée, non ?

Marie s'approcha.

— Un chien…, dit-elle soulagée, c'est un petit chien…

Mathieu hocha la tête.

— Plutôt que de le jeter dans une décharge, ses maitres ont voulu lui offrir une sépulture digne. (Il se tourna vers Marie.) Tu veux continuer à chercher ?

Marie se passa nerveusement la main dans les cheveux.

— Tu crois qu'on fait fausse route ?

Mathieu eut une moue qui disait sa perplexité.

— Peut-être qu'on a mal compris ce que Stephan a voulu nous dire.

— Mais il n'y a qu'un seul bois de Saint-Félix dans la région, non ? Il a disparu seulement quelques heures, ses ravisseurs n'ont pas pu l'emmener très loin de chez lui…

Soudain, un son puissant résonna depuis le fond de la forêt. Le timbre facilement reconnaissable d'un cor de chasse.

Marie et Mathieu levèrent la tête pour essayer de déterminer d'où il venait.

— Des chasseurs ? fit Mathieu.

— Ce n'est pas vraiment la saison.

Le même son retentit à nouveau depuis la partie ouest du bois. Ils avancèrent dans cette direction, guidés par les vocalises de l'instrument. Visiblement, quelqu'un prenait plaisir à s'époumoner.

Après quelques minutes de marche, ils débouchèrent dans une petite clairière où se tenait un camping-car à la carrosserie défraichie, à l'ombre d'un grand pin. Des cales terreuses posées contre les roues indiquaient qu'il devait être là depuis un bon moment. La musique s'échappait par une vitre entrouverte, une mélopée lancinante qui revenait en boucle.

Marie se tourna vers Mathieu.

— Bon Dieu, chuchota-t-elle, je crois comprendre.

Mathieu la dévisagea en fronçant les sourcils.

— Comprendre quoi ?

— Le message de Stephan. Il nous a dit de chercher un « cor » et on a cru qu'il s'agissait d'un cadavre. En réalité, il voulait parler de l'instrument de musique…

Le salon d'une maison. Le même sur plusieurs photos, pris sous différents angles. Des fauteuils, un canapé, des tapis, des murs baignés dans une semi-clarté filtrée par des rideaux en partie tirés.

René scrutait les clichés, le nez collé à l'écran du téléphone de Sarah.

— Attention, vous allez rentrer dans l'image, se moqua l'adolescente.

René secoua la tête.

— Je ne reconnais pas ce salon. Ce n'était pas celui de Susan en tout cas.

Sarah examinait également le cliché pardessus son épaule.

— Ça m'a tout l'air d'une vieille photo qui a été photographiée par un smartphone. Regardez, on voit une pliure là, et le reflet d'une lumière.

— Tu as raison. Pourquoi Susan l'aurait-elle eue dans son téléphone ?

— Ça date de quand d'après vous ? Pour moi, c'est pas tout jeune hein. Regardez la tapisserie, les meubles, et puis la veste accrochée au porte-manteau… C'est au moins 1815, non ?

René leva les yeux ciel.

— Au moins, oui. (Il continuait à faire glisser son doigt sur l'écran pour passer d'une photo à l'autre.) Hé, mais j'ai déjà vu cette tapisserie…

Sarah se pencha pour mieux voir. René désignait un bout de tapisserie à larges fleurs que l'on apercevait au fond du salon, à travers la porte entrouverte d'une pièce adjacente.

— Oui moi aussi. Et je crois savoir où.

Elle lui prit l'appareil des mains et remonta dans le flux des photos. Elle s'arrêta sur le cliché que le type de la boutique leur avait envoyé quelques jours auparavant. Celui où Susan fixait l'objectif du haut de ses dix-sept ans, le livre de Simone de Beauvoir à la main.

— Là…, sur le mur derrière elle.

— Bon sang ! s'exclama René, c'est la même maison…

— Et donc vous n'y êtes jamais allé ?

— Jamais. Je m'en souviendrais.

— J'ai bien une théorie… Mais ça va peut-être pas vous plaire.

René la dévisagea, attendant la suite.

— Dis toujours.

— Et si c'était la maison de son petit copain de l'époque ?

— Francis Letourneau ?

Sarah secoua la tête.

— Lui, on n'a jamais eu de preuves qu'il envoyait des poèmes enflammés à votre sœur. À mon avis, c'était plutôt un intermédiaire, un messager. Sans doute que son petit cœur battait pour Susan, mais pas sûr que ça ait été réciproque.

— Tu penses à « G.M. » ?

Sarah acquiesça.

— J'imagine qu'il emmenait Susan chez lui, pour la photographier, lui faire des petits bisous après les cours…

René protesta.

— Oui bon, ça va, on n'a pas besoin des détails.

Sarah laissa échapper un sourire. C'était trop bon de taquiner cet homme qui aurait pu être son grand-père. Elle avait envie de l'embrasser sur la joue.

— Comment on fait pour savoir où c'était ? demanda René, perplexe.

Sarah examina à nouveau la photo. Des fauteuils Louis XV, un canapé recouvert d'un plaid, des tableaux aux murs mais qui n'avaient rien d'intéressant… Et près de l'entrée, un petit meuble qui servait de desserte, avec un fouillis de documents posés dessus. La jeune fille zooma avec ses doigts.

— Hé attendez, regardez ça…

René dirigea son regard vers ce qu'elle lui montrait.

— Du courrier, fit-il.

— Oui. Et y'a une enveloppe, on dirait une facture… L'adresse est cachée, mais on arrive à lire le nom. *Robert Marshall*…

— Je te fais confiance, mes yeux ne sont plus très performants.

Sarah vérifia à nouveau en jouant avec le contraste de l'écran.

— Si si, c'est bien ça. Et si l'amoureux de Susan était le fils de ce Robert Marshall ?

René remua les sourcils, signe d'une réflexion intense.

— Ça pourrait se tenir. Donc ce garçon s'appellerait « G. Marshall » ?

Sarah pianotait déjà sur le moteur de recherche de son téléphone.

— Pas de Gabriel Marshall dans le coin… Pas de Grégoire Marshall non plus… pas de Georges…

— Bah, fit René désabusé, il est probablement décédé. J'ai bien peur qu'encore une fois ça ne nous mène nulle part.

— Quel rabat-joie vous faites… Tenez, là j'ai trouvé un Robert Marshall qui habite à Charlevoix. Saint-Urbain pour être précis.

— C'est pas très loin d'où on habitait à l'époque.

— Qu'est-ce qui nous empêche d'aller faire un tour là-bas ? lança Sarah avec bonne humeur.

René la dévisagea. La jeunesse est un trésor, pensa-t-il.

Le son du cor continuait à déployer ses volutes harmoniques à travers la clairière, en un chant qui montait au-dessus des grands arbres dont les branches semblaient se mouvoir à l'unisson.

Marie et Mathieu avançaient vers le camping-car, à pas de loup. Ils avaient été suffisamment abreuvés de films et de séries télé pour adopter inconsciemment la démarche souple des forces de police lorsqu'elles avancent pour encercler le domicile d'un suspect, arme à la main, genoux fléchis et regard concentré. La différence, c'est qu'ils n'avaient pas d'arme. Juste leurs sens en alerte alors qu'ils s'apprêtaient à surprendre un potentiel criminel.

Mathieu fit un signe à Marie. Elle acquiesça en silence. Il commença à contourner le véhicule par l'avant tandis qu'elle faisait le tour par l'arrière. Les notes régulières du cor accompagnaient leur progression. Autour, la nature semblait calme, comme bercée par le legato de l'instrument. Ils se rejoignirent devant la porte latérale. Marie planta son regard dans celui de Mathieu et compta jusqu'à trois sur ses doigts. Puis dans un seul mouvement ils poussèrent la porte et s'engouffrèrent dans le véhicule.

L'homme, en slip et marcel, se pétrifia, son instrument toujours à la bouche. Son regard ahuri allait de Marie à Mathieu, l'esprit paralysé par l'incompréhension.

Marie jeta un coup d'œil dans la pièce. Personne d'autre en vue. Des vêtements chiffonnés éparpillés sur la banquette en skaï côtoyaient les reliefs d'un repas posés sur la table à manger. L'homme fit un mouvement pour se lever.

— Tu bouges pas ! cria Marie.

L'homme se rassit, les mains encombrées par son cor. Son visage de poupon mangé par des favoris poivre et sel exprimait toujours la plus totale sidération.

— C'est quoi ton nom ? poursuivit Marie avec nervosité.

Mathieu continuait de regarder autour de lui, pas tranquille.

— William…, fit l'homme, penaud.

— Très bien William, dit Marie.

Elle s'approcha de l'évier et attrapa un long couteau encore maculé de restes de sauce qu'elle brandit sous le nez de l'homme.

— C'est très simple William, poursuivit-elle. Mon métier c'est anesthésiste, et je connais par cœur les points faibles du corps humain. Alors tu vas calmement rester assis et tu vas tout me raconter.

L'homme eut un mouvement de recul tandis que ses yeux se

mirent à tourner comme dans un carrousel. Mathieu, mal à l'aise, intervint.

— Peut-être qu'on peut…

— Mathieu, l'interrompit Marie, est-ce que tu peux faire le guet dehors ? Je dois avoir une discussion avec ce monsieur.

— Ok, mais je crois que…

— Tu me laisses faire ce que j'ai à faire. C'est moi que ça concerne, d'accord ?

Mathieu la dévisagea, surpris. Ce n'était plus la femme posée et rationnelle qu'il avait côtoyée jusqu'à présent, c'était une furie aux yeux intenses, le corps tendu par la détermination.

— Ok, mais fais attention avec ce couteau…

Elle se tourna vers lui, son « arme » pointée dans sa direction.

— Je sais ce que je fais.

Mathieu jeta un regard vers l'homme qui était maintenant terrorisé, puis soupira et quitta le véhicule. Il claqua la porte derrière lui et se retrouva dans le calme de la clairière. Un chemin de terre s'enfonçait dans la forêt, rejoignant sans doute la petite route où ils avaient garé sa voiture. Il était temps que toute cette aventure se termine. Au début, il avait cru que les choses pourraient aller assez vite. Les indices, la synergie du groupe… Mais il devait bien reconnaitre que les éléments leur avaient rapidement échappé pour les entrainer dans des situations qu'il n'aurait jamais pu imaginer. Comment avaient-ils pu tuer Pierre et se transformer en fugitifs ? C'était dur mentalement de tenir le coup, et il se demandait finalement s'il avait eu raison d'accompagner les autres dans leur quête, jusqu'au bout.

Soudain des hurlements résonnèrent depuis l'intérieur du camping-car. Mathieu se précipita dans le véhicule et se figea aussitôt. Face à l'homme dont le visage était ensanglanté, Marie se tenait debout, un couteau à la main.

— Bon Dieu qu'est-ce que tu as fait ? cria Mathieu.

Il arracha le couteau des mains de Marie et le jeta dans l'évier. Elle se laissa tomber sur la banquette de la salle à manger.

— Empêchez-la par pitié, supplia l'homme, elle est complètement folle…

Le cor gisait à ses pieds et ses mains étaient entravées par du ruban adhésif.

Marie restait immobile, les yeux mouillés de larmes.

— Il veut rien dire… Cette ordure ne veut pas me dire où est mon petit garçon…

Mathieu s'approcha de l'homme qui eut un mouvement de recul.

— William, c'est ça ?

L'homme fit oui de la tête, avec un regard d'animal blessé.

— On sait que tu as enlevé le petit Stephan, il y a cinq ans. On veut juste savoir ce qui s'est passé exactement.

— J'ai rien fait…

— Alors explique-moi comment tu n'as rien fait.

L'homme lâcha un long soupir. Une sueur épaisse dégoulinait de son front, se mêlant aux traces de sang qui suintaient de ses joues tailladées.

— C'est moi qui l'ai libéré.

Mathieu le fixa avec étonnement.

— Libéré ? D'où ? De qui ?

— À l'époque, je faisais partie d'un gang. Mais j'ai vite regretté. C'était pas pour moi ces affaires-là.

— C'est-à-dire ?

— Ils étaient cinglés. Surtout leur chef, un vrai taré. C'est lui qui a voulu kidnapper le petit. On l'a trouvé sur la route. Il avait dû échapper à la surveillance de ses parents.

— Pourquoi ton chef voulait faire ça ?

— Je sais pas. On a ramené le petit au camp et ils l'ont tatoué. Le pauvre môme pleurait tout ce qu'il pouvait.

— Et ensuite ?

— J'avais peur qu'ils lui fassent plus de mal. J'avais entendu dire que ça pouvait partir dans des délires sataniques ou je sais pas quoi. Alors j'ai essayé de rassurer le gamin, de lui jouer de la musique, mais le chef, enfin Max, il disait que ça lui tapait sur les nerfs.

— Tu lui jouais du cor ?

— Ouais… C'est mon père qui m'avait appris et…

— Ok ok, l'interrompit Mathieu. Qu'est-ce qui s'est passé ensuite ?

—J'ai dit à Max que je voulais quitter le gang. Je me sentais plus trop à l'aise. Et que j'allais prendre le petit avec moi pour m'en occuper.

— Comment il a réagi ?

L'homme haussa les épaules.

— Il m'a dit qu'il en avait rien à foutre. Je crois qu'il était content que je débarrasse le plancher.

— T'as fait quoi après ?

— J'avais déjà acheté mon camping-car, avec l'argent… enfin l'argent qu'on se partageait après des coups quoi.

— Quel genre de coups ?

— Des cambriolages, un peu de trafics… Bref, j'ai amené le gamin ici. Il était toujours terrorisé. J'ai continué à lui jouer de la musique, je lui ai montré comment se servir de l'instrument. Ça avait l'air de le calmer. Et pis j'ai attendu qu'il fasse nuit et je l'ai ramené devant chez lui. Il est allé direct vers la porte et il est rentré, ça m'a soulagé.

L'homme fit une pause. Il se frotta la joue du coin de l'épaule pour essuyer une trainée de sueur.

Marie n'avait pas bougé pendant tout le temps de son récit. Seule sa poitrine se soulevait lentement au rythme de sa respiration. Finalement elle se leva et s'approcha de l'homme qui afficha aussitôt une mine inquiète. Elle se planta devant lui.

— Tu sais que ce gamin, sa vie a été foutue en l'air ? Il passe son temps chez les psys et il fera des cauchemars toute sa vie.

— J'y suis pour rien je vous dis, fit l'homme avec un regard désolé.

Marie planta ses yeux dans les siens.

— Est-ce que tes copains ils faisaient ça souvent, enlever des gamins ?

— Je sais pas… je suis resté très peu de temps avec eux.

— Mon fils a disparu dans la région, c'était en 2008. Qu'est-ce que tu peux me dire là-dessus ?

— 2008 ? Je suis rentré dans le gang en 2017 et je suis parti trois mois après. Je suis pas au courant pour votre fils.

Marie hocha la tête, pas vraiment convaincue.

— Ce Max, qu'est-ce qu'il est devenu ?

— J'ai plus de nouvelles depuis longtemps. Ils bougeaient pas mal. Aucune idée d'où ils peuvent être maintenant.

Mathieu attrapa une serviette en papier maculée de Ketchup et y griffonna un numéro.

— Tiens, si quelque chose te revient, tu m'appelles…

Le type secoua la tête.

— Je veux pas casser vos illusions, mais pour votre fils, vous trouverez rien…

— Comment ça ? fit Marie.

— Leur camp a cramé, bien avant que je les connaisse. Ça les a décimés et Max a été obligé de recruter des nouveaux gars. De ce que j'en sais, la police avait retrouvé que des tôles brulées et puis…

— Et puis quoi ?

— Des os. Des os calcinés. Ils ont jamais réussi à identifier les pauvres gars qui avaient laissé leur peau là-dedans… et… il parait qu'il y avait aussi des restes de gamins…

Marie eut à nouveau un haut-le-cœur. Elle se pencha au-dessus de l'évier, mais cette fois rien ne sortit. Elle était trop faible pour vomir. Et surtout, une atroce certitude venait de la paralyser tout entière. Maintenant elle en était persuadée, Tim avait été enlevé par ce Max et sa bande de malades. Ils avaient profité de sa jeunesse. Ils avaient profité de sa peur. Ils lui avaient fait Dieu sait quoi.

Et il avait fini sa vie dans les cendres d'un baraquement en feu.

René regardait Sarah faire les cent pas devant lui. Elle lui donnait le tournis à s'agiter comme ça.

— Tu peux t'arrêter s'il te plait ? Tu vas finir par me rendre malade.

Ils venaient de sortir de la boutique de téléphonie et avaient récupéré le téléphone de Pierre. Vingt dollars plus taxes pour le débloquer. C'était pas cher payé pour avoir accès à tous les secrets d'une vie.

— Je sais pas quoi faire, fit Sarah, au comble de la nervosité.

— Je comprends pas. Pourquoi on est venus chercher ce téléphone si tu ne veux pas regarder ce qu'il y a dedans ?

— Parce que j'ai peur de trouver des trucs encore pires que ce que j'ai déjà vu.

— Sarah, tu as vu ton père se faire tuer devant toi, qu'est-ce qu'il peut y avoir de pire ?

— Découvrir à quel point il était un sale type. Peut-être qu'il a fait du mal à plein de gens, qu'il est responsable de leur mort… qu'il prévoyait de faire encore d'autres saloperies… Je sais pas si ça va pas me hanter toute ma vie.

— D'accord, on va régler le problème. Donne-moi ce téléphone, je vais le jeter dans la rivière.

René fit mine de s'avancer.

— Ça va pas non ? cria Sarah. Ok, je vais l'ouvrir, et tant pis.

Elle alluma le portable et l'écran d'accueil apparut. Un gros plan de Pierre, coiffé et habillé comme un agent immobilier.

— Putain l'égocentrisme, lâcha l'adolescente. Le mec il se met en écran d'accueil avec sa tête d'escroc. Bon, qu'est-ce que je cherche ?

René haussa les épaules.

— Je sais pas… des photos ?

— Pour tomber sur des trucs dégueu ? Je suis pas pressée.

Elle pianota un instant sur l'écran.

— Tiens, ses mails… ça peut être intéressant ça. (Elle en lut quelques-uns à voix basse.)

Bon, en fait ce type n'avait pas une vie si intéressante que ça. Ah tiens, un mail de son avocat. (Elle continua à lire.) Il parle de son autre nom. Gallant.

— Le nom qui était sur sa fiche, dans l'ordinateur de son agent de probation ?

— Oui. Pourquoi il avait pris ce nom ?

— C'est fréquent pour un escroc de prendre une autre identité pour pouvoir faire ses coups.

— Oui, mais pourquoi Gallant ?

— Ça lui est peut-être venu comme ça.

Sarah fouilla à nouveau dans les fichiers du portable.

— Attendez… dans ses contacts il y a un Pierre Gallant, et c'est pas le même numéro que le sien.

— Sans doute pour noyer le poisson. Pour donner du poids à sa double identité. Deux noms, deux numéros de téléphone…

— Et si c'était quelqu'un qui existe réellement ? Je veux dire, s'il avait pas inventé ce nom, mais qu'il avait volé l'identité de ce… Pierre Gallant ?

— Dans quel but ?

— Je sais pas… pour mettre les gens en confiance ? Si ce Pierre Gallant est quelqu'un de reconnu dans son métier, avec une bonne réputation… peut-être que ça valait le coup de se faire passer pour lui pour mieux escroquer les pigeons ?

— Hum… possible. Risqué, mais possible.

— En même temps, ça lui a pas porté chance puisqu'il a fini en prison.

— Tu crois que c'est ce Pierre Gallant qui a porté plainte contre lui ?

— D'après les mails de l'avocat, c'est bien possible. Allez j'appelle.

— Qui ça, son avocat ?

— Non. Pierre Gallant.

— Qu'est-ce que tu vas lui dire ?

— Je sais pas. On va bien voir.

Sarah prit son téléphone personnel et composa le numéro qui apparaissait dans les contacts du cellulaire de son père. Une sonnerie. Deux sonneries. Soudain une voix résonna dans l'appareil. Une voix agréable et grave.

— Allô ?

— Allô, bonjour… euh… Vous êtes Pierre Gallant ?

Une hésitation.

— C'est de la part de qui ?

— Voilà, je… je m'appelle Sarah Brulanovitch, et j'aurais voulu vous poser des questions… à propos… de mon père.

Un silence envahit tout l'espace. Un silence interminable. Puis la voix reprit à l'autre bout du fil. Troublée.

— Sarah… c'est… c'est toi… ?

Sarah jeta un regard affolé vers René. Sans réfléchir, elle coupa la communication.

Les larmes étaient en train d'inonder son visage en même temps que son ventre se tordait dans tous les sens.

34

Un immense ferry obstruait la vue sur le vieux port de Chicoutimi. Tel un immeuble sur l'eau, il captait toute la lumière que la rivière semblait lui offrir en sacrifice, privant le fjord de son éclat habituel.

Juste en face, à la terrasse du *Bistro Summum*, Marie, Sarah, René et Mathieu s'étaient retrouvés. Pour faire le point. Pour partager. Pour souffler. Depuis quelques minutes, Marie s'était mise à l'écart, accoudée à la balustrade qui surplombait le quai. Incapable de prononcer un mot en présence des autres, elle avait préféré s'isoler, son café à la main. Sa capacité à penser s'était arrêtée quelques heures plus tôt, dans l'habitacle sordide d'un camping-car qui sentait la sueur et le tabac froid.

Sarah se leva de la table où elle buvait un verre de jus de fruits avec René et Mathieu, et la rejoignit. Elle s'accouda à son tour contre la balustrade, le regard perdu dans les mille et une fenêtres qui habillaient la façade monumentale du ferry. Autant d'alcôves où les passagers attendaient le départ, rêvant du voyage à venir qui devait leur permettre d'oublier la terre ferme et ses soucis, ses injustices, sa froideur. Elle aurait bien aimé être là aussi, sur ce ponton à la dérive vers un monde meilleur. Mais sa vie n'était pas là. Où était-elle d'ailleurs ? Ici au Canada ? En France ? Avec qui pour l'aimer, la rassurer, la regarder au fond des yeux pour lui dire que désormais tout allait bien aller ? Elle pouvait sentir à côté d'elle le corps tendu de Marie dont la détresse résonnait avec son propre désarroi.

— Je suis vraiment désolée, dit la jeune fille.

C'est ce qu'elle avait pensé quand Mathieu avait fait le récit de ce qui s'était passé dans le bois de Saint-Félix. Difficile de ne pas se mettre à la place de Marie, d'encaisser avec elle le choc d'une issue aussi bouleversante.

Marie lâcha un soupir, le regard fixé sur la masse blanche du bateau qui leur bouchait l'horizon.

— C'est curieux, depuis le début je savais que ça finirait comme ça. On se force à croire le contraire, parce qu'il n'y a pas d'autre solution pour tenir le coup. Mais au fond de soi-même, la vérité est là. Elle se fait toute petite, elle a peur de se montrer. Alors elle se terre, paralysée par la colère qui risquerait de s'abattre sur elle. Mais quand l'évidence surgit, elle montre enfin le bout de son nez pour vous narguer. « Je te l'avais bien dit, mais tu n'as jamais voulu écouter… »

Un souffle léger venant du port agita quelques secondes une mèche blonde sur son front.

— En même temps…, dit Sarah d'une voix hésitante, il n'y a pas de preuves réelles. Je veux dire, vous pouvez pas être sûre à cent pour cent…

Marie tourna la tête vers elle et Sarah découvrit ses yeux gonflés par la peine.

— Crois-moi, je sais. J'ai compris. J'ai compris là.

Elle pointa son ventre du doigt. Sarah hocha la tête. Sans doute que seule une mère pouvait ressentir ça, et il n'y avait rien d'autre à dire. Elles restèrent accoudées à la balustrade pendant un long moment, accompagnées par le silence. Puis Sarah reprit la parole.

— Qu'est-ce que vous feriez à ma place ?

Marie se tourna à nouveau vers elle.

— C'est toi qui as entendu la voix de cet homme. Qu'est-ce que ça t'a fait ?

— Je sais pas… c'était très bizarre. Comment il peut savoir mon prénom ?

Marie la dévisagea avec tendresse.

— Qu'est-ce que te dit ton cœur ? Sans réfléchir.

Sarah secoua la tête.

— Mais c'est impossible… Je l'ai vu mourir…

— Tu m'as vu tirer sur un homme, mais tu n'as aucune preuve que c'était ton père.

— Mais il a avoué ! Il m'a parlé comme si j'étais sa fille !

— Il a rien avoué du tout. Il t'a dit ce que tu avais envie d'entendre. Tu as oublié que c'était un escroc professionnel ?

— Mais pourquoi ce type a fait ça ?

— Parce que c'est sa nature. Sa nature d'enfoiré qui ne jouit qu'en se moquant des autres.

— Mais c'était qui exactement ?

— Je t'ai dit, un escroc. Et qui visiblement se faisait passer pour ton père. Ce qui est sûr, c'est qu'ils se connaissaient. Un ami, ou une connaissance ?

— J'ai cherché, le numéro que j'ai appelé c'est une banque.

— Voilà, c'était peut-être un collègue.

L'adolescente sentait ses lèvres trembler sous l'assaut de l'émotion qui revenait en force.

— Sarah, fit doucement Marie, qu'est-ce qui te fait peur ? L'homme que tu as eu au téléphone est très vraisemblablement ton vrai père.

— Justement, c'est ça qui me fout la trouille. Et si c'est encore un salaud ? Un type qui va me sauter dessus pour me violer, ou m'insulter ?

— Donc tu vas remonter dans un avion et rentrer en France ?

La jeune fille soupira.

— Évidemment qu'il faut que j'aille le voir… vous voulez bien venir avec moi ?

Elle avait dit ça d'une petite voix timide, comme une enfant qui a peur de traverser une pièce plongée dans le noir.

Marie acquiesça et, d'une main douce, lui replaça une mèche autour de l'oreille.

. . .

À la table, René et Mathieu étaient aussi en pleine discussion. Ils venaient de commander deux autres cafés.

— Si un jour on m'avait dit que je traquerais le soupirant de ma sœur…, fit René avec une moue perplexe.

Mathieu lâcha un sourire amusé.

— Vous en parlez comme d'un criminel qu'il faut retrouver pour le mettre sous les verrous !

— C'est pas loin d'être ça. Il doit me rendre des comptes.

— Pourquoi ?

— Pour m'avoir volé des moments de ma vie avec Susan.

— Faut pas exagérer René, elle ne vous appartenait quand même pas.

— Je me sentais responsable d'elle. Mes parents m'avaient demandé de toujours garder un œil sur elle, mais même s'ils ne me l'avaient pas demandé, je l'aurais fait.

Mathieu hocha la tête.

— Je comprends que vos amoureuses aient eu du mal à trouver leur place entre vous deux…

— C'est ça quand on aime quelqu'un, non ?

— Tout le monde n'est pas forcément d'accord avec ce côté exclusif. Il y en a même qui appellent ça de la possessivité.

— Mais pas du tout ! J'ai juste envie de comprendre pourquoi Susan m'a caché cette partie de sa vie.

— Vous êtes jaloux quoi…

René haussa les épaules.

— Je sais à quoi ça peut ressembler vu de l'extérieur. Peut-être que vous avez raison après tout. Mais je m'en fiche. Vous n'avez jamais été jaloux vous ?

Mathieu plissa les yeux et une petite ride apparut sur son front.

— Je crois que quand on aime, c'est difficile de ne pas l'être. L'important c'est d'en être suffisamment conscient pour que ça ne devienne pas un cauchemar.

— Ça a été le cas pour vous ?

— J'ai essayé de tout faire pour éviter ça. Sans doute au prix d'un certain aveuglement. Je sais aujourd'hui que j'aurais eu raison de m'inquiéter plus.

René laissa passer un moment de silence.

— Vous viendrez avec moi ? demanda-t-il, pour voir si on trouve le fils de ce Robert Marshall ?

Mathieu acquiesça.

— Moi aussi j'ai envie de savoir ce qui s'est passé. C'est une histoire très romantique quand même, non ?

— Parfait. Vous serez là pour m'empêcher de sauter à la gorge de ce type !

Ils se tournèrent vers Marie et Sarah qui poursuivaient leur discussion près de la balustrade et échangèrent avec elles un sourire qui leur fit du bien.

La Banque Royale de Chicoutimi se situait dans une rue parallèle aux quais du vieux port, à quelques pas seulement du *Bistro Summum*. Marie et Sarah avaient quitté Mathieu et René pour s'y rendre à pied. Les deux hommes avaient expliqué leur intention d'aller ensemble au domicile de Robert Marshall, à Charlevoix. Ils s'étaient promis de rester en contact. Que ça tourne mal, ou pas.

Sarah et Marie pénétrèrent dans l'établissement, un bâtiment sans âme construit à l'efficacité, un temple froid comme un hangar dédié aux transactions bancaires. Sarah se dit que ce ne devait pas être très drôle de se pointer là tous les matins en sachant qu'on allait passer la journée sous des néons blafards. Il y a des métiers qui font moins envie que d'autres.

Marie observa les lieux. Des guichets côte à côte, séparés par une cloison de verre opaque pour protéger la confidentialité des échanges et, le long du mur, une rangée de sièges en plastique blanc en guise de salle d'attente. L'endroit était presque désert, c'était bientôt l'heure de la fermeture.

— Je vais t'attendre là, dit Marie.

Sarah acquiesça. Elle sentait son corps animé d'une nervosité qui l'empêchait de bien réfléchir. Elle se força à prendre une longue respiration et s'approcha d'un guichet qui venait de se libérer. Une conseillère l'accueillit avec un grand sourire.

— Bonjour, qu'est-ce que je peux faire pour vous aujourd'hui ?

Sarah hésita, elle n'avait pas vraiment prévu ce qu'elle allait dire. La jeune femme d'une trentaine d'années l'observait avec bienveillance. Ses cheveux bruns tombaient sur ses épaules, encadrant un visage en ovale où brillaient deux magnifiques yeux verts, francs et profonds. Sarah se lança.

— Je… je souhaiterais parler à monsieur Pierre Gallant s'il vous plait.

Le sourire de son interlocutrice se transforma en une mince ligne entre ses lèvres.

— Je suis désolée, monsieur Gallant ne travaille plus ici.

Sarah ne put cacher son étonnement.

— Mais… je lui ai parlé au téléphone…

— C'est sans doute une erreur.

Sarah ne comprenait pas. Elle essayait de tourner dans sa tête toutes les hypothèses.

— Pierre Brulanovitch, alors ? proposa-t-elle.

La conseillère gardait son sourire aimable, mais on sentait qu'elle commençait à s'impatienter.

— Je suis désolée, je ne connais pas cette personne. Êtes-vous sûre qu'il travaille dans notre agence ?

Non, Sarah n'était plus sûre de rien. Elle cherchait des arguments qui ne venaient pas.

— Je suis désolée, reprit la conseillère, l'agence va fermer…

Sarah hocha la tête mécaniquement.

— Je vous souhaite une agréable soirée, fit la conseillère.

Puis elle rangea les documents qui se trouvaient sur sa tablette et se leva de son siège avant de disparaître dans le couloir derrière elle.

Sarah resta un instant immobile, la tête vide. Puis elle rejoignit Marie qui l'attendait toujours sur son siège en plastique.

— Alors ? demanda celle-ci.

Sarah hocha la tête, perplexe.

— C'est très bizarre. La fille m'a dit qu'elle le connaissait pas… qu'il travaillait pas ici.

— Tu es sûre que le numéro que tu as appelé c'était celui de cette agence ?

— Totalement sûre oui.

Marie réfléchissait. Quelque chose ne collait pas.

— Elle t'a paru comment cette fille ? Est-ce que sa tête a changé quand elle a entendu le nom de ton père ?

— Je crois oui… J'ai l'impression qu'elle a stressé un peu.

Les néons commençaient à s'éteindre dans la salle.

— Viens, dit Marie, j'ai une idée.

Elles sortirent de la banque, retrouvant la lumière chaude de l'après-midi. Des goélands criaient au-dessus des immeubles, leurs ailes glissant dans l'azur du ciel. Elles s'éloignèrent de l'entrée, traversèrent la rue et se postèrent juste en face, à l'abri d'un pick-up qui les dissimulait. Après quelques minutes, plusieurs groupes de personnes sortirent de la banque, se saluant pour se dire au revoir. Puis une jeune femme brune à la silhouette élégante sortit à son tour. Elle consulta son téléphone portable, composa un numéro en jetant des regards alentour puis se mit en marche, son cellulaire collé à l'oreille.

Marie se tourna vers Sarah.

— C'est elle ? (Sarah acquiesça.) Ok, allons-y.

Elles sortirent de leur cachette et emboîtèrent le pas de la jeune femme en prenant soin de ne pas se faire voir.

La 381 était une route pleine de virages bordée de sapins qui partait de Saguenay pour rejoindre le village de Saint-Urbain, à l'est de la réserve faunique des Laurentides. Après une heure et demie de trajet, René et Mathieu arrivèrent devant une maison de plain-pied au charme suranné, avec sa façade habillée de pierres de taille et de briques couleur saumon. Tout autour, des collines boisées dessinaient dans le ciel des courbes lentes jusqu'à l'infini.

Les deux hommes sortirent de la voiture. René fit quelques étirements pour soulager son dos. Mathieu observa les alentours. Un endroit tranquille pour se protéger du monde, pensa-t-il.

— Je vous laisse sonner ? dit-il à René.

Le vieil homme acquiesça et s'approcha de la porte d'entrée tout en arrangeant les plis de sa veste. Il posa son doigt ridé sur le bouton de la sonnette jaunie par le temps. Un ding dong aigu résonna dans la maison. Après quelques instants la porte s'ouvrit, laissant apparaître une vieille dame élégante. Ses cheveux gris ramassés en chignon étaient assortis à la soie brillante de sa robe d'intérieur. Elle les dévisagea d'un regard bleu lavande dont la douceur les mit tout de suite à l'aise.

— Bonjour, fit-elle en souriant. D'habitude ils ne viennent pas à deux.

René resta un instant interloqué puis comprit le quiproquo.

— Oh, ça n'est pas pour une livraison.

— Ah. C'est dommage, j'attends une nouvelle imprimante. Ça tombe facilement en panne ces machins-là, n'est-ce pas ? Mais je me suis renseignée, la réparation coûte une fortune, on a plus vite fait d'en racheter une.

René acquiesça, perplexe. Il n'avait jamais eu d'imprimante. Et quand il avait une photocopie à faire, il allait toujours au Walmart près de chez lui.

— Est-ce qu'on pourrait vous parler un instant ? fit-il en essayant de se tenir droit.

Le charme de cette femme agissait sur lui comme un fluide de jouvence. Son allure, ses traits fins et élégants, l'éclat apaisé de son regard… S'il l'avait rencontrée quand il avait vingt ans, il aurait surement trouvé le courage de lui faire la cour.

— Je vous écoute, dit-elle avec simplicité.

René aurait préféré qu'elle les laisse entrer, mais elle n'avait pas l'air d'être une femme à inviter chez elle le premier inconnu.

— Est-ce que c'est bien la maison de Robert Marshall ? enchaina-t-il.

La femme prit un temps pour répondre. Son regard s'était subtilement teinté d'une nuance de méfiance.

— Vous êtes des agents immobiliers ? demanda-t-elle.

— Non non, rassurez-vous, il n'y a rien de commercial dans notre visite.

— Tant mieux, fit-elle, rassurée. C'était la maison de monsieur Marshall, en effet. Je l'ai rachetée quand il est mort, il y a deux ans.

— Vous le connaissiez bien ?

— Pas vraiment. J'habitais un peu plus haut dans le village et cette maison me faisait de l'œil depuis longtemps. Nous avions sympathisé, mais nos relations n'ont jamais dépassé ce stade. C'était un homme intelligent et agréable. Il est mort d'un cancer qui le faisait beaucoup souffrir, mais il avait l'élégance de n'en rien laisser paraitre.

René soupira. Il ne put s'empêcher de visualiser sa fin prochaine. Il ne souffrait pas encore vraiment, mais la figure sinistre du docteur Cooper lui rappela que ça pourrait bien arriver plus vite que prévu en l'absence d'un traitement adéquat.

Mathieu s'avança d'un pas.

— Excusez-moi, est-ce que vous savez s'il avait un fils ? Georges, Gaston, Grégoire… enfin un prénom commençant par un G.

La vieille femme sembla fouiller dans sa mémoire, le regard perdu dans les sapins qui longeaient la route.

— Oui… Gabriel, je crois. On m'a dit qu'il était mort dans un accident de voiture il y a plusieurs années.

Soudain, le sifflet d'un appareil de cuisson rugit depuis la cuisine.

— Excusez-moi, fit-elle, j'ai un bœuf aux carottes sur le feu, je reviens tout de suite.

Elle repoussa la porte à moitié et s'éloigna d'un pas gracieux. René se tourna vers Mathieu, la mine défaite.

— On arrive toujours trop tard on dirait.

Mathieu se contenta de hausser les épaules. Puis il s'avança vers la porte et la poussa doucement pour agrandir l'ouverture.

— Qu'est-ce que vous faites ? demanda René, soudain mal à l'aise.

— Pas si fort, dit-il. C'est ici que votre sœur venait rejoindre son amoureux, pas vrai ? Vous n'êtes pas curieux ?

— Qu'est-ce que ça va nous apporter ? Vous avez entendu, il est mort depuis longtemps. Revenez, ne faites pas l'idiot.

Mais au lieu de reculer, Mathieu sortit son smartphone et commença à photographier le salon.

— Arrêtez, fit René en essayant de contenir sa voix, elle va revenir !

— Vous avez peur qu'elle appelle la police ?

— Ça ne se fait pas, c'est tout.

Des pas résonnèrent dans le couloir. Mathieu remit la porte dans sa position initiale et recula pour se replacer à côté de René. La vieille femme réapparut dans l'embrasure.

— Voilà, mon repas est sauvé, fit-elle en souriant. Je vais devoir vous laisser, j'attends des amies pour une réunion de lecture.

René hocha la tête, prêt à la remercier pour le temps passé avec eux. Mais Mathieu avait envie de lui poser une dernière question.

— Est-ce que le nom de Susan Bouchard vous dit quelque chose ?

La vieille femme réfléchit un instant.

— Non, ça ne me dit rien.

— Monsieur Marshall ne vous en a jamais parlé ?

— Non. Qui est-ce ?

— C'est ma sœur, dit René. Elle a disparu il y a quatorze ans et… je suis toujours à sa recherche.

— Oh, fit la vieille femme, je suis vraiment désolée. Malheureusement, je crains de ne pas pouvoir vous être très utile.

— Je comprends. Merci pour le temps que vous nous avez accordé.

Ils prirent congé et regagnèrent la voiture.

Mathieu jeta un dernier regard vers la maison tandis qu'il démarrait.

— Vous en pensez quoi ? demanda-t-il.

René se passa une main dans les cheveux pour se recoiffer.

— C'est une belle femme.

Mathieu sourit.

— Quel séducteur vous faites René. Vous cachez bien votre jeu !

— Oh, je ne crois pas avoir séduit quiconque. Simplement je lui ai trouvé une certaine classe. Pas vous ?

— C'est vrai. Mais moi je l'ai surtout trouvée bizarre.

— Ah bon ? Pourquoi ?

— Vous n'avez pas remarqué son trouble quand on lui a parlé du fils de Robert Marshall ?

— Je n'ai pas fait attention.

— Vous étiez trop troublé par son regard émeraude.

— N'en rajoutez pas non plus.

— Elle a semblé hésiter sur le prénom. Elle a dit « Gabriel », mais sans vraiment y croire. En tout cas c'est l'impression que ça m'a donnée.

— Si elle ne le connaissait pas et qu'elle ne l'a jamais rencontré, c'est normal. Quel est le problème ?

— Je ne sais pas... une intuition. Comme si elle nous cachait quelque chose.

— On peut partir du principe que tout le monde a des choses à cacher, malheureusement, ça ne nous avance pas vraiment pour retrouver la trace de ma pauvre Susan.

Mathieu acquiesça en silence. Ils s'approchaient de la sortie du village quand il se redressa pour regarder dans le rétroviseur.

— Qu'est-ce qui se passe ? demanda René.

— Ça me fait bizarre de prononcer cette phrase, mais j'ai l'impression qu'on est suivis.

René essaya de se retourner sur son siège mais une douleur dans le bas du dos le fit grimacer.

— Pourquoi quelqu'un nous suivrait ?

— Je ne sais pas, mais dès que je tourne, il tourne.

René se pencha pour essayer de voir dans le rétroviseur extérieur côté passager.

— La Toyota noire là ?

— Oui. Peut-être que je me fais des idées, mais il y a un bon moyen de le savoir.

Il braqua soudain le volant vers la gauche pour tourner dans une rue étroite. Derrière lui, la voiture tourna aussi. Il poursuivit sur cent mètres puis tourna à droite, encore à droite puis à gauche. Chaque fois la Toyota imita sa trajectoire.

— Ça se confirme, fit Mathieu.

— Qu'est-ce qu'on fait ? demanda René, à la fois excité et inquiet.

— Ça.

Soudain Mathieu accéléra à fond, collant René au fond de son siège.

— Hé, doucement jeune homme !

Puis il tourna sur la droite en faisant crisser ses pneus, avant de foncer vers une route sinueuse qui s'éloignait de Saint-Urbain. Au bout de cinq cents mètres, la voiture avait disparu de ses rétroviseurs. Sans freiner, Mathieu braqua à nouveau son volant vers la gauche et s'engouffra sur un chemin de terre qui s'enfonçait dans la forêt. Puis il pila et coupa le contact. Quelques secondes plus tard, la Toyota noire passa tout droit sans ralentir.

— Qui ça peut être ? demanda René.

— Aucune idée. Mais que peut faire un type qui vous suit quand il constate qu'il s'est fait semer ?

— Il va se saouler dans un bar ? Personnellement, je rentrerais chez moi.

— C'est aussi ce que je ferais, dit Mathieu en remettant le contact.

— Où va-t-on ? fit René.

— Voir si on peut faire connaissance.

Il fit une manœuvre rapide en marche arrière, avant de s'engager à nouveau sur la route qu'ils venaient de quitter.

35

MARIE ET SARAH marchaient depuis quelques minutes quand la jeune femme qu'elles suivaient à bonne distance entra dans un petit immeuble de la rue Price, à mi-chemin entre le Vieux-Port et la rivière Chicoutimi. Le bâtiment en briques était coincé entre la boutique d'un rembourreur à la devanture vert pomme et l'échoppe d'un barbier digne d'un western des années 50.

— Qu'est-ce qu'on fait ? demanda Sarah en s'arrêtant.

Marie observait l'immeuble pour voir si la fille allait en ressortir.

— Apparemment, c'est là qu'elle habite. On va aller lui poser quelques questions. On a l'habitude maintenant, pas vrai ?

Sarah acquiesça.

— Vous croyez qu'elle connait mon père ?

— Mon instinct me dit que oui. Le tien te dit quoi ?

— Je crois qu'il est paumé. De toute façon, l'intuition féminine, j'y ai jamais vraiment cru.

— Tu as probablement raison. Mais autant continuer à faire croire aux mecs qu'on a un truc qu'ils n'ont pas.

Elle adressa un clin d'œil à la jeune fille qui ne put s'empêcher de sourire.

— Viens, allons voir si la banquière sait parler d'autre chose que d'argent.

Elles observèrent les alentours pour vérifier que personne ne faisait attention à elles. La rue était tranquille. Elles entrèrent dans l'immeuble de trois étages et s'arrêtèrent en bas de l'escalier, tendant l'oreille. Pas un bruit.

— Comment on va savoir à quel étage elle habite ? fit Sarah en chuchotant, on sonne à toutes les portes ?

— Ça risque de ne pas être très discret.

Soudain, des bruits sourds leur parvinrent depuis les étages supérieurs.

— Elle fait le ménage ou quoi ? demanda Sarah.

— Chut, attends… Y'a pas eu un cri là ?

Elles se turent. Le silence régnait de nouveau.

— Je suis sûre que j'ai pas rêvé, dit Marie, les sens en éveil. Viens, et reste derrière moi.

Elles commencèrent à gravir les escaliers. Leurs respirations s'étaient synchronisées pour essayer de faire le moins de bruit possible. La porte du deuxième étage était décorée avec des dessins d'enfants, au-dessus d'un panneau humoristique qui disait : « Attention, enfants et chien méchants ».

— S'il y a vraiment des enfants ou un chien là-dedans, on les entendrait, non ?

Sarah acquiesça.

— Oui, je crois plutôt que ça venait du dessus.

Elles poursuivirent leur ascension et s'immobilisèrent sur le palier du troisième étage. Marie s'approcha avec précaution de la porte. Elle fit un signe à Sarah pour lui indiquer qu'elle était entrouverte, comme si la serrure avait été forcée. Délicatement, elle posa son orcille contre le panneau de bois. Aucun bruit ne semblait venir de l'intérieur. Sarah lui lança un regard inquiet, mais Marie s'enhardit et poussa la porte pour entrer.

La pièce était arrangée avec goût, dans un style moderne qui respirait le confort et l'aisance financière. De grandes toiles abstraites sur des murs peints en gris, un canapé de velours habillé de coussins soigneusement disposés, des tapis assortis, un téléviseur géant… La banquière gagnait bien sa vie.

— Il y a quelqu'un ? demanda Marie d'une voix mal assurée.

Comme personne ne répondait, les deux femmes poursuivirent leur progression dans l'appartement. Sur une table basse devant le canapé, deux verres de whisky entamés reposaient à côté d'une bouteille de Single Malt.

— On dirait que quelqu'un l'attendait avec un apéro, fit Marie.

Elles longèrent un buffet en acajou qui trônait sous la fenêtre.

— Regardez, dit Sarah.

Elle désignait un cadre dans lequel souriait la banquière en maillot de bain, allongée sur une plage paradisiaque. L'ombre du photographe était placée de telle façon qu'on avait l'impression que celui-ci était étendu sur le sable à côté de la jeune femme. En bas du cliché, quelqu'un avait écrit au feutre blanc « Charlotte et Pierre, pour la vie ».

— Maintenant elle aura du mal à dire qu'elle ne le connait pas, fit Marie.

Plus loin sur le même meuble, une soucoupe en ébène faisait office de vide-poche. Sarah s'y attarda pour fouiller dans un fatras de trousseaux de clés et d'enveloppes décachetées. Marie, elle, continua à avancer jusqu'à la chambre. Une pièce peinte en bleu, un grand lit avec des coussins assortis au tapis, une penderie. Marie passa en revue les vêtements. Des robes d'un côté, des costumes de l'autre. Visiblement Charlotte la banquière et Pierre formaient un couple. Pourquoi avait-elle menti à Sarah ? Est-ce qu'elle protégeait Pierre ? Mais de quoi ou de qui ?

Marie traversa de nouveau le salon et se dirigea vers la cuisine

Soudain elle se figea.

Un tabouret haut était renversé, des récipients avaient chuté par terre et le plan de travail était en désordre, comme si quelqu'un l'avait balayé de la main. Ou comme si quelqu'un s'y était accroché pour résister à un agresseur…

— Sarah ! appela Marie.

La jeune fille accourut, un papier à la main.

— Qu'est-ce qui s'est passé ? demanda-t-elle.

Marie s'approcha de la porte vitrée donnant sur un escalier extérieur qui descendait vers une ruelle à l'arrière de l'immeuble. Elle l'ouvrit et se pencha pour essayer d'apercevoir quelque chose. Tout ce qu'elle entendit, ce furent des crissements de pneus à l'angle de la rue voisine.

— Vous croyez que… ? demanda Sarah, incapable de terminer sa phrase.

— Je ne sais pas, fit Marie, perturbée. Mais ça ne sent pas bon.

— Qu'est-ce qu'on fait ?

Les deux femmes regardèrent un instant autour d'elles, désemparées. Peut-être qu'après tout elles se faisaient des idées. Peut-être que la banquière avait glissé sur le carrelage de sa cuisine et qu'elle était sortie pour…

— J'ai trouvé ça par terre, près du canapé, fit Sarah.

Elle montrait une lettre chiffonnée.

— Qu'est-ce que c'est ? demanda Marie en saisissant le document.

— Un devis pour changer les fenêtres d'un chalet à Larouche.

— Je connais, c'est pas loin de Saguenay.

— Vous avez vu les noms des propriétaires ? Charlotte Leray et Pierre Gallant.

Marie fronça les sourcils. Elle retourna dans le salon pour inspecter à nouveau les lieux.

— C'est bizarre, dit-elle. La porte était fracturée, il y a deux verres sur la table, on a entendu des cris…

— Vous croyez que quelqu'un s'est introduit dans l'appartement et attendait qu'elle rentre ?

— Ce serait possible. Deux personnes qui avaient pris le temps de se servir un petit whisky.

— Qu'est-ce qu'ils lui voulaient ?

Marie haussa les épaules.

— Qu'est-ce qu'on peut bien vouloir d'une banquière ?

— Son fric ?

— Ou alors…

— À quoi vous pensez ?

Marie s'assit dans le canapé, comme pour une reconstitution.

— Et si ce n'était pas elle qu'ils attendaient mais…

— Pierre Gallant ?

C'était étrange pour Sarah de prononcer ce nom, en se disant que c'était peut-être celui de son père.

— Oui. Ils ont trouvé son adresse ici et ils veulent le surprendre. Mais c'est elle qui se pointe. Ils lui demandent où est Pierre. Elle refuse de le leur dire. Ils fouillent et trouvent le devis avec une adresse. Surement celle de leur résidence secondaire. Ils comprennent que Pierre est peut-être là-bas. Elle veut s'enfuir par la porte de derrière mais ils la rattrapent dans la cuisine. Ils l'embarquent.

Sarah fit une moue admirative.

— Vous avez raté votre vocation…

Marie secoua la tête.

— Je préfère aider des mamans à accoucher.

— Bon mais… qu'est-ce qu'on fait maintenant ?

Le visage de l'adolescente était creusé par un mélange de crainte et d'espoir.

— Vous croyez vraiment que mon père est là-bas ?

— Quand il t'a entendu au téléphone, on peut imaginer qu'il a pris peur. Peut-être que ça dérange ses plans… ou qu'il a compris que son identité n'était plus un secret. Ce n'est pas très loin. J'appelle un taxi.

Mathieu et René roulaient depuis un bon moment sur la route 381, avec en ligne de mire la Toyota noire qui les avait suivis jusqu'à Saint-Urbain. Son conducteur ne devait pas être très futé, car il n'avait pas l'air d'avoir remarqué leur présence, même si Mathieu prenait soin de rester à bonne distance. Ni trop près pour ne pas se faire voir, ni trop loin pour ne pas risquer de le perdre de vue. Parfois il le laissait prendre un peu plus de champ, se doutant qu'il se dirigeait vers Saguenay. Il avait dû les prendre en chasse depuis le *Bistro Summum* de Chicoutimi, et peut-être habitait-il dans les environs. Il resserrerait sa filature en arrivant aux abords de la ville. Sur le siège passager, René faisait une sieste, la tête en arrière contre l'appui-tête, laissant apparaitre ses veines saillantes et violettes à la surface de sa peau fatiguée. Mathieu ne put s'empêcher de se demander à quoi il ressemblerait quand il aurait cet âge. Si jamais il l'atteignait, bien sûr. Est-ce qu'on vivait moins longtemps quand on était seul ? Quand la femme de votre vie n'était plus là, à vos côtés, pour partager le fardeau du quotidien, des longues nuits sans sommeil ? Est-ce qu'il allait changer de visage, peu à peu, au fil de la souffrance d'une vie sans espoir, jusqu'à ne plus se reconnaitre dans la glace ? Il avait déjà remarqué qu'à partir d'un certain âge, les gens ne se ressemblaient plus. Leurs traits affaissés, voire effacés, transformaient complètement leur physionomie, bousculaient les proportions d'un nez, d'une arcade, d'une orbite, au point de créer un être nouveau qui n'avait plus qu'un lointain rapport avec la personne souriant sur des photos prises vingt ans ou même dix ans auparavant. Le tragique de l'inéluctable prenait Mathieu à la gorge. Alors il pensa à Marie. Cette femme avait quelque chose qui forçait le respect. Une force intérieure, un courage… Il aurait aimé être à la hauteur, pouvoir lui montrer que lui aussi était capable de tenir le coup. C'était un peu comme s'il courait après lui-même, pour se demander des comptes. C'est vrai, qu'est-ce qu'il fichait là après tout ? L'image de Julie lui apparut, au temps heureux où ils étaient ensemble, et ses yeux s'embuèrent sans qu'il cherchât à s'en empêcher.

La Toyota ralentit l'allure en arrivant à Saguenay et Mathieu se força à se reconcentrer. Il fallait être attentif en ville pour se fondre dans la circulation et échapper à la vigilance de sa « proie », même si la proie en question n'avait pas l'air d'être en état d'alerte. René se réveilla en sentant le véhicule ralentir.

— On est arrivés ? demanda-t-il d'une voix embrumée.

— On est retournés à la case départ, mais j'attends de voir jusqu'où notre ami va nous conduire. Bien dormi ?

— J'ai cru que j'étais mort, mais visiblement non. C'est assez décevant.

— Vous êtes un petit joueur René, on n'arrête pas la partie avant le coup de sifflet final !

— Ça c'est sûr, il risque bien d'être final, lâcha René avec un air blasé.

La Toyota fila en direction du lac Saint-Jean. Au bout d'une demi-heure de route par la 170, elle traversa la petite ville d'Alma puis emprunta un chemin caillouteux avant de s'immobiliser devant une maison isolée qui surplombait le lac. Le garage automatique s'ouvrit et le véhicule avança jusqu'à disparaitre derrière la porte qui se referma aussitôt derrière lui.

Mathieu arrêta sa voiture dans le virage qui le dissimulait de la maison et coupa le contact.

— Je vous laisse aller lui casser la figure, fit René, je reste là pour faire le guet.

Mathieu sourit.

— J'ai un meilleur plan. C'est vous qui le tiendrez pendant que je lui mettrai des coups de poing.

— D'accord. Et quand vous serez fatigués, on inversera les rôles.

— J'aime cet état d'esprit.

Ils sortirent du véhicule et s'approchèrent avec prudence de la maison.

— Vous croyez qu'il vit tout seul là-dedans ?

— On va vite le savoir.

Mathieu se présenta devant la porte d'entrée et appuya sur la sonnette. René le dévisagea, surpris.

— Carrément ?

Mathieu hocha la tête.

— On a assez perdu de temps, non ?

Il avait à peine fini sa phrase que la porte s'ouvrit. Un type au visage rougi par l'alcool surgit et les considéra avec stupéfaction.

— Bonjour, fit Mathieu, j'ai un pneu à plat, est-ce que vous auriez un cric à me prêter ?

Le type semblait réfléchir intensément parce que son regard bovin s'affolait au-dessus de son gros nez en forme de fraise.

— Je vais voir, dit-il finalement, entrez.

Mathieu et René le suivirent à l'intérieur de la maison. La première chose qu'ils remarquèrent fut le fusil de chasse posé dans un coin de la pièce, juste sous une immense tête de cerf trônant au milieu du mur lambrissé. L'œil de l'animal paraissait si vif qu'on avait l'impression qu'il allait surgir de son support et se mettre à galoper dans le salon. Mathieu se demandait ce que l'homme avait en tête. Il les avait forcément reconnus et ne devait pas comprendre pourquoi ils étaient venus se fourrer dans la gueule du loup. Il fallait frapper le premier.

Alors que l'homme se dirigeait vers le fusil avec une intention que devinait Mathieu, il lui sauta dessus sans ménagement. L'homme s'affala comme un sac de patates et Mathieu profita de son avantage pour s'assoir à califourchon sur son dos. René s'était approché d'une table qui ressemblait plus à un établi qu'à un buffet à la cour d'Angleterre et repéra un gros rouleau de ruban adhésif qu'il tendit à Mathieu. À eux deux ils parvinrent à ligoter les jambes et les mains du type qui gigotait en les traitant de tous les noms.

— Ça suffit ! hurla Mathieu.

L'homme finit par se calmer. Aidé par René, Mathieu le saisit par les épaules et le fit s'assoir sur une chaise. Puis il reprit son souffle en s'adossant à une table, face à son « prisonnier ».

— On va éviter de perdre du temps, dit-il, alors tu vas nous dire pourquoi tu nous suivais.

— Je sais pas ce que vous racontez, je vous ai jamais vus, fit l'homme.

— Donc c'est un hasard que tu te sois trouvé derrière nous à Saint-Urbain et que t'aies pris exactement les mêmes chemins ?

— Vous êtes cinglés, éructa-t-il, on a le droit de circuler où on veut !

Mathieu comprenait que l'homme n'allait pas se laisser aller aux confidences aussi facilement. Il examina la pièce du regard, à la recherche de quelque chose qui aurait pu l'aider. Il revit le visage de Marie dans le camping-car, un visage déformé par la haine au moment d'interroger le malheureux joueur de cor. Est-ce qu'il était capable de disjoncter de la même façon ? Il soupira. La différence c'était que ce type en face de lui ne représentait rien pour lui. Il n'avait aucune envie de lui faire du mal. Mais il n'avait pas envie non plus de le supplier pendant des heures pour qu'il explique les raisons de ses agissements.

— Regardez, dit soudain René.

Le vieil homme désignait le bras gauche du type qui dépassait de la manche de son sweat aux couleurs du hockey club de Saguenay–Lac-Saint-Jean. Mathieu s'approcha et retroussa la manche jusqu'au coude.

Un tatouage occupait toute la face interne de l'avant-bras.

Une étoile avec des branches en forme de fourches de diable, identique à celui qu'ils avaient trouvé sur le rat de l'hôtel, à la ferme et plus récemment sur le bras du petit Stephan.

Mathieu se passa la main dans les cheveux et consulta René du regard. Cette fois, ce ne pouvait pas être un hasard.

— Où avez-vous fait ce tatouage ? demanda Mathieu.

— Ça vous regarde pas.

L'homme était toujours aussi virulent. Il essayait maintenant de bouger les poignets pour se défaire du ruban adhésif qui l'entravait.

— Le rat sous le lit, demanda René, c'était vous ?

— Je sais pas de quoi vous parlez, bordel !

Mathieu s'approcha et le fixa droit dans les yeux.

— Je vais te dire ce que je crois. Je crois que t'es le type qui nous manipule et qui nous suit depuis le début. Je crois que tu nous as envoyé ces putains de colis et que tu t'es amusé à disperser des indices pour nous regarder tourner en rond à la recherche de gens qu'on aime. Pourquoi tu fais ça ? C'est comme ça que tu prends ton pied ?

— Vous dites n'importe quoi. Comme si j'avais du temps à perdre avec ce genre de conneries !

Mathieu se redressa et commença à arpenter la pièce, cherchant dans le bazar éparpillé sur la table des preuves à brandir sous le nez de cet abruti. Il fouilla dans les tiroirs d'un meuble sous la fenêtre, passa en revue des étagères métalliques accrochées au mur… Mais il ne trouva que des bouquins sur la chasse au cerf et des vieilles factures d'électricité, rien qui ne pouvait prouver quoi que ce soit.

— Venez voir, fit René, depuis une pièce adjacente qui semblait faire office de bureau.

Sous le regard furieux du type, Mathieu traversa le salon pour rejoindre le vieil homme. Il se figea aussitôt en levant les yeux vers les murs.

Ceux-ci étaient tapissés d'articles, de photos, de documents qui se rapportaient à Susan.

— Eh bien, fit Mathieu, on dirait qu'on a quelque chose là…

Il s'attarda sur quelques articles parus dans des journaux locaux de 2008 qui parlaient de la disparition inexpliquée de Susan Bouchard, avec plusieurs photos d'elle. Il y avait aussi tout un tas de clichés des lieux ainsi qu'un rapport de police qui détaillait l'avancée des recherches.

— On dirait que ce gars était fasciné par ma sœur, fit René.

— Oui, d'ailleurs il y a quelque chose qui cloche.

— Quoi donc ?

Mathieu inspecta rapidement le reste de la pièce.

— Pourquoi n'y a-t-il pas de documents sur Pierre, Julie ou Tim ?

René scruta à son tour les murs.

— Vous avez raison. Peut-être dans une autre pièce ?

— Ça n'aurait pas de sens. Non, ce type ne s'intéresse qu'à votre sœur. D'ailleurs il nous a suivis alors qu'on allait interroger quelqu'un susceptible de nous donner des informations sur elle.

René hocha la tête, essayant de replacer tous ces éléments dans un ordre logique.

Mathieu ressortit de la pièce une photo de Susan à la main et se dirigea vers le type qui gigotait toujours pour tenter de se libérer.

— Tu peux nous expliquer ? demanda Mathieu en lui brandissant la photo sous le nez.

René s'était approché à son tour pour examiner la réaction de l'homme. Cette fois, celui-ci se calma devant l'évidence.

— Ok, fit-il, je m'intéresse à elle. Mais vous aussi apparemment, non ?

— C'est ma sœur, lâcha René.

L'homme eut un rictus amusé.

— Alors on est au moins deux à vouloir la retrouver.

René le dévisagea sans comprendre.

— Pourquoi voulez-vous la retrouver ?

L'homme marqua un temps puis fixa René avec un air mauvais.

— Parce qu'elle a tué mon frère.

36

S<small>UR LE SIÈGE</small> arrière droit du taxi qui sentait le désodorisant bon marché, Sarah dodelinait de la tête au rythme de la cover de *Nirvana* qui remplissait ses tympans. À côté d'elle, derrière le chauffeur, Marie n'en perdait pas une miette malgré elle, tant les écouteurs de l'adolescente partageaient généreusement leurs décibels en version assourdie et nasillarde. Le médecin qui était en elle souffrait de voir cette jeune paire d'oreilles s'autodétruire sous ses yeux, mais elle n'avait pas le cœur de lui faire la remarque. Les événements difficiles s'enchainaient depuis un moment, et c'était compliqué pour une jeune fille de son âge de gérer tout cela avec sérénité. Marie se demandait comment Tim aurait traversé au même âge ce genre d'épreuves. Quand il était petit, elle s'était plusieurs fois imaginé l'adolescent qu'il serait. Un rebelle, avec les cheveux teints en rose et un piercing sur la langue, ou un garçon timide toujours fourré dans les jupes de sa mère ? Ou tout simplement un jeune homme tranquille, abordant la vie avec courage et sérieux…

— C'est encore loin ? hurla Sarah.

Marie lui fit signe de baisser le volume. La jeune fille s'exécuta en s'excusant.

— Désolée… c'est encore loin ?

— Environ dix minutes.

Sarah regardait la bande jaune qui défilait devant le capot de la voiture, comme avalée par un monstre impitoyable.

— Vous croyez qu'ils lui ont fait du mal à cette fille ?

Marie se rapprocha d'elle pour parler à voix basse. Le chauffeur écoutait une émission comique sur sa radio, avec des rires enregistrés toutes les deux minutes.

— Je n'en sais rien. J'espère que non. On n'a pas vu de traces de sang dans l'appartement, on va dire que c'est plutôt bon signe…

Sarah se recala dans son siège, cherchant une nouvelle chanson sur l'écran de son portable. Marie l'observa.

— Sarah, fit-elle.

— Oui ?

— Est-ce que ça va ?

L'adolescente la dévisagea avec étonnement.

— Oui, je crois. Pourquoi ?

— Là où on va, il y a peut-être ton père. Je veux dire ton vrai père.

— Bah, ça peut pas être le faux, vous l'avez buté.

Marie fit une telle tête que Sarah explosa de rire.

— Oh la tronche, vous devriez vous voir !

Marie ne put s'empêcher de rire à son tour. La tension s'échappait par tous les pores de leur peau et elles continuèrent à rire comme deux folles en se tenant la main. Le chauffeur se tourna vers elle, le pouce levé, persuadé qu'elles riaient aux blagues qui fusaient de son autoradio, ce qui relança leur fou rire.

Quand le calme fut revenu, Sarah posa une main sur le bras de Marie.

— Je suis contente que vous soyez là pour m'accompagner. Je crois que je tiendrais pas le coup sinon.

— C'est la même chose pour moi. Tu sais, au début quand Tim venait de disparaitre, j'essayais d'en parler à des gens, parce que ça me faisait du bien. Mais je voyais qu'ils comprenaient pas, ou que ça les gênait. Ils savaient pas comment réagir et la situation devenait pénible. Avec toi, comme avec Mathieu ou René, c'est complètement différent. Je suis totalement à l'aise pour parler de ça, parce que je sais que vous comprenez.

Sarah hocha la tête. Puis elle remit son portable en marche et la musique grésilla de nouveau dans ses jeunes oreilles.

— En admettant que ce soit vrai, comment ça s'est passé ?

René faisait face au type dont le visage rougissait au fur et à mesure de ses efforts pour tenter de se libérer du ruban adhésif qui retenait ses poignets endoloris.

Mathieu s'était assis un peu en retrait, une fesse posée sur l'accoudoir d'un canapé élimé qui sentait la pizza froide.

— C'était en juin 2008, fit l'homme qui releva une épaule pour essayer de se gratter la joue.

— Ensuite ?

— Mon frère Samuel et moi, on était dans une bande, on faisait des petits trafics. Un jour notre chef est parti en expédition punitive, avec mon frère et un autre gars. Juste histoire de donner une leçon à un type qui avait essayé de nous rouler. Bref, je sais pas bien ce qui s'est passé, j'y étais pas, mais apparemment ils auraient embarqué un gamin qui aurait été témoin de ça. Je sais pas ce qui leur a pris.

René et Mathieu l'écoutaient attentivement, les muscles tendus par la concentration.

— Et après ?

— À un moment, sur la route, le gamin a réussi à sauter du pick-up. Ils l'ont rattrapé un peu plus loin, mais y'avait un type et sa femme qui se trouvaient là, dans une voiture. Le gamin a hurlé pour appeler à l'aide, l'homme est sorti pour le défendre et...

— Et quoi ?

L'homme souffla comme pour se donner le courage de continuer.

— Samuel avait un flingue. Il l'a sorti pour lui faire peur, mais la femme s'est jetée sur lui, le coup est parti...

— Attendez, l'interrompit René, quel rapport avec ma sœur ? Ça ne pouvait pas être elle, elle n'a jamais été mariée.

L'homme eut un rictus mauvais.

— C'était peut-être son amant, hein, qu'est-ce que j'en sais ? En tout cas, après ça ils se sont enfuis dans leur bagnole.

— Encore une fois, rien ne prouve que c'était ma sœur ! s'agaça René.

— Mon frère était encore en vie quand ils l'ont ramené au camp. Ils avaient récupéré le sac à main de la femme, qu'elle avait perdu en détalant. Y'avait tous ses papiers dedans. Son nom, c'est bien Susan Bouchard ?

René accusa le coup. Mathieu s'approcha de lui pour l'aider à s'assoir sur une chaise. Puis il alla lui chercher un verre d'eau.

— Pourquoi nous avoir suivis ? demanda Mathieu tout en plaçant le verre dans les mains de René.

L'homme haussa les épaules.

— Pendant quatorze ans, j'ai recherché cette femme. Je suis d'abord allé à l'adresse indiquée sur ses papiers, mais elle était pas là. Personne n'a su me renseigner. J'y suis retourné plusieurs fois et puis un jour, j'ai vu que sa maison était à vendre. Alors j'ai appris qu'elle était portée disparue depuis juin 2008, précisément après cette histoire. J'ai continué mes recherches, j'ai lu des tas d'articles, je suis même allé voir la police en me faisant passer pour un ami à elle. Je voulais juste venger mon frère.

— Vous n'êtes pas le genre à lâcher le morceau, hein ?

L'homme afficha un sourire satisfait.

— Dans le milieu on m'appelait le pitbull. Bref, j'avais fini par en parler à tout le monde autour de moi, et puis il y a quelques jours, je reçois un appel, c'était un de mes gars qui avait entendu vos discussions, dans le couloir d'un hôtel. J'ai décidé de vous suivre en me disant que vous alliez peut-être me conduire enfin à cette Susan.

René finit son verre d'eau et le posa sur la table. Il s'essuya les lèvres du dos de la main.

— Donc vous n'en savez pas plus que nous ? demanda-t-il.

— Nope.

Mathieu se tourna vers lui.

— Comment il s'appelle ton chef ?

— C'est plus mon chef aujourd'hui. Je suis sorti de la bande

après la mort de mon frère. Et puis, ça dérivait vers autre chose…
Ça m'intéressait plus. Il s'appelait Max.

Mathieu et René échangèrent un regard.

— Max ? Il avait le même tatouage que toi ?

— Bien sûr, c'était notre emblème.

Mathieu hocha la tête, perdu dans ses pensées. Il se rapprocha
de l'homme dont le visage était maintenant couvert d'une sueur
nauséabonde.

— Et dis-moi… le gamin que ton chef, Max, a enlevé, il s'appelait comment ?

— Je me souviens plus trop… c'était y'a longtemps.

— Est-ce que c'était… Tim ?

— Possible. Je sais plus je te dis.

Mathieu le fixa intensément du regard, comme pour essayer de
lui faire retrouver la mémoire.

— Et qu'est-ce qu'il est devenu ce gamin ? On a entendu dire
que c'était pas la fête pour eux quand ils se faisaient attraper…

Soudain l'homme arracha ses poignets du ruban qui les entravait et balança un coup de boule dans la tête du pauvre Mathieu qui
s'écroula sous le choc. Surpris, René ne put qu'assister, impuissant, à
la fuite du type qui se rua dehors. Il se précipita vers Mathieu.

— Ça va ? demanda-t-il, affolé.

Mais Mathieu ne pouvait pas répondre. Il n'était plus qu'une
masse inerte étalée sur le sol.

René s'empressa d'aller chercher de l'eau et commença à lui
tapoter les tempes avec un torchon humide. Il n'avait aucune idée
de ce qu'il fallait faire dans ce genre de situation.

Soudain une vibration résonna dans la poche de Mathieu. René
se pencha et sortit maladroitement le portable dont l'écran affichait
un nouveau message. C'était Sarah. Elle et Marie étaient en route
vers un chalet où se trouvait peut-être le père de la jeune fille. Elle
voulait que Mathieu et lui les rejoignent rapidement.

René se releva et retourna à l'évier de la cuisine. Cette fois il
remplit une grande casserole d'eau, puis il s'approcha de Mathieu et
la lui renversa d'un seul coup sur la tête.

· · ·

Le soleil commençait à descendre derrière les collines quand le taxi de Marie et Sarah atteignit les premiers chalets sur les hauteurs de Larouche, au bord de la route 170.

Le chauffeur s'engagea sur un chemin étroit et Marie lui demanda de s'arrêter.

— Vous êtes sûre ? fit-il. C'est un peu plus loin après le virage.

— Oui oui, ça ira très bien, dit-elle en lui tendant un billet pour payer la course.

Elles sortirent du véhicule et attendirent qu'il ait disparu sur la grande route.

Marie se tourna vers Sarah.

— Prête ?

La jeune fille acquiesça. Une mèche bouclée qui jouait avec son visage lui donnait un air enfantin, contredit par la gravité de son regard.

Elles avancèrent sur le chemin pendant une centaine de mètres, guettant les bruits alentour. Seuls les véhicules qui passaient sur la 170 derrière elles déchiraient le silence avant de s'évanouir dans le soir qui tombait.

Un grand chalet apparut au détour du virage, cerné par des sapins semblant faire office de gardes immobiles. Un SUV gris et une Jeep kaki étaient garés sur le parking, juste devant l'entrée. Au premier étage, deux portes-fenêtres dessinaient des rectangles de lumière sur la façade en rondins de bois, tels des yeux braqués sur la forêt pour effrayer les visiteurs.

Tout avait l'air calme. Pas d'éclats de voix, pas de coups de feu... Et si elles s'étaient fait tout un film ?

Sarah perçut l'hésitation de Marie.

— Il y a un problème ?

Marie se mordit inconsciemment la lèvre inférieure.

— Je me demande combien ils sont là-dedans. Si on tombe sur une réunion d'amis en train de préparer une poutine, on va passer pour des cruches. Si en revanche c'est bien ce qu'on pense, je ne sais pas trop comment on va s'y prendre.

— J'ai texté l'adresse à Mathieu. Ils devraient pas tarder.

Marie hocha la tête.

— Peut-être qu'on devrait les attendre.

Soudain le bruit saillant d'un verre qui se brise au sol résonna depuis l'intérieur du chalet, suivi d'un cri de femme. Marie et Sarah se regardèrent. Elles n'avaient pas besoin de parler pour comprendre qu'il n'était plus question d'attendre.

Elles avancèrent avec précaution vers l'escalier qui montait jusqu'à la terrasse du premier étage puis grimpèrent les marches en essayant d'éviter de les faire craquer. Une des portes-fenêtres était entrouverte. Marie et Sarah se plaquèrent contre la façade pour observer à l'intérieur. Un homme en blouson qui leur tournait le dos finissait de ligoter les mains de la banquière, face à deux hommes assis sur le canapé dont le visage était caché par l'abat-jour d'une lampe halogène. L'un portait une veste noire, l'autre une chemise blanche.

— Ça peut se régler en deux minutes, dit l'homme debout. Mais si tu préfères la version longue…

Il agrippa le bras de la banquière qui lâcha un cri aigu.

— Vous vous trompez de personne, dit l'homme à la chemise blanche dont les mains semblaient également liées derrière le dos.

— Pierre Brulanovitch, c'est bien toi ?

Depuis sa cachette, Sarah sentit son ventre se nouer. Elle se contorsionna pour essayer d'apercevoir le visage de l'homme sur le canapé.

— Oui, mais non, répondit celui-ci. Ici, je suis Pierre Gallant… j'ai changé de nom en arrivant au Québec, c'est une histoire trop longue à raconter.

L'homme secoua à nouveau la femme par le bras.

— Essaie pas de m'embrouiller ! Je me suis renseigné sur toi, je sais ce que t'as fait quand t'étais en France. Escroc un jour escroc toujours, disait mon grand-père. Alors tu vas rendre le fric que t'as volé à mon frère.

— Je vous dis que j'ai rien volé du tout, l'homme que vous cherchez s'est fait passer pour moi ! C'est lui que vous devez aller voir.

Le type sortit une lettre de la poche de son blouson.

— Et ça ? dit-il en brandissant le document, c'est signé Pierre Brulanovitch, c'est pas ta signature peut-être ?

— Il a imité ma signature. Je dis pas que je le connais pas, on était collègues à la banque. Il a voulu m'embarquer dans ses embrouilles, j'ai refusé alors il a usurpé mon identité, fin de l'histoire.

— Ok, tu veux la jouer comme ça.

Soudain l'homme agrippa la banquière par les cheveux et la força à se mettre à genoux, puis il sortit un revolver de sa ceinture et plaqua le canon contre sa tempe.

Sarah sortit soudain de sa cachette et bondit dans la pièce.

— Arrêtez ! hurla-t-elle. Faites pas ça !

Tous la regardèrent avec sidération. Même Marie avait été prise de court par la réaction de la jeune fille.

L'homme au revolver la dévisagea un instant avant de prendre son complice à témoin.

— D'où elle sort celle-là ?

L'homme en chemise blanche assis sur le canapé ne pouvait s'empêcher de fixer Sarah du regard. Elle non plus ne le quittait pas des yeux. Elle découvrait son visage, des traits fins, une chevelure grise élégante au-dessus d'un grand front, une peau hâlée rehaussant l'éclat de ses yeux d'un vert profond… La ressemblance était frappante… Tous deux semblaient communiquer par télépathie comme si tout autour d'eux s'était figé.

L'homme au blouson brisa le charme de l'instant.

— Allez poupée, dit-il en dirigeant son arme vers elle, va t'assoir sur le canapé.

Sarah se mordit les lèvres pour ne pas paniquer. Elle s'était jetée dans l'arène sans réfléchir, et maintenant ses jambes flottaient comme du coton. Elle alla s'assoir à côté de Pierre sans oser cette fois le regarder, de peur de provoquer la colère de l'homme au blouson.

— C'est qui ? dit celui-ci en s'adressant à Pierre.

Pierre redressa la tête et soutint le regard de l'homme.

— C'est ma fille, dit-il d'une voix claire.

Sarah tressaillit et pour la première de sa vie, elle sentit dans sa chair que l'homme assis à côté de lui était son père. Son véritable père.

— Ok, fit l'homme au blouson, c'est encore mieux. Maintenant tu n'as plus trop le choix.

Il s'approcha du canapé et pointa son arme sur la tête de Sarah.

— Arrêtez ça, dit Pierre d'une voix calme, on va trouver un arrangement…

L'homme hocha la tête.

— Le seul arrangement possible c'est que tu rembourses l'argent que t'as volé. Alors tu prends ton portable et tu fais un virement. Maintenant.

Il posa son index sur la gâchette du revolver.

— Ok, ok, fit Pierre.

Il sortit lentement son téléphone de sa poche et commença à tapoter sur l'écran.

L'homme s'adressa à son acolyte.

— Tu vérifies ce qu'il fait.

Le type à la veste noire se rapprocha de Pierre, les yeux fixés sur le cellulaire.

Soudain la porte du salon s'ouvrit avec fracas et avant que l'homme au blouson puisse réagir, Mathieu se jeta sur lui pour le faire chuter au sol. Au même moment, Marie surgit dans la pièce depuis le balcon et se précipita sur le type à la veste noire que Pierre ceinturait déjà. René entra à son tour et prit Sarah par la main pour l'écarter du danger. La banquière se releva et courut vers eux comme elle put, gênée par ses mains liées dans le dos. Pendant un instant, la pièce fut le théâtre d'un affrontement désordonné et violent. Marie et Pierre essayaient de maitriser l'acolyte à la veste noire, mais celui-ci parvint à sortir un couteau de sa poche et à entailler Pierre à l'épaule. Marie le frappa du plat de la main en plein sur la pomme d'Adam pour lui faire lâcher son arme. Le type porta ses mains à sa gorge pour chercher sa respiration, puis il s'affaissa sur le canapé, le corps secoué par un souffle rauque. De son côté, Mathieu luttait au sol avec l'homme au blouson. Celui-ci, petit et nerveux, tentait de pointer son revolver sur son adversaire et il était en train de prendre le dessus quand Sarah lui éclata un vase en porcelaine sur le crâne. L'homme s'écroula d'un coup sur le parquet. Mathieu se releva, haletant et en sueur, le cœur au bord des lèvres.

René libéra la banquière de ses liens, tandis que Marie aidait Pierre à se lever. La manche de sa chemise était maculée de rouge. Il jeta un regard vers Sarah et sa compagne.

— Ça va ? demanda-t-il.

Les deux femmes acquiescèrent.

Soudain l'homme au blouson se redressa en titubant, son revolver à la main.

— Attention ! cria René.

Tous se précipitèrent sur le balcon et dégringolèrent les escaliers avant de courir vers les voitures.

Ils étaient en train d'ouvrir les portières quand des coups de feu éclatèrent depuis la rambarde.

Pierre lâcha un cri et porta aussitôt la main à son ventre en grimaçant.

— Oh merde ! fit Marie.

Elle l'attrapa dans ses bras pour l'empêcher de tomber alors que les balles continuaient de siffler autour d'eux. Mathieu aida Marie à l'installer sur le siège arrière.

— Tu prends René dans ta voiture, souffla-t-elle, je prends les autres avec moi, ok ?

Mathieu acquiesça et tous s'engouffrèrent dans les deux véhicules qui démarrèrent en trombe tandis que les balles ricochaient contre la carrosserie.

37

LA NUIT ÉTAIT TOMBÉE, jetant son voile noir sur les collines.

Le SUV conduit par Marie roulait à vive allure, ses phares découpant la route comme une saignée de lumière jaune.

Sarah et la banquière — Charlotte —, soutenaient Pierre assis sur le siège central arrière. Sa chemise était luisante de sang au niveau de l'abdomen et Sarah était en panique, malgré la compresse de fortune qu'avait mise en place Marie.

— Faut aller plus vite ! cria-t-elle, ça pisse de partout !

Marie jeta un coup d'œil en arrière pour évaluer les dégâts.

— Gardez les mains sur la compresse et appuyez fort, il faut qu'il tienne jusqu'à l'hôpital.

Les deux femmes s'exécutèrent, plaçant leurs mains comme elles pouvaient sur le torse de Pierre. Le visage de celui-ci avait tourné au blanc et sa respiration ralentie provoquait une sorte de râle chaque fois qu'il expirait.

Charlotte leva la tête vers Sarah.

— Je suis désolée, commença-t-elle, quand tu es venue à l'agence, j'ai cru que…

— On verra ça plus tard, l'interrompit Sarah, c'est pas important.

Pierre esquissa un faible sourire. Il parvint à parler entre ses lèvres sèches.

— Elle voulait me protéger…, fit-il en dévorant Sarah des yeux comme s'il essayait d'enregistrer chaque trait de son visage. Il ne faut pas lui en vouloir… j'avais reçu des menaces.

— On aura le temps de parler de ça, dit Sarah, pour l'instant faut pas que tu bouges.

— Pas sûr qu'on ait le temps justement… Ça m'a pas l'air d'une très jolie blessure.

— Ça va aller, ils vont te soigner aux urgences…

— Tu as surement un tas de questions, n'est-ce pas ?

— Arrête…

— Il faut que tu saches… Ça fait trop longtemps que je rêve de te dire tout ça.

Marie jeta un œil dans le rétroviseur. La voiture de Mathieu les suivait de près.

— On va arriver bientôt, dit-elle, mais par pitié restez tranquille.

Pierre leva les yeux au ciel comme un gamin insolent imitant une institutrice courroucée, arrachant à Sarah un sourire baigné de larmes.

— Tu étais le plus joli bébé de la Côte d'Azur tu sais… Tu avais les yeux de ta maman.

Sarah aurait voulu lui poser un doigt sur la bouche pour le faire taire, mais ses mains étaient occupées à essayer de contenir l'hémorragie qui le vidait de ses forces.

— J'ai fait des choses pas très bien, poursuivit-il. Je ne sais pas si tu pourras pardonner ça un jour.

— Je sais et je m'en fous.

Il eut une moue amusée.

— C'est pour ça que j'ai voulu partir. Je voulais pas que tu grandisses avec un père en prison, un père que tu aurais méprisé…

— C'était mieux de me laisser le bénéfice du doute, c'est ça ? fit-elle avec amertume.

Pierre hocha doucement la tête.

— C'était peut-être idiot, mais mon intention n'était pas de te faire du mal. Et puis je pensais que ta mère allait retrouver quelqu'un qui ferait un super papa.

— Oui ben c'était pas un bon calcul. Elle s'est maquée avec un type qui a essayé de me peloter quand j'avais 12 ans.

Le regard de Pierre s'assombrit.

— T'inquiète, le rassura Sarah, je l'ai pas laissé faire. Et quand maman l'a su, elle l'a foutu dehors.

— That's my girl...

Un nid de poule secoua la voiture, lui arrachant une grimace.

— Désolée, fit Marie. Bon Dieu de route...

Pierre reprit.

— J'ai l'impression que tu n'as jamais reçu mes lettres, pas vrai ?

Sarah ouvrit de grands yeux.

— Tu m'as écrit des lettres ?

— Pour chacun de tes anniversaires.

— Quoi ? Mais...

— J'imagine que ta mère les a confisquées. Je peux pas lui en vouloir, elle devait penser que c'était mieux pour toi de me rayer complètement de la carte.

— Punaise, mais comment vous réfléchissez vous les adultes ? Vous croyez qu'on est des Playmobil ou quoi ?

Pierre eut un nouveau sourire grimaçant.

— On n'était pas très doués je crois, ni elle ni moi...

La jeune fille approcha son regard embué du sien.

— Mais on va plus se quitter maintenant, d'accord ?

Pierre plissa les yeux en signe d'acquiescement, puis il les ferma complètement. Sarah sentait sa peau se refroidir sous ses doigts. Elle leva la tête vers Marie.

— Faut qu'on arrive là, vite !

— On y est, l'hôpital est là-bas.

Un peu plus loin sur la droite, la silhouette de l'hôpital Alma dressait ses lumières comme un phare en pleine mer.

Marie arrêta le SUV devant l'entrée des urgences. Charlotte avait déjà bondi vers deux infirmiers qui sortaient de l'établissement.

Ensuite, tout se déroula très vite. Pierre fut pris en charge sur un brancard, avec masque à oxygène et prise de pouls. Le visage livide, il avait perdu connaissance, et les mots rassurants de Sarah s'éparpillèrent dans l'air chargé de peur. Désemparée, elle le regarda s'éloigner dans le couloir, simple forme allongée sous un drap blanc, Charlotte marchant à ses côtés.

Marie se glissa près d'elle pour l'entourer de ses bras.

— Ils vont faire tout ce qu'ils peuvent, dit-elle, on n'a plus qu'à attendre.

La jeune fille restait debout, droite comme un I, le visage défait.

— Vous croyez que c'est possible, dit-elle, le menton tremblant.

— Quoi ?

— De perdre mon père juste après l'avoir retrouvé ?

Marie la serra un peu plus contre elle.

— Tu as réussi à garder espoir pendant toutes ces années, alors essaie d'en garder encore un tout petit peu, d'accord ?

L'adolescente se laissa aller sur son épaule, le corps secoué de larmes silencieuses.

Derrière, Mathieu et René étaient restés plantés sur le parking, sonnés, incapables de trouver les mots.

Une demi-heure plus tard, tout le monde était de retour au motel. Après s'être douchés et reposés chacun dans sa chambre, ils se retrouvèrent dans celle de Marie pour faire le point. Mais cette fois, l'ambiance était morose. René paraissait épuisé, le visage marqué et les paupières alourdies. Mathieu, assis sur une chaise, tripotait la télécommande de la télé. Marie, adossée contre le mur, massait sa nuque endolorie. En tailleur sur le lit, Sarah, les yeux encore gonflés par les larmes, communiquait par messages avec Charlotte. Pierre était au bloc opératoire et il fallait attendre.

Après un silence pesant, René lâcha un long soupir.

— J'ai peur que ça finisse mal pour chacun de nous, dit-il d'un ton las. Le pauvre Mathieu en a déjà fait l'expérience avec Julie. Maintenant le père de Sarah… Je suis désolé, mais je crois que je n'ai plus l'énergie suffisante pour continuer.

— C'est vrai qu'au départ on avait tous des raisons d'y croire, dit Mathieu. Les vêtements, les indices… Mais je dois bien avouer moi aussi que ça devient difficile… Peut-être qu'on pourrait faire une pause…

— Une pause ? releva René. Et après ? On rentre chacun chez soi, on reprend ses habitudes et dans un mois on se retrouve ici pour continuer les recherches ? Mais à partir de quoi ? On n'a plus d'indices et chaque personne qu'on interroge est une impasse.

Sarah se racla la gorge. Ça faisait un moment qu'elle n'avait pas prononcé un seul mot.

— Ça s'est mal passé, ok, dit-elle d'une voix faible, mais on a quand même réussi à retrouver mon père. Si j'avais laissé tomber avant, je ne l'aurais jamais revu. Même si c'est peut-être pour très peu de temps…

Marie lui adressa un sourire qui se voulait réconfortant.

— Sarah a raison. Ça ne se passe pas comme on l'aurait rêvé, mais on a déjà fait mieux que la police il y a quatorze ans, non ?

Mathieu hocha la tête pour acquiescer.

— Reste que René n'a pas tort, dit-il, on n'a plus rien entre les mains pour nous permettre d'avancer. La piste Tim s'est éteinte, même si on sait qu'il a vraisemblablement été enlevé. Mais il n'y a aucune trace d'un gang avec un chef nommé Max dans les parages. Les derniers éléments qu'on a datent de 2016. Ils ont probablement quitté la région depuis longtemps, ou alors ils dorment sous les verrous.

— Ou alors ils se sont tous entretués, fit René, désabusé.

Marie regarda par la fenêtre. Elle savait que c'était foutu pour Tim. Il était mort dans l'incendie d'un baraquement. Elle aurait tellement aimé avoir encore la force de se mentir, pour l'imaginer vivant, rayonnant… Mais elle devait bien avouer que quelque chose s'était brisé en elle.

— Quant à Susan, fit René, je ne vois pas comment on pourrait la retrouver. Je crois qu'on a épuisé toutes les ressources.

Sarah leva les yeux de son portable.

— Ça a donné quoi votre visite à cette dame ? demanda-t-elle d'une voix marquée par la fatigue.

René haussa les épaules.

— Pff, rien du tout. On cherchait un hypothétique amoureux de Susan qui aurait pu nous dire des choses intéressantes, peut-être même nous révéler des secrets, mais il est mort depuis des lustres. C'est comme si on pourchassait des ombres.

— C'est elle qui vous a dit qu'il était mort ?

— Oui. Et on n'a aucune raison de ne pas la croire.

— Mais cette maison, c'était bien celle où Susan et cet amoureux se retrouvaient après l'école, non ?

— C'est ce qu'on pense, fit Mathieu.

— Et vous n'avez pas cherché à en savoir plus, à… je sais pas moi, à demander à entrer pour faire le tour, chercher un indice ?

René haussa de nouveau les épaules.

— Cinquante-sept ans après ? Quel genre d'indices voulez-vous trouver dans une maison qui en plus a changé de propriétaire ?

— Surtout que la petite dame n'avait pas l'air décidée à nous laisser entrer, ajouta Mathieu. J'ai juste pu faire une photo du salon, en mode paparazzi.

Sarah se glissa près de lui.

— On peut la voir cette photo ?

Mathieu la dévisagea avec un air blasé.

— Si tu veux. Mais bon, c'est juste le salon d'une vieille dame, je suis pas sûr qu'il y ait grand-chose d'intéressant à voir.

Il sortit son téléphone de sa poche, le déverrouilla puis afficha la photo avant de le tendre à Sarah. La jeune fille le prit en main et scruta l'image comme si elle la passait au laser pixel par pixel.

— Comment vous savez que c'est la maison où Susan et son amoureux se retrouvaient ? demanda-t-elle tout en poursuivant son examen.

— Grâce aux photos qui ont pu être sauvées sur le cellulaire de Susan, dit Mathieu. Celle où on la voit avec le livre de Beauvoir à la main, et celle d'un salon où il y avait une enveloppe avec l'adresse de la maison.

— Et on pouvait voir la même tapisserie sur les deux photos, compléta René.

Sarah se pencha vers eux avec le portable.

— La même que celle-ci ? demanda-t-elle.

Elle désignait du doigt une pièce entrouverte dans le fond de la photo qu'avait prise Mathieu, habillée d'une tapisserie aux motifs floraux.

René ouvrit des yeux ronds.

— Oui, il semble bien que ce soit la même…

Mathieu secoua la tête.

— Cette femme nous a dit qu'elle avait racheté la maison il y a plusieurs années. Il faut croire qu'elle n'était pas pressée de la redécorer à son goût.

— Ou alors…, fit Marie, pensive.

— Ou alors quoi ?

— Peut-être qu'elle aime cette tapisserie.

— Oui, sinon j'imagine qu'elle l'aurait changée, fit René qui ne comprenait pas où elle voulait en venir.

— Je veux dire qu'elle pourrait y tenir pour des raisons affectives. Peut-être que ça lui rappelle des souvenirs ?

— Comment ça ? fit Mathieu. Vous croyez qu'elle a vécu dans cette maison bien avant ?

— C'est une hypothèse.

— Ce serait la fille de Robert Marshall, donc la sœur de l'amoureux de Susan ?

Marie fit une moue qui voulait dire « pas impossible ».

— Mais alors, pourquoi nous aurait-elle menti ? fit René, incrédule. Dans quel intérêt ? Elle nous a dit qu'elle connaissait à peine Robert Marshall et qu'elle n'avait jamais rencontré son fils…

— Il y a peut-être quelque chose d'intéressant, dit Sarah qui examinait toujours la photo du salon sur le portable de Mathieu. Regardez ici.

Elle pointait un fauteuil en velours rouge sur la gauche de la pièce, sur le dossier duquel pendait un foulard.

René se pencha sur l'écran et laissa échapper un juron.

— Crisse de nom de D… C'est le foulard de Susan. Son carré Hermès !

Les autres le regardèrent, stupéfaits.

— Attendez, fit-il soudain.

Il sortit de la chambre et traversa le couloir pour entrer dans la sienne. Quinze secondes plus tard, il était de retour avec le foulard en question dans les mains.

Ils se penchèrent de nouveau sur l'écran pour comparer les deux étoffes.

— Exactement le même, conclut Mathieu.

— En même temps, fit Marie, il n'a pas dû être fabriqué à un seul exemplaire.

— Certes, fit René, le visage transformé. Mais quelle est la probabilité pour que Susan et cette femme possèdent chacune le même foulard ?

Mathieu se gratta les cheveux.

— Peut-être que c'est ce Gabriel, le frère de cette femme, qui en a offert un à chacune… ?

— Pourquoi aurait-il fait ça ? dit Marie. Quand un garçon fait un cadeau à son amoureuse, il doit faire le même à sa sœur ?

Sarah les dévisagea avec un air amusé.

— C'est assez drôle, fit-elle.

— Qu'est-ce qui est drôle ?

— Vous avez la solution sous le nez, mais on dirait que vous voulez pas la voir.

— Comment ça ?

— Eh bien, on a une photo où on voit Susan, adolescente, dans la chambre de cette femme, portant un foulard qu'elle possédait aussi et avec dans la main un livre prônant l'émancipation des femmes. On a des lettres d'amour…

— Je ne vois pas où tu veux en venir, dit René, déboussolé.

— C'est bien ce que je dis. La réalité est parfois difficile à regarder en face. Parce que moi l'hypothèse qui me saute aux yeux, c'est que cette femme n'a jamais eu de frère, et que l'amoureux de Susan était plutôt… une amoureuse.

René la dévisagea un instant sans comprendre, puis soudain il la crucifia du regard, comme si le diable en personne s'était brusquement matérialisé devant lui.

38

Il ÉTAIT 22 heures quand ils entrèrent à nouveau dans le petit village de Saint-Urbain. De nuit, les collines n'étaient plus visibles et seuls quelques réverbères faméliques éclairaient la route au gré des virages. Pour la deuxième fois de la journée, Mathieu gara la voiture devant l'ancienne maison de Robert Marshall et coupa le contact. La façade aux fenêtres éteintes se distinguait à peine entre les arbres qui semblaient la bercer par le lent balancement de leur cime.

— Apparemment elle dort, fit Mathieu.

René s'agita.

— Oui ben moi je vais aller la sortir de son lit !

Marie esquissa une moue contrariée.

— Si on veut qu'elle nous en dise plus, dit-elle, il va falloir être un peu plus diplomate.

— J'aurais pu venir seul, fit René, irrité, tout ça ne vous concerne pas vraiment après tout.

Marie et Mathieu échangèrent un regard complice.

— Souvenez-vous René, on est une équipe, dit Mathieu.

— Certains pensent même qu'on est une famille, ajouta Marie.

Sarah écoutait la conversation d'une oreille distraite. Elle avait passé tout le temps du trajet à chatter avec Charlotte. L'opération s'était bien déroulée, et il fallait maintenant attendre que Pierre se réveille. Charlotte, dans ses messages, se montrait attentive et sincère avec Sarah. Elle lui avait expliqué comment son père et elle s'étaient rencontrés quand il était arrivé au Québec. Il ne lui avait rien caché de ce qu'il avait fait en France, de l'existence de sa fille. Elle avait respecté ses choix, tout simplement parce qu'elle l'aimait. Et elle était très heureuse que Sarah ait pu enfin le retrouver.

Ils sortirent tous les quatre de la voiture et se dirigèrent vers la maison. Mathieu se retourna, scrutant l'obscurité.

— Tu crois qu'on a encore été suivis ? demanda Marie.

— Je n'ai rien remarqué, mais il faut rester prudent.

Ils avancèrent vers la porte d'entrée et Marie appuya sur la sonnette.

— J'espère qu'elle nous attend pas avec un fusil chargé, fit Sarah.

René haussa les épaules. Et comme aucune lumière ne s'allumait dans la maison il s'approcha à son tour de la porte et tambourina comme un forcené.

— Eh bien, s'amusa Mathieu, vous êtes moins timide que cet après-midi.

René lui décocha un regard agacé.

— Il faut que toute cette comédie s'arrête, maintenant. Elle a intérêt à nous dire tout ce qu'elle sait, sinon…

Soudain une veilleuse s'alluma au premier étage. Puis des bruits de pas dans l'escalier. Enfin la porte s'ouvrit. La vieille femme les dévisagea un à un, sans manifester d'étonnement. Ses traits fatigués ne laissaient paraître aucune trace d'agacement ou de contrariété.

— Je savais que vous reviendriez, fit-elle.

Puis elle s'éloigna vers le salon en laissant la porte ouverte, comme une invitation à entrer. Marie, Mathieu, Sarah et René échangèrent un regard étonné puis pénétrèrent dans la pièce en silence. La femme avait allumé quelques lampes posées ici et là, éclairant d'une lumière chaude les meubles élégants, les tentures de velours habillant les fenêtres aux fins croisillons blancs et les murs chargés de portraits et de paysages.

— Asseyez-vous, dit-elle, je vous en prie.

René observa les lieux puis la fixa du regard, perplexe. En arrivant, il avait envie d'en découdre, furieux qu'elle ait pu leur mentir la première fois, choqué par l'hypothèse formulée par Sarah sur sa relation avec Susan. Mais en la voyant, dans cette maison à la beauté apaisante, il s'était calmé. Le charme de cette femme agissait décidément sur lui comme un curieux élixir.

— Pourquoi saviez-vous que nous reviendrions ? demanda-t-il.

— J'avais l'impression que vous n'aviez pas eu toutes les réponses que vous étiez venus chercher, dit-elle en prenant place dans un canapé gris aux accoudoirs finement sculptés.

Mathieu examinait un portrait au fusain accroché au-dessus d'un vaisselier. Il reconnut les traits de leur hôtesse, avec quelques années de moins. Une dédicace était visible au bas de la toile.

— Vous vous appelez Gladys ? demanda Mathieu.

La vieille femme acquiesça.

— C'est un ami peintre qui m'a fait ce cadeau il y a quelques années. Il a du talent, vous ne trouvez pas ? Il a réussi à me rendre beaucoup plus belle que je ne l'étais.

Marie hocha la tête.

— Votre nom c'est Gladys Marshall, n'est-ce pas ?

— G.M., fit René pour lui-même. Pourquoi ne pas nous l'avoir dit ?

Son visage se fendit d'un sourire doux.

— Vous ne me l'avez pas demandé.

— Mais vous saviez qu'on était à la recherche de Susan.

Gladys laissa échapper un soupir discret.

— J'ai passé ma vie à la protéger. D'où ma méfiance quand vous avez sonné à la porte. Mais après votre départ, j'ai compris que vous ne lui vouliez pas de mal.

Sarah s'approcha du fauteuil en velours rouge qui trônait dans un coin de la pièce, celui qu'elle avait repéré sur la photo prise par Mathieu. Le foulard Hermès était toujours posé dessus.

Gladys se tourna vers Mathieu et René.

— Je savais que vous l'aviez remarqué. Susan m'avait dit qu'elle avait conservé le sien, jusqu'au jour où elle l'a égaré.

— Le jour où elle a disparu, vous voulez dire.

Elle acquiesça et son visage se chargea d'un voile de tristesse, comme un assaut de nostalgie qu'elle n'avait pas envie de repousser.

— Vous pouvez nous raconter? demanda René avec de la gravité dans la voix.

—Je crois que je n'ai plus trop le choix, dit Gladys en souriant à nouveau.

Elle se cala dans le canapé, regarda un instant autour d'elle comme pour convoquer les esprits du passé puis commença.

— En 1965, mes parents ont emménagé à Baie-Saint-Paul. Ils m'ont mise dans une école publique, alors que Susan fréquentait un établissement privé. Nous avons fait connaissance à la bibliothèque. Ça a été un coup de foudre immédiat, de part et d'autre. Mais vous imaginez bien qu'à l'époque, on ne pouvait pas vivre ça au grand jour.

— Madame Chevrantin veillait, fit Mathieu.

— Oh pas seulement elle, les professeurs, le curé, les autres élèves et bien sûr nos parents. Nous savions que nous n'avions pas le droit à l'erreur. Chaque fois qu'on se voyait, on ne pouvait pas s'empêcher de se dévorer du regard, de se frôler. C'était excitant mais aussi terriblement frustrant.

René changea de position dans son siège, mal à l'aise.

— Francis Letourneau était dans la confidence? demanda Marie.

— Oui, c'était la seule personne en qui nous avions confiance. Le pauvre, je crois qu'il était secrètement amoureux de Susan, mais il avait bien compris qu'il n'avait aucune chance. Mais comme il ne voulait pas perdre son amitié, il a accepté de nous servir d'intermédiaire. Par son entremise, on s'échangeait des petits mots, des poèmes, parfois des livres dans lesquels nous avions souligné des lettres qui formaient un message secret.

— Nous en avons retrouvé un à la bibliothèque, dit Mathieu.

La vieille dame sourit.

— Oui, on était assez inventives.

— Et un jour, la bibliothécaire a intercepté un des poèmes.

Gladys hocha la tête, pensive.

— Oui, elle en a bien sûr parlé au curé qui a aussitôt convoqué

Susan. Il se doutait de quelque chose, mais il pensait qu'elle voyait un garçon. Il devait croire qu'il s'agissait de Francis.

— C'est d'ailleurs ce qu'elle lui a avoué, fit René, essayant de se figurer toutes les scènes que venait de décrire Gladys.

— Elle voulait me protéger. Malheureusement, fréquenter un garçon était déjà un scandale en soi, et le curé a prévenu ses parents que leur fille allait devoir quitter l'école. Son père avait un commerce qui marchait bien et il a eu peur pour sa réputation si cela s'ébruitait. Ils ont décidé de déménager dans une autre ville.

— Je m'en souviens comme si c'était hier, dit René, les yeux chargés d'émotion. Susan était dévastée. Et malgré notre complicité, elle n'a jamais voulu m'expliquer pourquoi.

— Que s'est-il passé ensuite ? demanda Marie.

— Le temps s'est écoulé, continua la vieille femme. Je suis partie à l'étranger pour mes études, puis j'ai travaillé comme correspondante pour un journal. Mais je n'ai jamais cessé de penser à Susan. Je n'ai jamais retrouvé quelqu'un comme elle.

Ses yeux se perdirent à nouveau dans l'horizon des paysages accrochés aux murs. Toute une vie semblait défiler sur le fil de sa mémoire. Autant de souvenirs qu'elle avait réussi à apprivoiser et qui ressurgissaient avec la force d'un fauve libéré de sa cage.

Elle se ressaisit et poursuivit.

— Et puis un jour, j'ai décidé de prendre ma retraite. J'avais parcouru le monde en long et en large, j'étais fatiguée. Je crois que cette course perpétuelle m'a aidé à surmonter cette peine que je transportais, cachée au fond de mes bagages. Mais il était temps de me poser. De revenir aux sources. Je suis retournée voir mon père, Robert. Je ne m'étais jamais confiée à lui, il n'aurait pas compris. Quand il est mort, j'ai conservé la maison. C'est ici que j'avais emmené Susan, un beau jour de juin 1965, peu de temps avant que ses parents ne décident de déménager. Ça a été la seule fois. Et ce fut un moment merveilleux, qui reste gravé là pour toujours.

Elle posa sa main brunie par les taches à l'endroit de son cœur. Sa respiration lente accompagnait les mouvements de ses yeux, tournés vers l'intérieur de ses souvenirs.

— Nous avons récupéré les photos sur le téléphone de Susan, dit René qui avait du mal à cacher son émotion.

Gladys hocha la tête.

— En revenant ici, en 2008, je les ai retrouvées dans une boite au fond d'un placard. J'avais emprunté l'appareil photo de mon père et je les avais fait développer en cachette. On s'était bien amusées. On avait lu ensemble le livre de Simone de Beauvoir, et Susan avait eu envie que je la photographie avec l'ouvrage à la main. On avait l'impression de faire quelque chose de transgressif.

— Ça s'est passé dans la chambre là-bas ? dit Marie en désignant une pièce entrouverte dont on apercevait la tapisserie fleurie.

— Oui. Je l'ai laissée telle quelle. À chaque fois que j'y entre, je repense à cette scène. Bref, quand je suis revenue, j'ai cherché l'adresse de Susan, et j'ai même trouvé son numéro de portable. Elle était toujours dans la région. Je ne savais pas si elle se souvenait de moi, si elle avait envie de me revoir. Je me disais qu'elle avait dû faire sa vie et qu'elle m'avait oubliée. Alors je lui ai envoyé les photos que j'avais capturées sur mon téléphone, avec un message. Je lui disais que j'étais revenue dans la maison de mon père et que j'aurais bien aimé la revoir.

— Je me souviens qu'elle avait insisté pour qu'on fasse une randonnée non loin d'ici, dit René, une boule dans la gorge. Elle avait l'air plus excitée que d'habitude. Je comprends pourquoi maintenant. Ce que je ne comprends pas, c'est pourquoi elle ne m'a rien dit, et pourquoi elle ne m'a jamais envoyé un message par la suite.

Gladys se leva.

— Je vais vous raconter pourquoi, dit-elle. Mais d'abord, souhaitez-vous un verre d'eau, une tasse de thé ?

René secoua la tête. Les trois autres déclinèrent également la proposition. Tous avaient hâte d'entendre la suite du récit.

Gladys se dirigea vers un guéridon sur lequel était posée une carafe d'eau. Elle se servit un verre et en but quelques gorgées avant de revenir s'asseoir, dans un silence de cathédrale.

— Susan m'avait répondu dès qu'elle avait reçu mon message. Elle était aussi bouleversée que moi. Elle ne m'avait pas oublié et elle mourait d'envie de me revoir. Seulement, elle ne savait pas comment vous l'annoncer, René. Elle avait besoin d'y réfléchir. Et puis un jour, elle m'a envoyé un message pour me dire qu'elle n'arrivait pas à trouver le courage de vous avouer tout ça, elle savait que, vu la relation fusionnelle que vous aviez, vous risqueriez d'en souffrir énormément. Alors elle a préféré venir me rejoindre un matin, sans rien dire à personne, pas même à vous.

René serrait son mouchoir entre ses doigts crispés. Il savait, en sentant les picotements qui montaient à l'assaut de ses yeux, que les larmes n'étaient pas très loin. Gladys poursuivit.

— Mais quand je l'ai vue arriver, j'ai tout de suite compris qu'il s'était passé quelque chose. Elle était gravement blessée, soutenue par un homme qui l'avait amenée en voiture. Il paraissait choqué lui aussi. Je l'ai questionné, mais je n'ai pas tout saisi sur le moment. Il m'a dit qu'il avait insisté pour amener Susan à l'hôpital, mais que celle-ci avait refusé. Elle voulait à tout prix venir chez moi. Il m'a conseillé d'appeler très vite le 911 et il s'est excusé en me disant qu'il devait repartir.

J'ai suivi son conseil, les secours sont arrivés et ont emmené Susan à l'hôpital. Ils l'ont soignée et elle revenue à la maison quelque temps plus tard. Mais elle n'allait pas bien, certains jours elle divaguait. Je crois que l'émotion de nos retrouvailles en plus de cet événement l'avait complètement perturbée. Elle n'arrêtait pas de me dire qu'elle avait tué un homme. J'ai réussi à comprendre qu'elle avait fait du stop pour venir chez moi ce jour-là et qu'un homme l'avait prise dans sa voiture. Puis, sur le chemin, ils avaient vu un jeune garçon courir pour échapper à deux types qui le poursuivaient. Elle et l'homme se sont interposés, un des types a sorti un revolver, Susan s'est jetée sur lui, le coup est parti et le type s'est écroulé. Ensuite il y a eu une bagarre avec l'autre gars et elle a pris un coup de couteau… C'était assez confus alors j'ai voulu en savoir plus. Je me suis mise à enquêter pour savoir ce qui avait pu se passer. C'est là que j'ai appris qu'il s'agissait manifestement d'une bande qui sévissait dans la région. On m'a fait comprendre qu'il ne fallait pas que je mette mon nez là-dedans, qu'ils allaient surement rechercher Susan pour venger celui qu'elle avait tué, c'était délirant…

— C'est vous qui êtes passée à l'association d'aide aux familles de disparus ? demanda Mathieu.

— Oui. J'ai prétexté vouloir écrire un article. Je voulais savoir ce qu'ils avaient comme information sur Susan, pour voir s'il y avait de quoi remonter jusqu'à elle ou jusqu'à moi.

Elle porta à sa bouche le verre qu'elle avait gardé à la main et but une nouvelle gorgée d'eau. Sarah attendit qu'elle finisse avant de poser la question qui lui brûlait les lèvres.

— L'homme qui a pris Susan en stop et qui vous l'a amenée, est-ce qu'il s'appelait Pierre ?

Gladys réfléchit un instant.

— Je ne crois pas qu'il m'ait dit son nom. Et Susan n'avait pas l'air de le connaitre non plus.

La jeune fille s'approcha d'elle et lui montra sur son portable une photo qu'elle avait prise de son père dans la voiture, quand il était encore conscient.

— Est-ce qu'il ressemblait à ça ?

La vieille dame se pencha vers l'écran et son regard se fit plus intense

— Il était plus jeune, mais oui, je reconnais bien son visage. Est-ce que c'est votre père ?

Sarah acquiesça et son regard croisa celui de Marie, René et Mathieu. Ce qu'ils pressentaient depuis le début était maintenant une certitude. Il y avait bien un lien entre leurs disparus. Et la personne qui les avait manipulés depuis le départ connaissait ce lien.

— Excusez-moi, dit Marie en regardant la vieille femme avec émotion, ce jeune garçon que Susan a vu, est-ce que vous savez ce qui lui est arrivé ?

Gladys secoua la tête, d'un air attristé.

— Si vous êtes ici à me poser la question, c'est que j'imagine qu'il s'agit de votre fils n'est-ce pas ? Je suis désolée, je n'ai aucune idée de ce qui a pu se passer ensuite pour lui. Susan ne le savait pas non plus. De toute façon, son état s'est rapidement dégradé, elle n'a plus été en mesure de beaucoup parler. J'ai pris soin d'elle jusqu'au dernier moment, et je ne regrette aucun des instants que j'ai passés à ses côtés. Pour toujours elle restera la personne qui a éclairé ma vie.

Gladys se leva lentement puis s'approcha de René dont le visage avait cette fois cédé à l'émotion. Les larmes coulaient sur ses joues fatiguées, perlant au coin de ses lèvres tremblantes. La vieille femme prit ses deux mains entre les siennes.

— Votre sœur était une femme exceptionnelle. Vous pouvez être fier d'elle.

René esquissa un sourire mouillé de pleurs et serra les mains que lui tendait Gladys.

— Demain, ajouta-t-elle, si vous le souhaitez je vous emmènerai la voir.

39

Aucun d'eux n'arriva vraiment à dormir cette nuit-là.

Malgré l'hospitalité de Gladys qui leur proposa de rester coucher dans sa maison, et malgré le calme qui y régnait. René avait demandé s'il pouvait se reposer dans la chambre à la tapisserie fleurie et Gladys s'était fait un plaisir d'accepter. Ainsi, René laissa passer les heures, allongé sur un lit dans lequel sa sœur avait découvert l'amour et épuisé son dernier soupir, scrutant les motifs floraux un à un, comme s'il devait y trouver le secret du temps qui passe, de la vie, de la mort… Il allait bientôt la rejoindre, c'était une idée à la fois douce et difficile. Il n'était pas sûr que là-haut, on pouvait encore serrer quelqu'un dans ses bras, sentir la chaleur d'un corps ou plonger son regard dans un autre regard pour oublier le drame d'exister. Alors, quand ses yeux le brûlèrent de trop regarder et de trop pleurer, il se laissa aller dans la soie des draps brodés qui l'emmenèrent jusqu'au petit matin.

Après un petit déjeuner silencieux, servi sur une nappe immaculée dans une cuisine baignée par la lumière de l'aube, Mathieu, Sarah, Marie et René montèrent en voiture, guidés par Gladys qui s'était pour l'occasion vêtue d'une élégante robe noire et beige ornée de dentelle sur le col et sur les manches.

Ils prirent la route en direction de Baie-Saint-Paul et quelques minutes plus tard ils arrivèrent devant un cimetière de taille modeste, simple rectangle de verdure délimité par une longue grille noire, où de grands érables chargés de vert semblaient veiller sur les tombes alignées.

Après avoir garé la voiture, ils pénétrèrent dans l'enceinte qui venait juste d'ouvrir. Gladys arpenta d'un pas gracieux les allées désertes à cette heure puis s'immobilisa devant une pierre tombale fraîchement fleurie. Le nom de Susan Bouchard y était gravé, juste au-dessus de ses dates de naissance et de décès. René le premier s'avança pour se recueillir. Les yeux rivés sur le granit que les intempéries avaient habillé de mille nuances de gris, il fit un retour dans son enfance, à l'âge où Susan et lui riaient d'un rien, d'un cerf-volant qui s'abimait dans une motte de foin, d'une moustache au dentifrice dessinée par une brosse à dents facétieuse, du bus scolaire qui les éclaboussait les jours de pluie lorsqu'ils l'attendaient en faisant les clowns sur le bord du trottoir… Derrière lui, Sarah pensait à son père qui était en train de se battre pour rester en vie. Charlotte lui avait écrit que son état restait stationnaire selon les médecins. Mais elle savait que ça ne voulait rien dire, que ce n'était qu'une formule pour faire patienter les proches, les habituer en douceur à l'idée d'une possible fin tragique.

Marie elle, se tenait droite, juste derrière René. Elle observait la nuque de cet homme qui se savait malade et qui avait pourtant jeté ses dernières forces dans une bataille injuste pour retrouver celle qui l'avait toujours accompagné, comme une sœur, comme un guide, comme une raison de vivre. Elle qui était fille unique n'avait jamais connu ce genre de relation, mais avec l'arrivée de Tim, elle avait ressenti dans ses tripes ce que c'était que des liens à la vie à la mort. Aujourd'hui, elle ne ressentait plus qu'un grand vide, comme si ses tripes, justement, avaient été dévorées par l'angoisse et le désespoir.

À côté d'elle, Mathieu regardait ses pieds, s'efforçant de ne penser à rien, comme si cela avait pu accélérer le temps et le faire quitter cet endroit plus vite. Il n'aimait pas les cimetières, ni celui-ci, ni aucun autre, depuis qu'il avait compris qu'il ne pourrait jamais y trouver ses parents. Heureusement, René releva la tête, donnant le signal du départ, et tous se dirigèrent d'une démarche grave vers la sortie.

Ils raccompagnèrent Gladys chez elle et, chacun son tour, la serrèrent dans ses bras. Elle resta longtemps dans ceux de René, tous deux s'abandonnant dans cette étreinte pleine de la présence de Susan. Elle l'invita à revenir quand il le souhaitait. Il sourit en la remerciant, promettant qu'il reviendrait si son état de santé le lui permettait. Puis elle salua Marie et Mathieu, les remerciant pour leur amitié et leur persévérance, pour lui avoir permis ainsi qu'à René de vivre un tel moment. Enfin, elle caressa la joue triste de Sarah, lui souhaitant tout le courage du monde pour surmonter l'épreuve qu'elle traversait.

Depuis la voiture qui s'en allait, chacun fit un dernier signe à la vieille dame dont la longue silhouette élégante resta longtemps debout sur le pas de la porte, droite et solide comme les arbres qui, tout autour, protégeaient la maison.

D'un commun accord, ils décidèrent de retourner au motel pour se reposer. La nuit avait été difficile, suivie d'une matinée encore plus éprouvante qui les avait secoués plus qu'ils ne voulaient se l'avouer. La présence des autres était une force qui permettait de tenir le coup, mais elle camouflait aussi artificiellement la fragilité de chacun.

Ils se séparèrent dans le couloir, sans un mot, partageant sans avoir besoin de le dire la même sensation de vide et d'abattement. Les nerfs qui tombent. La descente après l'adrénaline.

Les portes des chambres se refermèrent et le silence s'empara de nouveau du couloir aux murs défraichis, éclairés par une rangée d'appliques vieillottes.

Après quelques minutes, une porte se réouvrit. René apparut, la mine grise et les épaules basses. Il sembla hésiter, puis finalement se dirigea vers la chambre de Sarah, au bout du couloir. Il toqua deux coups et la porte s'ouvrit presque aussitôt. La jeune fille dévisagea le vieil homme avec étonnement.

— Quelque chose ne va pas ?

René aurait bien voulu sourire pour la rassurer, mais il n'en avait pas la force.

— Je peux entrer ? dit-il simplement.

Sarah acquiesça et le laissa passer. René alla directement s'asseoir sur le lit, comme si ses pas refusaient de le mener plus loin. Il tourna les yeux vers la fenêtre, dont les rideaux à moitié tirés filtraient la lumière en un faisceau qui venait souligner les plis de son visage usé.

— Je suis fatigué, dit-il.

Sarah hocha la tête.

— Je crois qu'on l'est tous…

— Non, je suis vraiment fatigué. Je crois que mon corps attendait la permission pour me lâcher.

La jeune fille s'assit sur le lit à côté de lui.

— Vous allez pouvoir vous reposer maintenant. On va vous ramener chez vous…

Il dodelina de la tête.

— Je m'attendais à ce que ça se finisse comme ça. Je m'étais fait à cette idée… Mais je pensais que ça allait m'apporter une certaine paix.

— C'est pas le cas ?

Il plongea son regard dans le sien.

— Je ne peux pas m'empêcher de penser que c'est moi qui l'ai tuée…

Sarah ne put cacher sa surprise.

— Qu'est-ce que vous racontez ?

— Le jour où elle est partie rejoindre Gladys, elle ne m'a rien dit parce qu'elle avait peur de me blesser.

— Ça peut se comprendre.

— Elle avait aussi peur que je la juge, que ça brise quelque chose entre nous. On ne s'est jamais disputés, jamais.

— Elle avait tort de penser ça ?

— Tu ne m'as pas connu quand j'étais plus jeune. Toute l'édu-

cation que j'avais reçue, tout ce qu'on nous mettait dans la tête…
j'étais persuadé que les homosexuels étaient l'incarnation du diable.

— Il y en a pas mal qui le pensent encore…

— À l'époque, c'était juste inimaginable que deux adolescentes
puissent… Je sais que si elle s'était confiée à moi, plus rien n'aurait
été pareil entre nous. Elle le savait aussi… Gladys et elles ne
pouvaient pas faire autrement que de se cacher.

— Mais ça ne vous autorise pas à dire que c'est vous qui l'avez
tuée !

— On est responsable de ce qu'on pense, autant que de ce
qu'on fait. Si j'avais ouvert les yeux, si j'avais réfléchi, si je m'étais
informé auprès d'autres sources que celles qu'on nous imposait…
La liberté peut faire peur, et j'ai été un trouillard. Si je ne l'avais pas
été, Susan se serait ouverte à moi, nous en aurions discuté, elle ne
serait pas partie un matin de juin, sans un mot, pour ne plus jamais
revenir…

— Vous ne pouvez pas refaire l'histoire…

René leva à nouveau la tête vers elle.

— C'est pour ça que je voulais te dire ça. Parce que ton histoire
à toi ne fait que commencer.

Sarah sentit les larmes lui monter dans la gorge. Alors avant de
se transformer en fontaine, elle l'agrippa par le cou et plongea son
visage dans le creux de son épaule.

Dans la chambre d'à côté Marie était en train de se faire couler un
bain quand il lui sembla qu'on frappait à la porte. Elle soupira,
agacée qu'on la dérange au moment où elle s'apprêtait enfin à se
détendre. Depuis toute petite, elle aimait la sensation de se glisser
dans une eau brûlante, comme dans le ventre chaud d'une baleine,
à l'abri du monde et des emmerdeurs. Sa mère était obligée de la
sortir de force au bout d'une heure, alors qu'elle grelottait depuis
déjà un bon moment sans même s'en apercevoir.

On toqua un peu plus fort. Elle ferma le robinet et attrapa une
serviette dont elle enroula son corps nu, avant d'aller ouvrir.

C'était Mathieu. Son regard se chargea d'embarras quand il la vit apparaître dans l'entrebâillement de la porte.

— Je te dérange, désolé… Je peux repasser plus tard…

— Non non pas de problème, entre. Juste le temps de mettre quelque chose…

Elle se faufila jusqu'à la salle de bain où elle enfila à la hâte un pantalon de jogging et un T-shirt.

Mathieu l'attendait dans la chambre, le visage tendu.

— Est-ce que ça va ? demanda Marie en revenant.

Il hocha la tête, se forçant à sourire.

— Je voulais savoir comment toi, tu allais.

Elle laissa échapper un soupir tout en s'asseyant sur le lit.

— J'essaie de me détendre, mais c'est pas facile. Je pense à ce pauvre René…

Elle jouait nerveusement avec ses doigts, tentant de canaliser des pensées qui ne demandaient qu'à jaillir.

— Tu sais, dit-elle après un moment de silence, je crois que je devrais aller me rendre à la police.

Mathieu ouvrit de grands yeux.

— Te rendre ? Tu dis ça comme si tu étais une criminelle !

— Je sais que je ne l'ai pas voulu… mais le résultat est le même. J'ai tué un homme et ça va probablement me ronger jusqu'à la fin de mes jours.

— Et croupir en prison t'aidera à aller mieux ?

Elle secoua la tête.

— Je n'en sais rien. Mais ça m'aidera peut-être à arrêter de me mentir.

— Te mentir ? À propos de quoi ?

— Sur le fait que je suis… (elle se reprit) que j'ai été une bonne mère.

— Qu'est-ce que tu racontes ?

— J'ai bien vu ce que les gens pensaient de moi à l'époque, pourquoi ils étaient gênés de me parler, pourquoi je me suis petit à petit retrouvée toute seule. Ils pensaient qu'une mère ne laisse pas son enfant sans surveillance, que ce qui lui était arrivé était de ma faute…

— Mais tu sais bien que c'est faux !

Elle leva vers lui un regard triste.

— Les gens autour de toi ne t'ont jamais dit que tu étais un peu responsable du départ de Julie ?

Mathieu hocha la tête.

— Si, sans doute. Mais moi je sais que c'est plus compliqué que ça.

— C'est toujours compliqué… Les gens voudraient que tout soit simple, noir ou blanc. Ça les rassure…

— Ils ont probablement peur que ça les oblige à se poser des questions sur eux-mêmes.

Marie acquiesça.

— Voilà. Il y a un moment où il faut oser affronter la personne qu'on est. Et la personne que je suis, au fond de moi, elle n'est pas belle et elle le sait. Et je dois vivre avec elle.

— Marie, c'est normal qu'on ne se sente pas bien, ce n'est pas pour ça que…

Elle l'interrompit.

— J'ai échoué Mathieu. J'ai échoué à fonder une famille, à donner un père à mon fils. J'ai échoué à m'en occuper…

Il s'assit à côté d'elle. Il pouvait sentir les vibrations de son corps.

— Tu n'as jamais parlé du père de Tim.

Elle haussa les épaules.

— Il n'y a pas grand-chose à en dire. À dix-sept ans, j'avais un petit copain. On s'entendait bien. Son meilleur ami sortait parfois avec nous, on allait en boite, on buvait des coups. Un soir il m'a raccompagnée chez moi et il m'a violée. Quand mon copain l'a su, il a rompu avec moi en me traitant de salope. L'autre a déménagé peu de temps après. C'est comme ça que Tim est arrivé.

Elle fixait le sol, comme si ses souvenirs dansaient sur la moquette élimée qui sentait le vomi. Mathieu était abasourdi.

—Je… je suis désolé, balbutia-t-il.

Elle lui adressa un sourire triste.

—J'ai longtemps refusé cette idée, mais après la disparition de Tim, je me suis dit que je devais surement payer quelque chose. J'ai dû faire des trucs vraiment moches dans une autre vie.

— Tu sais bien que ça n'existe pas...

— Et pourquoi ça n'existerait pas ? Un psy se régalerait avec ça. Il me dirait que j'ai passé ma vie à essayer de me racheter en aidant des gens à se faire opérer, des femmes à donner naissance à leurs enfants...

— Tu es bouleversée Marie, ce qu'on traverse en ce moment a remué tout ça, mais ce n'est pas en te faisant plus de mal que ça résoudra quoi que ce soit.

— Moi je trouve au contraire que tout est résolu. On a retrouvé Julie, Pierre, Susan... Et on sait ce qui est arrivé à mon fils. C'est la fin du parcours.

Ils demeurèrent un instant assis côte à côte, silencieux. La climatisation ronronnait, brassant un air moite et poussiéreux. Mathieu essayait de contrôler sa respiration, il ne savait pas s'il devait partir ou rester.

Au bout de quelques minutes, le malaise était trop grand, il se tourna vers elle.

— Tu sais, dit-il, je...

Soudain elle posa la main sur sa nuque et attira ses lèvres vers elle. Leurs bouches s'entrouvrirent et leurs langues s'entremêlèrent tandis que leurs corps basculaient dans les draps défaits. Alors, dans la chaleur cotonneuse de l'été, dans ce moment suspendu, irréel, ils s'abandonnèrent l'un contre l'autre, crucifiant le temps de leurs soupirs tendus, dépeçant les souvenirs douloureux à coups de peau griffée et de mouvements désordonnés, dans une agitation gonflée de leurs sens et des flots qui les traversaient.

L'après-midi s'éteignait lentement quand Marie s'éveilla dans les plis des draps blancs, caressée par la lumière qui s'infiltrait entre les rideaux entrouverts. Un instant, elle se demanda où elle était, puis elle aperçut des vêtements d'homme au pied du lit, tandis que dans la salle de bain crépitait le bruit de la douche.

Elle se redressa et se frotta les yeux. Elle se demanda ce que faisaient les autres. Est-ce qu'ils avaient pu les entendre, Mathieu et elle ? Qu'est-ce qu'ils avaient pu penser ? Mais elle chassa aussitôt

JOHN VEHER

cette idée, c'était ridicule. Elle ne regrettait rien. Il ne faut jamais regretter quand on cède à son instinct.

Elle s'assit au bord du lit et commença à se rhabiller quand un portable se mit à vibrer. Ce n'était pas le sien, il était sur la table de nuit, endormi. Elle se pencha et aperçut sur le sol l'écran allumé du téléphone de Mathieu parmi ses vêtements éparpillés. Elle n'y aurait pas fait attention si le nom de la personne qui l'appelait ne s'était pas affiché en grand, la figeant sur place.

Julie.

Quelqu'un nommé Julie était en train d'appeler Mathieu.

Était-ce une coïncidence ou bien... la curiosité était trop forte. Elle ramassa le cellulaire et décrocha.

— Allô ? fit-elle d'une voix mal assurée.

— Allô ? répondit une voix de femme, visiblement surprise. Qui est à l'appareil ?

— Je..., balbutia Marie, prise au dépourvu.

Il y eut un silence, puis la voix poursuivit, plus vive.

— Ah ok, il a trouvé une nouvelle victime, je vois. Bon, est-ce que vous pouvez dire à Carl qu'il arrête de m'appeler sans arrêt ? Parce que je vais porter plainte pour harcèlement maintenant, ok ?

— Attendez, je crois que vous faites erreur, ce n'est pas le bon numéro, je ne connais pas de Carl...

La voix ricana au bout du fil.

— Qu'est-ce qu'il vous a donné comme nom ? Henry ? Mathieu ? Ces derniers temps il aimait bien Mathieu. J'imagine que vous êtes tombée amoureuse...

Marie était figée, le téléphone vissé à l'oreille, incapable de réagir.

— Je...

— Il ne changera jamais, vous savez. Quand on est un psychopathe, c'est pour la vie. J'ai mis du temps à le découvrir, mais heureusement je me suis tirée à temps.

— Je... je ne comprends pas...

— Un conseil : n'essayez pas de comprendre et barrez-vous au plus vite.

— Mais…

Un silence blanc avait remplacé la voix. Elle avait raccroché.

Marie lâcha le téléphone et se tint au mur pour ne pas tomber.

Sa bouche s'ouvrit pour hurler, mais aucun son ne sortit.

40

AU COURS DE SES ÉTUDES, on lui avait appris que dans certaines situations il fallait agir vite. Quand le cordon ombilical était enroulé autour du cou du bébé par exemple, ou quand la mère faisait soudain une hémorragie abondante. Dans ces cas-là, pas le temps de réfléchir, on devait faire appel à ses réflexes.

Marie se secoua la tête et sortit de sa torpeur. Il fallait qu'elle en ait le cœur net.

Elle attrapa le pantalon de Mathieu qui trainait par terre et trouva la clé de sa chambre. Elle tendit l'oreille. L'eau de la douche coulait toujours dans la salle de bain.

Elle se précipita dans le couloir et courut jusqu'à la chambre de Mathieu. Elle fit jouer la clé dans la serrure, ouvrit la porte et se mit à fouiller dans ses affaires. Elle n'arrivait pas à y croire… C'était tout simplement impossible. Comment aurait-elle pu se faire avoir comme ça ? Mais si ce que disait cette fille était vrai, il fallait trouver une preuve, quelque chose d'irréfutable qu'elle pourrait lui brandir sous le nez. Elle ouvrit la penderie et trouva son sac à dos. Sa main farfouilla à l'intérieur. Un T-shirt, des sous-vêtements propres, un paquet de mouchoirs… et au fond, le carnet noir de Mathieu ! Celui qui ne le quittait jamais et sur lequel il prenait chaque jour des notes, soi-disant pour garder une trace de l'avancée de leur enquête.

Elle feuilleta les pages en essayant de contrôler son stress. S'il sortait de la douche et qu'il la trouvait en train de fouiner dans ses affaires, que se passerait-il ? La fille au téléphone avait prononcé le mot psychopathe… Est-ce que c'était une façon de parler ou bien… Elle lut au hasard quelques passages du carnet à l'écriture fine et serrée. Ce n'étaient pas seulement des faits consignés en style télégraphique, c'étaient aussi des réflexions sur la façon dont avançait l'enquête, et surtout sur la façon dont réagissaient René, Sarah et Marie. « Sarah a encore paniqué… Cette petite se prend pour une adulte mais elle a encore beaucoup de choses à apprendre ». Ou encore : « René a tous les attraits du vieillard pénible, bien qu'il soit parfois plus surprenant. Est-il vraiment malade, ou en rajoute-t-il pour qu'on s'intéresse à lui ? » Ou, plus loin : « Marie manque de charisme pour faire un vrai leader, même si elle a un certain charme. Il faudrait qu'à la fin de cette quête, elle se soit transformée, révélée à elle-même. »

Marie parcourut encore quelques pages, le souffle coupé. Mathieu — ou quel que fût son nom — avait passé son temps à les observer, comme un éthologue étudiant le comportement des oies sauvages…

Et en dernière page, la liste des indices qu'ils avaient trouvés. Les avait-il notés après coup, ou était-ce une liste préparée depuis longtemps, avant même leur rencontre ? Jusqu'où était-il allé dans la manipulation ?

Marie prit le carnet avec elle et sortit dans le couloir. Elle jeta un œil vers la porte de sa chambre, elle avait trop peur de se retrouver nez à nez avec ce type qui en quelques secondes était devenu un parfait étranger.

Elle courut vers la chambre de Sarah et toqua à la porte. L'adolescente apparut, ouvrant des yeux ronds en la découvrant dans tous ses états.

— Où est René ? demanda Marie, électrique.

— Euh… il est là, pourquoi ?

René se réveillait d'une sieste, allongée sur le lit de Sarah. Il se redressa avec peine.

— Que se passe-t-il ?

Marie tendit le carnet à Sarah.

— Mathieu… Il s'est foutu de nous depuis le début.

— Comment ça ? fit René qui ne comprenait rien.

Sarah avait commencé à feuilleter le document.

— C'est quoi ce bordel ?

René s'assit au bord du lit et s'appuya sur l'épaule de la jeune fille pour regarder à son tour.

— Il nous manipule depuis le premier jour, dit Marie. C'est lui qui nous a envoyé les colis avec les vêtements, c'est lui qui a mis en place les indices, il a noté tout ce qu'on a dit, tout ce qu'on a fait…

— Mais pourquoi ? demanda Sarah, incrédule.

— J'en sais rien. On était dans ma chambre et pendant qu'il était sous la douche (René et Sarah la fixèrent avec un regard étonné.), oui bon bref, son portable a sonné. C'était Julie.

— Julie ? « Sa » Julie ? fit Sarah.

— Elle n'est pas morte ? demanda René qui ne comprenait toujours rien à cette histoire.

— Je lui ai parlé donc non, visiblement elle n'est pas morte. Elle m'a dit que… que c'était un psychopathe.

Sarah hocha la tête.

— Merde… qu'est-ce qu'on fait maintenant ?

René essayait de remettre en ordre une mèche grise qui flottait à l'arrière de son crâne.

— Il faut aller le voir et lui demander des explications.

Sarah lui jeta un regard vif.

— Ok, le mot psychopathe, vous, ça vous effraie pas ?

— Il ne nous a jamais montré le moindre signe de ça, dit René.

— Peut-être parce que justement, le but c'est de le cacher !

— Si on y va tous les trois, dit Marie, il sera bien obligé de nous parler.

— Et s'il est armé ? fit Sarah.

— Je m'en fous. Il a des comptes à nous rendre, et il ne sortira pas de cette chambre tant qu'il ne se sera pas expliqué.

Ils se glissèrent dans le couloir silencieux, l'esprit aux aguets. La tension monta d'un cran lorsque Marie poussa lentement la porte de sa chambre. Ils pénétrèrent dans la pièce avec précaution. Le bruit de la douche s'était tu et la porte de la salle de bain était grande ouverte.

Un rapide examen les fit se rendre à l'évidence : Mathieu n'était plus là.

— Il a dû voir que Julie avait appelé, dit Marie. Il a compris.

— Et il s'est barré comme un lâche, fit Sarah.

René secoua la tête.

— J'arrive pas croire qu'il ait pu faire ça. Enfin c'était un type sympathique, il a pris les mêmes risques que nous. Ça n'a pas de sens...

— C'est pour ça qu'il faut le retrouver, dit Marie.

— En plus il serait capable de vous dénoncer à la police en leur disant que vous avez tué un type, fit Sarah.

Marie fit rapidement le point. Sarah avait raison. Jusqu'où pouvait-il aller pour leur causer du tort ? Mais une autre question la hantait. Savait-il des choses à propos de Tim qu'il n'avait pas révélées ? Est-ce qu'il s'apprêtait à les envoyer vers un nouvel indice qui les aurait conduits jusqu'à lui ? Il fallait retrouver ce type, coûte que coûte.

— Où est-ce qu'il a pu aller ? demanda Sarah.

Marie réfléchissait. Elle s'illumina.

— Et s'il n'avait pas fui ? S'il était toujours dans le coin, pour nous observer une fois de plus ?

— Mais comment pourrait-il nous voir ? demanda René, un peu dépassé.

Sarah se tourna vers la fenêtre.

— Le parking !

Marie et Sarah se ruèrent hors de la chambre, courant dans le couloir pour atteindre la sortie. René les suivait comme il pouvait, trainant la patte en maugréant.

Dehors, la chaleur les cueillit, malgré un soleil bas qui glissait vers le soir. Sarah et Marie scrutèrent le parking, une main au-dessus des yeux en guise de visière. Une dizaine de voitures étaient garées devant la façade du motel. À part un couple devant le panneau affichant le menu du restaurant et un homme en débardeur en train de charger des sacs de plâtre dans sa Chevrolet devant un magasin de bricolage, la place était déserte.

— Je vois pas sa voiture, dit Sarah.

Elle tournait la tête dans tous les sens.

— Il s'est enfui, c'est tout, fit René qui venait de les rejoindre.

Soudain un crissement de pneus les fit se retourner.

— Là-bas ! cria Marie.

La Honda grise de Mathieu était en train de faire une manœuvre rapide pour regagner la route.

— Merde ! cria Sarah.

La jeune fille s'apprêtait à s'élancer pour lui courir après, mais Marie la retint par le bras. Elle désignait du doigt la Chevrolet dont le moteur tournait, tandis que son propriétaire faisait des allées et retours entre le magasin et son coffre.

— Venez…, dit Marie.

En comprenant son intention, René commença à protester, mais elle le fit taire d'un geste. Ils s'approchèrent du véhicule en se baissant.

— Vite, montez…, fit Marie à voix basse.

René bougonna quelque chose d'inaudible tout en s'installant sur la banquette arrière à côté de Sarah qui l'avait précédé.

Après un coup d'œil dans le rétroviseur, Marie démarra pied au plancher dans un nuage de poussière, sous le regard stupéfait de l'homme qui venait de sortir du magasin, les bras chargés.

— Je crois que le pauvre a pas compris ce qui lui arrivait, fit Sarah.

Marie accéléra alors que Mathieu venait de tourner à gauche en direction du fjord.

René s'accrochait à la poignée au-dessus de sa tête, le teint livide. Enfant, il détestait les fêtes foraines et tout ce qui pouvait ressembler de près ou de loin à un manège. Descendre d'un tabouret était déjà pour lui une cascade.

— Où il va comme ça ? demanda Sarah.

Marie jeta un œil dans le rétroviseur pour voir si elle n'avait pas attiré l'attention d'une voiture de police qui aurait patrouillé dans le coin.

— À mon avis, il veut juste essayer de nous semer.

— Il fonce comme un canard sans tête quoi, fit René, crispé à l'arrière.

— Il tourne à gauche !

— J'ai vu.

Marie braqua le volant d'un coup sec et tous se déportèrent brusquement vers la droite.

— Hééé ! protesta René.

— Désolée.

— Vous avez raison, dit Sarah, il n'a pas l'air de savoir où il va.

— Il s'enfonce vers la forêt. Il pense peut-être se cacher en espérant qu'on laisse tomber.

La route devenait de plus en plus étroite et sinueuse, en même temps que la masse des sapins tout autour s'épaississait. La luminosité avait chuté et Marie devait redoubler d'attention pour éviter de les envoyer dans le décor. Devant, la Honda prenait de plus en plus de risques. La vieille voiture de Mathieu n'avait jamais prouvé qu'elle était une bête de course, et il devait surement voir qu'il était en train de se faire rattraper.

Soudain, juste après un virage, la Honda s'engagea sur un chemin de terre qui montait en zigzag. Mais au bout d'une centaine de mètres le véhicule dérapa en prenant trop large et le pneu avant alla percuter un tronc d'arbre couché en travers, stoppant net la voiture dans un soubresaut brutal.

Mathieu ouvrit la portière et sauta dans les fourrés. Il jeta un bref regard en arrière puis se mit à courir droit devant lui entre les arbres. Marie immobilisa la Chevrolet juste derrière la Honda.

— Allez-y, fit René, je vous rejoins.

Sarah hésita, lui adressant un regard désolé. René fit mine de la chasser d'un geste, alors elle sortit à son tour et s'élança sur les pas de Marie qui avait déjà pris une longueur d'avance.

Devant elles, à cinquante mètres, elles virent Mathieu s'arrêter net. Il n'y avait plus d'arbres ni de végétation. Seulement le grand vide d'une falaise ouverte sur l'immensité du ciel. Mathieu était penché en avant, semblant chercher une issue. Puis, voyant qu'il était pris, il se retourna et leur fit face pour les attendre.

Marie et Sarah ralentirent le pas, pour reprendre leur respiration. Elles s'arrêtèrent à deux mètres de lui, comme si elles craignaient qu'il ne leur saute dessus. Les regards se jaugèrent, mélange de défi et d'incompréhension. L'air était encore chaud et de larges nuages sillonnaient l'horizon au-dessus des collines qui s'étendaient au loin. C'est Mathieu qui commença.

— Je sais ce qui se passe dans vos têtes.

Marie planta ses yeux dans les siens.

— Depuis quand tu prépares toute cette mascarade ? Des jours ? Des mois ? Des années ?

— Je suis désolé si je vous ai fait du mal, ce n'était pas mon intention.

— Du mal ? À cause de toi j'ai tué un homme… !

Sarah s'avança d'un pas pour mieux le défier.

— Comment on peut faire un truc aussi tordu ?

Mathieu protesta.

— Ça t'a permis de retrouver ton père, n'est-ce pas ? Et René a pu savoir ce qui était arrivé à sa sœur.

La voix essoufflée de René résonna derrière Marie et Sarah.

— Pourquoi ne pas nous avoir simplement dit ce que vous saviez ? Pourquoi avoir joué au chat et à la souris avec nous ?

Mathieu ne savait pas quoi faire avec ses mains, il n'avait pas prévu qu'une telle situation se produirait.

— Je voulais vous aider, c'est tout… Vous ne pouvez pas m'en vouloir pour ça…

— Il va falloir nous en dire plus, fit Marie, je te promets qu'on ne va pas se contenter de ça.

— Ok, ok…

— D'abord c'est quoi ton vrai nom ?

Mathieu souffla. Il se sentait rouge et luisant de sueur.

— Je m'appelle Carl. Carl Duguay. Je suis écrivain.

Marie haussa les sourcils, déconcertée.

— Écrivain… ? Je croyais que tu travaillais pour le web ou un truc comme ça…

— Il est écrivain dans sa tête, lâcha Sarah. Moi aussi quand j'étais gamine je voulais écrire des romans…

Mathieu secoua la tête, navré de ne pas être pris au sérieux. Il regarda Marie.

— Tu te souviens quand je t'ai parlé de mes parents ?

— Tu m'as dit qu'ils étaient morts dans un crash d'avion. C'était pas vrai ?

Mathieu fit un geste de la main pour lui demander d'être patiente.

— Si. Je t'ai dit aussi que je n'avais jamais cru qu'ils étaient morts. Pour moi, il était évident qu'ils m'avaient abandonné, et qu'ils vivaient heureux quelque part, sans moi.

— Je croyais que c'était une histoire que tu te racontais, je ne pensais pas que tu y croyais vraiment !

René dévisageait Mathieu comme s'il essayait d'en percer le mystère.

— C'est ce qu'il est en train de nous dire, fit-il. Il ne sait vivre qu'en se racontant des histoires.

Marie s'illumina.

— C'est ça Mathieu ?

À côté, Sarah qui pianotait sur son portable s'agita soudain.

— Carl Duguay… Mais oui c'est lui. Regardez comme il fait le beau gosse sur cette photo. (Elle tourna l'écran vers les autres avant de poursuivre.) « Après un succès d'estime avec son premier roman, Carl Duguay semble peiner à trouver un nouveau souffle… Déjà trois ans qu'il n'a rien publié… »

Mathieu hocha la tête.

— Les journalistes déforment toujours tout. La vérité c'est que je cherchais une façon d'écrire sur la disparition de mes parents. Mais c'était sans doute trop proche de moi… Alors je me suis intéressé à la disparition d'autres personnes, dans la région. Je me disais que ce serait plus facile si je prenais de la distance. J'ai lu un article qui parlait de la disparition de Susan. Je suis allé voir l'association d'aide aux familles de disparus pour en savoir plus. C'est là que j'ai découvert que deux autres personnes, Pierre et Tim, avaient disparu en 2008, pratiquement le même jour que Susan. Il y avait un début de quelque chose.

Marie haussa les épaules.

— Qu'est-ce qui t'empêchait d'écrire cette histoire, comme l'aurait fait n'importe quel romancier ?

— J'ai commencé, mais rapidement, je me suis retrouvé bloqué. C'est comme si mes personnages n'arrivaient pas à exister…

— C'est n'importe quoi, fit Sarah.

— Non, pour moi c'était… vital. Il fallait que je trouve le moyen d'accoucher de cette histoire. J'ai continué à creuser. J'ai découvert que Pierre avait vécu en France, qu'il avait escroqué des gens là-bas et qu'il avait fui au Canada…

— Ça tient pas debout, lâcha à nouveau Sarah, personne ne savait que mon père était au Québec.

— Ta mère devait s'en douter. À l'association, une des responsables m'a dit qu'elle les avait appelés pour savoir s'ils pourraient le retrouver. Après la disparition de Pierre, elle avait trouvé des échanges de mails avec une Québécoise. Elle avait toutes les raisons de penser qu'il avait fui les ennuis pour venir vivre ici. Mais l'association lui a répondu qu'ils ne faisaient pas de recherches eux-mêmes, ils étaient juste là pour aider les familles.

Sarah protesta, agacée.

— Ma mère me l'aurait dit, elle ne m'aurait pas laissé comme ça pendant toutes ces années !

— De la même façon qu'elle t'a parlé des lettres que t'envoyait ton père et qu'elle interceptait ?

L'adolescente ouvrit la bouche pour répondre, mais elle préféra renoncer.

Le vent faisait frémir les arbres autour d'eux, comme des spectateurs passionnés par le spectacle. Mathieu poursuivit.

— À l'association, ils m'ont aussi parlé de Gladys. Ils m'ont dit qu'une journaliste était venue poser des questions à propos de Susan. Je me suis dit qu'elle devait avoir des informations. J'ai appelé tous les journaux locaux, j'en ai trouvé un pour lequel elle faisait des piges de temps en temps. J'ai raconté un bobard, ils m'ont donné son adresse. Ensuite je suis allée chez elle. Je suis entré en son absence, j'ai fouillé. J'ai trouvé la photo de Susan jeune, prise dans la chambre à la tapisserie fleurie. J'ai vu son foulard à côté de celui de Gladys dans la penderie, le même que celui qu'elle portait sur la photo. J'ai compris qu'il y avait quelque chose entre elles, sans savoir quoi.

— Et la casquette de Tim, tu l'as trouvée où ? demanda Marie, impatiente.

Mathieu haussa les épaules.

— Dans un magasin de Montréal qui vend des trucs vintages. Ils avaient toutes sortes de casquettes, classées par année.

— Et pour mon père ? demanda Sarah.

— J'avais vu la photo que ta mère avait envoyée à l'association. Il portait un pantalon assez reconnaissable, ça n'a pas été très difficile d'en trouver un semblable sur un site.

René tiqua.

— Et vous vous êtes donné la peine de vous envoyer à vous-même un colis avec une basket ?

Mathieu acquiesça.

— Il fallait que je rentre dans la peau du personnage…

Sarah n'en revenait pas.

— C'était qui cette Julie en fait ?

— Ma femme s'appelle vraiment Julie. Elle m'a quitté l'année dernière. (Il regarda Marie.) C'est elle que tu as eue au téléphone. Ça n'a pas été facile…

— Pas facile pour elle surtout, fit Marie, d'après ce que j'ai compris.

— J'ai essayé de lui parler, de lui faire comprendre qu'on avait fait des erreurs, moi le premier…

— Bref tu l'as harcelée. Alors tu l'as tuée, au moins symboliquement.

— J'ai cherché quelqu'un portant le même prénom, et qui serait morte dans la région. J'ai trouvé cette femme. Elle était danseuse dans des cabarets, le type avec qui elle était la tabassait. Elle est morte d'un cancer… Je me suis dit que ce serait intéressant. C'est sa tombe que vous avez vue.

— C'est tellement tordu ! lâcha Sarah exaspérée.

— Je suis désolé… Mais il faut que tu saches que cette femme n'avait rien à voir avec ton père. C'est moi qui ai inventé cette relation avec le type qui avait usurpé son identité. J'avais découvert qu'un homme escroquait des clients en se faisant passer pour ton père, mais je n'en savais pas plus.

— Mais, fit René, il y avait la photo de cette Julie dans son appartement !

Mathieu esquissa une moue désolée.

— C'est moi qui l'ai posée sur la table de nuit pendant qu'on fouillait.

Marie soupira.

— Les autres indices, c'était toi aussi, n'est-ce pas ? Le mot déposé au Cabaret du Mont, l'indice « Aristide » chez le gamin qui jouait avec Tim, le rat tatoué sous le lit de Sarah…

— On m'avait parlé d'un gang qui enlevait des enfants, les tatouait, faisait des sacrifices… Je pensais que c'était juste une rumeur. Jusqu'à ce qu'on trouve le petit Stephan. Quelqu'un dans un village m'avait décrit le genre de tatouage que c'était.

— Et Cécile, l'amie de Julie ? Je t'ai vue l'appeler au téléphone, dit Marie.

— J'ai fait semblant… Je suis désolé, je voulais juste vous mettre en marche.

— Nous mettre en marche ?

Mathieu prit une respiration. Le soleil commençait à être mangé par le haut des collines, dispersant sa lumière entre les nuages du soir.

— La police a fait son travail à l'époque. Mais si les choses ne s'emboitent pas tout de suite, ils arrêtent les recherches. Ils savent que plus le temps passe, moins on a de chance de retrouver quelqu'un. On ne peut pas leur en vouloir, ils sont obligés d'avoir des priorités. Alors que vous… vous n'avez pas leurs moyens, mais vous cherchez avec vos tripes, ça change tout. Je voulais vous redonner de l'espoir.

— Tu pensais que magiquement, on allait retrouver les nôtres ?

— Ce n'est pas de la magie. C'est une question de foi. Celle qui soulève les montagnes.

Marie haussa les épaules.

— Ne cherche pas à te convaincre. Tout ce que tu as fait, c'est nous manipuler.

L'agacement se lisait dans les yeux de Mathieu.

— Chacun y avait son intérêt. Vous en découvrant la vérité sur vos proches, moi en voyant mes personnages agir en direct, assis aux premières loges. C'était incroyable. Je n'avais plus qu'à noter, l'histoire s'écrivait sous mes yeux…

— Il n'y avait aucune garantie qu'on y arrive, on a même failli y laisser notre peau !

— Il y a des choses que je n'ai pas pu éviter. Mais je savais que vous iriez au bout. Parce que vous étiez persuadés que quelqu'un connaissait la vérité et qu'il allait vous guider jusqu'à elle.

— Alors qu'en fait, tu connaissais que dalle, fit Sarah.

— Le peu que je savais vous a permis de reconstituer la suite. On y était presque, mais malheureusement tout s'est arrêté.

— Vos personnages vous ont échappé, dit René, acerbe.

Mathieu baissa la tête, envahi par une immense fatigue. Plus rien n'avait de sens.

Il avait échoué.

— Je suis désolé que ça se termine comme ça, dit-il.

Soudain il se redressa et attrapa Sarah qu'il bloqua contre lui en lui faisant une clé de bras. Derrière eux, le vide semblait vouloir les aspirer.

Marie eut un mouvement instinctif vers la jeune fille.

— Bouge pas, fit Mathieu, sinon je saute avec elle.

Marie recula aussitôt.

— Ok ok…

— Mathieu, intervint René, écoutez-moi, vous n'allez pas faire ça…

Mathieu serra un peu plus fort le cou de l'adolescente, lui arrachant une grimace.

— Vous reprenez votre voiture et vous retournez au motel. Entretemps, j'aurai libéré Sarah.

Marie soupira. Ça ne pouvait pas se terminer comme ça. Elle avait besoin de savoir.

— Mathieu, fit Marie d'une voix plus calme. Tu dois me le dire si tu sais des choses sur Tim.

Mathieu hocha la tête.

— Tu l'aurais su si tu n'avais pas tout foutu en l'air en répondant à mon téléphone.

— Il sait rien, fit Sarah entre ses dents.

L'adolescente se tortillait pour essayer de se dégager.

— Lâche-la, ordonna Marie.

Mathieu sortit son portable de sa poche avec sa main libre et commença à filmer. Ses yeux avaient changé d'expression.

— Regardez comme vous êtes beaux. C'est moi qui vous ai créés, et maintenant je peux vous détruire !

— Ça suffit ! hurla Marie.

Mathieu la fixa avec un regard mauvais.

— Tu ne retrouveras jamais ton fils. Parce que tu as cessé d'y croire.

Marie allait répondre quand Sarah se retourna brusquement, lui assénant un coup de poing dans l'estomac. Sous le choc, il se plia en deux, lâchant son téléphone qui rebondit au sol. Sarah se précipita dans les bras de Marie.

Celle-ci défia Mathieu d'un air triste.

— C'est fini, dit-elle.

Mathieu hocha la tête, amusé. Il avait l'air de trouver ça drôle.

— Non, dit-il, c'est moi qui décide quand c'est la fin.

Soudain il se jeta en arrière, les bras en croix. Pendant une fraction de seconde il resta suspendu, comme collé au paysage qui s'ouvrait derrière lui. Marie se précipita dans un cri mais tout ce qu'elle vit, c'était un corps qui chutait le long de la falaise, se disloquant sur un éperon rocheux avant de disparaître dans la rivière en une gerbe étincelante.

L'instant d'après il n'y avait plus rien, que le mouvement de l'eau charriant son écume en dansant.

41

L'EFFROI ÉTAIT PARTOUT AUTOUR d'eux.

Les arbres eux-mêmes semblaient saisis, se retirant dans la pénombre qui descendait lentement des montagnes tandis que l'air était chargé d'absence.

Marie se força à respirer, libérant ses poumons du poids de la scène à laquelle elle venait d'assister. Ce n'était plus un cauchemar, c'était une ouverture directe sur l'enfer. Derrière elle, Sarah s'était laissée tomber sur la roche, anéantie. René tournait la tête au hasard, incapable de poser son regard. Il n'arrivait pas à réaliser ce qui venait de se passer.

C'est Marie qui reprit ses esprits la première.

— Il faut pas qu'on reste ici…

René la regarda, l'air hébété.

— Mais… il faut prévenir les secours !

Marie secoua la tête.

— Je l'ai vu tomber… C'est impossible qu'il ait survécu.

René la fixait avec des yeux ronds, comme s'il ne comprenait pas ce qu'elle disait.

— Il faut aller à la police, leur signaler qu'il y a eu un accident !

Sarah se redressa, le visage mouillé par les larmes.

— Vous tenez vraiment à finir votre vie en prison ?

Marie leva les deux mains dans un signe d'apaisement.

— On ne va surtout pas paniquer, d'accord ? Ce qu'on peut faire, c'est un signalement anonyme.

— Je peux aller leur parler moi, dit René, ça ne me fait pas peur. Je peux leur expliquer.

Marie secoua la tête.

— Ils vous cuisineront comme ils savent le faire et on sera tous arrêtés. Ils feront le lien avec l'homme sur lequel j'ai tiré et ce sera fini.

René lâcha un soupir.

— Alors on va vivre avec ça pour le reste de nos jours ?

C'était à peine une question.

— On n'a rien fait de mal, s'insurgea Sarah. On n'a fait que se défendre !

Marie s'essuya le front. Elle essayait de réfléchir mais l'électricité ambiante l'empêchait d'organiser ses pensées.

— Quelqu'un finira par trouver la voiture de Mathieu. La police l'identifiera, ils interrogeront des proches à Montréal qui leur diront qu'il était perturbé. Et ils concluront que ce n'est pas la première personne dépressive à se jeter du haut d'une falaise.

— Et c'est bien ce qu'il a fait, non ? dit Sarah.

— On nous a surement vus ensemble au motel, dit René qui s'accrochait à son inquiétude.

— On a donné des faux noms, dit Marie. Le personnel serait incapable de nous reconnaitre, et vu l'état de délabrement des équipements, leur système de caméra de surveillance doit pas être bien au point.

— Mais ils chercheront des empreintes, dans la voiture de Mathieu par exemple.

— C'est une voiture d'occasion, des empreintes il doit y en avoir dix mille. Et puis il n'y a rien qui puisse faire penser à un meurtre. Pas de sang, pas de trace de bagarre, pas d'arme…

René se passa la main dans ses cheveux désordonnés, le regard défait.

— À partir de quand avons-nous laissé tomber toute morale…, dit-il d'une voix désenchantée.

Marie le fixa avec intensité.

— À partir du moment où on nous a enlevé ceux qu'on aimait. Allons-nous-en avant que quelqu'un nous voie ici.

Sarah se releva et Marie attrapa le bras de René pour l'aider à redescendre vers le chemin en contrebas. Il se laissa faire, trop las pour résister. Plus rien n'avait de sens. Il n'arrivait pas à imaginer ce qu'ils allaient faire désormais. Comment vivre avec ça ? Chaque fois qu'il saluerait un voisin, chaque fois qu'il irait faire des courses au supermarché, il aurait l'impression d'être scruté, observé, comme si son visage portait la marque indélébile du péché.

Ils avaient à peine fait quelques pas quand une sonnerie de téléphone retentit derrière eux.

Le téléphone de Mathieu.

Quand Sarah s'était dégagée, il était tombé sur le rebord de la falaise.

Ils échangèrent un regard indécis. Puis Marie remonta vers le rocher et ramassa le cellulaire qui sonnait toujours.

C'était un numéro masqué. Mille pensées se bousculaient dans sa tête. Trop pour prendre une décision rationnelle.

Elle décrocha.

— Allô…, fit-elle d'une voix presque inaudible.

— Allô, fit une voix d'homme, c'est le gars du camping-car.

— Qui ça ?

— Le… le gars qui jouait du cor…

Marie s'illumina. Elle écouta l'homme avec une attention extrême. Quelques phrases qui la transpercèrent d'émotion. Puis la conversation s'acheva.

Marie resta figée un instant, le regard perdu vers le fjord dont les collines n'étaient plus qu'une ligne sinueuse dans le ciel obscurci. Soudain, elle lança le téléphone loin dans la rivière, puis se retourna vers René et Sarah qui la fixaient, les yeux chargés d'interrogation.

— C'était le type du camping-car, dit-elle. Il sait où se trouvent Max et sa bande.

42

Marie emmenait René et Sarah dans la Chevrolet empruntée sur le parking du motel. Le plan était de remettre à sa place la voiture, en espérant que le propriétaire n'avait pas rameuté toute la police du quartier, puis de passer une dernière nuit dans leurs chambres pour éviter de donner l'impression qu'ils s'enfuyaient à la hâte.

Ensuite, louer le lendemain un véhicule pour se rendre dans la réserve faunique Ashuapmushuan, cet immense territoire sauvage qui s'étendait vers l'est de l'autre côté du Lac-Saint-Jean.

Le joueur de cor avait passé la soirée dans un bar de Chicoutimi où il était tombé sur d'anciennes connaissances. L'alcool aidant, chacun avait commencé à raconter les anecdotes qui les faisaient se sentir vivants, à l'époque où ils pouvaient encore se baisser sans se détruire les lombaires. Le bon vieux temps. C'est là qu'il avait appris que d'après les dernières rumeurs, Max avait reconstitué son camp au cœur de la réserve, à proximité du lac Chigoubiche, pour se faire oublier après une série de trafics qui avaient tourné à l'affrontement avec une bande rivale.

La première partie du plan se déroula sans problème. Il faisait nuit quand ils arrivèrent sur le parking du motel et aucun comité d'accueil ne les attendait. Le propriétaire de la Chevrolet avait peut-être alerté les services de police, mais il avait dû avoir des difficultés à décrire avec précision les voleurs de son véhicule. Et en retrouvant sa voiture garée au même endroit, il avait sans doute décidé de laisser tomber.

Marie, René et Sarah s'étaient levés tôt pour croiser le moins de monde possible et avaient déposé les clés de leurs chambres sur le comptoir de l'accueil, désert à cette heure matinale. La note avait été payée d'avance en cash. Ni vu ni connu.

Chez le loueur, il restait un SUV Hyundai Palisade disponible. Certes il était rouge, et ce n'était pas la tenue de camouflage idéale pour espérer surprendre des gens sur le qui-vive, installés au milieu d'une forêt. Mais Marie n'avait pas la force d'attendre qu'un autre véhicule se libère. Il fallait faire vite. Max et sa bande pouvaient décider à tout moment de changer d'emplacement. La mobilité faisait surement partie de leur stratégie de survie. Sans doute était-ce la raison pour laquelle ils n'avaient jamais été inquiétés par les forces de police. À moins qu'un responsable en haut lieu n'ait été abondamment arrosé de billets verts pour fermer les yeux sur leurs activités. Max avait probablement plus à craindre de ses rivaux que des représentants de la loi.

Ils entrèrent dans la réserve Ashuapmushuan en fin de matinée. Pendant tout le trajet depuis Jonquière — deux heures et demie de voiture —, Marie n'avait pu s'empêcher de voir dérouler sous ses yeux, en même temps que le long ruban de la route, tous les scénarios possibles de leur arrivée au camp. Qui serait-là ? Combien d'hommes ? Est-ce qu'ils se prendraient des coups de fusil à peine le pied posé hors de la voiture ? Et surtout, est-ce qu'elle trouverait des réponses sur ce qui était arrivé à Tim ? Elle s'en voulait de sentir à nouveau l'espoir l'envahir, comme ces touristes sur la place d'un marché fascinés par un bateleur leur promettant que leur appareil à découper les légumes allait révolutionner non seulement leur façon de cuisiner, mais leur vie tout entière. Elle avait été naïve, crédule, chaque désillusion avait été plus cruelle, plus difficile à surmonter, et pourtant elle avait envie d'y croire encore, de se dire que sa quête pouvait aboutir, que même s'il existait une occasion infime, la vie allait à nouveau pouvoir être belle…

Assis à côté d'elle, René piquait du nez. Dormir était une chance, non seulement pour pouvoir récupérer de toutes les angoisses qui lui trituraient les viscères depuis des jours, mais aussi parce que c'était comme une répétition en douceur du grand sommeil à venir. Au moins, il serait prêt. Le docteur Cooper ne serait pas content. Oh non, il ne serait pas content ! Alors qu'avec un traitement approprié il aurait pu profiter encore de longs mois de vie, il avait puisé dans ses réserves sans compter, faisant de chaque journée une étape accélérée vers la fin. Marie lui avait proposé de le ramener chez lui, mais il n'y avait personne qui l'attendait. C'était idiot à dire, mais ce qui lui tenait lieu de famille, dans cette dernière ligne droite, c'était ces deux jeunes femmes assises à côté de lui. Les liens s'étaient créés si vite, forgés d'abord par l'expérience commune et douloureuse d'une disparition, puis par l'espoir d'une quête folle, née dans le cerveau d'un type dérangé. René soupira. Mathieu lui manquait. Le voir tomber du haut de la falaise lui avait arraché le cœur. Il n'avait jamais eu d'enfant et les moments passés avec lui, les difficultés, les doutes partagés, avaient été ce qui ressemblait le plus à ce qu'il aurait pu vivre avec un fils. Maintenant, il voulait accompagner Marie jusqu'au bout de son espoir. Être à ses côtés si jamais cela se passait mal. Mais aussi être à ses côtés si cela se passait bien, pour avoir le plaisir de la voir heureuse et d'emporter un visage souriant dans ses derniers bagages.

Oreillettes dans les tympans, Sarah écoutait *Hallelujah* de Léonard Cohen, sublimé par Jeff Buckley. Un jeune homme disparu trop tôt, noyé dans un fleuve noir et froid. Pourquoi ceux qui se donnaient tout entier pour dispenser de l'amour et de la beauté mouraient-ils si jeunes ? C'était absurde et injuste. Elle aurait pu écouter *AC/DC* ou *Dépêche Mode* pour se vider le cerveau, mais elle avait envie d'être triste. Pour voir si elle pouvait atteindre le fond de sa peine. En quelques jours, elle avait vu deux hommes mourir sous ses yeux et son père être gravement blessé. Peut-être était-ce vrai ce que Mathieu avait écrit dans son carnet. Elle faisait croire à tout le monde qu'elle était forte, alors qu'elle n'était qu'une brindille écrasée sous la pluie. La seule chose qui la tenait encore droite, c'était de savoir que son père se battait sur un lit d'hôpital. Il se battait pour lui, mais aussi pour elle, elle en était sûre. Parce qu'il avait envie de la serrer de nouveau dans ses bras, comme il le faisait chaque soir quand elle avait trois ans.

Marie quitta la route 167 pour emprunter un chemin terreux qui serpentait entre les sapins en direction du lac Chigoubiche. Les indications du joueur de cor n'étaient pas très précises, il lui avait simplement conseillé de chercher autour du lac. Encore une aiguille dans une botte de foin, pensa-t-elle, mais cette fois, sa motivation était au plus haut de ce qu'elle pouvait être.

— On va se garer par ici, dit-elle. Il va sans doute falloir marcher dans les bois un bon moment.

Elle immobilisa la Hyundai dans un dégagement de la route.

René, qui était sorti de sa sieste, lui adressa un sourire fatigué.

— J'ai encore des ressources vous savez, il faut pas croire que vous allez m'enterrer aussi vite.

Marie sourit à son tour.

— Je ne veux pas que vous vous sentiez obligé de nous suivre. Vous savoir ici, c'est déjà un immense réconfort.

Elle posa sa main sur celle de René. Elle sentait sous ses doigts le courant chaud qui irriguait la peau du vieil homme.

— Je ne raterais ça pour rien au monde, dit-il avec des yeux tendres. Et puis si je faiblis, la petite pourra toujours me servir de canne.

— Eh oh ! fit Sarah en feignant d'être vexée, la petite elle a bien grandi, non ?

Marie et René échangèrent un regard complice.

— C'est vrai, reconnut Marie.

Ils sortirent de la voiture puis se mirent en marche, guidés par les sons de la forêt et l'envie d'en découdre. En s'enfonçant dans le tissu serré de la végétation, Marie s'imagina au temps des coureurs des bois, ces aventuriers de la Nouvelle France, à l'époque où la vie au Québec était une aventure de tous les jours. Elle avait appris ça à l'école. Le commerce des fourrures, la chasse, les négociations avec les autochtones… Vivre parmi les arbres était alors une seconde nature. La citadine qu'elle était se sentait comme une étrangère dans cette masse verte de feuilles, de taillis et d'humus qui grouillait de mille espèces affairées.

— Est-ce qu'on a un plan ? demanda Sarah. Je veux dire, si on arrive à tomber sur eux.

— Je n'y ai pas vraiment réfléchi, dit Marie. Quand on y sera, en fonction de la situation, il sera toujours temps de s'adapter.

— C'est pas des marrants d'après ce que j'ai compris, dit René en écartant une branche qui lui fouettait l'épaule.

— Ouais, enchaina Sarah, si on en croire les rumeurs, c'est même carrément des terreurs.

Marie hocha la tête.

— Alors on va laisser les rumeurs, et on va voir ce qui nous attend.

Ils progressaient maintenant avec difficulté, obligés d'enjamber des ronces et des troncs d'arbres couchés en travers de ce qui n'était plus un chemin. La canopée retenait les rayons du soleil, tel un filet protecteur. Si Max et sa bande voulaient être tranquilles, ils avaient forcément érigé leur campement en plein cœur de la forêt.

Soudain Marie s'immobilisa, levant lentement le bras pour faire signe à Sarah et René de ne pas faire de bruit. Ceux-ci, à quelques mètres derrière, se figèrent. Est-ce qu'on y était ? Marie s'accroupit. Ils firent de même. C'est alors que sortit des fourrés un imposant orignal, avançant à pas lents la truffe en l'air pour humer les senteurs de la forêt. Ses bois aplatis en éventail lui donnaient l'allure majestueuse d'un seigneur arpentant ses terres pour en savourer l'immensité. L'animal passa devant eux, à quelques mètres, et ils purent apprécier sa musculature souple et élégante tandis qu'il balançait lentement la tête de gauche et de droite sous le poids de sa couronne en forme de paume tournée vers le ciel.

Sarah frissonna. Depuis toute petite elle ne pouvait s'empêcher de voir un signe annonciateur dans le moindre événement sortant de l'ordinaire. Une coccinelle qui se posait sur sa main et c'était le présage d'une belle journée. Un nuage au-dessus de sa tête en forme de diable alors qu'elle se rendait à l'école, et c'était la certitude qu'elle allait rater son contrôle de maths. Cet orignal n'avait pas surgi par hasard. Il était porteur d'une nouvelle. Le tout était de savoir quelle en serait la couleur.

Ils reprirent leur progression dans la forêt. Sarah soutenait René dont les jambes commençaient à souffrir.

— Ça va ? demanda-t-elle.

— Quand j'avais ton âge, je courais le cent mètres plus vite que tous mes camarades. Je suis toujours le même homme, puisque je m'en souviens, ce n'était pas un autre. Alors pourquoi n'en suis-je plus capable ?

Sarah haussa les épaules.

— Parce que vous êtes vieux, c'est tout.

René sourit.

— Parfois, la réponse est simple.

— Chuuut…, fit soudain Marie en s'arrêtant.

Elle désignait les arbres devant eux. Sarah eut un haut-le-cœur. Accrochés à plusieurs branches, des cadavres d'écureuils se balançaient au bout d'une corde, éviscérés. Sur leur petit corps martyrisé, on distinguait un tatouage en forme d'étoile dont les extrémités se terminaient par des fourches…

Accroupie dans la végétation, Marie scrutait les alentours.

— Là-bas, chuchota-t-elle.

À une centaine de mètres devant eux, des structures en bois se dressaient à travers le rideau des feuilles.

— Leur campement ? souffla René.

— Ça en a l'air.

— Vous voyez quelqu'un ? demanda Sarah.

Marie avança de quelques pas en restant à couvert. Les baraquements ressemblaient aux vestiges d'un ancien camp, sans doute construits par des chasseurs pour guetter le gibier à la période de la chasse. Les murs en rondins de bois avaient été rafistolés et consolidés à l'aide de cordes et de pieux.

— Qu'est-ce qu'on fait ? demanda René. On peut quand même pas y aller tête baissée.

Sarah tendit soudain le doigt devant elle.

— Là-bas, il y a un type !

En effet, un homme avec un T-shirt kaki et un catogan fumait une cigarette, adossé à une palissade.

— Un guetteur, dit Marie. Vous en voyez d'autres ?

— Ça a l'air calme, fit René.

Marie se tourna vers René et Sarah.

— Vous restez là. Moi je vais faire le tour par le côté, pour voir s'il y a une entrée.

René et Sarah acquiescèrent.

— Attention quand même, dit René.

Marie lui fit un signe pour le rassurer puis s'engagea dans les fougères avec précaution. Elle marcha en baissant la tête pendant une cinquantaine de mètres, jetant régulièrement des coups d'œil alentour. De là où elle était, elle apercevait une ouverture entre les planches de bois, camouflée par une bâche grise. L'unique entrée de ce palace, pensa-t-elle. Elle vérifia que le terrain était dégagé puis se pressa pour se mettre à l'abri derrière un gros arbre qui servait d'appui à la structure.

Depuis leur poste d'observation, René et Sarah n'étaient pas tranquilles.

— Je la vois plus, dit René, qui écartait des branchages pour essayer de repérer Marie.

— Ça prouve qu'elle est bien cachée, fit Sarah.

— Qu'est-ce qu'on peut faire ?

— À part attendre, je sais pas trop.

La jeune fille soupira et s'assit sur une souche couverte de mousse.

— Vous avez déjà chassé vous ? demanda-t-elle.

René scrutait toujours les environs, attentif.

— J'imagine que ça se transmet de père en fils. Le mien était plutôt du genre à tourner de l'œil quand il fallait découper un poulet.

Soudain il se redressa.

— Oh non…

— Quoi ? fit Sarah, inquiète.

— Le guetteur…

Sarah se redressa à son tour. Le type au catogan avait quitté son poste. Il avait dû entendre quelque chose parce qu'il tendait l'oreille, le regard tourné vers l'endroit où devait maintenant se trouver Marie.

— Merde, lâcha l'adolescente, qu'est-ce qu'on fait ?

René essayait de réfléchir, mais le temps pressait.

— Il faut y aller, dit-il.

Il se leva, sous le regard étonné de Sarah.

— Attendez-moi ! chuchota-t-elle en le rattrapant.

René marcha droit sur l'homme, en prenant l'allure d'un promeneur égaré. Sarah le rejoignit au moment où le type venait de le repérer.

— Excusez-moi, dit René avec une candeur feinte, ça fait une heure qu'on tourne en rond avec ma petite-fille, et je crois que nous nous sommes égarés. Pourriez-vous m'indiquer de quel côté est la route ?

Le type le dévisagea crument. Son regard mobile trahissait son inquiétude : amis ou ennemis ?

— Par-là, dit-il finalement en pointant la direction d'où ils venaient. Mais faut pas rester ici, c'est plein de chasseurs.

— À cette époque ? demanda Sarah, surprise.

Le type la détailla du regard. Il n'avait pas l'air d'apprécier sa réflexion.

— Ici y'a pas de saison, lâcha-t-il.

Puis il leur tourna le dos pour se diriger vers les baraquements.

Il fallait agir. *Vite.*

René porta soudain sa main à son cœur en poussant un cri rauque, avant de poser un genou à terre puis de s'écrouler dans l'herbe. L'homme se retourna et, après un moment d'hésitation, revint sur ses pas.

Sarah s'agenouilla devant René, prenant l'homme à témoin.

— Oh, vite, aidez-le s'il vous plait ! lança-t-elle, surjouant la panique.

.   .   .

Au même moment, Marie entra dans les baraquements en rondins. Elle prit garde à ne pas faire craquer le sol sous ses pieds et avança dans une pièce sombre et fraiche ou des lits superposés étaient disposés le long du mur. Au milieu, une table en bois brut était couverte d'un fouillis de cartes dépliées, de verres sales et de boites de conserve entamées. Marie s'approcha d'un petit meuble à tiroir et commença à fouiller. Des cartouches de fusil, des outils… Depuis combien de temps la bande vivait-elle ici ? Est-ce qu'ils se déplaçaient ainsi de taudis en taudis, dans les endroits les plus reculés du Québec, pour échapper à la police ou aux gangs rivaux ? Elle tendit l'oreille, croyant avoir perçu un bruit. Fausse alerte. En dehors du guetteur à l'extérieur, l'endroit semblait désert. Elle continua sa fouille, observant le moindre recoin, cherchant un indice qui l'aurait renseigné sur l'identité de ces gens ou leurs activités. Peut-être dans une autre pièce ? Elle se dirigeait vers une porte entrouverte lorsqu'elle entendit à nouveau le bruit qu'il lui avait semblé entendre. Comme un grattement, qui provenait de derrière une cloison. Elle contourna les lits superposés et découvrit une nouvelle porte. Marie appuya lentement sur la poignée qui ne bougea pas. Une clé dépassait de la serrure. Elle la tourna doucement, pour éviter de faire du bruit. Si de l'autre côté quelqu'un avait décidé de lui sauter dessus, elle ne pourrait pas faire grand-chose.

Dehors, un genou à terre, le guetteur examinait René, allongé sur le sol. Sarah le suppliait de faire quelque chose.

— Il faut appeler les secours, vite ! On peut pas le laisser comme ça !

L'homme maugréa puis se releva.

— Je reviens. Vous, vous bougez pas d'ici.

Aussitôt, il s'éloigna vers les baraquements. Sarah paniquait. Il allait tomber sur Marie, probablement en train de fouiller partout. Il allait sauter sur elle, la prendre par les cheveux, lui fracasser le crâne contre ces putains de rondins de bois… ! Soudain elle attrapa un gros bâton qui trainait au sol et se précipita vers l'homme qui lui tournait le dos. Elle abattit son arme sur sa nuque de toutes ses forces. L'homme s'effondra comme une masse dans un bruit sourd, le nez dans la boue.

— Oh merde, fit Sarah, réalisant ce qu'elle venait de faire.

Elle reprit ses esprits et courut vers René, toujours allongé au sol.

— Je crois que j'y suis allé un peu trop fort, fit-elle, vous... vous croyez que je l'ai tué ? (Elle se pencha sur René, étonnée qu'il ne réponde pas.) Hé, vous pouvez vous relever maintenant !

Elle le secoua légèrement. Aucune réaction.

— Oh non, me dites pas que vous avez vraiment fait un malaise... !

Elle posa son oreille contre la poitrine du vieil homme pour écouter son cœur. Elle se redressa, bouleversée.

— Me faites pas ce coup-là, pitié !

Elle sortit son téléphone de sa poche et laissa échapper un juron.

Pas le moindre réseau disponible...

43

MARIE POUSSA la porte avec précaution, armée d'un tournevis qu'elle avait trouvé sur la table. Ça ne faisait pas très peur, mais c'était suffisant pour la rassurer. Elle avança dans la pièce faiblement éclairée par une toute petite fenêtre donnant sur la forêt. Le grattement était maintenant parfaitement perceptible. Elle contourna une armoire brinquebalante, les muscles tendus et s'arrêta net en découvrant l'origine du bruit. Un enfant de quatre ou cinq ans en salopette, le visage barbouillé de crasse et de morve, était assis contre le mur, frottant le bois avec une cuillère tordue.

Marie déposa son tournevis et s'accroupit pour lui parler.

— Comment… comment tu t'appelles ?

Le petit garçon leva vers elle un regard étonné, comme s'il ne comprenait pas ce qu'elle disait. Il se remit à sa tâche de grattage avec application.

— Moi, je m'appelle Marie… Ça fait longtemps que tu es là ?

L'enfant semblait absent, absorbé par son activité comme pour s'extraire d'une réalité qui l'effrayait. Marie se rapprocha de lui et souleva doucement ses vêtements pour l'examiner. Pas d'hématomes sur la peau, pas de blessure apparente… Il avait l'air d'avoir été nourri à sa fin. Que faisait-il là, dans une baraque en bois perdue au fin fond de la forêt, enfermé à clé ? Est-ce que… ? Elle se pétrifia soudain.

Sur l'avant-bras du garçonnet, elle venait de découvrir un tatouage.

Le même que celui du rat trouvé à l'hôtel et à la ferme du fjord. Le même que celui qu'elle avait vu sur le bras du petit Stephan…

Cet enfant avait été enlevé, séquestré… et tatoué de force par ces brutes. Elle saisit son téléphone et s'apprêtait à composer un numéro quand elle constata qu'il n'y avait pas de réseau.

— Et merde…, lâcha-t-elle entre ses dents.

Elle se pencha vers l'enfant et posa sa main sur son épaule.

— Écoute, il faut qu'on s'en aille, tu ne peux pas rester ici…

Elle voulut le prendre dans ses bras mais l'enfant se dégagea vivement et s'enfuit par la porte restée ouverte. Marie se redressa.

— Non ! Reviens… !

— … Trois… quatre… cinq… six…

Assise à califourchon sur le ventre de René, Sarah lui prodiguait un massage cardiaque. Elle avait suivi un stage de secourisme en classe de troisième, et elle n'en avait pas retenu grand-chose à part le fait qu'en présence d'un arrêt cardiaque il fallait en priorité appeler le 15. Sauf qu'ici le 15 ça marchait pas. Le 911 non plus d'ailleurs, vu qu'il n'y avait aucun putain de réseau !

— Allez René, merde, réveillez-vous !

Elle continua à appuyer sur le sternum du vieil homme en comptant chaque impulsion, refusant d'imaginer ce qui pourrait se passer si elle n'arrivait pas à le réanimer. Et dire qu'il y avait une professionnelle tout près qui aurait fait ça beaucoup mieux qu'elle ! Mais impossible de lui envoyer un message, et impossible de courir la prévenir. Laisser René tout seul, même quelques minutes, c'était le condamner à mort.

Les cheveux collés au visage par la sueur, les bras tremblants d'émotion, Sarah continua à s'activer sur le corps toujours inerte.

. . .

Marie s'était lancée à la poursuite du garçonnet pour essayer de le rattraper, mais il s'était faufilé entre les meubles avant de s'engouffrer dans une pièce dont la porte était entrouverte. Elle s'y précipita à son tour et se figea aussitôt. L'enfant s'était réfugié dans les bras d'un homme qui la fixait d'un regard mauvais, les jambes plantées au sol. Toute la moitié droite de son visage était mangée par une énorme cicatrice, typique des grands brûlés, donnant à sa peau un aspect grumeleux effrayant. Une barbe hirsute camouflait l'autre partie de son visage, tandis qu'un foulard noir noué sur la tête achevait le tableau.

Marie se força à respirer lentement. Ne pas paniquer. Malgré la stature de cet homme, malgré son regard dur, du genre de ceux qui se sont construits dans la douleur et n'ont plus grand-chose à perdre. Elle redressa la tête pour montrer qu'elle n'avait pas peur.

— À qui est cet enfant ? demanda-t-elle en essayant de contrôler le ton de sa voix.

L'homme attendit un moment avant de répondre, la passant au scalpel de son regard bleu clair qui contrastait avec le champ de bataille qu'était son visage martyrisé.

— Qu'est-ce que vous faites ici ? dit-il simplement, d'une voix calme.

Marie jeta un regarda rapide dans la pièce qui ressemblait à une cuisine de fortune. Des assiettes, des couverts, des bassines pour la vaisselle. Et sur une table, un couteau doté d'une lame impressionnante.

— Vous… vous êtes Max, n'est-ce pas ? demanda-t-elle.

L'homme se pencha vers le garçonnet et lui souffla quelques mots à l'oreille. L'enfant acquiesça et sortit de la pièce, en prenant soin de contourner Marie.

— Comment vous m'avez trouvé ? demanda l'homme. Vous êtes flic, c'est ça ?

Marie secoua la tête.

— Non… non, pas du tout…

— Alors vous voulez quoi ?

Marie sentait un courant glacé descendre le long de son dos. Elle s'attendait à ce que ce type se jette sur elle à tout moment pour l'étrangler.

—Je…, fit-elle, prise par l'émotion, je suis à la recherche de mon fils.

L'homme l'observa un instant. À l'intensité dont s'était chargé son regard, elle sentit qu'elle avait titillé son intérêt.

— Qu'est-ce qui vous fait croire qu'il pourrait être ici ?

— Je ne sais pas… on raconte des histoires…

L'homme acquiesça.

— Vous les avez crues ?

Marie hésita.

—J'ai… j'ai rencontré le petit Stephan. Vous l'avez enlevé il y a quelques années. Alors je ne crois pas que ce ne soient que des histoires…

L'homme fit une sorte de grimace qui plissa sa peau cicatrisée.

— C'est une accusation assez grave. Vous avez des preuves ?

Marie désigna du regard son avant-bras, que révélaient ses manches retroussées.

— Il avait le même tatouage.

L'homme se gratta la barbe, comme pour mieux réfléchir.

— Comment s'appelle votre fils ?

— Tim. Il s'appelle Tim. Et je crois que vous l'avez enlevé en juin 2008, sur les bords de la rivière Saguenay.

Un silence remplit la pièce. Marie pouvait presque entendre son cœur battre dans sa poitrine. Elle était prête à se jeter sur ce couteau de cuisine pour se défendre s'il le fallait.

— Qu'est-ce que vous voulez savoir exactement ? demanda l'homme.

—Je veux savoir pourquoi, comment, ce que vous lui avez fait…

— Je vois. Si je vous dis que je n'ai rien fait de tout ça, vous n'allez pas me croire évidemment.

Marie sentait maintenant la colère monter en elle.

— Arrêtez de jouer au malin, dit-elle, la mâchoire crispée, je sais que c'est vous, alors je veux savoir ce que vous avez fait de mon fils.

L'air était lourd autour d'eux et c'était comme si le temps s'était suspendu. L'homme la fixa droit dans les yeux et hocha la tête.

— Très bien, dit-il, je vais vous raconter.

Dehors, les cheveux défaits, en sueur, Sarah s'acharnait toujours sur le buste de René. Elle sentait les muscles de ses bras se tétaniser, bientôt elle allait craquer.

Soudain René se mit à tousser, émergeant du néant.

— Oh ! s'exclama Sarah, j'ai réussi, j'ai réussi !

Elle se releva et vint s'agenouiller près de lui, soutenant son visage pour l'aider à reprendre ses esprits.

— Comment vous vous sentez ?

René la regardait, hébété.

— Qu'est-ce qui s'est passé… ? balbutia-t-il.

— Vous avez tellement bien joué le malaise que vous en avez fait un pour de vrai.

Le vieil homme tenta de sourire mais une nouvelle quinte de toux l'en empêcha. Sarah l'aida à se redresser et à s'adosser contre le tronc d'un arbre tout proche.

— Où… où est Marie ? demanda-t-il.

— Elle a dû rentrer dans la baraque. Y'a pas de réseau, je peux pas la joindre. Je vais rester ici avec vous et on va l'attendre, d'accord ?

Elle jeta un œil vers le corps du guetteur toujours étendu dans l'herbe. Elle espérait simplement qu'il était juste assommé.

Dans la pièce qui tenait lieu de cuisine, Max était en train de décapsuler une bière. Il la tendit à Marie qui déclina l'offre.

— Vous en auriez besoin, dit-il avant d'en boire une gorgée.

Il fit quelques pas puis se planta de nouveau devant Marie. Son regard luisait d'une intensité nouvelle. Comme si les souvenirs qui remontaient à la surface provoquaient en lui une excitation particulière.

— Ce n'était pas prévu, commença-t-il. On devait s'occuper d'un type qui nous l'avait fait à l'envers. On l'a retrouvé près de Saguenay. Il s'est enfui, on l'a rattrapé… bref, on l'a finalement chopé au bord de la rivière. Ça s'est pas bien passé. Faut dire qu'un de mes gars avait la gâchette facile.

— Et Tim était là…

Max soupira.

— On pensait qu'il n'y avait personne. Quand on s'est retournés, il nous fixait avec des grands yeux ébahis. Il avait tout vu. On n'avait pas le choix…

Marie serra les poings.

— Où vous l'avez emmené ?

— D'abord dans notre planque de l'époque, près de Charlevoix. Les gars voulaient le liquider. Ils avaient peur qu'il parle.

Marie sentit un frisson glacé la parcourir. Ne pas flancher.

— Et ensuite ? demanda-t-elle d'une voix qui lui semblait étrangère.

— Je les ai calmés. On l'a gardé avec nous et… voilà.

— Voilà quoi ?! hurla soudain Marie. Je sais ce que vous leur faites !

L'homme but une nouvelle gorgée de bière. L'agitation de Marie n'avait pas l'air de l'impressionner.

— Il a vécu avec nous. Il a appris le métier.

Marie secoua la tête, incrédule.

— Vous en avez fait un criminel ?

— Il se débrouillait bien. On apprend vite à cet âge-là.

Cette fois Marie sentait un flot bouillonnant monter en elle. Elle avait envie de sauter à la gorge de ce type et de lui crever les yeux.

— Où est mon fils… ? dit-elle en essayant de se contenir.

Max laissa échapper un soupir et but une nouvelle gorgée avant de poursuivre.

— Un jour, notre campement a cramé. J'avais toujours dit aux gars de faire attention avec leurs putains de clopes. En quelques minutes, c'était un brasier de l'enfer. Je revenais de la ville quand j'ai vu les flammes. Il y avait plus grand-chose à faire. Je suis rentré dans la baraque pour tenter de sauver ce que je pouvais, mais les gars étaient par terre, ils avaient déjà grillé. Dans la fumée j'ai aperçu Tim qui essayait de se relever. J'ai voulu l'aider, mais le toit nous est tombé dessus. J'ai juste réussi à ramper dehors. Après, c'était fini.

Marie baissa la tête. Ses jambes flottaient sous elle, comme aspirées par un grand vide. Elle avait envie de vomir. Elle se força à respirer lentement pour ne pas perdre la face.

— Qu'est-ce qui prouve que c'était Tim ? dit-elle faiblement. Vous avez dit qu'il y avait beaucoup de fumée…

— Quand ça s'est calmé, je suis retourné voir. Y'avait pas encore les flics ni les pompiers, les gens avaient dû croire à un feu de camp au milieu de la forêt. J'ai eu du mal à identifier mes gars, il restait plus que des os calcinés. C'était pas beau à voir. Mais Tim, je l'ai reconnu.

— Comment ?

— Il avait plus de visage, mais ses jambes n'avaient pas cramé.

— Ses jambes ?

L'homme hocha la tête.

— J'ai reconnu la tache de naissance en forme de croissant de lune qu'il avait sur le pied gauche.

Marie vacilla.

Elle essaya de se rattraper à la table, mais toute la pièce tournait avec elle. Elle fit quelques pas désordonnés puis s'effondra au sol, engloutie par les ténèbres.

44

UN BALLON dans lequel on aurait shooté pour marquer un penalty.

Ou une piñata que des gosses armés d'une batte de baseball auraient frappée à tour de rôle pour la faire éclater. C'étaient les informations que le crâne de Marie lui envoyait alors qu'elle se redressait pour s'assoir. Elle toucha le côté de sa tête et constata qu'une jolie bosse y avait poussé. Elle cligna des yeux plusieurs fois pour essayer de réinitialiser ce qui restait de son cerveau. Près d'elle, un lit de camp, devant elle une armoire à côté d'une toute petite fenêtre avare de lumière. Elle reconnut la pièce dans laquelle elle avait découvert le garçonnet.

Elle se traina jusqu'à la porte. Évidemment, elle était fermée à clé. Elle se laissa choir contre un mur, fatiguée par la douleur qui compressait sa tête et l'empêchait de réfléchir. Qu'est-ce que Max allait faire d'elle ? Elle savait où se trouvait son campement, elle pourrait difficilement lui faire croire qu'elle n'irait pas voir la police s'il la laissait partir. Est-ce qu'il allait mettre le feu, lui réservant le même sort qu'à Tim ? Tim… Son ventre se crispa à nouveau et un jet de bile gicla sur le sol.

Elle tâta ses poches. Plus de cellulaire. De toute façon, il ne lui aurait pas été d'une grande utilité. Peut-être pour prendre des photos ? Mais des photos de quoi, pour qui ? Elle s'appuya de nouveau contre le mur. Que faisaient René et Sarah en ce moment ? Pas de nouvelles, bonnes nouvelles. Le guetteur n'avait pas dû les repérer, sinon ils l'auraient déjà rejointe dans cette pièce, ficelés comme des saucissons.

Soudain la clé tourna dans la serrure, doucement, comme un petit animal apeuré qui se déplace. Marie se raidit, prête à se défendre. Si sa fin était proche, elle était déterminée à se battre jusqu'au bout. En l'honneur de Tim.

La porte s'ouvrit et le petit garçon apparut, l'air timide. Sa bouche maculée de chocolat faisait la moue. Il restait dans l'encadrement, se balançant légèrement, indécis. Marie comprit qu'elle devait occuper sa chambre et que cela le dérangeait.

— Tu ne veux pas me dire ton nom ? fit-elle d'une voix douce.

L'enfant entra dans la pièce et alla récupérer sa cuillère tordue, avant de s'assoir sous la fenêtre pour continuer à gratter le bois.

Marie se rapprocha de lui à quatre pattes.

— Tu creuses un tunnel ? plaisanta-t-elle. Tu veux t'échapper ?

— Angel, fit le garçonnet.

Marie sourit.

— C'est ton nom ? C'est joli.

Il hocha la tête pour acquiescer.

— Tu as quel âge ?

Il leva la main pour montrer quatre doigts puis se remit à gratter consciencieusement un rondin. Un copeau sauta soudain dans sa bottine en plastique. Il se mit sur les fesses pour essayer de se déchausser.

— Attends, fit Marie, je vais t'aider.

Elle tira sur la chaussure et le petit pied nu de l'enfant apparut.

Marie se figea brusquement.

Sur le dessus du pied, on distinguait très nettement une tache marron clair, en forme de croissant de lune.

— Qu'est-ce que…, fit Marie pour elle-même.

Elle prit l'enfant devant elle et plongea son regard dans le sien pendant plusieurs secondes.

Ce qu'elle y vit lui vrilla le cœur.

Elle l'attrapa dans ses bras et sortit vivement de la pièce. Son esprit était en surchauffe, entre excitation et consternation. Comment était-ce possible ?

Adossé à l'ombre d'un grand sapin, René respirait lentement, s'épongeant le front avec son mouchoir.

— Est-ce que ça va mieux ? demanda Sarah, que l'inquiétude n'avait pas quittée.

René acquiesça pour la rassurer.

— Tel Lazare, j'ai ressuscité. Grâce à toi.

Sarah afficha une moue dubitative.

— Me refaites pas ce coup-là, ok ? On n'est pas dans un jeu vidéo avec plusieurs vies.

— Heureusement. Une seule, c'est déjà tellement lourd à porter.

Une brise légère agita les branches au-dessus d'eux. Un gémissement fit se retourner Sarah. Le guetteur était en train de reprendre ses esprits.

— Merde, lâcha-t-elle. Qu'est-ce qu'on fait ?

— Il y a un cabanon là-bas. Peut-être qu'avec un peu de chance tu vas trouver de la corde ou quelque chose pour l'immobiliser.

Sarah se leva, vérifia que l'homme était encore dans les vapes et courut vers le cabanon.

Marie surgit dans la cuisine, Angel dans les bras. L'homme était toujours là, en train de ranger du bois. Il la dévisagea avec étonnement. Marie se planta devant lui.

— Pourquoi vous m'avez pas dit que Tim avait eu un fils ?

Il haussa les épaules.

— Vous me l'avez pas demandé.

Marie posa l'enfant à terre et s'approcha.

— Il va falloir tout me dire maintenant. Ça n'a pas été une partie de plaisir pour vous trouver, alors je veux tout savoir.

— Apparemment, vous savez tout maintenant.

— La tache qu'Angel a sur le pied. Tim avait la même, au

même endroit. Seulement les taches de naissance, c'est pas hérédi-taire. Il n'a pas pu lui transmettre, et je l'ai regardée de près, c'est un tatouage. C'est vous qui lui avez fait ça ? Pourquoi ?

L'homme soupira.

— Je vais finir par croire que vous êtes vraiment flic.

— Pourquoi lui avoir fait ce tatouage ?

— Ce n'est pas moi qui lui ai fait. C'est Tim. Il voulait que son fils lui ressemble. Il disait que c'était sa seule vraie famille.

— Qui est la mère ?

— Une junkie qui est morte d'une overdose deux ans après sa naissance.

— Et c'est vous qui l'élevez. Vous avez aussi l'intention d'en faire un criminel, comme Tim ?

— Vous ne savez r…

Marie l'interrompit.

— Je suis la grand-mère de ce gamin, et il ne restera pas une minute de plus ici.

Elle se dirigea vers le garçonnet qui s'était mis dans un coin, la tête dans les genoux. Au moment où elle allait le prendre par le bras, elle sentit la main puissante de l'homme l'attraper par le cou et la coller contre le mur. Elle avait son souffle contre son oreille.

— Vous allez laisser ce gosse tranquille et foutre le camp. Vous êtes incapable de vous occuper d'un enfant.

Marie se contorsionna et parvint à se retourner pour lui faire face.

— Ce n'est pas moi qui ai laissé Tim mourir dans les flammes, lâcha-t-elle entre ses dents serrées.

L'homme l'étranglait d'une main, collant son visage contre le sien. Il sentait la bière et l'excitation.

— Mais vous, vous l'avez laissé seul au bord d'une rivière, pendant que vous étiez en train de faire des putains de crêpes…

Marie se pétrifia d'un seul coup. Elle ne sentait plus son corps ni ses mains. Elle n'était plus qu'un regard à vif planté dans celui de cet homme.

— Comment… comment vous savez ça… ? murmura-t-elle.

Soudain elle trouva la force de le repousser. Elle saisit une bouteille qui trainait sur la table et la lui éclata sur la tête. L'homme hurla, mêlant son cri au fracas du verre qui tombait en pluie sur les planches. Il fit un pas de côté et poussa un nouveau cri. Il avait marché sur un éclat, maculant le sol d'un sang rouge sombre.

Marie fixait son pied sanguinolent, sans pouvoir bouger. Sans pouvoir respirer. Sans plus pouvoir penser.

Sur le dessus de son pied, une tache en forme de croissant de lune s'étalait sur toute la surface de la peau.

Marie leva un regard hébété vers lui. Ils restèrent ainsi à se dévisager. À se jauger.

À se reconnaitre.

Marie sentait ses lèvres trembler sous l'assaut d'une émotion trop grande pour elle.

— T… Tim… ? balbutia-t-elle d'une voix qui n'était plus qu'un filet.

SARAH N'AVAIT JAMAIS APPRIS à faire des nœuds et elle devait bien reconnaitre qu'à cet instant précis, ça lui manquait. Elle avait trouvé une vieille corde dans le cabanon et s'appliquait à entortiller les poignets et les mains du guetteur qui émergeait à peine de son coma forcé.

— Arrêtez…, tenta de hurler l'homme, mais sa voix s'étouffa dans le bâillon que lui coinça aussitôt Sarah dans la bouche. Sois beau et tais-toi, pensa-t-elle. Si elle avait pu faire ça à tous les mecs qui l'avaient sifflée dans la rue depuis ses douze ans…

Elle vérifia la solidité de ses nœuds et retourna voir René qui avait repris des couleurs.

— Je devrais peut-être aller voir ce que fait Marie, dit-elle. En même temps, si le gars arrive à se défaire de ses liens, je vous vois pas lui faire une prise de judo.

René afficha un sourire las.

— Merci, dit-il.

— Merci pourquoi ?

— Pour t'occuper de moi comme ça.

— Bah, j'ai jamais connu mes grands-parents. Je rattrape le temps perdu.

Le vieil homme acquiesça et son regard embué parlait à sa place.

Sarah posa ses mains sur les siennes.

— On se quitte plus maintenant de toute façon, pas vrai ?

— On se quitte plus, répéta-t-il d'une voix comme une caresse. On se quitte plus...

Marie était recroquevillée dans un coin de la pièce, les mains sur les genoux, K.O.

Assis face à elle, Tim enveloppait son pied blessé dans un torchon à la propreté douteuse.

— Quand as-tu compris ? demanda-t-elle.

Il leva les yeux vers elle. Son visage défiguré absorbait la lumière qu'une fenêtre poussiéreuse distribuait dans la pièce.

— Quand tu as dit que tu me cherchais.

Marie n'était pas surprise.

— Je ne t'ai pas reconnu non plus...

— Faut croire que l'instinct maternel, c'est pas vraiment ça.

Il resserra sur son pied son pansement de fortune.

— Laisse-moi regarder, dit Marie. C'est pas bon si ça s'infecte.

Tim haussa les épaules.

— On se demande comment j'ai survécu sans une mère pour veiller sur moi...

Marie le fixa, la gorge serrée.

— Tim... ça fait quatorze ans que je m'en veux de t'avoir laissé au bord de cette rivière... Quatorze ans que je te cherche.

— Et quatorze ans que tu m'as pas trouvé.

Elle marqua le coup.

— Je suis désolée... vraiment désolée... mais qu'est-ce que je pouvais faire d'autre ?

— C'est pas à moi de le dire. C'était toi l'adulte.

Marie avait envie de s'approcher de lui, de le prendre dans ses bras. De sentir contre elle ce corps auquel elle avait donné vie.

— J'ai imaginé mille scénarios, dit-elle. Il n'y a pas un jour où je n'ai pas pensé à toi, à ce que tu pouvais subir, à la peine que tu devais ressentir…

Tim se déplaça jusqu'à une bouteille d'eau dont il aspergea son pied avant de confectionner un nouveau bandage avec une serviette qui paraissait plus propre. Puis il attrapa un tabouret en bois.

— Ce soir-là, commença-t-il en s'asseyant, les yeux perdus dans les aspérités du sol, je jouais avec Sébastien, le garçon du chalet à côté du nôtre. On avait imaginé qu'il y avait un trésor caché au bord de la rivière. Un sac de pièces d'or qui allait nous rendre riches. C'est là qu'on a aperçu un type qui avait l'air de se cacher entre les arbres. Sébastien m'a dit qu'on devrait pas rester là, le type avait l'air bizarre. Mais un pick-up est arrivé, des gars sont descendus, ils ont trouvé le type et lui ont mis une raclée. Avec Sébastien on s'est baissés derrière un tronc, on osait pas bouger. Les types se disputaient, ils avaient pas l'air d'accord. Soudain y'en a un qui a sorti un flingue, et l'a collé contre la tête du gars bizarre. Il était à genoux et il avait l'air de chier dans son froc. Les autres ont voulu intervenir mais le coup est parti et le type s'est écroulé, la tête explosée.

La main sur la bouche, Marie réprima un début de nausée. Tim poursuivit.

— Sébastien a détalé comme un lapin. Les gars l'ont entendu et se sont approchés mais c'est moi qu'ils ont trouvé. J'étais cloué au sol, je tremblais de partout.

Le regard lointain, Marie secouait lentement la tête comme si elle vivait la scène en cinémascope, assise au premier rang.

— Sébastien est mort, fit-elle. Il s'est suicidé.

Tim laissa échapper un soupir.

— Sans doute qu'il s'est jamais remis de ce qu'il avait vu. Il a dû aussi s'imaginer ce qui lui serait arrivé si c'était lui qu'ils avaient pris…

— La police l'a interrogé à l'époque. Je me souviens de son regard fuyant. Je ne savais pas s'il n'avait rien vu, ou s'il était juste incapable d'en parler…

— Même s'il avait pu raconter, ça n'aurait pas changé grand-chose. Les types m'ont trimballé dans la région, ils bougeaient sans arrêt. Il y avait d'autres bandes qui leur couraient après.

— Tu n'as jamais eu l'occasion de t'enfuir ?

Tim secoua la tête.

— J'ai essayé, quelques minutes après qu'ils m'aient enlevé. Dans un virage, j'ai sauté du pick-up et j'ai couru. J'ai aperçu une voiture qui s'était arrêtée, avec un type et une femme qui me regardaient avec des yeux ahuris. Je braillais tant que je pouvais. Mais les types m'ont rattrapé, ils se sont battus avec le couple, j'ai entendu un coup de feu. Après c'était fini… ils m'ont repris, ils m'ont emmené dans un campement et ils m'ont enfermé. Plus tard, j'ai essayé de voler un portable, je me suis fait prendre et… (Son regard bascula sur le côté.) Après ça, je me suis juré de plus jamais recommencer.

Marie brûlait d'envie de lui poser des milliards de questions. Ce qu'ils lui avaient fait, ce à quoi il avait assisté, participé… Quelle force inouïe il avait fallu à ce petit garçon pour surmonter ça. Aujourd'hui il était là, méconnaissable mais vivant. Elle pouvait lire sur son visage supplicié les pages d'une vie froissées par la souffrance et la peur.

— Comment tu es devenu… Max ? demanda-t-elle.

— C'était le boss quand ils m'ont enlevé. Un malade. Tous les autres avaient peur de lui. La première chose qu'il m'a faite, c'est ce tatouage sur le bras. Il était dans des délires ésotériques, sataniques. Je sais pas s'il y croyait vraiment ou si c'était une façon de faire peur à ses ennemis. En tout cas ça a suffi à propager des tas de rumeurs dans la région.

— Et…, dit Marie en hésitant, qu'est-ce qu'il t'a fait d'autre… ?

— Il y a des choses que tu n'as pas envie de savoir.

Marie baissa la tête, triturant ses doigts pour évacuer sa nervosité.

— C'est moi qui ai foutu le feu au campement, poursuivit Tim. C'était le jour de mes dix-huit ans. Max a dit que j'étais un homme maintenant et il a voulu m'humilier devant les autres pour montrer qu'il était toujours le chef. Dans la nuit je me suis réveillé et j'ai balancé une torche. Quand ils ont ouvert les yeux, c'était déjà trop tard, toute la baraque était en flammes. Un des types, le seul un peu sympa avec moi, m'a vu à l'extérieur. Il avait les cheveux en feu, il me suppliait de l'aider. Je suis entré dans le brasier mais le toit s'est effondré. J'ai réussi à me trainer dehors… pas tout à fait intact.

Il tourna vers Marie son visage défiguré. Dans son orbite droite qui semblait avoir fondu, son œil mobile la fixait comme depuis le fond d'une tombe.

Un silence les rapprocha dans la peine. Marie secouait lentement la tête, comme si elle voulait dire non à la réalité.

— Qu'est-ce que… qu'est-ce que tu as fait après ? demanda-t-elle.

Elle avait hésité à poser la question. Parce que la réponse l'effrayait.

— Une partie de la bande était absente ce jour-là. Ils étaient allés livrer de la… marchandise, en Ontario. Quand ils ont appris ce qui s'était passé, ils ont paniqué, comme des mômes. J'ai compris qu'ils avaient besoin d'un nouveau gourou.

— Mais pourquoi tu n'es pas revenu à la maison, retrouver ta famille ?

— C'était eux ma famille.

Tim regarda par la fenêtre. Un oiseau voletait entre les branches d'un sapin.

Marie resta silencieuse, comme sonnée.

— Tu ne pensais pas à moi ? Tu ne te doutais pas que je te cherchais… ?

Il la fixa à nouveau droit dans les yeux.

— J'avais été abandonné, tout ce que je connaissais, c'était ce que j'avais appris parmi eux. (Il esquissa un sourire.) Comme un gamin élevé par une meute de loups…

Marie secoua la tête.

— Je suis tellement désolée…, dit-elle. Tellement désolée…

Tim se leva et vint se placer à côté d'elle. Il se laissa glisser pour être à sa hauteur et prit sa main dans les siennes. Elle leva la tête vers lui et leurs regards flanchèrent en même temps. Marie sentit les larmes couler. Des larmes qui disaient l'impossibilité d'effacer les années perdues. De reprendre à zéro des vies qui avaient suivi leur chemin sans jamais plus se croiser.

— Tu vas venir avec moi, dit Marie d'une voix qui tremblait, je ne repars pas sans toi.

Tim secoua la tête.

— Impossible. Je suis recherché partout.

Marie esquissa un sourire triste.

— Moi aussi je suis peut-être recherchée. J'ai tué un homme.

Il la dévisagea avec une pointe d'admiration.

— J'ai l'impression que c'est plutôt toi qui devrais rester.

— Ton fils… il peut pas rester vivre ici…

— Pourquoi ? Je l'ai bien fait moi.

Marie se redressa.

— C'est ça l'avenir que tu veux pour lui ? Les trafics, les mauvais coups, la fuite permanente ?

— On n'a pas le temps de s'ennuyer.

— Arrête ! cria Marie, je plaisante pas.

Il se remit debout. Son regard s'était soudain durci.

— Qu'est-ce que tu vas faire, dit-il, tu vas me dénoncer ?

— Au moins, je saurais où tu es.

Il lui attrapa les poignets et planta ses yeux dans les siens.

— Tu n'as pas intérêt à faire ça.

Elle soutint son regard. L'enfant de onze ans qu'elle avait connu avait disparu de ce visage aux traits déformés, vieillis avant l'âge. Il ne restait plus qu'une brute dont les muscles tendus étaient prêts à montrer leur force.

— Qu'est-ce qu'ils t'ont fait faire… ? demanda-t-elle d'une voix presque inaudible. Je veux que tu me le dises. Je veux savoir qui tu es…

— Ça te servira à quoi ? À te rassurer ? À te dire que tu n'as pas enfanté un monstre ?

— Quoi que tu aies fait tu es toujours mon fils, Tim ! Je ne peux pas ne pas t'aimer ! hurla-t-elle.

Il la rejeta en arrière et se passa nerveusement la main dans les cheveux, tournant dans la pièce comme un lion en cage. Marie le regardait s'agiter, incapable de réfléchir.

— Je ne peux pas te laisser partir, dit-il.

— Tu n'as pas confiance en moi…

Il se redressa brusquement.

— Pourquoi tu serais la seule personne en qui j'aurais confiance ?

— Parce que je suis ta putain de mère…, fit-elle dans un souffle.

Il secoua la tête.

— C'est trop tard.

Marie resta immobile un instant. Ses yeux cherchaient des solutions.

Soudain elle se ressaisit et se dirigea vers la porte.

— Où tu vas ? cria Tim.

— Faire la seule chose qu'il y a à faire.

Elle courut dans la pièce d'à côté et fonça vers le petit garçon qui jouait au sol avec sa cuillère.

— Non ! hurla Tim en la rattrapant par le bras.

Elle fit volte-face pour l'affronter.

— Il va venir avec moi. Il n'y aura pas un deuxième enfant sacrifié à cause de la connerie d'un adulte.

Il la dévisagea un instant, comme s'il ne comprenait pas. Soudain il la saisit à la gorge et commença à serrer ses doigts autour de son cou. Le garçonnet se mit à pleurer, tandis que Marie battait des jambes et des mains pour essayer de se dégager.

Alors qu'elle se sentait faiblir, une voix retentit dans la pièce.

— Lâche-la !

Sarah se tenait debout, un revolver pointé sur Tim.

Celui-ci desserra son étreinte, fixant l'adolescente d'un air mauvais.

— J'espère pour toi que Mario n'est pas…

— Il va bien, l'interrompit la jeune fille. Il a juste un gros mal de crâne.

Elle lui fit signe de reculer. Tim fit un pas en arrière.

— Encore, dit Sarah, son arme tendue vers lui.

Il recula jusqu'au mur derrière lui. Marie avait repris ses esprits. Elle s'approcha de la jeune fille dans un geste d'apaisement.

— Doucement Sarah… Il va rester tranquille, pas vrai ?

Elle s'était adressée à Tim qui se tenait immobile, le regard froid. Elle se tourna de nouveau vers Sarah.

— Où est René ? demanda-t-elle.

— Il a fait un petit malaise, mais on s'est débrouillés. Je crois qu'on devrait pas trainer ici.

Marie observa Tim. Ce n'est pas comme ça qu'elle avait imaginé leurs retrouvailles. Dans ses fantasmes, ils couraient vers l'autre, puis il se jetait dans ses bras, enfouissant son visage encore juvénile dans la chaleur de son cou. Un moment d'éternité plus fort que tout.

— Marie ! fit Sarah, impatiente, qu'est-ce qu'on fait ?

Marie sursauta. Elle tourna la tête vers l'enfant qui s'était remis à pleurer.

— Ne fais pas ça…, lâcha Tim qui avait deviné ses intentions.

Sans l'écouter, Marie s'accroupit et caressa la joue du garçonnet. Il se calma aussitôt. Alors elle le prit dans ses bras et se retourna vers Tim.

— Je suis sûr que tu n'auras pas de mal à trouver mon adresse, dit-elle. Si un jour tu avais envie de le voir.

Elle se dirigea vers la sortie, protégée par Sarah qui la suivait à reculons, tenant toujours Tim en joue.

Celui-ci resta immobile, longtemps encore après qu'elles eurent quitté la pièce.

46

LES PREMIÈRES FEUILLES jaunies descendaient en dansant dans l'air frais de ce début d'automne. Le ciel était chargé de pluie mais les gouttes semblaient patienter à l'abri dans les nuages, comme retardant l'averse pour laisser se dérouler tranquillement la cérémonie.

Le corbillard franchit les portes du cimetière, rejoignant un petit groupe de personnes qui attendaient devant une tombe creusée dans l'herbe verte. Les agents des pompes funèbres ouvrirent les portières du véhicule, saisirent le cercueil puis vinrent le positionner au-dessus du trou qui bientôt allait l'avaler.

Sarah serra le bras de Marie en se collant contre elle. C'était le premier enterrement auquel elle assistait, et elle ne parvenait pas à maitriser son émotion. En voyant la boite en sapin passer devant elle, elle n'arrivait pas à imaginer qu'à l'intérieur était allongé le corps de René. Elle eut aussi une pensée pour son père, auquel elle avait rendu visite la veille. Il terminait sa convalescence, et leur relation avait pu reprendre là où ils l'avaient laissée, quatorze ans plus tard. Ils avaient promis de se voir le plus souvent possible, au moins par écran interposé. Heureusement qu'il était entré à nouveau dans sa vie, pour lui donner la force d'être là, de surmonter l'immense tristesse d'avoir perdu ce « grand-père » de substitution.

Huit jours plus tôt, Marie avait appelé la jeune fille à Nice, alors qu'elle préparait avec sa mère son entrée à l'IUT de Sophia-Antipolis en section audiovisuelle. Elle avait eu son bac en travaillant comme une forcenée quelques jours avant l'épreuve, et maintenant elle voulait devenir caméraman afin de parcourir le monde pour réaliser des documentaires. Elle s'était effondrée en apprenant la mort de René. Sa prise en charge à l'hôpital avait été trop tardive et le traitement que les médecins avaient mis en place n'avait pas fonctionné. Il avait perdu ce combat-là, mais pas celui pour lequel il avait lutté juste avant. Il était mort en paix, avec la satisfaction d'avoir appris ce qui était arrivé à sa sœur jumelle. Désormais ils reposeraient l'un à côté de l'autre, à sa demande, dans le petit cimetière de Baie-Saint-Paul.

À ses côtés, Marie regardait le prêtre prononcer l'éloge funèbre, préparé avec l'aide des quelques amis qui avaient continué à fréquenter René jusqu'à la fin. Elle n'écoutait pas vraiment, plongée dans ses pensées. La petite main d'Angel était réfugiée dans le creux de la sienne, et le reste du monde était recouvert d'un voile flou. Elle avait inscrit l'enfant à l'école élémentaire Montessori de Québec, expliquant qu'elle en avait la garde en attendant que son fils revienne de l'étranger. Elle savait qu'il y serait bien, surtout après les premières années particulières de sa jeune vie.

La cérémonie se termina alors que les premières gouttes commençaient à tomber. L'assistance se dispersa, après quelques embrassades et remerciements, et Marie proposa à Sarah de venir boire un thé avant de la raccompagner à l'aéroport en fin de journée.

— Le portail n'a toujours pas été réparé à ce que je vois, fit Sarah en rigolant.

— Non, fit Marie en aidant Angel à grimper les quelques marches qui menaient à la porte.

— Qu'est-ce qu'il est devenu, le gentil fiancé qui devait te faire ça ?

Marie haussa les épaules.

— Je ne l'ai pas revu. Je pense qu'il ne sait même pas que je suis rentrée.

Marie avait bien failli appeler Antoine, après s'être réinstallée chez elle avec Angel, mais il aurait fallu lui raconter tout ce qui s'était passé, expliquer, se justifier… Elle n'en avait pas eu le courage, d'autant plus qu'elle avait repris son poste à l'hôpital et que le docteur Martin, sans doute pour se venger de sa trop longue absence, n'avait pas hésité à la surcharger de travail.

Pendant qu'elle préparait le thé, Sarah avait accompagné Angel dans sa chambre. L'enfant était tout fier de lui montrer ses jouets. Ça devait lui changer de sa petite cuillère tordue, tant Marie avait dévalisé les rayons de Toys « R » Us. Des peluches, des Playmobil, des camions de pompier, des puzzles, un tapis sur lequel était dessiné un circuit de voitures, sans compter les cadres au mur avec des animaux rigolos qui éclairaient la pièce d'un immense sourire.

— Ne t'inquiète pas si c'est le bazar, cria Marie depuis la cuisine, je lui laisse sa liberté.

— Pas de problème, répondit Sarah. Sa chambre est déjà beaucoup mieux rangée que la mienne !

Elle prit deux peluches en main, un lion et une girafe et en tendit une à Angel pour entamer une bagarre sauvage. L'enfant riait, comme s'il avait passé toute sa vie au milieu du bonheur. Sarah ne pouvait s'empêcher d'imaginer ce qu'il avait vécu auparavant. De quelles atrocités avait-il été témoin ? Est-ce qu'il en garderait des séquelles, ou est-ce qu'il arriverait à se reconstruire ?

Marie avait arrangé la pièce avec goût. Elle avait même repeint les murs d'une couleur pastel qui apaisait le regard. Était-ce la chambre qu'elle avait destinée à Tim, si elle l'avait retrouvé enfant ? La porte entrouverte d'un grand placard laissait apparaitre des cartons, entreposés là pour donner toute la place à Angel. Sarah s'approcha. De loin, elle avait cru lire les lettres « TI… » sur l'un d'eux. Elle dégagea le carton et en effet il était inscrit « TIM » au feutre rouge. Qu'est-ce que Marie comptait faire de ces affaires ? Est-ce qu'il s'agissait des anciens jouets de Tim qu'elle avait hésité à donner à Angel, ou qu'elle gardait pour plus tard ? Sarah essayait d'imaginer le bazar mental qui devait régner dans la tête de Marie, entre un enfant perdu et un autre retrouvé, reliés par tant de souffrance accumulée…

Poussée par la curiosité, elle ouvrit le carton. Il y avait quelques dessins d'enfant, probablement réalisés par Tim. Des personnages vêtus de capes se battaient avec de grandes épées. L'un d'eux avait même la tête étrangement séparée du corps. Au fond du carton, elle trouva quelques cassettes VHS ainsi qu'un gros Caméscope. La préhistoire de la vidéo, se dit-elle, en pensant au matériel léger et ultra performant avec lequel travaillaient aujourd'hui les caméramans professionnels.

Elle prit une cassette sur laquelle était écrit « Vacances 2005 » et l'enclencha dans l'appareil. Une image zébrée de rayures numériques apparut, montrant la terrasse d'une grande maison devant un paysage de montagne ensoleillé. La caméra s'approcha d'un enfant qui jouait au sol, assis en tailleur. La voix de Marie, joyeuse, résonna.

— Alors, Tim, qu'est-ce que tu fais mon chéri, tu t'amuses ?

Sarah reconnut la bouille de Tim, qui devait avoir huit ans. Ses mèches blondes se battaient sur son front soulignant un regard bleu profond qui avait l'air très concentré. La caméra se rapprocha encore pour voir ce qu'il faisait.

Sarah se figea.

Tim serrait entre ses mains un chaton qu'il était en train d'énucléer avec une cuillère. La pauvre bête miaulait à s'en arracher les tripes.

La caméra bascula soudain tandis que la voix de Marie se transformait en hurlement, puis l'image devint noire.

Sarah resta un instant interloquée, l'appareil entre les mains, le souffle coupé. Mille pensées traversaient son cerveau affolé. C'était… monstrueux. Elle se rappela soudain l'expression du camarade de classe de Tim qu'ils avaient interrogé à Chicoutimi, en présence de sa mère. Il paraissait tellement mal à l'aise, comme effrayé… Avait-il peur de parler ? Est-ce qu'il avait vu Tim faire des choses qui l'avaient choqué ? Mais quelles choses, au juste ?

— Qu'est-ce que tu fais ?

La voix de Marie la fit sursauter. Elle se sentait comme une gamine prise les mains dans une boite de bonbons. Elle se releva maladroitement.

— Je…

Les mots ne venaient pas.

— Je suis désolée que tu aies vu ça, dit Marie d'un ton qui se voulait calme.

— Est-ce que… est-ce qu'il y a d'autres vidéos ?

Marie secoua la tête d'un air grave.

— Je préférerais que tu fasses comme si tu n'avais rien vu.

Sarah la dévisagea sans comprendre.

— Tu savais ce qu'il était capable de faire, n'est-ce pas ? Pourquoi n'avoir rien dit ?

— Ça aurait changé quoi ?

— Il n'était pas seulement plus sensible que les autres, pas vrai ? C'est pour ça que tu lui faisais changer d'école…

— Les psychiatres ont dit que ça pouvait être une phase, qu'il lui fallait de l'attention et… beaucoup d'amour.

Sarah hocha la tête.

— Exactement ce qu'il a eu pendant ces dernières années, hein… Tu savais que s'il n'était pas mort, s'il avait été enlevé, maltraité, il aurait toutes les chances de se transformer en monstre. C'est pour ça que tu étais folle de ne pas le retrouver, parce que tu pensais à ce qu'il avait pu commettre…

— Tais-toi ! cria Marie. Tu ne sais rien ! Tu es une gamine, tu n'as pas d'enfant, tu ne sais pas ce que c'est d'aimer quelqu'un à qui tu as donné la vie !

Elle se laissa choir sur le lit d'enfant aux barreaux blancs. À ses pieds, Angel jouait avec une petite voiture sur le tapis coloré, comme étranger à la scène.

Le visage de Sarah se referma.

— Je ne sais pas ce que tu espères. Tu crois qu'à l'école ils ne vont pas finir par se demander pourquoi Angel n'a pas de parents ? Tu crois que Tim va venir lui rendre visite et que vous allez faire une jolie petite famille ? Ton fils est un criminel, Marie ! Il a probablement torturé des gens, peut-être même des gamins, comment tu peux le protéger ?

Marie était comme assommée, les yeux perdus sur les animaux qui dansaient sur les murs.

Puis elle se leva et regarda Sarah.

— Je vais t'appeler un taxi, dit-elle.

Elle sortit de la pièce pour aller prendre son téléphone. Sarah lui courut après.

— Alors, ça va se terminer comme ça, tu ne vas rien faire ?

Marie se retourna pour lui faire face.

— Tu ne sais pas si Tim a fait tout ce que tu imagines. Tu le condamnes sans savoir.

— Mais toi tu sais, n'est-ce pas ? Tu le sens, ici !

Elle tapa son ventre avec sa main.

— Un jour, dit Marie, tu auras des enfants. Et peut-être reprendrons-nous cette conversation.

Elle attrapa son téléphone sur un meuble et composa un numéro.

Dix minutes plus tard, un taxi se présenta devant la maison. Marie était restée dans la chambre avec Angel. Sarah, depuis le salon, l'entendait lui chanter des chansons d'une voix douce. La jeune fille se leva, prit son sac et traversa le jardinet pour rejoindre le taxi. Elle s'installa sur la banquette arrière et tourna une dernière fois la tête vers la maison. Derrière la fenêtre de la cuisine, Marie la fixait d'un regard sans émotion, statue immobile et effrayante.

Sarah soutint son regard, le menton tremblant sous l'assaut des larmes.

Elle savait qu'elle ne la reverrait jamais.

ÉPILOGUE

MARIE SE PRESSAIT sur le trottoir. Elle était en retard pour récupérer Angel, mais elle fut soulagée en constatant que la musique joyeuse qui servait de sonnerie à l'école n'avait pas encore résonné. Elle adressa un sourire aux mamans qui attendaient leur rejeton devant le portail et s'appuya contre un réverbère pour reprendre son souffle. Le docteur Martin ne lui laissait pas un moment de répit, et il semblait prendre un certain plaisir à lui parler avec dureté, comme si elle lui était redevable pour le restant de ses jours. Le plus difficile était de ne pas pouvoir se confier à ses collègues. Elle ne se sentait pas la force d'inventer une histoire pour justifier son absence qui avait désorganisé tout le service. Chacun avait dû faire des efforts pour éviter que tout le système ne se grippe, et les regards qu'elle croisait maintenant dans les couloirs n'étaient pas toujours amicaux.

Angel apparut enfin et il se jeta dans ses bras en lui tendant son petit cartable. Elle l'attrapa et le couvrit de baisers en tournoyant avec lui sur le trottoir, sous le regard un peu gêné des autres parents.

— Viens mon trésor, dit-elle, je vais te préparer un bon goûter. Encore meilleur que d'habitude !

— Pourquoi encore meilleur ?

— Mais parce que c'est ton anniversaire !

L'enfant afficha un grand sourire.

— Avec un chocolat chaud ?

— Bien sûr avec un chocolat chaud ! Et des tartines de confiture !

Sautillant comme un cabri, le garçonnet la suivit jusqu'à la voiture, en chantonnant gaiement.

Quelques minutes plus tard, Marie se gara devant chez elle.

— Allez, viens vite, dit-elle en l'aidant à sortir du véhicule.

Elle lui tendit la main et monta avec lui jusqu'à la porte d'entrée. Dans la boite aux lettres, du courrier dépassait. Elle l'attrapa pour le passer rapidement revue. Des publicités et…

Elle se figea.

Une carte postale.

Elle la retourna pour la lire. C'était une carte d'anniversaire avec un simple mot écrit à la main : « Joyeux anniversaire Angel ».

Marie sentit un flot d'émotions la submerger. Elle ignorait de quoi l'avenir serait fait, mais elle avait appris à vivre en prenant chaque journée comme elle venait. Et c'est ce qu'elle comptait bien continuer à faire. Malgré ce qu'on pouvait en penser. Qui avait le droit de la juger, après ce qu'elle avait traversé ? Elle avait cru se trouver des points communs avec ces trois personnes qui, comme elle, avaient vu un proche disparaitre du jour au lendemain. Mais c'était une erreur. Vivre une même tragédie ne faisait pas de vous des clones. Malgré les liens qui pouvaient se nouer, malgré les soutiens, les partages, chacun restait en réalité seul avec sa souffrance.

Seul avec ses espoirs.

Seul avec sa conscience.

Marie, la carte toujours à la main, se retourna pour regarder autour d'elle.

Son cœur battait à toute allure, et elle serra sans s'en rendre compte la petite main du garçonnet qui grimaça.

— Tu me fais mal… gémit-il.

Elle continua à scruter la rue bordée d'érables et de chênes, décorés de leur feuillage automnal jaune et rouge.

Soudain il lui sembla apercevoir une silhouette se glisser furtivement entre les arbres.

Est-ce que… ?

Elle plissa les yeux pour mieux voir, les sens en alerte. Mais il n'y avait que les feuilles soulevées par le vent, dansant autour des arbres dans un tourbillon léger.

L'ombre avait disparu.

Printed in France by Amazon
Brétigny-sur-Orge, FR